U0141690

戲非戲03

鬼吹燈

之一 精絕古城

天下霸唱◎著

高寶書版集團

戲非戲　DN003

鬼吹燈（一）精絕古城

作　　者：天下霸唱
總 編 輯：林秀禎
編　　輯：李國祥
校　　對：李國祥
出 版 者：英屬維京群島商高寶國際有限公司台灣分公司
Global Group Holdings, Ltd.
地　　址：台北市內湖區洲子街88號3樓
網　　址：gobooks.com.tw
E-mail：readers@gobooks.com.tw＜讀者服務部＞
Pr@gobooks.com.tw＜公關諮詢部＞
電　　話：（02）27992788
電　　傳：出版部　(02) 27990909　行銷部　（02）27993088
郵政劃撥：19394552
戶　　名：英屬維京群島商高寶國際有限公司台灣分公司
發　　行：希代多媒體書版股份有限公司　Printed in Taiwan
初版日期：2007年4月

◎凡本著作任何圖片、文字及其他內容，未經本公司同意授權者，均不得
擅自重製、仿製或以其他方法加以侵害，一經查獲，必定追究到底，絕不寬貸。
版權所有　翻印必究◎

國家圖書館出版品預行編目資料

鬼吹燈（一）精絕古城 /天下霸唱著； -- 初版. --
臺北市：高寶國際出版：希代多媒體發行, 2007[民96]
面；　公分. -- (戲非戲；DN003)

ISBN 978-986-185-054-2(平裝)

857.7　　　　96005725

引子

盜墓不是請客吃飯，不是做文章，不是繪畫繡花，不能那樣雅致，那樣從容不迫、文質彬彬，那樣溫良恭儉讓，盜墓是一門技術，一門進行破壞的技術。古代貴族們建造墳墓的時候，一定是想方設法的防止被盜，故此無所不用其極，在墓中設置種種機關暗器，消息埋伏，有巨石、流沙、毒箭、毒蟲、陷坑等等數不勝數。到了明代，受到西洋奇技淫巧的影響，一些大墓甚至用到了西洋的八寶轉心機關，尤其是清代的帝陵，堪稱集數千年防盜技術於一體的傑作，大軍閥孫殿英想挖開東陵用裡面的財寶充當軍餉，起動大批軍隊，連挖帶炸用了五六天才得手，其堅固程度可想而知。盜墓賊的課題就是千方百計的破解這些機關，進入墓中探寶。不過在現代，比起如何挖開古墓更困難的是尋找古墓，地面上有封土堆和石碑之類明顯建築的大墓早就被人發掘得差不多了，如果要找那些年深日深藏於地下，又沒有任何地上標記的古墓，那就需要一定的技術和特殊工具了，鐵籤、洛陽鏟、竹釘、鑽地龍、探陰爪、黑摺子等工具都應運而生，還有一些高手不依賴工具，有的通過尋找古代文獻中的線索尋找古墓，還有極少數的一些人掌握祕術，可以通過解讀山川河流的脈象，用看風水的本領找墓穴，我就是屬於最後這一類的，在我的盜墓生涯中踏遍了各地，其間經歷了很多詭異離奇的事跡，若是一件件的表白出來，足以讓觀者驚心，聞者咋舌，畢竟那些龍形虎藏、揭天拔地、倒海翻江的舉動，都非比尋常。

這諸般事跡須從我祖父留下來的一本殘書《十六字陰陽風水祕術》講起，這本殘書，下半本不知何故，被人硬生生的扯了去，只留下這上卷風水祕術篇，書中所述，多半都是解讀墓葬的風水格局之類的獨門祕術……

第一章　白紙人

我的祖父叫胡國華，胡家祖上是十里八鄉有名的大地主，最輝煌的時期在城裡買了三條胡同相連的四十多間宅子，其間也曾出過一些當官的和經商的，捐過前清的糧臺、槽運的幫辦。民諺有云：「富不過三代。」這話是非常有道理的，家裡縱然有金山銀山，也架不住敗家子孫的揮霍。

到了民國年間，傳到我祖父這一代就開始家道中落了，先是分了家，祖父也分到了不少家產，足夠衣食無憂的過一輩子，可是他偏偏不肯學好，當然這也和當時的社會環境有關，先是沉迷賭博，後來又抽上了福壽膏(注)，把萬貫家財敗了個精光。

祖父年輕的時候吃喝嫖賭抽五毒俱全，到最後窮得身上連一個大子兒都沒有了。人要是犯了煙癮，就抓心撓肝的無法忍受，但是沒錢誰讓你抽啊？昔日裡有錢的時候，煙館裡的老闆夥計見了他都是胡爺長，胡爺短的，招呼得殷勤周到，可是一旦你身無分文了，他們就拿你當臭要飯的，連哄帶趕，驅之不及。

人要窮瘋了，廉恥道德這些觀念就不重要了，祖父想了個辦法，去找他舅舅騙點錢。祖父的舅舅知道他是敗家子大煙鬼，平時一文錢都不肯給他，但是這次祖父騙舅舅說要娶媳婦，讓舅舅給湊點錢。

舅舅一聽感動得老淚縱橫，這個不肖的外甥總算是辦件正事，要是娶個賢慧的媳婦好好管管他，收收他的心，說不定日後就能學好了。

於是給他拿了二十塊大洋，囑咐他娶個媳婦好好過日子，千萬別再沾染那些福壽膏了，過幾天得空，還要親自去祖父家看看外甥媳婦。

祖父鬼主意最多，為了應付舅舅，他回家之後到村裡找了個紮紙人紙馬的匠人，就是燒給死人的那種。這個紮紙師傅手藝很高明，只要你說得出來的東西，他都能做的唯妙唯肖。

他按要求給祖父紮了個白紙糊裱的紙女人，又用水彩給紙人畫上了眉眼鼻子、衣服頭髮，在遠處一看，嘿，真就跟個活人似的。

祖父把紙人扛到家裡，放在裡屋的炕上，用被子把紙人蓋了，心裡想的挺好，等過幾天舅舅來了，就推說媳婦病了，躺在床上不能見客，讓他遠遠的看一眼就行了。想到得意處，忍不住哼起了小曲，蹓躂進城抽大煙去了。

沒過幾天，舅舅就上門了，買了一些花布點心之類的來看外甥媳婦，祖父就按照預先想好的說詞推脫，說媳婦身體不適，不能見客，讓舅舅在門口揭開門簾看了一眼就把門簾放下來了。

舅舅不願意了，「噢，你小子就這麼應付你親娘舅啊？不行，今天必須得見見新媳婦，生病了我掏錢給新媳婦請郎中瞧病。」

祖父就死活攔著不讓見，他越攔越顯得有問題，舅舅更加疑心，兩下裡爭執起來。正在此時，裡屋門簾撩開了，出來一個女子，長得白白淨淨的，大臉盤子、大屁股小腳，祖父心裡咯噔一下，哎呦，這不就是我找人糊的紙人嗎？它怎麼活了？

女人對舅舅施了一禮說：「近日身體不好，剛才沒出來迎接舅舅，失禮之處還請恕罪，現在

注　鴉片。

突然又覺得身子大好了，今天就留舅舅在家吃頓便飯。」說完就轉身進去做飯。

祖父的舅舅一看樂壞了，這外甥媳婦多賢慧，又生得旺夫的好相貌，我那死去的妹子泉下有知，看見他兒子娶了這麼好的媳婦也得高興啊。舅舅一高興又給了祖父十塊大洋。

祖父呆在當場，心裡慌亂，也不知是該慶幸還是該害怕，時間過的很快，一轉眼就到了晚上，白紙人做了一桌飯菜，舅舅樂得嘴都闔不上了，但是祖父卻無心吃喝，他看著坐在自己對面的那個女人，就覺得心裡跟吃了隻蒼蠅似的噁心。她的臉很白，一點血色沒有，臉上的紅潤都是用胭脂抹上的。

舅舅老眼昏花，也沒覺得那女人有什麼不對頭，七八杯老酒下肚就喝得酩酊大醉，祖父借了輛驢車，把他送回家中。

回去的路上，越想越覺得害怕，乾脆也不回家了，去城裡的花柳巷中過了一夜，連抽帶嫖把舅舅剛給的十個大洋都使光了。

最後又因為沒錢付帳被趕了出來，無處可去，只能硬著頭皮回家。到家一看屋裡黑著燈，那個白紙人一動不動的躺在自己的床上，蒙著被子，之前的好像一切根本就沒發生過。

祖父一想留著她晚上再變成活人怎麼辦，不如我一把火燒了它乾淨。把白紙人扛到院子裡，取出火摺子，就想動手燒了紙人，這時紙人忽然開口說話：「你個死沒良心的，我好心好意幫你，卻想燒了我！」

祖父嚇了一跳，深更半夜中只聽那白紙糊的女人繼續說：「我是看你可憐，你雖然吃喝嫖賭，但是心地還不算壞，我想嫁給你，你願意嗎？」

祖父拚命的搖頭，問那紙人：「你到底是妖還是鬼？」白紙人說：「我當然是鬼，只是暫時附在這紙人身上，不過你個窮棒子還別嫌棄我，我生前很富有，陪葬的金銀首飾夠你抽十輩子大煙的，你豈不聞『富死鬼強似窮活人百倍』？」

一提到錢祖父就有些心動，因為最近實在太窮了，就連衣服都給當光了，不過他可不想有命取財無命花錢，他曾經聽老人們講起過女鬼勾漢子的事，一來二去就把男人的陽氣吸光了，那些被鬼纏上的男人，最後都只剩下一副乾皮包著的骨頭架子。於是他對紙人說：「就算是妳真心對我好，我也不能娶妳，畢竟咱們是人鬼殊途，陰陽阻隔，這樣做有違天道。」

白紙人說：「你既然如此鐵石心腸，我也不勉強你，不過將來早晚有你後悔的那一天。你記住了，如果你的日子真到了窮得過不下去的時候，你就到十三里鋪的荒墳來找我，在那片墳地的最中間有座沒有墓碑的孤墳，裡面的棺材就是我屍身所在，棺中有得是金銀珠寶，只要你敢來，那些財物就儘管隨意拿去花用。」

說完，白紙人就一動不動了，祖父壯著膽子，點了把火將白紙人燒成了灰燼。

後來有幾次窮得實在沒辦法了，就想去十三里鋪挖墳，但是到最後還是忍住了，東借西湊的把日子混了下來。兩年以後他山窮水盡、走投無路終於去了那片墳地，不過那是後話，咱們暫且不表。

第二章　鼠友

這年的春節發生了很多事，祖父紮個紙人騙他舅舅錢的事情終於敗露了，舅舅生氣上火，一病不起，沒出三天就撒手歸西了。

胡家的親戚朋友都像防賊似的防著他，別說借給他錢了，就連剩飯都不讓他蹭一口。祖父把家中最後的一對檀木箱子賣了兩塊銀洋，這箱子是他母親的嫁妝，一直想留個念想，沒捨得典當。但是煙癮發作，也管不了那許多了，用這兩塊錢買了一小塊福壽膏，趕回家中就迫不及待的點上煙泡倒在床上，猛吸了兩口，身體輕飄飄的如在雲端。

此刻他感覺自己快活似神仙，平日裡那些被人瞧不起，辱罵，欺負的遭遇都不重要了。又吸了兩口，忽然發現自己的破床上還趴著個黑呼呼的東西，定睛一看，原來床角上趴著一隻大老鼠，這老鼠的歲數一定小不了，鬍子都變白了，體型跟貓差不多大，牠正在旁邊吸著祖父煙槍裡冒出的煙霧，好像牠也曉得這福壽膏的好處，嗅著鼻子貪婪的享受。

祖父覺得有趣，對大老鼠說：「你這傢伙也有煙癮？看來跟我是同道中人。」說完自己抽了一口，用嘴向那老鼠噴雲吐霧，老鼠好像知道他沒有惡意，也不懼怕他，抬起頭來接納噴向牠的煙霧。過了半晌，似乎是過足了癮，緩緩的爬著離開。

如此數日，這隻大老鼠每天都來同祖父一起吸煙，祖父到處被人輕賤，周圍沒有半個朋友，對這隻老鼠惺惺相惜頗有好感，有時候老鼠來得晚一點，祖父就忍著煙癮等牠。

但是好景不長，祖父家裡就剩下一張床和四面牆了，再也沒有錢去買煙土，他愁悶無策，嘆息的對老鼠說：「老鼠啊老鼠，今天我囊罄糧絕，可再沒錢買福壽膏了，恐不能與你常吸此味。」言畢唏噓不已。

老鼠聽了他說話，雙目炯炯閃爍，若有所思，反身離去。天黑的時候，老鼠叼回來一枚銀元放在祖父枕邊，祖父驚喜交加，連夜就進城買了一塊福壽膏，回來後就燈下點燒了，大肆吞吐，和老鼠一起痛快淋漓的吸了個飽。

第二天老鼠又叼來三枚銀元，祖父樂得簡直都不知道說什麼好了，想起來以前念私塾時學的一個典故，就對老鼠說：「知管仲者，鮑叔牙是也，君知我貧寒而厚施於我，真是我的知己啊，如不嫌棄，咱們就結為金蘭兄弟。」從此與這隻老鼠稱兄道弟，呼其為「鼠兄」，飲食與共，一起抽大煙，還在床上給牠用棉絮攏了個窩，讓老鼠也睡在床上。

人鼠相安，不亞於莫逆之交，老鼠每天都出去叼回來銀元，少則一二枚，多則三五枚，從此祖父衣食無憂。多年以後我的祖父回憶起來，總說這段日子是他一生中最快樂的時光。

就這麼過了半年多，祖父漸漸富裕了起來，但是不是有那麼句話嗎？發財遇好友，倒楣碰小人，也該著祖父是窮命，他就被一個小人給盯上了。

村裡有個無賴叫王二槓子，他和祖父不一樣，祖父至少曾經富裕過，怎麼說也當過二十多年的「胡大少爺」。

王二槓子就沒那麼好的命了，從他家祖上八輩到他這代，都沒穿過一條不露屁股的褲子，他看祖父家業敗了，幸災樂禍，有事沒事的就對祖父打罵侮辱，欺負欺負當年的胡大少爺，給自己心裡找點平衡。

最近他覺得很奇怪，祖父這窮小子也沒做什麼營生，家裡能典當的都典當了，他家親戚也死的差不多了，怎麼天天在家抽大煙？他這買煙土的錢都是從哪來的？說不定這小子做了賊，不如悄悄地盯著他，等他偷東西的時候抓了他扭送到官府，換幾塊大洋的賞錢也好。

可是盯了一段時間發現，祖父除了偶爾進城買些糧食和煙土之外，基本上是足不出戶，也從不跟任何人來往。越是不知道他的錢是怎麼來的，王二槓子就越是心癢。

有天祖父出去買吃的東西，王二槓子趁機翻牆頭進了他家，翻箱倒櫃的想找找祖父究竟有什麼祕密。突然發現床上有隻大老鼠正在睡覺，王二槓子順手把老鼠抓起來扔到爐子上正在燒的一壺水裡，然後把壺蓋壓上，心想等祖父回家喝水，我在旁邊看個樂子。

還沒等王二槓子出去，祖父就回來了，正好把他堵到屋裡，祖父一看壺裡的大老鼠已經給活活燙死了，頓時紅了眼睛，抄起菜刀就砍，王二槓子被砍了十幾刀，好在祖父是個大煙鬼，手上無力，王二槓子雖然中了不少刀，卻沒受致命傷，他全身是血的逃到保安隊求救，保安隊的隊長是當地一個軍閥的親戚，當時正在請這個軍閥喝酒，隊長一看這還了得？光天化日之下就持刀行凶，沒有王法了嗎？趕緊命幾個手下把祖父五花大綁的捆了來。

祖父被押到堂前，保安隊長厲聲喝問：「你為何持刀行凶要殺王二槓子？」

祖父淚流滿面，抽泣著述說了事情的始末，最後哀嘆著說：「想我當初困苦欲死，沒有這隻老鼠我就活不到今日，不料我一時疏忽竟令鼠兄喪命，牠雖非我所殺，卻因我而死。九泉之下負此良友，情何以堪，我一人做事一人當，既然砍傷了王二槓子，該殺該罰都聽憑發落，只求長官容我回家安葬了我的鼠兄，就是死也瞑目了。」

還沒等保安隊長發話，旁邊那個軍閥就感嘆不已的對祖父說道：「他奶奶的，不忘恩是仁，不負心是義，對老鼠尚且如此，何況對人呢？我念你仁義，又看你無依無靠，日後就隨我從軍做個副官吧。」

槍桿子就是政權，亂世之中，帶兵的人說的話就是王法，軍閥頭子吩咐手下，把那個王二楨子用鞭子抽一頓給祖父出氣，又放了祖父回家安葬老鼠，祖父用木盒盛殮了老鼠的屍體，挖個坑埋了，哭了半日，就去投奔了那個軍閥頭子。

常言說得好：「餓時吃糠甜如蜜，飽時吃蜜都不甜。」人到了窮苦潦倒之時，別人就是給他一碗粥、一塊餅也會感恩戴德，何況老鼠贈送給祖父那麼多的錢財，當然老鼠的錢也都是偷來的。聖人說「渴死不飲盜泉之水」，不過那是至聖至賢之人的品德標準，古人尚且難以做到，何況祖父這樣的庸人呢？以前聽說在房中吸煙，時間久了屋內的蒼蠅老鼠也會上癮，此言非虛。

第三章　荒墳凶屍

從那以後祖父就當了兵，甚得重用，然而在那個時代，天下大亂，軍閥混戰，拉上百十人的隊伍就能割據一方，今天你滅了我，明天他又收拾了你，沒有幾個勢力是能長久生存下去的。祖父所追隨的這個軍閥勢力本來就不大，不出一年就在搶地盤的戰鬥中被另一路軍閥打得七零八落，部隊死的死、逃的逃，提拔祖父的那位軍閥頭領也在混戰中飲彈身亡。

兵敗之後，祖父跑回了老家，這時他家裡的破房子早就塌了，又逃得匆忙，身上沒有帶錢，連續兩天沒吃過飯了，煙癮又發作起來，無法可想，只好把手槍賣給了土匪，換了一些煙土糧食，以解燃眉之急。

他一尋思，這麼下去不是事啊，這點糧食和大煙頂多夠支撐三五天的，吃光抽淨了之後該怎麼辦？這時他想起了那個附在白紙女人身上的亡魂說的話來，等到窮得過不下去了，就去十三里鋪的荒墳中找一座沒有墓碑的孤墳，她說那裡邊有她陪葬的金銀首飾。

此時的祖父當過兵打過仗，膽子比以前大多了，祖父在軍隊裡曾經聽個老兵油子說過很多盜墓的事，盜墓在民間又叫「倒斗」，能發橫財，但是抓著了也是要掉腦袋的，所以他沒敢在白天行動，把心一橫，在一個毛月亮的晚上點了盞風燈，扛了把鐵鍬，就去了十三里鋪的墳地。

（那位看倌問了，什麼是毛月亮？就是天上沒雲，但是月光卻不明亮，很朦朧。當然現代人都知道，這是一種氣象現象，學名叫作月暈，表示要變天刮大風了，可是那個年代的農村裡誰懂這些科學的解釋？有些地方的鄉下人就管這種月亮叫長毛毛的月亮，還有人說這種月色昏暗的夜晚，是孤魂夜鬼最愛出來轉悠的時刻。）

等到了地方，他先喝了身上帶的半斤燒酒，以壯膽色。這天夜裡，月冷星寒，陰風嗖嗖的刮著，墳堆裡飄蕩著一片片磷火，不時有幾聲嘰嘰吱吱的怪鳥叫聲響起，手中的風燈忽明忽暗，似乎隨時都可能熄滅。

祖父這時候雖然剛喝了酒，還是被這鬼地方嚇得出了一身冷汗，這回可好，那半斤燒刀子算是白喝了，全順著汗毛孔出去了。

好在這是一片野墳，誰都不知道是什麼年代的，附近完全沒有人煙，大喊大叫也不怕被人聽見，祖父唱了幾段山歌給自己壯膽，但是會的歌不多，沒唱幾句就沒詞了，乾脆唱開了平日裡最熟悉的〈五更相思調〉和〈十八摸〉。

祖父硬著頭皮戰戰兢兢的到了這一大片墳地中央，那裡果然是有一座無碑的孤墳，在這一片荒墳野地之中，這座墳顯得是那麼的與眾不同。

這座墳除了沒有墓碑之外，更奇怪的這墳的棺材沒在封土堆下面，而是立著插在墳丘上，露出多半截子。棺材很新，鋥明瓦亮的走了十八道朱漆，在殘月的輝映下，泛著詭異的光芒。

祖父心中有些嘀咕，這棺材怎麼這樣擺著？真他娘的怪了，怕是有什麼名堂。不過來都來了，不打開看看豈不是白走這一遭？沒錢買吃的餓死是一死，沒錢抽大煙犯了煙癮憋死也是一死，那樣還不如讓鬼掐死來得痛快，老子這輩子淨受窩囊氣了，他奶奶的，今天就豁出去了，一條道走到黑。

打定了主意，掄起鐵掀把埋著棺材下半截的封土挖開，整個棺材就呈現在了眼前，祖父是個大煙鬼，體力很差，挖了點土已經累得喘作一團。他沒急著開棺，坐在地上掏出身上帶的芙蓉膏往鼻子裡吸了一點。

大腦受到鴉片的刺激，神經也亢奮了起來，一咬牙站起身，用鐵掀撬開了棺材蓋子，裡面的屍體赫然是個美女，面目栩栩如生，只是臉上的粉擦得很厚，兩邊臉蛋子上用紅胭脂抹了兩大塊，在白粉底子的襯托下顯得像是貼了兩帖紅膏藥，她身上鳳冠霞被，大紅絲綢的吉祥袍，竟然是一身新娘子的妝扮。

這具女屍絕不是兩年前曾經見過的那個大臉盤子女人，而且那個紙人是兩年前讓他來挖墓，過了這麼久，就算當時那女屍剛入殮，到這兩年之後也該腐爛了呀，難不成她變成了僵屍？

但是此時，祖父早就顧不上那麼多了，他的眼睛裡只剩下那棺中女屍身上的首飾，這些金銀寶石在風燈的光線下誘人的閃爍著，還有放在她身旁陪葬的那些用紅紙包成一筒一筒的銀元，並有許多的金條，簡直數都數不清。

這回可發了大財了，祖父伸手就去擼女屍手上配戴的祖母綠寶石戒指，剛把手伸出去，那棺中的女屍突然手臂一翻，抓住了他的手腕，力量奇大，鋼鉤一般的長指甲，有一寸多陷入祖父手腕上的肉裡，掙脫不得。祖父被她抓得痛徹心肺，又疼又怕，一時不知該如何是好。

女屍睜開雙眼，從二目之中射出兩道陰森森的寒光，祖父被她目光所觸，冷得全身打顫，就像掉進了冰窟窿，連呼吸都冒出了白氣。

女屍冷笑一聲說道：「你小子果然是個財迷心竅的，像你這種下賤之輩只要有錢是不是什麼事都肯做？我看你長了心肝無用，我先替你收起來吧。」

祖父一聽對方想要自己的心臟，那如何使得，急忙道：「不可……不可……」女屍不容他多言，扯去他的衣服，用長長的指甲當胸一劃，一顆鮮活的人心從祖父的胸膛裡蹦了出來，女屍伸手抓住，血淋淋的一口吞到嘴中，嚼也不嚼就囫圇個兒的嚥了下去。

祖父大吃一驚，低頭一看，自己的胸口上有個傷疤，也不覺得疼痛，只覺得意識越來越模糊，胸中空空如也，想不起來剛才發生了什麼事，趴在地上對那女屍連連磕頭。

女屍坐在那口豎著的棺材頂端，冷冷的對祖父說道：「你現在做了我的傀儡，我不會虧待你，一定會給你榮華富貴，你替我引八八六十四個女子到這處墳地，讓我吃了她們的心肝，若出了半點差錯，就先要了你的狗命。」此時祖父哪裡敢不聽她吩咐。（書中代言，原來那女屍是個百年屍魔，她自己為了躲避劫數，暫時離不開這片藏身的墳地，就設計騙祖父這樣見錢眼開之徒來挖墳，再威逼利誘的讓他去抓來無辜女子供她活吃人心，待她吃滿了六十四顆女子的心肝之後，就算神仙下界也受她不得了。）

祖父屁滾尿流的離開了十三里鋪墳地，剛才被嚇得屎尿齊流，回去之後先偷了鄰居家晾晒的一條褲子換上。心想這回可麻煩了，我自己連個老婆都沒有，可上哪裡給這妖怪去找女人，又想到自己好像是有什麼重要的東西被那怪物取走了，究竟是什麼卻怎麼也想不起來，反正非常非常重要，如果找不到女人送給她吃，自己這條命就保不住了，這可如何是好？

腦中胡思亂想，忽然手中摸到剛才換下來那條臭褲子口袋裡的兩根大金條，正是那女屍主子賞給他的，祖父眉頭一皺，想出一個餿主意來，唉，為了活命，只能對不起自己的良心了，一想到良心二字，就覺得怪怪的，不過現在想不了那麼多，最重要的是好死不如賴活著，缺德就缺德吧。

第二天一早，先到縣城裡把金條兌成現大洋，找了間煙館吸了個痛快，又花了十塊現大洋，在一個窮山溝的村子裡買了個十七八歲的大姑娘，民國初年，雖然明令禁止人口買賣，但是老百姓窮得活不下去了，賣兒賣女的事屢見不鮮，政府也禁止不住，這條法律形同虛設。

買走了這大姑娘，在路上，祖父告訴她自己是買了她回去當媳婦的，讓她不用擔心，「咱倆回去好好過日子，妳跟了我，日後讓妳吃香的喝辣的，穿金的戴銀的。」大姑娘名叫小翠，鄉下女子臉皮兒薄，紅著個臉也不敢抬頭看他，一聲不吭的任憑他帶著走路。祖父就牽了頭小毛驢，馱著小翠，當夜趁著月黑風高，直奔那十三里鋪的荒墳。

山路崎嶇難行，祖父怕誤了時辰，加緊趕路，途中迎面遇到一位姓孫的風水先生，這位孫先生是全省有名的法師，他天生的陰陽眼，不僅能看風水算命，而且還會遁甲五行的奇術。

孫先生一見祖父，就發現他面上隱隱約約籠罩著一層黑氣，掐指一算，真是大吃一驚。急忙攔住他問道：「這位爺台，這麼匆忙是趕著去做什麼？」

祖父不耐煩的說：「我有急事，你別擋著路。」孫先生突然厲聲喝道：「我只問你這行屍走肉一句話，你的心肝哪去了？」

此言一出，祖父如遭當頭棒喝，急忙跪倒在地，拜求孫先生救命。

孫先生把他攙扶起來：「你雖然德行敗壞，但是並無大過，你須曉得回頭是岸，讓我救你不難，不過你要先拜我為師，並且戒了煙癮。」

祖父聽他說要讓自己戒掉大煙，那還不如要了自己的小命呢，不過仔細衡量，還是性命比煙土來得重些，留得青山在，不怕沒柴燒，我先求他救我擺脫了那女屍的糾纏，日後趁他不備，我接著吸我的芙蓉膏去，還怕他發現不成？心中盤算已定，就在山路上給孫先生磕了八個頭，行了拜師之禮。

然後諸事由孫先生安排妥當，吩咐祖父依計而行，自己則遠遠的跟在後邊保護。

月至中天之時，祖父帶著小翠，趕到了十三里鋪荒墳，那女屍早就等候多時，罵了祖父幾句，迫不及待的把小翠抓起來，伸出利爪掏出她的心肝，吞了下去，女屍忽然怪叫一聲，一把將小翠的屍身扯成碎片，此時小翠已經現出原形，原來孫先生以其人之道還治其人之身，這個假小翠也是個紙人，真的小翠早就被孫先生留在別的地方了。

女屍所吃的心臟是個裝在紙人裡的黑驢蹄子，此物最是僻邪，尤其克制發生屍變的僵屍之類妖怪（盜墓的分若干流派，江南一帶的盜墓賊幹活的時候懷中要裝上兩隻黑驢蹄子，此法出自茅山祕術，其中情由容日後再說，在此不做詳細交代）。那魔頭吃了黑驢蹄子，知道著了對方的道了，狂怒之下也想把祖父撕成碎片，可是祖父早就遠遠躲開，女屍仰天長嚎，身上的衣服一件件的化為灰燼，肉體都變成血水，沒過多久只剩下一副白森森的骨架倒在地上。

孫先生在遠處瞧得清楚，急匆匆地趕將過來，在骨架中找出一枚雞卵大小的赤紅色丹丸，命祖父吃了下去，祖父的心肝總算是又回到老地方了。

兩人合力把地上的白骨裝進那口大紅棺材，剛要把棺材蓋上，冷不丁那骷髏頭躍了起來，張開大口向孫先生吐出一股黑霧，孫先生有些大意，這一下是猝不及防，被噴個正著，只覺一陣陰寒的屍氣嗆得胸口氣血翻湧。但是他久經險惡，此刻絲毫也不慌亂，用力一推把那棺板闔上，取出長釘釘得死死的，又用墨斗在棺材上縱橫交錯的彈滿了墨線，墨線如同圍棋棋盤的格子一樣形成一張黑色大網，把棺材封得嚴嚴實實。

孫先生方才中了僵屍的陰氣，受傷不輕，這一番忙碌之後，坐在地上動彈不得，於是讓祖父堆些枯柴，把那口朱漆大棺焚毀。祖父遵命而行，點了把火將棺材付之一炬，火焰熊熊升騰，一股股的黑煙冒了出來，臭不可聞，最後終於都燒成了一堆灰燼。

胡國華這才想起，那棺中還有許多金銀珠寶，跺腳嘆息，悔之晚矣，只好攙扶著師傅孫先生，接了小翠，一同到了孫先生家中居住。

此後孫先生用祕方治好了祖父的煙癮，傳授他一些看風水測字的本領，祖父在縣城中擺個小攤，替人測個字看看相，賺些小錢，娶了小翠為妻，他感念師傅的救命之恩，從此安分守己，日子過的一天天好了起來。

然而孫先生自從那次被屍氣噴中，屍毒寒氣透骨，就一直沒能痊癒，過了幾年就一命歸西了。

臨終前，孫先生把祖父招至身前，說道：「你我師徒一場，只是為師並未來得及傳授你什麼真實本領，我這裡有本古書《十六字陰陽風水祕術》，此書是殘本，只有半卷，只是些看風水尋墓穴的小術，你就留在身邊做個紀念吧。」說完之後一口氣沒喘上來，就此與世長辭。

祖父安葬了師傅，無事之時就研習孫先生留給他的這本殘書，日積月累，也窺得些許奧妙，在縣裡到處給有錢人選些墓地佳穴，逐漸有了些名氣，家產也慢慢的富裕了起來。

小翠給祖父生了個兒子，取名胡雲宣，胡雲宣在十七歲的時候，到省城的英國教會學校讀書，年輕人性格活躍不受拘束，同時又接觸了一些革命思潮的衝擊，全身熱血沸騰，天天晚上做夢都在參加革命暴動，於是離家出走，投奔了革命聖地延安。

此後胡雲宣參了軍，一直到建國時，淮河戰役之時，已經當上三野六縱（注1）的某團團長，渡江戰役之後隨部隊南下，把家也安在了南方。

再後來就有了我，我生得時間很巧，正趕上八一建軍節，父親就給我起名叫胡建軍，結果上幼兒園的時候一看，一個班裡就七八個叫建軍的，重名的太多了，於是就給我改了個名「胡八一」。

我祖父胡國華說：「這名改得好，單和（胡）八萬一筒。」

在我十八歲的時候，家裡受到了衝擊，首先是三野野司（注2）的那些頭頭腦腦先倒臺，再逐漸牽扯了下來，又加上我父母出身不太好，他和我娘兩口子都被隔離審查了，祖父也被拉出去當牛鬼蛇神批鬥遊街，他年歲大了，老胳膊老腿的經不住折騰，沒鬥兩回就去世了。他給別人看了一輩子的風水，為人選墓地，自己臨終還是給火葬的，世事就是這麼的無常。

我家裡一共被抄了三遍，所有值錢的東西都被抄走了，祖父生前喜歡收藏古董，這些古玩不是被砸就是被抄，一件也沒保全。最後唯一剩下的就是一本我祖父留下的殘書，他讓我把書用油布包了藏在公共廁所的房頂上才得以倖免。

文革時的年輕人畢業之後有三個選擇，一是參軍，這是最好的去處，一是鍛鍊人，二是將來轉業了能分配工作。其次是留在城裡當工人，這也不錯，可以賺工資。最倒楣的就是那些沒門路，沒關係，或者家裡受到衝擊的，這些年輕人只能上山下鄉去插隊。

你要說我選第四條路，哪都不去，我就在家待著行不行啊？那也不行，當時沒有閒人這麼一說，人人都是社會主義的螺絲釘，都有用處。你要在家待著居委會的、學校的、知青辦的就天天走馬燈似的來動員你，不過有些人堅持到了最後，就不去插隊，你能把我怎麼著？最後這樣的人也就都留在城裡還給安排工作了。中國的事就是這樣，說不清楚，越活越糊塗，永遠也不知道規

注1　華東野戰軍第六縱隊。
注2　華東野戰軍司令部

則是什麼，而「潛規則」（注1）又不是每個人都明白的。

當時我太年輕，也不知道上山下鄉具體是怎麼回事，反正我這種家庭出身的想參軍是肯定沒指望了，留在城裡也沒人管安排工作，不插隊也沒別的地方可去，我一想插隊就插隊吧，我就當是「廣闊天地煉紅心」（注2）了，反正是離開家，要插就插得越遠越好。

我們這裡的大部分人都選擇去雲南新疆插隊，我選擇了去內蒙，跟我一樣的還有我一哥兒們王凱旋，他比平常人白一些，胖一些，所以外號叫胖子，我們插隊去的地方叫崗崗營子，這地名我以前連聽都沒聽過，直到他們告訴我是去這崗崗營子的那一刻，我才剛知道世界上原來還有這麼個地方。

坐火車離開家的時候，沒人來送我們，比起那些去部隊參軍的熱烈歡送場面，我們這些知青離家的情景有些淒慘悲壯。我隨身只帶了那本藏在公共廁所房頂的《十六字陰陽風水祕術》，我不知道這是本什麼書，只不過這是我家裡唯一一樣保留下來的東西，我想帶在身上，等到想家的時候拿出來看看也好。

第四章　大山裡的古墓

雖說是內蒙，其實離黑龍江不遠，都快到外蒙邊境了。居民也以漢族為主，只有少數的滿蒙兩族。如果沒去過崗崗營子，你永遠也想不出來那地方多艱苦，我們這一撥知青總共有六個人，四男兩女，一到地方就傻眼了，周圍全是綿延起伏的山脈，和一望無際的原始森林，出了屯子走上百十里地也看不見半個人影。

這裡根本不通公路，更別說通電了，點個油燈都屬於幹部待遇了，在這地方使手電筒相當於現在住總統套房。在城裡完全想像不到，我們當時還以為祖國各地全是樓上樓下，電燈電話呢。

不過那時候也覺得新鮮，從來沒見過這麼大的山，好多山裡產的東西也是頭一次吃到，這附近的山比較富，山貨很多，河裡還可以撈魚，倒不愁吃不飽飯，後來回城後聽他們去陝西插隊的說他們那才真叫苦呢，這幾年就壓根沒見過一粒像樣的糧食。

知青的活不太重，因為這地方靠山吃山，農作物種的不多，夏天的晚上我們輪流去田裡看莊稼，因為怕被野獸啃了，所以每天晚上得有一兩個人住在莊稼地裡過夜。

山裡的莊稼不是像華北平原那樣的千里青紗帳，而是東邊一塊，西邊一塊，哪地平就在哪開一塊田。所以晚上要經常出去走動，這天夜裡正趕上我和胖子搭伴，胖子在草棚裡睡覺，我出去轉了一圈，一看也沒什麼事，回去睡覺得了。

注1　指約定俗成的行為文化。見吳思《潛規則》。
注2　指四處遊歷學習，堅定革命精神。

快到草棚的時候，我看見距離草棚不遠的地方有一大團圓呼呼的白影，我揉了揉眼睛再仔細看，確實不是看花眼了，但是天太黑究竟是個什麼東西也看不清楚，我那時候不信有鬼，以為是什麼動物，於是我撿了條木棍想把牠趕跑。

一片漆黑之中一團白花花的事物，而且還在微微晃動，這究竟是什麼東西？也不像是動物，可是如果不是動物牠又為什麼會動？天太黑，我又沒有煤油燈照明，分辨不出那是何物。

我雖然不怕鬼怪，但是面對未知的事物時，始終還是存在一些畏懼的心理，不敢掄棍子直接去打，我手中的這根棍子，其實就是從地裡隨手撿來的粗樹枝，我用樹枝輕輕捅了捅那堆白生生的東西，很軟……突然在黑暗中聽見胖子大叫：「啊……幹什麼？胡八一！你用樹枝捅我屁股幹什麼？」

一場虛驚，原來是胖子白天吃了不乾淨的果子，晚上鬧肚子，蹲在那裡放茅，黑夜裡就他的大白屁股顯眼。

第二天早上，胖子不依不饒的要我對他進行補償，自稱昨晚讓我嚇死了一百多萬腦細胞，我說：「就你那大腦，能有那麼多腦細胞嗎？我跟你都是窮光棍，接受了最高指示來農村接受很有必要的貧下中農再教育，你想讓我拿什麼補償你？我可跟你提前說，做為你親密的革命戰友，我的全部家當就只剩下現在身上穿的這最後一條褲子了，你總不會要我拿這條褲子補償你吧？」

胖子滿臉壞笑著說：「那倒不用，我昨天在團山子那片老林裡見到一個非常大的蜂窩，你跟我去把蜂窩捅了，咱們弄點蜂蜜沖水喝，還可以用蜂蜜跟燕子她爹換兔子肉吃。」

燕子是個姑娘的名字，她爹是村裡有名的老獵人，我和胖子都住在她家裡的知青點，她們父女兩個經常進山打獵，時不時的請我們吃野味，我們一直覺得總吃人家的好東西有點過意不去，但是我們實在太窮，也沒什麼東西可以用來還請燕子父女。

胖子發現了一個大蜂窩，我們就決定弄些蜂蜜回來送給燕子，兩人都是急脾氣，說幹就幹，以前在城裡我和胖子都是全軍區出了名的淘氣大王，捅個蜂窩不算什麼，比這厲害十倍的勾當也是經常耍的。

我怕迷路就找燕子借了她獵犬，這是條半大的小狗，牠是燕子自己養起來的，燕子給小狗起了個名字叫栗子黃，還一直沒捨得帶牠出去打獵，見我們要去團山子玩，就把狗借給了我們。

團山子離我們村的直線距離不算遠，但是由於沒有路，翻山越嶺走了半日才到，這片林子極大，村裡的人曾警告過我們不要進去，說裡面有人熊（注）出沒，我們見過村中有個只有半邊臉的男人，小時候就在這裡遇到了人熊，好在燕子她爹及時趕到，開槍驚走了人熊，把他救了下來。但是那孩子的臉還是被人熊舔了一口，人熊的舌頭上全是倒生的肉刺，一舔就舔掉了一大片肉，他的左臉沒有眼睛耳朵，鼻子和嘴也是歪的。都四十多歲了，還討不到老婆，村裡的老人們說起他的事，都要流眼淚的。

我們雖然膽大，也不敢貿然進入原始森林，胖子所說的那個蜂巢是他跟村裡人來採松籽油時，在森林邊緣發現的，蜂巢在林子外邊靠近一條小溪的大樹上。

不過出乎預料之外的是，這蜂窩太大了，比我們以前捅過的那些加起來還要大，從遠處看，就像是樹上掛了一頭沒有四肢的小牛犢子，裡面黑壓壓的巨大螯蜂飛來飛去，嗡嗡聲震耳欲聾。

我說：「小胖你他媽的就坑我吧，這是蜂窩嗎？這簡直就是一大顆馬蜂原子彈啊，這要捅炸

注　棕熊。

了還得了？」

胖子說：「沒錯，要是普通的蜂窩還用得著找你嗎？我自己就順手解決了，怎麼樣？你還敢不敢幹？」

我說：「這算什麼，我們的隊伍是不可戰勝的，連美帝國主義的飛機坦克咱都不怕，能怕幾隻小蜜蜂？全是他奶奶的紙老虎，幹他娘的，今天咱們吃定蜂蜜了。」

話雖如此說，卻不能蠻幹，稍有失誤就會被馬蜂活活螫死，這種蜂如此巨大，肯定是有毒的，不用多，挨這麼一兩下就完了。剛好旁邊有條小河，這就叫天助我也，我先拿出一塊餅子掰了兩塊，餵栗子黃吃了，讓牠遠遠的跑開。然後各自把帶來的軍大衣穿上，戴了狗皮帽子紮了圍脖，戴上手套，帽子前面遮了一塊找女知青借的透明紗巾，檢查全身都沒有半點露出皮肉的地方之後，讓胖子找了兩枝空心的葦子，一人一棵，準備等會兒跳到河裡躲避蜂群攻擊時用來呼吸。

準備停當之後，我們倆像兩隻臃腫的狗熊一樣，一步三晃的來到樹下，我手拿一團冬籽草和火柴蓄勢待發，胖子拿個長長的桿子數著：「一，二，三。」數到三就用長桿猛捅蜂巢和樹幹連接的部分，沒捅到四五下，巨大的蜂窩叭嗒一下落到樹下，裡面的無數大馬蜂立刻就炸了營一樣飛出來，在天空中形成一大片黑霧，嗡嗡嗡的籠罩在我們頭頂。

我事先準備的比較充分，不管蜂群的攻擊，用火柴點著了冬籽草，放在蜂窩旁的下風口，從裡面飛出來的巨蜂被煙一薰就喪失了方向感，到處亂飛，我和胖子又用泥土在燃燒的枯草周圍堆了一道防火牆，以防形成燒山大火。

此時那些沒被煙薰到的馬蜂已經認清了目標，紛紛撲向我們，我感覺頭上就像下冰雹一樣啪啪啪的亂響，不敢再做停留，急忙和胖子奔向旁邊的小溪，那溪水不深，只有不到一米的深度，我們一個猛子扎到了底，身上的馬蜂都被溪水沖走，我一手按住頭上的狗皮帽子防止被水流沖走，另一隻手取出葦子呼吸。

過了許久才露出頭來，發現蜂群不是被水淹死，就是被煙薰暈了過去，已經沒有危險了，此時雖是盛夏，山中的溪流卻冷，我全身已經被溪水凍得全身發抖，好不容易才爬上岸，躺在石頭上大口喘氣，頭上的陽光晒得全身發暖，說不出的舒服。

不一會兒胖子也撐不住了，晃晃悠悠的爬上岸來，剛爬一半，他忽然哎呦一聲，猛的抬起手臂，手上不知被什麼扎了個大口子，鮮血直流。

我趕忙又下到溪中去扶他，胖子一邊緊握住傷口一邊說：「你小心點，這河裡好像有只破碗，他媽的扎死我了。」

這附近根本沒有人居住，怎麼會有破碗，我好奇心起，脫個淨光，赤著膀子潛進溪中摸索，在胖子被扎的地方，摸出半個破瓷碗，看那碗的款式和青藍色的花紋，倒有幾分像以前我祖父所收藏的那種北宋青花瓷。

祖父的那些古玩字畫在破四舊的時候都被紅衛兵給砸了，想不到在這深山老林裡也能見到這類古玩的殘片，還真有點親切感，不過這東西對我來講根本沒什麼用，我一抬手把這半個破碗遠遠的扔進了樹林裡。

胖子也把溼透了的衣服扒個精光，胡亂包了包手上的口子，又跳進溪中，我們倆洗了個澡，然後把衣服鞋襪一件件的晾在溪邊的鵝卵石上，我打聲呼哨，招呼栗子黃回來。

只見栗子黃從遠處跑了回來，嘴裡還叼了隻肥大的灰色野兔，不知這隻倒楣的兔子是怎麼搞的，竟然會撞到栗子黃這隻還在實習期的獵犬口中的，我一見有野兔，大喜之下抱著栗子黃在地上滾了幾圈，真是條好狗，我從蜂巢上掰了一大塊沾滿蜂蜜的蜂房獎勵牠。

胖子說：「回去咱們也找人要幾隻小狗養著，以後天天都有兔子肉吃了。」

我說：「你想得倒美，山裡有多少兔子也架不住你這大槽兒狠吃。先別說廢話了，我還真有點餓了，你趕緊把兔子收拾收拾，我去撿柴生火。」

胖子在溪邊把兔子洗剝乾淨，我抱了捆乾松枝點起了一堆篝火，把剝了皮的野兔抹上厚厚的一層蜂蜜，架在火堆上燒烤。不一會兒，蜜製烤兔肉的香味就在空氣中飄散開了，我把兔頭切下來餵狗，剩下的兔肉一劈兩半和胖子吃了個痛快。我長這麼大從來沒吃過這麼香的東西，差點連自己的手指也一起吞下去，雖然沒有油鹽調味，但是抹了野生蜂蜜再用松枝烤出來的野兔肉，別有一番天然風味，在城市裡一輩子也想像不到世上會有這種好吃的東西。知青的生活就是這樣有苦有樂，我們被社會趕到了邊遠的山區，失去了一些東西的同時，也得到了一些在城裡得不到的東西，看來人生中有些事，恐怕是不能用得與失去衡量的。

吃飽之後，眼見天色不早，衣服也乾的差不多了，就用粗樹枝穿起了巨大的蜂窩，兩人一前一後的抬了，高唱著革命歌曲回村：「天大地大，不如我們大家決心大；爹親娘親，不如共產黨的恩情親。」這才真是鞭敲金蹬響，齊唱凱歌還。唯一不太協調的就是在我們嘹亮的革命歌聲中還夾雜著栗子黃興奮的狗叫聲，這使我覺得有點像電影裡面鬼子進村的氣氛。

回到屯子裡一看，人少了一大半，我就問燕子：「燕子妳爹他們都到哪去了？」

燕子一邊幫我們抬蜂巢一邊回答：「查干哈河發大水，林場的木頭都被泡了，中午村裡的大多數人都去那邊幫忙搬木頭了，支書讓俺轉告你們，好好看莊稼，別闖禍，他們要七八天才能回來。」

我最不喜歡聽別人不讓我闖禍的話，就好像我天生就是到處闖禍的人似的，於是對燕子說：

「支書喝酒喝糊塗了吧？我們能闖什麼禍？我們可都是毛主席的好孩子。」

燕子笑著說：「你們還不惹禍呀？打你們城裡這幾個知青來了之後，村裡的母雞都讓你們鬧騰的不下蛋了。」

我們一起的另外兩個男知青也去了林場，只剩下我和胖子還有另外兩個女知青，我們因為出去玩沒被派去林場幹活，覺得很幸運，把蜂蜜控（注1）進罐子裡，足足裝了十多個大瓦罐，燕子說剩下的蜂房還可以整菜吃，晚上給我們整麅子（注2）肉炒蜂房。」

一說到吃胖子就樂了，說今天咱們這小生活跟過年差不多，下午剛吃了烤兔子肉，晚上又吃麅子肉炒蜂房，我這口水都流出來了。燕子問我們在哪烤的兔子？我把經過說了。燕子說：「哎呀，你們可別瞎整了，在老林子邊上烤野兔，肉香把人熊引出來咋整呀。

我們聽她這麼說才想起來，還真是太危險了，幸虧今天人熊可能是在睡覺才沒聞見烤肉的香味。我一邊幫燕子生火一邊說了胖子在溪水中被破碗扎破手的事，荒山野嶺的地方怎麼會有那種宋代的青花瓷碗？

燕子說那一點都不新鮮，咱村裡姑娘出嫁，哪家都有幾個瓶瓶罐罐的做陪嫁，都是從河裡撈出來的。

我越聽越覺得奇怪，河裡還能撈古董？燕子也從床底下翻出兩個瓷瓶讓我看：「不是河裡長的，都是從上游沖下來的，咱村附近這幾條河的源頭都在喇嘛溝的牛心山，聽老人們講那山是埋了也不知遼國金國的哪個太后的墓穴，裡面陪葬的好東西老鼻子（注3）去了，好多人都想去找那

注1　北京土話，同「倒」。
注2　獐鹿一類的動物。
注3　北京土話，指「多」或「程度之大」。

個墓，但是不是沒找著，就是進了喇嘛溝就出不來了，喇嘛溝那林子老密了，我爹就曾經看見過溝裡有野人出沒，還有些人說那牛心山裡鬧鬼，反正這些年是沒人敢再去了。」

說話間已經夜幕降臨，燕子把飯菜做得了，胖子去叫另外兩個女知青來吃飯，結果剛去就和其中一個叫王娟的一同氣喘吁吁的跑了回來，我忙問他們出什麼事了？

王娟喘了半天才說清楚，原來和她一起的那個女知青田曉萌家裡來信，說是她母親得哮喘住院了，病得還挺嚴重。田曉萌聽人說喇嘛溝裡長的菩薩果對哮喘有奇效，就一個人去喇嘛溝採菩薩果，從早晨就去了，一直到現在天黑也沒回來。

我腦門子青筋都跳起來多高，這田曉萌也太冒失了，那地方全是原始森林，連村裡有經驗的獵人也不敢隨便去，她怎麼就自己一個人去了？

王娟哭著說：「我攔不住她呀，咱們趕緊去找她吧，要是萬一出點什麼事，可怎麼辦呀。」

可是眼下村裡的勞動力都去了林場，剩下的人是老的老小的小，要去找人只能我和胖子去了，燕子也帶上栗子黃和獵槍跟我們一道去，留下王娟在村裡看莊稼。

在山裡有狗就不怕迷路，我們不敢耽擱，點著火把牽著栗子黃連夜進了山，深山老林裡根本沒有路可走，我真想不明白田曉萌自己一個女孩怎麼敢單身一人闖進大山的最深處，胖子說她可能是急糊塗了，誰的親娘病了不著急啊。

因為天黑，又要讓狗追蹤氣味，栗子黃沒受過專業的追蹤訓練，經常跟丟了，還要掉回頭去重找。所以我們走得很慢，以前四五個小時的路，走了整整一夜，東方出現了曙光，大森林中的晨風吹得人身上起雞皮疙瘩，清新的空氣使人精神為之一振，燕子給我們指了指西面：「你們看，那座大山就是牛心山。」

我和胖子向西邊看去，被茫茫林海所覆蓋著的山巒中，聳立著一座怪模怪樣的巨大山峰，整個山就如同牛心的形狀，九條白練玉龍般的大瀑布從山上奔流而下，村民們撿到的那些瓷器就是從這些瀑布裡沖出來的，看來那傳說中遼國太后的陵墓可能就在山內，不過這麼多年以來始終沒人找得到入口。

我見了這座壯觀的山峰突然有一種感覺，向毛主席保證這樣的山我好像在哪見過。心念一動，終於想起來平時閒著翻看我祖父留下的那本破書時看到的一段記載，這種山水格局是一塊極佳的風水寶穴，前有望，後有靠，九道瀑布好似是九龍取水，把山丘分割得如同一朵盛開的蓮花，對了，好像是叫什麼「九龍罩玉蓮」。

山上這九條瀑布，多一條少一條，又或者說是沒有這麼大的水流量，都夠不上「九龍罩玉蓮」的格局。九在個位數中最大，有至尊之隱義，發音也同「久」，有永恆之意，一向被視為最吉祥的一個數字。另外瀑布的水流量如果小了，那也就不叫龍了，那是蛇。

這種風水寶穴，還有個別稱叫作「洛神輦」，按書中所說，最適合的就是在這種地方安葬女性，如果安葬了男子，其家族就要倒大楣了。

這時我心中隱隱約約有種感覺，我祖父的那本《十六字陰陽風水祕術》並不是什麼亂七八糟的四舊（注），書中的內容確實是言之有物的，回去之後還要再好好讀一讀。

不過我並不覺得這種風水術有什麼實用價值，中國自古以來有那麼多的帝王將相，哪一個死

注　舊思想、舊文化、舊風俗、舊習慣。

後是隨便找地方埋的？朝代更替，興盛衰亡的歷史洪流，豈是祖墳埋得好不好所能左右的。

燕子指著牛心山前的山谷說：「這就是有名的喇嘛溝，傳說裡面有野人，到了晚上還鬧鬼。」

胖子望了望山谷中遮天蔽日的原始森林，皺著眉頭說：「田曉萌要是進了喇嘛溝肯定會迷路，咱們只有三個人一條狗，想找她可真是有點不大容易。」

我看他們倆有點洩氣，就為他們打氣說：「共產唯物主義者們就不應該相信世界上有什麼鬼，不管是鬼還是野人，讓我碰見了就算它倒楣，我要活捉它幾隻，帶到北京去送給毛主席，毛主席見了一定很驚訝。」

胖子和我一樣都是軍人家庭出身，血液裡天生就有一種天不怕地不怕的成分，他聽了我這麼說，也來精神了，摩拳擦掌的準備進溝。

只有燕子憂心忡忡，她做為本地人，從小到大，聽了無數關於這條喇嘛溝的可怕傳說，自然就有一種先天養成的畏懼心理。不過現在救人要緊，只能把那些拋在腦後了。

三人先坐下來吃了些乾糧，整點裝備，我們一共有兩桿獵槍，這兩支槍是燕子和她爹打獵時用的，一把是三套筒，另一把是鄂倫春人常用的抬桿子，這兩種槍都很落後，全是前膛裝填的火藥槍，近距離殺傷力很大，但是射擊三十五米開外的目標，威力和精度便難以保證，也就打個野兔麅子之類的還算好使。

我六歲起就被我爹帶到靶場玩槍，解放軍的制式長短槍械我用得都很熟，但是這種前膛燧發獵槍，我一點都沒有把握能控制住，胖子和我的經驗差不多，我們商量了一下，獵槍我和燕子各拿一支，胖子拿了一把砍柴的砍刀。準備停當之後，三人就一頭扎進了喇嘛溝的密林之中。

在喇嘛溝裡，比起傳說中的野人和山鬼，最真實而又直接的威脅來自於人熊，人熊雖然和黑瞎子同樣都是熊，但是人熊喜歡人立行走，故得此名，人熊體積龐大皮糙肉厚，獵人們只有成群結隊，並帶有大批獵狗的時候才敢攻擊人熊。如果一個人帶著一把破槍在原始森林中和人熊遭遇，幾乎就等於是被判死刑了。

在林子裡走了大半日，牛心山上九道大瀑布的流水聲轟隆隆的越來越大，眼瞅著喇嘛溝已經走到了盡頭，就快到牛心山腳下了。

人熊野人都沒碰到，更沒見到田曉萌的蹤影，胖子累得一屁股坐在地上：「不行了……實在……走不動了。」

燕子說：「那咱們就先歇會兒吧，栗子黃好像也尋不到田曉萌的氣味了，唉，這可咋整啊？要是找不到她，支書和我爹他們回來還不得把我罵死。」

我也累得夠嗆，拿起水壺咕咚咕咚灌了幾口，對他們兩個人說：「田曉萌許不會是讓人熊給吃了？再不然也有可能是被野人抓去做了壓寨夫人。」

我們正在一邊休息一邊閒扯，忽聽栗子黃衝著密林深處狂叫了起來，獵犬都是血統優良的好狗，牠們不在極其危險的情況下，絕不會如此狂叫。

我問燕子：「狗怎麼了？是不是發現有什麼野獸？」

燕子臉色慘白：「快上樹，是人熊。」

我一聽說是人熊，急忙三下兩下爬上了一棵大樹，低頭一看，燕子正在用力托著胖子的屁股。胖子不會爬樹，吃力的抱著樹幹一點點的往上蹭，我趕緊又從樹上溜了下來，和燕子一起托胖子的屁股，胖子好不容易爬上了最低的一個大樹杈，滿頭大汗的趴在上面說：「我……這樹他媽的……太高了！」

栗子黃的叫聲越來越急，還沒等我和燕子爬上樹，就見樹叢中鑽出一隻渾身黑毛的人熊，牠見了活人，立即興奮起來，人立著咆哮如雷。

燕子長年跟她爹在山裡打獵，經驗極其豐富，來不及多想，抬起獵槍對著人熊就放了一槍，碰的一聲火光飛濺，彈丸正中人熊的肚子。

由於距離很近，而且人熊的腹部最是柔軟，這一槍在牠的肚子上開了個大洞，鮮血和肚腸同時流了出來。人熊受了傷，惱怒無比，用大熊掌把自己的腸子塞了回去，然後狂暴的撲向燕子，燕子的獵槍不能連發，身後都是樹木荊棘無處可逃，只能閉眼等死。

救人要緊，我顧不上多想，急忙舉槍瞄準人熊的頭部，這一槍如果打不中，燕子就完了，想到這裡手有點發抖，一咬牙扣動板機，轟的一聲，抬桿子獵槍巨大的後座力差點把我掀了個跟頭，一屁股坐在地上，不知是火槍的殺傷力不夠還是我射得偏了，雖然打中了人熊的頭部，卻只是打瞎了牠的一隻眼睛。

這一槍雖不致命，卻把燕子救了，人熊瞎了一隻眼，滿臉都是鮮血，眼眶上還掛著半個眼珠子，牠變得更加瘋狂，丟下燕子不管，逕直朝我撲來。

這時栗子黃從後面猛咬人熊的後腿，人熊扭過頭去要抓栗子黃，栗子黃很機警，見人熊轉身，便遠遠跑開，對人熊齜著牙挑釁。

就這麼緩得一緩，我和燕子都抓住了這救命的十幾秒鐘時間，分別爬上了大樹。

人熊受傷也不輕，肚腸子被打穿，流出來一大截，還瞎了一隻眼睛，牠在山中連老虎都怕牠三分，哪吃過這麼大的虧，想去抓栗子黃，但是又沒有獵犬跑得快，想要去咬那三個人，那些傢伙又都爬上了大樹。在樹下轉了幾圈，雖有一肚子邪火，而一時竟不知該如何是好，暴跳如雷，仰天狂吼，聲震山谷。

我趴在大樹上看見下面的人熊急得直轉圈，忘記了自己身處險境，覺得好笑，對在另一棵樹上的胖子喊：「小胖，你二大爺怎麼還不走啊？跟下邊瞎轉悠什麼呢？你勸勸牠，別想不開了。」

胖子不是怕人熊而是怕高，拿現代的詞來說他可能是有點恐高症，趴在樹杈上嚇得發抖，但是他聽我擠兌他，也不肯吃虧，跟我對罵起來：「胡八一，你他媽的就缺德吧你，下邊這位哪是我二大爺啊，你看清楚了再說，那不是你媳婦嗎？」

我哈哈大笑，指著下面的人熊對胖子說：「噢，看錯了，原來這是你老姨，我可不給你當姨夫。」

胖子氣急敗壞的想用樹上的松果投我，但是兩隻手都緊緊抱著樹杈，生怕一鬆手就掉下去，不敢有太大的動作，只能衝我乾瞪眼。

我見了胖子的樣子更加覺得好笑，不過馬上我的笑容就僵住了，樹下的人熊正不顧一切的爬上我所在的這棵大樹。

牠雖然笨重，但是力量奇大，又受了重傷，疼痛已經讓牠完全失去了理智，在牠眼中只剩下我們三個人一條狗，瞪著一隻血紅的熊眼，大熊掌上的肉刺牢牢扒住樹幹，龐大的身軀每一躥就爬上來一米多高的距離。我心中暗罵：「誰他娘的告訴我狗熊不會爬樹？這不是坑我嗎？」

在山裡有句老獵手叮囑年輕獵人的話：「寧鬥猛虎，不鬥瘋熊。」因為受傷而完全發瘋了的人熊，其破壞力和爆發力都是驚人的，我大驚失色，哪裡還有心思跟胖子開玩笑，心中不停的盤算著怎樣脫身。

這時燕子給我提了個醒：「快……快裝鐵沙，打牠的另一隻眼！」

我這才想起來背在身後的獵槍，連罵自己沒用，又往大樹頂端爬了一段，解下紮褲子用的武裝帶，把武裝帶栓在一枝足能承受我體重的大樹杈上，用一隻手抓著獵槍掛住重心，騰出另一隻手往獵槍裡裝填火藥，我把牛角筒裡剩下的多半筒火藥都裝進了抬牙子的槍管。

人熊爬得很快，離我越來越近，燕子和胖子都為我捏了一把冷汗。我盡量只把注意力放在手中裝填獵槍的動作上，不去想下面爬上來的人熊。

裝完火藥之後是壓鐵沙，用鐵通子把火藥和鐵沙用力杵實，我的鼻窪鬢角全是汗水，這種獵槍真麻煩，破槍真是要了命了，在東北的大森林中，有多少獵手是因為沒有一把快槍而失去了寶貴的生命？這時候我要是能有一把五六式半自動步槍，就算再來牠個兩三隻人熊也不在話下，在這種情況下，哪怕有枝手槍也好。

就在我完成裝鐵沙火藥，並替換完火絨、火石的那一刻，人熊的爪子已經搆到了我的腳，我連忙縮腳，順勢把槍口倒轉向下，正對著人熊的腦袋開了一槍，這一槍因為火藥放得太多，煙火升騰，把我的臉薰得一片漆黑。

火槍是憑藉火藥噴射的力量激發鐵沙，但是角度太低使得壓在槍筒裡的鐵沙鬆動了，沒有發揮出應有的威力，另外由於是單手抵近射擊，後面沒有支撐點，如此近的距離還是打得偏了，沒擊中牠的頭部，只是把人熊的肩膀打得血肉模糊，人熊從十幾米高的樹上掉了下去，沉重的砸在地上，地上都是極深的枯枝敗葉，再加上牠皮肉厚實，從高處跌下並沒有對牠造成多大傷害。

人熊爬了起來，這次牠不再爬樹，像一輛重型坦克一樣，嗷嗷怪叫著用肥大的軀體猛撞大樹，震動得樹上的松葉、松果雨點般的紛紛落下。

還好我用武裝帶把胳膊掛住，才不至於被震下去，我有點擔心這棵大樹不夠粗壯結實，再被人熊撞幾下就會齊根折斷，想不到今日我就要死在深山老林之中了，死到臨頭，不能丟了面子，得拿出點革命者大義凜然的勁頭來，讓胖子、燕子好好看看我老胡絕不是孬種。於是扯開喉嚨對燕子、胖子二人喊道：「看來我要去見馬克思了，對不住了戰友們，我先走一步，給你們到那邊占座了去了，你們有沒有什麼話要對革命導師說的，我一定替你們轉達。」

胖子在十幾米外的另一棵大樹上對我喊：「老胡同志，你放心去吧，革命事業有你不多，沒你不少，你到了老馬那邊好好學習革命理論啊，聽說他們總吃土豆燉牛肉，你吃得習慣嗎？」

我回答道：「咱幹革命的什麼時候挑過食？小胖同志，革命的小車不倒你只管往前推啊，『紅旗捲翻農奴戟，黑手高懸霸主鞭』(注)，天下剩餘的那三分之二受苦大眾，都要靠你們去解放了，我就天天吃土豆燒牛肉去了。」

燕子急得哭了出來：「這都啥時候了，你們倆還有閒心扯犢子，趕快想點辦法啊。」

正當我們無計可施之時，人熊卻不再用身體撞擊大樹，停了下來，坐在地上呼呼喘粗氣。原來人熊流了很多血，又不停的折騰，牠雖然蠻力驚人，也有用盡的時候，這回牠從狂暴中冷靜了下來，學了個乖，以逸待勞，坐在樹下跟我們耗上了。

栗子黃也見識了人熊的厲害，不敢再靠近人熊嘶咬，遠遠的蹲在一邊，牠也很餓，但是出於對主人的忠實，不肯自己去找吃的。燕子心疼自己的狗，打個口哨讓栗子黃自己去找東西吃，栗子黃這才離開。

三個人趴在樹上商議對策，但是思前想後，實在是沒什麼可行的辦法，現在下樹硬拼，憑著

注　毛澤東詩〈到韶山〉。

手中的老式火槍，無疑自尋死路，村裡的大部分人都不在，也別想指望有人來救援。為了不掉下樹去，只好各自用褲帶把身體牢牢縛在樹幹上，看看最後誰能耗過誰吧。

如此一來就形成了僵局，這種情況對在樹上的三個人最為不利，剛才一番驚心動魄的人熊搏鬥，已經耗盡了我們大部分力氣，現在已經快到晚上了，我們三人都是兩天一夜沒有闔眼，白天只吃了幾個棒子麵餅子，又餓又睏，怕是到不了明天早晨，就得餓昏過去掉下大樹。

此情此景，讓我想起了一句主席詩詞：「敵軍圍困萬千重，我自巋然不動。」（注）不過山下沒有旌旗在望，只有人熊守候。

就這麼胡思亂想的，不知不覺中我昏昏沉沉的趴在樹幹上睡著了，也不知過了多久感覺胃中飢餓難耐，一陣陣的發疼，就醒了過來，只見天空上繁星密布，殘月如勾，已經到了深夜時分。整個森林中都靜悄悄的，借著月光一看，樹下的人熊已經不在了，不知牠是什麼時候離開的。樹枝濃密，我看不清燕子和胖子還在不在樹上，就放開喉嚨大喊：「燕子！小胖！你們還在樹上嗎？」

連問了幾遍，喊聲在中夜的山谷間迴蕩，那二人卻沒有半點回應。我雖然膽大，但是一想到只剩下自己一個人獨自在原始森林之中，不禁有些發毛。心想這兩個傢伙也太不夠意思了，怎麼把我忘了，走的時候竟然不叫我。

我在樹上又喊了兩聲，還是沒有動靜，我焦躁起來環顧四周，發現前面不遠有一片燈火閃爍的地方，沒想到在這種地方竟然有人居住？他們兩個是不是也看到燈光，到那邊找人去了？

黑夜之中辨不清東南西北，只聽水流轟鳴，舉頭找準了北極星的方位，看來那片燈光應該是來自於牛心山方向，我從樹上溜了下來，深一腳淺一腳的向那片燈火走去。

我開始幻想那片燈光的主人是住在山裡的老獵人，長著白鬍子，很慈祥，熱情而又好客，看到我這樣在森林中迷路的知識青年，一定會熱情款待，先給我沖杯熱茶，再烤隻鹿腿來給我吃……越想肚子越餓，用衣袖抹了抹嘴角流出來的口水。

邊想吃的邊走，很快就到了一個巨大的山洞前，山洞深處燈火輝煌，很奇怪，剛才明明看著那些燈光不遠，這時卻又變成在山洞深處了，莫不是我餓得眼花了。

我在幻想中烤鹿肉的巨大誘惑驅使下走進了山洞，三步併作兩步行到了漆黑陰暗而又漫長的山洞盡頭，發現山腹中空間廣大，使人眼前豁然開朗，忽見對面有五六個年輕女孩正在有說有笑的並肩行走，現在分明是夏天，她們卻穿著奢華的皮裘，式樣古典，似乎不是今人服飾，只有其中一個身穿應季的藍色卡其布服裝，她頭上紮了兩個麻花辮子，肩上斜背著一個印有「為人民服務」字樣的軍綠帆布挎包，哎，那不正是田曉萌嗎？

沒錯，絕對是田曉萌，她是蘇州來的知青，我和胖子是福建的，雖說大家都是南方人，但是彼此並不算太熟。主要是因為我和胖子太淘，總惹禍，一般老實文靜的姑娘們也不敢親近我們兩個。

不過在這奇怪的山洞中見到熟人，心裡多多少少就有了底。我緊走兩步對田曉萌喊道：「小田，妳怎麼跑這來了？有吃的東西嗎？」

田曉萌扭頭一看是我，就朝我招了招手，示意讓我走近。我走了過去對她說：「妳在這玩的倒痛快了，我們為了找妳差點讓人熊給吃了。這是什麼地方啊？妳有什麼吃的東西沒有？我餓得

注　毛詞〈西江月〉。

都前心貼後背了。」

田曉萌說：「太對不起了，都是我不好，我進喇嘛溝採藥迷了路，被這幾位好心的姐姐救了，她們這一會兒還要演皮影戲，你來得正好，咱們一起看了再回去。」隨即給我引見了她身邊的幾個年輕女子，她們說話都是當地的口音，談吐很有禮貌，還給我拿了一些鹿肉乾吃，招呼我一齊去看戲。

我跟著她們向裡面走去，只見廣大的山洞正中有座城子，樓閣壯麗，燈火通明，四周各種古玩玉器堆積如山。

在城門前搭建好了紙燈白布，後邊坐了十幾個司掌鑼鼓嗩吶的樂師，前面設有一張古香古色的長桌，桌上茶器茗盞，全都十分的精美，另有一個紅色大瑪瑙托盤中堆滿了瓜果點心。桌前設有三張椅子，先前那幾名身穿貂裘的女子請我和田曉萌分別坐在左右，居中的椅子虛設，似乎尚有一位重要人物要來。

田曉萌見只有三個座位，其餘的人都站在後邊，就覺得有些過意不去，想要推辭。我又累又餓，也顧不上客套了，反正人民的江山人民坐，既然有座位，誰坐不一樣，於是大咧咧的坐了，抓起面前的食品就吃。

可能是餓得狠了，食物雖然精美，卻沒半分滋味，都如同嚼蠟一般，吃了幾口，越想越是覺得古怪。

這時有兩個少女攙扶著一個衣著華貴白髮龍鍾的老太太從大門中走出，坐到中央的位子上。

我和田曉萌都站起來向主人問好，見了那老太太的樣子，我心中更覺得怪異，現在這都什麼年月了，怎麼還有地主婆？

老太太衝我們倆點了點頭，就居中坐下，一言不發的等著看戲。

身後站立服侍的年輕女子一拍手，戲班子裡的樂師、傀儡師聽見號令，一齊賣力演出，皮影戲起源於漢唐時期，又別名「燈影戲」，是一門在民間很受歡迎的藝術，以驢皮鏤刻出戲文中的人物動物，由藝人在白幕之後伴著鑼鼓器樂的點子唱詞操縱，發展至近已有不下數百齣的整套戲目。

不過這種藝術形式在文化大革命中自然受到波及，被批判為宣揚才子佳人、帝王將相的大毒草，哪裡還有人敢再演繹。我萬萬沒有想到今天竟然在此得以一見，這種表演在那個文化生活為零的時代裡，真是太吸引人了，我光顧著看戲，完全忘了其他的事情。

皮影戲所演的各齣大戲都是極其精彩的劇目，先演了一齣《太宗夢遊廣寒宮》，又開始演《狄青夜奪崑崙關》。

戲臺上刀光劍影，兵來將往，精彩紛呈，再加上鼓樂催動起來，令觀者不由得連聲喝采。我看得心旌神搖，口中乾渴，就伸手去拿桌上的茶杯喝水，無意間看了身旁的老太太一眼，只見她也正自看得眉開眼笑，邊看邊取桌上的果脯點心食用，咀嚼食物的樣子十分古怪，兩腮鼓動如同老猿猴，一嘬一嘬的。

我奶奶年老之後也沒有牙，但是吃東西絕不是這樣子啊，這老太太是人是猴？心中一亂，手中的茶杯落在地上摔了個粉碎，茶杯這一摔破了不要緊，那老太太的腦袋也隨之掉在了地上，她的人頭還盯著皮影戲觀看，口中兀自咀嚼不休。

老太太手下的侍女急忙趕到近前把她的人頭恭恭敬敬的捧了起來，又給她按到身子上。

我心中知道這是遇上鬼了，一把拉起田曉萌就向山洞外邊跑，一片漆黑之中跌跌撞撞的衝出了山洞，耳中聽得轟隆巨響不絕，大地不停的震動，身後的山洞閉合成一塊巨大的石壁，倘若再晚出來半分鐘，就不免被活活夾死在山壁之中。

外邊天色已經大亮，我拉著田曉萌跑到山下的溪邊，忽然覺得肚中奇痛無比，疼得我額頭直冒冷汗，不禁蹲下身去，看來她們給我吃的東西有問題，記得聽我祖父講過鬼請人吃東西的故事，鬼怪們用石頭、青蛙、蛆蟲變作美食騙人吃喝，不知我剛才吃的是什麼鬼鳥，越想越噁心，忍不住大口嘔吐。

痛苦中依稀見前邊走來兩個人，前邊的那個姑娘有些眼熟，原來是燕子，我見到她才感到安心，眼前一黑暈了過去。

等我醒來的時候，已經是三天之後了，那天燕子和胖子一直在樹上待到天亮，樹下的人熊失血過多已經死了。只是到處都找不見我的蹤影，最後在河邊發現了昏迷不醒的我和田曉萌。

我這三天一直處於昏迷狀態，發了四十幾度的高燒，胖子跑了百十里地的山路請來縣裡的醫生給我治病，我體格健壯，總算是醒了過來，而田曉萌始終沒有意識，只好通知她的親屬把她接回家去治療了，至於後來她怎麼樣了，我們都不太清楚。

我把我的遭遇和燕子的爹講了，他告訴我說，我遇到的可能是「鬼市」，又名「鬼戲」，山裡有個傳說，那位太后死的時候，活埋了很多民間諸班雜耍的藝人做陪葬，昔日裡，有些人就曾經在牛心山看過和我相同的事情。

不過這些事在我的記憶中模模糊糊，有時候我自己都不太敢確定真的曾經發生過。

我的知青生活只過了半年多，不算很長，但是留下的回憶終生都不會磨滅，六九年春節輪到我回家探親，我的命運又發生了一次巨大的轉折。

第五章　康巴崑崙不凍泉

那一年的春天，整個中國都籠罩在戰爭的陰雲之下。蘇聯在中國北方邊境線上部署了三個集團，軍群總數一百多萬的軍隊，中國的近鄰印度也和中國的邊防部隊不斷的發生摩擦，島上的國軍見此情形覺得有機可乘，摩拳擦掌的準備反攻回來，同時美國的第七艦隊也進入了應戰狀態。中國政府的高層感受到了國際敵對勢力的威脅，不斷進行戰略部署上的重新調整，軍隊擴編，備戰備荒，深挖洞，廣積糧，群眾們積極進行防核、防化、防空襲的三防演練。

我回城探親的時候有人告訴我內部消息，我父母的問題很快就將得到組織上的澄清，證明我祖父不算地主，他的成分是中農，所以他們被釋放出來是遲早的事，這時由於解放軍大量徵兵，我父親以前的一位老戰友讓我當了「後門兵」入伍。

我爹的戰友陳叔叔是軍分區的總參謀長，當年第九兵團入朝參戰，冰天雪地的蓋馬高原，十幾萬志願軍合圍了美軍最精銳的海軍陸戰隊第一師，美軍航空兵投擲的大量航空炸彈、凝固汽油彈，把深夜的天空都照成了白晝，冒著美軍鋼鐵彈幕所組成的火力屏障，志願軍像潮水一般，發動了一波又一波的衝鋒……

在那場殘酷的戰役中，我爹冒著零下四十幾度的低溫，把身受重傷的陳叔叔從死人堆裡背了出來，到了救護所的時候，兩人的身體被身上的血水凍在了一起，護士用剪刀剪破了皮肉才分開。他們之間的友誼已不能用「生死之交」四個字來衡量，而且我父母的歷史問題也快要解決了，現在安排老戰友的兒子參軍，對一個分區參謀長來說不是什麼難事。從某種意義上來說，中國人養成走後門的習慣就是在部隊裡最先開始的。

陳叔叔問我想當什麼兵種的兵，我說想當空軍，聽說飛行員伙食好。陳叔叔笑著給了我一個腦錛兒：「戰鬥機哪有那麼容易開的，你小子給我到野戰軍去，好好鍛鍊幾年，等提了幹，再把你調到軍區機關來工作。」我說回機關工作就算了吧，我還是願意留在基層部隊，辦公室待不慣。

想回崗崗營子和小胖、燕子他們告別，但是時間上不允許，就給他們寫了封信，心裡覺得挺過意不去，自己去部隊當了兵，留下好朋友在山溝裡插隊，怎麼說也有點不能同患難的感覺。不過這種感覺我三個月以後就沒有了，那時候我才知道在山裡當知青有多舒服。

我被徵兵辦安排到了一支即將換裝為裝甲師的部隊中，沒想到陰差陽錯，剛在新兵訓練營苦熬了三個月，中央軍委一紙命令，這支部隊就被調往了青藏高原的崑崙山口六十二道班兵站，全師改編成為工程兵部隊。

其實這件事說起來也不奇怪，當時的情況是全國的部隊都在挖洞搞人防建設，各種洞，防空的，彈藥儲備的，戰略隱蔽的等等，全軍幾乎沒有不挖洞的部隊，所不同的是我所在的部隊由業餘挖洞，轉變成職業挖洞，我們的任務是一級機密，要在崑崙山的深處建設一座龐大的地下戰備設施，雖然沒有明確的告訴士兵們這個設施的用途，但是稍微有點腦子的人都應該能猜得到吧。部隊中有保密條例，所以大夥平時從不談論這件事。也有傳聞說完成了這次的工程任務，我們還要被編回到野戰軍的序列中去。

崑崙山口也稱崑崙埡口，海拔四七六七米，在地質學的角度上來講屬於「多年凍土荒漠地貌」，是由古代強烈腐蝕的複雜質變岩構成，我們師從上到下，除了會挖戰壕之外，對土木工程建築施工一無所知，所以部隊裡派來了很多工程師技術員指導工作，對指戰員們進行為期五個月的強化培訓，我所在的一個班就作為先遣小分隊，率先向南經過「不凍泉」，進入茫茫崑崙山的最深處，我們的任務是去尋找適合施工的隱蔽地點。

「不凍泉」位於崑崙河北岸，又名崑崙泉，花崗岩板圈成了池壁，池中清澈的泉水萬年不停的噴湧而出，即使嚴寒的冬季也從不封凍，誰也不知道泉眼下面通著哪裡。上級傳達了紀律，命令士兵不許在這裡洗澡，因為當地藏民視「不凍泉」為神泉，時常對泉水膜拜。以前西藏剛解放的時候，進藏大軍途經此地，那時候還沒有發布這些規定，有三名戰士在泉裡洗澡，都給淹死在泉眼裡，死因據說是因為泉水中含有大量的硝磺，他們的墓就安在離這不遠的兵站，我們小分隊最後的補給站也設在那裡。

終於進入了崑崙山，幾乎所有的人都產生了嚴重的高原反應，人人的臉都憋得發紫，目光也變得模糊，在我們的眼中似乎產生了幻覺，巍巍崑崙的千丘萬壑，如同一條條滾滾向前的銀灰色巨龍。而我們這支十多個人組成的小分隊在這雄渾無際的山脈中顯得還比不如一隻小小的螞蟻。

我在行軍的路上想起了祖父傳下來的那本書，那書上曾說崑崙群峰五千乃是天下龍脈之祖，這些山脈中從太古時代起直到現在，裡面不知埋藏了多少祕密，相傳西藏神話傳說中的英雄王格薩爾王的陵塔和通往魔國的大門都隱藏在這起伏的群山之中。（在古藏俗中，天葬並不是最高待遇，最高規格是塔葬。）

第六章 一百張美女皮

先遣隊的任務是找到合適的施工地點，隨行的還有兩名工程師和一個測繪員、一名地質勘探員，棄車之後在山裡行進了整整兩天，第二天的黃昏大家紮了帳篷休息，鉛雲密布的天空上飄起了零星的雪花，看來到晚上會有一場大雪降臨。

那四名工程技術人員都是戴著眼鏡的知識分子，其中還有一個是女的，他們還遠沒有適應高原的惡劣環境，趴在帳篷裡喘著粗氣，聽那聲音都讓人替他們的小身子骨擔心。

領隊的連指導員和班長、衛生員三個人忙著給他們倒水發藥，勸他們吃點東西，越不吃東西越會覺得缺氧。

士兵們身體強壯，入伍的時候都經歷過新兵營每天五公里武裝越野的磨練，適應環境的能力很強，這時候基本上都已經稍微適應了缺氧的環境，用特製的白煤球燃料點燃了營火，戰士們圍在一起取暖，吃煮得半熟的掛麵和壓縮餅乾，因為海拔太高，水燒不開，掛麵只能煮成半熟。

和我混得比較熟的幾個戰友是東北黑龍江的「大個子」，藏區入伍的藏族兵「尕娃」，年齡只有十六歲的吉林通信兵「小林」。我們幾個三口兩口吃完了麵條，喘著粗氣休息，感覺在高原上吃一頓飯所使的力氣，簡直都超過了在平原上的武裝越野行軍。

小林休息了一會兒對我說道：「胡哥，你是城裡參軍的，知道的事多，給俺們講幾個故事聽唄？」

大個子也隨聲附和：「哎呀我說老胡，太稀罕聽你嘮了，賊拉帶勁，反正一會兒還得整哈玩意兒班務會，也不能提前休息，先給同志們嘮一段唄。」

尕娃漢話說得不利索，但是能聽明白，也想說什麼，張了半天嘴，楞是沒想起來該怎麼說，乾脆只對我一揮手，我估計他那意思大概是：你講吧，我也聽聽。

我吐著舌頭說：「空氣這麼稀薄，你們怎麼還這麼大精神頭？得了，既然同志們想聽，我就先白話一段，等會兒開班務會時班長給我穿小鞋，你們可得給我幫忙說情啊。」

我為什麼這麼說呢，因為我們班長看我不太順眼，他是從農村入伍的，跟小媳婦似的在部隊熬了五年才當上個小小的班長，他特別看不慣我這種高幹子弟的「後門兵」。班裡一開會他就讓我發言，抓住我發言中的漏洞就批評我一大通，幾乎都形成固定的規律了，把我給氣的呀，就別提了。

但是我講點什麼好呢？我看過的書加起來不到十本，其中《毛選》四本，《語錄》一本，字典一本，《紅日》算一本，《青年近衛軍》也算一本。可是這些都給他們講沒了，還有本《風水祕術》我想他們也聽不明白。

我搜腸刮肚的，總算想起來上山下鄉時從田曉萌借來看的一本書，那是一本在當時很流行的民間傳說手抄本，這本手抄本的內容以梅花黨的事跡為主，也加入了不少當時社會上的奇聞異事，其中有段「一百張美女」皮的故事，給我留下印象特別的深。

「這個故事的開始，是發生在一輛由北京開往南京的列車上，女大學生趙萍萍回南京探親就是搭乘這趟列車，坐在他對面的乘客是一名年輕英俊的解放軍軍官，兩人有意無意之間就聊了起來，趙萍萍被這位年輕軍官的風度和談吐傾倒了，在交談中還得知他家庭環境很好，受過高等教育，趙萍萍甚至開始幻想著自己嫁給對方。不知不覺之中火車就抵達了南京站，軍官請趙萍萍到火車站附近的飯館裡坐一坐，吃飯的時候軍官去打了個電話，回來後拿出一封信，託付趙萍萍幫忙送到他在南京的家裡，因為他自己有緊急任務要先趕回部隊，所以先不能回家了。趙萍萍毫不猶豫的答應了，隨後二人依依不捨的分別。

「第二天趙萍萍去軍官的家裡送信，接待她的是一位老婦人，老婦人把信取出來讀了一遍，然後熱情的把趙萍萍請到家中，給她倒了杯茶。趙萍萍喝了幾口茶，和老婦人閒談幾句，突然感覺眼前金星亂轉，一頭暈倒在地。一桶冰涼刺骨的冷水澆醒了趙萍萍，她發現自己赤身裸體的被綁在一根剝人樁上，牆壁上掛滿了人皮。周圍站著幾個人，正是那老婦人和她手下的幾名彪形大漢。她把那封信拿到趙萍萍眼前讓她看，信上只有一句話：『送來第一百張美女皮，敬請查收。』老婦人冷笑著說道：『妳死到臨頭了，讓妳死個明白，我們都是潛伏的特務，剝女人的人皮是為了在裡面裝填炸藥，一共要準備一百張人皮，今天終於湊夠數了。』說著取出一把剎利刀交給其中一個手下，讓他動手活剝趙萍萍的皮，剎利刀是專門剝皮用的特製刀，那大漢用刀在趙萍萍頭頂一割，在她的慘叫聲中……」

我剛說到興頭上，就被走過來的二班長打斷了：「都別說咧，都別說咧。胡八一，你又在胡編亂造咧，現在咱們班開班務討論會咧，你那小嘴兒不是喜歡說嗎？咱們這次，就讓你先發言中不中咧？」

第七章　大冰川

我站起身來一個立正，學著班長的口音回答他道：「不中，不中，咋又是俺咧？輪也該輪到拉木措那個尕娃子說一回咧，人人平等才是社會主義的原則咧。」

二班長說：「小胡同志，咋就你怪話多咧？俺讓你不要學俺說話，俺是班長，俺讓你說你就說咧，不要談啥絕對平均主義中不中咧？」

我看了看周圍的幾個戰友，他們一個個都一本正經的坐著等我發言，尕娃趁班長不注意，還衝我吐了吐舌頭，這幾塊料，太不仗義了。現在只能自己給自己找臺階下了：「報告班長，今天咱們討論什麼內容？你還沒說呢，你不說讓我們怎麼發言？」

這時指導員走了過來，指導員李健三十多歲，中等身材，是很斯文的一個人，是十多年的老兵，他對待官兵很好，沒什麼架子，走過來對大家說：「同志們在開會呢？我也來聽一聽。」

二班長趕緊給指導員敬了個禮，指導員擺擺手說：「你們繼續，別因為我影響了你們的討論。」

二班長水平很低，見指導員在旁邊就顯得特別緊張，也不知道該說什麼，他可能覺得唱歌比較簡單，於是就對士兵們說：「同志們，俺們一起唱個革命的歌子來鼓舞鬥志，中不中咧？」

戰士們異口同聲的答道：「腫。」指導員聽得在旁邊差點樂出聲來，趕緊假裝咳嗽兩聲進行掩飾。

二班長卻沒聽出來有什麼可笑的，一臉嚴肅的把雙手舉起來，做出音樂指揮的動作：「同志們，我先起個頭啊，二呀嘛二郎山，預備，唱。」

「二呀嘛二郎山，哪怕你高萬丈，解放軍鐵打的漢，下決心要闖一闖，不怕那風來吹，不怕那雪來飄，要把那公路，修到那西藏。」天空的雪越下越大，十幾名戰士的合唱聲迴蕩在崑崙山漫天飄飛的白雪之中，也不知道是蒼茫的群山飛雪襯托了軍歌的雄壯，還是軍人們的歌聲點綴了崑崙山的蒼涼寂寞，一時間就連另外一座帳篷中的幾名工程師也都被歌聲吸引，忘記了高原反應，在歌聲中望著遠處無盡的山峰思潮起伏。

最後指導員給大家講了幾句話：「我和你們大家一樣，也是第一次到崑崙山，這裡的條件確實是非常艱苦，環境非常惡劣，我們面臨的是最嚴峻的考驗。但是我的同志哥，咱們不是普通的部隊啊，咱們連的稱號是『拚刺英雄連』，這個榮譽是六連的前輩們用生命和鮮血換來的，我們無論如何都不能給這面旗幟摸黑，現在黨中央毛主席把這個光榮的任務交給了咱們，是對咱們六連巨大的信任，我們一定要發揚一不怕苦，二不怕死的革命軍人作風，圓滿完成這次任務。同志們，大家有沒有決心？」

我們一齊答道：「有。」

指導員滿意的點點頭繼續說道：「今天早點休息，咱們小分隊明天就要過大冰川了，大家要提前做好準備，好了，解散。」

進山的第三天早晨，小分隊抵達了大冰川，傳說這附近有一個極低窪的小型盆地，我們此行的目的地就是那處盆地。由於是機密任務，所以不能找當地的嚮導帶路（其實也沒有人認識路），只能憑著製作粗糙的軍用地圖，在亂草一樣的等高線中尋找目的地。

大冰川是由三部分組成的，落差極大，坡度很陡峭，最高處海拔超過六千米，積雪萬年不化，中間一段最長，全是鏡子面一樣溜滑的寒冰，冰層厚度達到了上百米，最下邊又低於青藏高原的平均海拔，像裂痕一般深深的陷進大地，這裡地氣偏暖形成了一個罕見的綠色植物帶，在最低的地方，高原反應也減輕了，要是想繼續往崑崙山的深處走，就必須要經過大冰川下的山谷。

出發前工程師曾警告大家，在冰川下邊行軍不能發出任何太大的聲音，否則引起山頂的雪崩，就得被活埋在下邊。

眾人連大氣都不敢喘一口，結果半路上還是出了事故，在從冰川上下到山谷裡的這個過程中，有一位北京來的工程師失足跌下了冰川，我們在冰川下面的綠洲中，找到了他摔得稀爛的屍體。女地質勘探員洛寧和他是一個單位的同事，見此慘狀，忍不住就想放聲大哭。

一個姓王的地質專家趕緊用手把她的嘴捂上，小聲說：「別哭出聲來。」

洛寧把頭深深埋在王工懷裡，痛苦的抽泣著。指導員帶頭摘下了帽子，向同伴的遺體默哀告別，隨後我和尕娃兩人把他的屍體收拾到一起，裝在一個袋子中掩埋。這位工程師和我們在一起不到三天，我只知道他是北京來的，甚至還來不及知道他的名字，就這麼無聲無息的死了。

大個子用工兵鏟輕輕的挖掘地上的泥土，挖了沒幾下，忽然從他挖的土坑中，飛出來一個藍色的大火球，個頭有籃球大小，在半空盤旋兩圈，一下子就衝進了人群裡，小分隊的成員們急忙紛紛閃避。

火球落在地上，藍色的火焰逐漸熄滅，原來是一隻奇形怪狀的小瓢蟲，全身都像是紅色的透明水晶，翅膀更是晶瑩剔透，可以通過牠那透明的甲殼，依稀看到裡面的半透明內臟，其中似乎隱隱有火焰在流動，看上去說不出的神祕詭異。

大夥對望了一眼，都想問這是什麼蟲子？但是誰也不可能給出答案，大概是尚未發現的物種，王工好奇的靠了過去，推了推架在鼻梁上的深度近視眼鏡，激動的用兩隻手指把像紅色火焰一樣的瓢蟲捏了起來，小心翼翼的仔細觀看，然而就在此時，他手指和瓢蟲接觸的地方被一股藍色的火焰點燃，頃刻間，熊熊烈焰就吞沒了他全身。

王工的全身都被藍色的火焰吞噬，皮膚上瞬間起滿了一層大燎泡，隨即又被燒爛，鼻梁上的近視鏡燒變了形掉在地上，他也痛苦的倒在地上扭曲掙扎。

我們想救他已經來不及了，他被火魔焚燒的慘叫聲響徹山谷，聽得所有人都不寒而慄，而且看樣子一時半會兒還不會嚥氣。

有人想用鏟子鏟土撲滅他身上的火焰，但是他全身燒傷面積已經達到了百分之百，屬於深度燒傷，就算暫時把他身上的火撲滅了，在這缺醫少藥的崑崙山深處，怕是也挨不過一兩個小時，那不是讓他活受罪嗎？

這種活人被火焚燒的情景太過殘酷，洛寧不敢再看，把頭扭了過去，她的表情凝固住了，捂著耳朵，張著嘴，也不知道她是想哭還是想喊。年齡最小的小林也嚇壞了，躲在大個子身後，全身抖成一團。

二班長掏出手槍想幫助他結束痛苦，實在是不忍心看他這麼受罪，而且再由著他喊叫下去，非引起雪崩不可。

指導員按住了二班長正在拉槍栓的手，對他低聲說道：「不能開槍，用刺刀，讓我來。」

山頂有數萬噸的積雪懸在大冰川之上，任何一點響動都可能引發災難性的後果。現在我們唯一能幫到王工的，就是給他的心口窩上來一刺刀，讓他痛痛快快的死去。

刻不容緩，指導員從一個戰士手中接過上了刺刀的五六式半自動步槍，輕輕說了聲「對不住了同志哥」，一閉眼把軍刺插進了王工的心臟，王工終於停止了撕心裂肺的嚎叫，倒在地上不再動彈，而他身上的火焰還在繼續燃燒。

指導員剛想把刺刀從他心口抽出來，那股妖異的藍色火焰猛地一亮，竟然順著刺刀，從步槍的槍身傳了上來。

火焰傳導的速度實在太快，甚至連一眨眼的功夫都不到，人們還沒看清究竟發生了什麼事，指導員的全身就已經被藍色的烈焰吞噬了。

指導員也和王工一樣，痛苦的掙扎著、慘叫著，大家平時都太了解指導員了，他絕對是個硬漢子，雖然外表文弱，但是他的忍耐力和毅力都夠得上最優秀的職業軍人標準，不知道被那種怪火焚燒是何等慘烈的痛苦，才會讓他發出這樣的悲鳴。

二班長含著眼淚舉起了手槍，現在管不了是否會引起雪崩了，實在是不忍心看著指導員再受苦了，就在他要扣動扳機的一剎那，全身是火的指導員忽然開口說道：「我命令……你們誰都不許開槍……快帶同志們離開這裡……」

指導員身上的痛苦雖然難以承受，但是神智還保持著清醒，他意識到了自己的慘叫可能會引起雪崩，為了不再發出聲音，他反轉燒得通紅的刺刀，插進了自己的心臟。過了許久許久，他的身體被燒成了一堆細細的灰燼。

小分隊中剩下的成員們，痛苦的注視著這壯烈悲慘的一幕，每個人都緊緊的握著拳，咬著牙，想忍住在眼眶裡打轉的淚水，有些人的嘴唇都被自己咬破了。

山谷裡靜靜的沒有半點聲音，頭頂湛藍的天空映在大冰川的冰面上，讓人有種錯覺，這世界上似乎是有兩個相同的天空，分不清楚哪一個在上，哪一個在下，仙境一樣的瑰麗美景，卻充滿了詭異恐怖的氣氛。

地上有兩堆灰燼，就在幾分鐘前，他們還都是活生生的，現在卻變成了小小的一堆灰燼，燒得連骨頭渣滓都沒有剩下。如果不是有人目睹了這一切的經過，誰能相信世界上會發生這樣的事情。

忽然從王工被焚燒後剩下的灰燼中，飛出一個藍色的火球，它面對著眾人懸停在半空，似乎是在選擇下一個目標，它的速度奇快無比，在它的攻擊範圍以內，任何人都沒把握能逃得脫。空氣中傳來一陣輕微的振動聲，應該是這隻古怪瓢蟲抖動翅膀飛行所發出的聲音。

現在小分隊的已經失去了三個人，都是最主要的成員，做為領隊的指導員，還有兩名工程師都犧牲了，剩下的兩名工程師，一位是測繪員洛寧，還有一位是上海地勘院的劉工，看來這次的任務是無法完成了。

指導員不在了，讓士兵們心裡少了主心鼓，但是幾乎所有人在面對這團妖異的藍色火球時，心中都產生了相同的想法：「寧願被雪崩活埋，也絕不想被這鬼東西活活的燒成灰。」

有幾名沉不住氣的戰士已經舉槍瞄準了半空中的瓢蟲，二班長突然搶上一步對大家說道：「同志們，指導員犧牲咧，現在俺是隊長咧！俺命令你們全都得給俺活著回去中不中咧？」

我明白了二班長想做什麼，他是想犧牲自己給其他人撤離爭取一點寶貴的時間。我拉住他的胳膊哽咽道：「不中，你又不是黨員，憑啥你去咧？要去俺去。」

二班長一把推開我的手：「你個小胡，你連團員都不是咧，俺讓你別學俺說話，你咋個就不聽咧。」話音未落，他已經頭也不回地衝向了那團懸在空中的火球。

第八章 雪崩

二班長剛衝出去兩步就停了下來，在我們面前出現了一幅不可思議的情景，那隻散發著火焰氣息的古怪瓢蟲，由一隻分身成了三隻，每一隻都同原來的那隻大小一樣。

三個藍色火球中的一個直撲二班長，另外的兩個像閃電一樣鑽進了人群，包括二班長在內，還有炊事員老趙，通訊員小林三個人被火球擊中，全身都燃燒了起來，他們同時發出了慘烈的叫聲，在地上扭動掙扎，想滾動壓滅身上的大火。

恐怖的事情發生了，由於剛才面對火球的時候，士兵們緊張過度，已經全部把槍械的保險栓打開，彈倉中滿滿的子彈都頂上了膛。

通信兵小林當時才只有十六歲，他缺乏指導員和二班長面對死亡的勇氣和心理承受力，惡魔般的烈火燒去了他的理智。在被烈焰嘶咬的痛苦下，使得他手中的半自動步槍走火了。「達達達達！」沉重的槍聲中，有三名戰友被他射出的流彈擊中，都倒在了血泊之中。

事情向著最惡劣的方向發展了，指導員寧可自殺也不肯讓我們開槍，可最後還是有人開了槍。被奇怪的火蟲攻擊雖然可怕，但是還比不上槍聲引起的雪崩恐怖，雪崩發生就意味著滅頂之災，小分隊的成員，有一個算一個，誰也活不了。在大冰川下的山谷，大喊大叫也許只有三成的概率引發雪崩，但是槍聲，百分之兩百的會帶來最可怕的後果。

見到神智不清的小林步槍走火，流彈亂飛誤殺了三個戰友。我來不及多想，一咬牙關，端起手中的步槍三個點射，擊倒了在火中痛苦掙扎的小林、二班長、老趙。

步槍子彈的出膛聲在山谷中迴響，由於山谷的寬度很狹窄，再加上大冰川鏡面一樣的冰壁，簡直就是一個天然的大音箱，槍聲、喊叫聲、哭泣聲在山谷中擊起一波又一波的回聲，久久不絕。

我還沒有從親手射殺自己戰友的痛苦中解脫出來，滿腦子都是他們生前的音容笑貌，神智變得模糊起來，忽然覺得頭上一涼，才回過神來，用手摸了一下，原來是一片雪花落在我的額頭。當時天氣晴朗，太陽掛在天空中閃爍著耀眼的光芒，這時候不可能下雪。我一摸到雪花，當時心裡就咯噔一沉，腦海中浮現出的第一個念頭就是：「終於雪崩了。」

這時在三個死去戰友還在燃燒的屍體上，各飛起一個藍色火球，此時此刻已經不用再對開槍有所顧忌了，尕娃的槍法是小分隊成員中最準的，他端起步槍，瞄也不瞄，抬手就是三槍，每一槍都正中火球的中心，裡面的瓢蟲遠沒有子彈的口徑大，蟲身整個都給子彈打沒了，火焰也隨之消失。

經過這一番短暫而又殘酷的衝突，我們班八個士兵，加上二班長指導員一共十個人，現在還活著的只剩下我和大個子、尕娃三個士兵，再有就是劉工和洛寧兩個知識分子。

頭頂上落下的雪沫越來越多，天空中傳來轟隆隆的響聲，整個山谷都在震動，我抬起頭向上望了一眼，上面的雪板捲起了風暴，就像是白色的大海嘯，鋪天蓋地的滾向我們所在的山谷。

大個子拉了我一把，叫道：「老胡！媽拉個巴子的，都這時候了你還看啥玩意兒啊，趕緊撂吧！」

我們的位置是處於山谷中間，雪崩落下的積雪肯定會把整個山谷都填平，根本就沒地方可跑，但是到了這生死關頭，人類總是會出於本能的要做最後一次掙扎。

洛寧早已被嚇得昏倒在地，大個子把她扛到肩膀上，我和尕娃兩個人連拉帶拽的拖著劉工，往大冰川的對面跑去，指望著能在雪崩落下來之前，爬到對面稍微高一些的山坡上，去爭取這最後的一線生機。

在最絕望的時刻，我們也沒有扔掉手中的槍，槍是軍人生命的一部分，扔掉槍就意味著扔掉了軍人的榮譽。但是別的東西都顧不上了，各種設備都扔掉不管，想把身上的背包解開扔掉，但是匆忙之中也來不及了，五個倖存者互相拉扯著狂奔。

那雪崩來得實在太快，以排山倒海之勢席捲而來，山谷被積雪崩塌翻滾的能量所震動，一時間地動山搖。

我以前聽人說起過雪崩的情形，但是萬萬沒有想像到，天地間竟有如此威力的銀色巨浪，這一下人人心如死灰，就算再多長兩條腿也跑不脫了。

不過天無絕人之路，雪崩所引發的猛烈震動，使我們面前陡峭的山坡上，裂開了一個傾斜向下的大縫。

空中席捲而來的雪暴已至，眾人來不得多想，奮力衝進了山石中裂開的縫隙，裂縫下的坡度很陡，沒想到下邊有這麼大的落差，做一堆摔了下去，滾了幾滾跌在一個大洞底部。

隨後，一塊巨大的雪板從後滾將下來，把山縫堵了個嚴絲合縫，激起了無數雪沫，嗆得五個人不斷猛烈的咳嗽。頭頂轟隆隆、轟隆隆響了良久才平靜下來，聽這一陣響動，上面已不知蓋了多少萬噸積雪。

黑暗中不能辨物，眾人死裡逃生，過了很長時間才有人開口說話，滿嘴的東北口音，一聽就知道是大個子，大個子問道：「還能喘氣的吱個聲兒，老胡，尕娃子，劉工，洛工，你們都在嗎？」

我感覺全身都快摔散了架，疼得暫時說不出話來，只哼哼了兩聲，表示我還活著。

尕娃答應一聲，掏出手電筒，照了照四周，洛寧目光呆滯的坐在地上，好像沒怎麼受傷，劉工倒在她旁邊，雙目緊閉昏迷不醒，他的左腿小腿骨摔斷了，白生生的半截骨頭露在外面。

第九章　九層妖樓

我們跌進的這個山縫，又窄又深，手電筒的照明範圍之外都是漆黑的一片，受到能見度的限制，不知道遠處是什麼地形。

大個子用手探了探劉工的鼻息，一抖落手說：「完了完了，氣兒都沒了。」

我爬過去一摸劉工的頸動脈，確實是死了，心跳都沒了，於是嘆了口氣，對大個子說：「咱們把劉工埋了吧。」

我取出工兵鏟想挖坑，尕娃在一旁把我攔住，指了指地下：「蟲子，火。」

尕娃這一提醒，我才想起來，在山谷中就是因為想挖坑埋掉摔死的工程師，結果挖出隻魔鬼一樣的瓢蟲，小分隊一共十四個人，在那驚心動魄的幾分鐘之內就死了十個，看來這裡的土地不能隨便挖掘，天曉得下面還有什麼鬼東西。

我有種直覺，那種古怪的蟲子，不是什麼神祕生物那麼簡單，牠燒著了兩個人之後，就由一隻分裂成了三隻，這只是巧合嗎？怎麼想也想不明白。

但是總不能把同伴的屍體就這麼擺在外邊，只能採取折衷的辦法了。我用手電筒照明，尕娃和大個子在附近撿了些碎石塊蓋在劉工的屍體上，算是給他搭建了一個簡易的石頭墳墓。

在這個過程中，洛寧始終坐在地上一動不動，靜靜的注視著劉工的石頭墓，最後再也忍耐不住，哇的一聲哭了出來，壓抑在心頭的哀傷，如決堤潮水般釋放了出來。

我想勸勸她，但是實在是不知道該怎麼說，被她的哭聲觸動，也是鼻子發酸，心如刀絞，想起昨天晚上，小分隊還圍在營火前高唱軍歌，那嘹亮的歌聲似乎還迴響在耳邊，然而今天大部分戰友都永遠永遠長眠在崑崙山的大冰川下。

我扶著洛寧站起來，一起為劉工和其他戰友們默哀。那時候不管什麼場合，都要引用《毛選》，我帶頭念道：「漫天皆白，雪裡行軍情更迫。（注）」

其餘的三個人也同聲應和：「頭上高山，風捲紅旗過大關。（注〔同前〕）」

隨後眾人舉起右拳宣誓：「祝偉大領袖毛主席萬壽無疆，萬壽無疆，祝毛主席的親密戰友林彪同志身體健康，永遠健康。戰友們，同志們，請放心走吧，有些人的死輕於鴻毛，有些人的死重如泰山，為人民的利益而死重於泰山，你們就是為了人民的利益而犧牲。我們一定要繼承革命先烈的遺志，踏著你們用鮮血染紅的足跡，將無產階級文化大革命進行到底，最後的勝利永遠屬於我們工農兵。」

當時我還是個新兵蛋子，從來都沒參加過戰友的追悼會，不知道應該說什麼，只是記得別人開會時都這麼說，在那種情況下，也沒什麼合適不合適之分了。

許久許久，眾人從痛苦中平靜下來，處理了一下身上的傷口，好在都是輕傷，不影響行動。隨便吃了幾口壓縮餅乾，聚攏在一起，商量商量下一步該怎麼辦，從被雪板壓住的山谷出去是不可能的，我估計整個山谷可能都被雪崩填平了，現在只能另找出口。

尕娃拍了拍自己身上空空的子彈袋，示意子彈不多了，我們進山的時候由於要攜帶很多裝備，所以彈藥配備都是最低限量，每人只有三個步槍彈匣，畢竟不是戰鬥任務，這一帶也沒有什麼土匪，所以提前考慮的有些大意了。雪崩的時候又扔掉了一部分彈藥，現在每人只剩下平均二十發左右的子彈，總共還有兩枚手榴彈。地下應該沒什麼野獸，子彈多了也沒有用，夠防身的就行了。

乾糧是一點都沒有了，能吃的剛才都吃了，必須想辦法在兩天之內找到出口，否則餓也會活活餓死在這地下了。不幸中的萬幸是洛寧身上竟然還有一個指北針。

山隙的深度超乎想像，向南走了一段之後就走到了盡頭，大地的裂縫翻轉向北，憑感覺像是走到了大冰川的下面。

我們在黑暗中向前走了十幾個小時，越走地勢就越低，地下的空間也越來越大，洛寧用氣壓錶測了一下，氣壓的數據換算成海拔高度，竟然只有四百多米，跟四川差不多，遠遠低於平均海拔四千多米的青藏高原，再這麼走下去，怕是要走到地心了。

最後地勢終於平緩了下來，耳中聽見水流聲湍急，似乎不遠處有條地下大河。我見不再有下坡路，就以手電筒四處探照，想看看有沒有向上走的路，忽然發現手電筒照出去的光芒，在岩壁上產生了很多微弱的反光，像照在無數鏡子的碎片上一樣。

洛寧驚呼一聲：「是雲母！」

其餘三人聽她說什麼雲母，也不知道那是什麼，但是聽她語氣很驚恐，以為是出了什麼緊急狀況，急忙把洛寧擋在身後，以最快的速度從背上摘下五六式半自動步槍，嘩啦嘩啦幾下拉開槍栓，準備射擊。

洛寧奇道：「你們做什麼？」

我一邊持槍戒備一邊問洛寧：「什麼母的公的？在哪？」

注　毛詞〈減字木蘭花〉。

洛寧說：「不是動物，我是說這周圍都是結晶體，雲母和水晶通常生長在同一地層中，啊，果然也有水晶。」

洛寧雖然主要負責的是地圖測繪工作，但是經常同地質勘探隊一起工作，對於地礦知識也知道不少，我們周圍出現的像玻璃薄片一樣的結晶體，是一種單斜晶系的結晶，只有在太古雙質岩層中才能出現，河北的地下蘊藏量很大，但是這裡的雲母顏色極深，呈大六方柱形。品質遠遠超過內地河北靈壽縣所產，從雲母顏色的深度這點上看，我們所處的位置已經深得難以想像了。

洛寧被周圍罕見的大雲母所吸引，看看這塊又看看那塊，我隨手撿起一小塊看了看，也瞧不出有什麼地方值得稀奇。

這時忽然聽大個子對尕娃喊：「拉木措你幹啥呢？趕緊起來。」

我用手電筒一照，見尕娃正在地上按藏民的方式磕頭，整個身體都趴在地上，這小子幹什麼呢？給誰磕頭？我又照了照他前面，不由得倒吸了一口冷氣。

在地下竟然聳立著一座用數千根巨木搭成的「金」字形木塔，塔身上星星點點的有無數紅色閃光，借著那些微弱的閃光觀看，木塔的基座有將近兩百米寬，用泥石夯砌而成，千年柏木構築成了塔身，一共分為九層，每一層都堆滿了身穿奇特古裝的乾枯骨骸，男女老少皆有，每棵大木的木身上都刻滿了藏族的祕文，這是墳墓嗎？規模如此巨大，是誰在地下修建的？

我過去把正在地上磕頭的尕娃拉了起來：「雖然我黨我軍尊重民族政策，你個尕娃子也是藏族人，但是你穿著軍裝的時候，就是中國人民解放軍的一員，既然是共產主義者就不要玩那套唯心主義的哩格楞（注），不允許搞宗教迷信這一套。」

大個子在旁邊笑道：「行啊老胡，這家這小詞兒整的，有當指導員的潛質啊。」

洛寧一直在看雲母，聽到我們三個爭吵，也過來走到近處觀看。

我對大個子搖了搖手讓他別打岔，繼續問尕娃：「這是什麼塔？上面寫的字你認識嗎？」尕娃一個勁兒的搖頭。

我說：「這娃子，不認識你磕什麼頭啊，看見這麼多屍骨，就把你嚇傻了？」

尕娃滿臉都是驚慌的神色，用不太流利的漢語說：「胡這尕熊，哦讓你把哦來說，偏把哦來拉，拉爾拉多斯，九……九層妖樓。」

他前半句我沒聽明白，後邊四個字聽得清楚，什麼九層妖樓？幹什麼用的？不就是埋死人的嗎？

還沒等尕娃說話，洛寧就從塔邊躡手躡腳地跑了回來，對我們做個不要出聲的手勢，她指著身後的塔對我們悄聲說：「千萬別出聲驚動了它們。」

我見她神色鄭重，知道可能有麻煩了，但是不知她所指何物，於是壓低聲音問：「驚動了什麼？塔中的死人？」

洛寧極其緊張的說：「不是，是那種帶火瓢蟲，都在死屍身上睡覺，多得數不清。」

聽了洛寧的話，我才察覺到，那座木塔上密密麻麻的紅色閃光，原來都是那種透明瓢蟲身上發出來的。

雖然說我身上多少具備那麼一些革命軍人大無畏的氣概，但是一想起那種古怪的瓢蟲，心裡就覺得恐慌。這種超越常識的生物太難對付了，山谷中那慘烈的一幕恐給我留下的恐懼感太強烈

注　北京土話，指無意義的閒事。

了。

我打個手勢，四個人悄無聲息的向來路退了回去。還沒走出幾步，尕娃腳下忽然踩空，跌入了一條溝中。

這條溝很隱蔽，又和我們行進的路線平行，所以來的時候我們都沒發現。那溝雖然只有一米多深，尕娃還是被摔得悶哼了一聲，我趕緊跳下去扶他，見尕娃正捂著腳，滿臉都是痛苦的表情。

這時洛寧和大個子也分別下到溝裡，用手電筒一照，發現尕娃的腳上被一根尖銳的白骨刺中，連鞋帶腳被串了個透明窟窿，血流如注。溝裡滿地都是層層疊疊的各種動物白骨，數量太多，難以估算。看樣子這條溝應該是牛、馬、羊、狗之類的動物殉葬坑。

為了不驚動附近木塔中的瓢蟲，大個子用手捂住尕娃的嘴，不讓他叫出聲，我一把拔出了插在他腳上的白骨，洛寧用隨身急救包中的雲南白藥灑在他傷口處，又拿出白繃帶幫他包紮上止血。

我手上沾滿了尕娃腿上的血，隨手在自己的軍裝上胡亂抹了幾把，腦中忽然閃過一個念頭，這座牛馬殉葬坑挖得好生古怪，不是方形、圓形，而是挖成長長的溝形，長溝直通那座安放屍體的木塔，這種形狀正好和《風水祕術》中提到的一種名為「懾」的布局相似，如果真是完全一樣，那麼在平行的位置上還應該有一個規模相同的殉葬溝。

兩條殉葬溝相互平行夾住木塔結構的墳墓，構成二龍吸珠之勢，照這麼推斷旁邊的那條溝應該是墓中主人生前所用的一些器物。只是不知道這兩條殉葬溝是人工的，還是天然形成的，看來後者的可能性更大一些。

這附近河水流動聲很大，從河水激流的聲音上判斷，是在西北方，也就是九層妖樓的後邊有一條地下河，因為龍是離不開水的。

如果真是我預想的這樣，那麼這個地下世界的地圖早就在我的腦子裡了，只不過需要找到另一條殉葬溝才能證實我的推斷。

大個子推了我的肩膀一把：「老胡，整啥事兒呢？」

我剛才想得出神，被他一推這才回過神來，我問洛寧：「洛工，妳能估算出來咱們現在的位置嗎？大概在地圖上的什麼地方？」

洛寧用指北針參照著地圖計算了一下，沉吟片刻說道：「咱們在地下是一直不停的朝北走了十幾個小時，按照咱們的速度推測，早就過了頭上的大冰川，應該快出崑崙山了。」

我把我剛才的想法說了，這時候要是往回走，只能回到被雪崩覆蓋住的山縫，如果我估計得沒錯，咱們沿著地下河走，應該可以有路出去。但是這麼做就要冒險從九層妖樓的下面經過，這是個死中求活的方案。

四個人合計了一番，覺得這麼做雖然充滿了危險，但是值得冒險一試，不過我決定先去旁邊找到另一條殉葬溝證實一下。

行動前，我問尕娃：「到底什麼是九層妖樓？」

尕娃漢語說得很吃力，講了半天我終於聽明白了一部分，在他的老家血渭，也有一座和這座九層妖樓完全一樣的遺跡，相傳這種「九層妖樓」是古代魔國歷代君王一族陵寢的殯葬形式，魔國滅亡的時候，那座墓已被英雄王格薩爾王摧毀，在藏地高原只剩下一堆爛木頭架子，以及牧民口中傳承下來的敘事詩歌，在世世代代歌頌著格薩爾王像太陽一般無與倫比的武勛。

藏族牧民經過這些遺跡的時候，都要頂禮膜拜，吟唱史詩。這倒不是懼怕魔國君王的陵墓，而是為了表達對格薩爾王的尊崇。尕娃還說了些宗教方面的事，我就聽不明白了，那種鬼火一樣的蟲子是不是墓中的安息的亡靈也就不得而知。

我把洛寧等三個人留在原地，自己匍匐前進，在與牛馬殉葬溝隔了一百多米的地方，果然還有另一條殉葬溝，裡面都是古代皮靴、古藏文木片、古蒙古族文木牘、彩繪木片及金飾、木碟、木翅、木鳥獸、銅器、糧食和大量絲綢等陪葬物品。

看來我推斷得沒有錯，九層妖樓後面的地下河肯定與外界相連，於是潛回動物殉葬溝招呼另外三人行動。

我當先開道，大個子端著槍在我身後，其次是尕娃，他腳上的刺傷不輕，洛寧在後邊扶著他行走。

九層妖樓的規模很大，地下空洞本來極為廣闊，但是塔樓和兩邊的大片雲母把向北去的道路近乎堵死了，兩側只有很窄的地方勉強可以通行。

我們提心吊膽的從木塔下經過，見到塔中那些閃爍著火焰氣息的瓢蟲，覺得心臟都要從嗓子眼裡跳出來了，塔下兩百米的路程中，每一步的距離都顯得那麼遙遠。

好不容易蹭過九層妖樓，向前走了不到兩百步，忽然腳下一軟，像是踩到了什麼巨大的動物，我用手電筒一照，在我腳下是一隻從來沒見過的巨大爬行動物，牠吐著長長的舌頭，膚色和地面的顏色十分接近，樣子有點像是巨蜥，外形又很像鱷魚，但是沒有那麼粗糙的表皮，而且前吻沒有蜥蜴那麼尖銳，長得比較圓，舌頭像蛇一樣，又紅又長，前面分個叉，全身皮膚漆黑，長滿了大塊的白色圓斑，單從外貌上形容，基本上可以說是一隻有條長尾巴的超大型青蛙。

我這輩子天不怕地不怕，唯獨比較怕這種噁心的東西，嚇得我一下縮到了大個子身後，大個子也看見了這隻奇特的動物，他的感受可能和我差不多，也嚇了一跳，可能軍人唯一可以依賴的夥伴就是步槍，他出於本能的反應舉槍就打，啪啪啪一個點射，那隻爬行動物扭動了幾下，就此死去。

這時走在最後的洛寧走了過來，看了看地上的動物死屍，吁了口氣對我們說：「這是生活在地底的蠑螈，吃昆蟲和蜉蝣為生，不傷人。」

我倒不心疼打死一隻動物，我擔心的是大個子冒冒失失的開槍，會不會驚醒塔中的蟲子，他娘的，人要是倒了楣，喝口涼水都塞牙，「九層妖樓」裡的瓢蟲顯然是被槍聲驚動，無數盞明燈一般的藍色火球亮了起來。

整個地下空間都被火光映成了藍色，木塔也被點燃了，火勢越燒越大，幾百團火球朝我們撲了過來，這麼大的火，我們卻感覺不到一絲熱氣，反而覺得寒氣逼人、牙關打顫。

大個子見狀不妙，掏出武裝帶上插著的兩枚手榴彈就要拉弦扔過去炸那些火球，我趕緊一把按住他的手：「扔一顆，給咱們留下一顆光榮彈，我可不想讓那鬼火燒死。」

第一〇章 地下湖

我們的這種木柄手榴彈是步兵的制式裝備，由三個部分組成，上邊用鐵皮包成圓柱形，下面是一個木制的握柄。引發後，通過裡面的炸藥激發鐵皮碎片殺傷敵人，威力並不是很強。

大個子留下一枚手榴彈，我拿過另一枚，見有不少火球已經衝了過來，就拔下導火索，把木柄哧哧冒出白煙的手榴彈投了出去。

手榴彈炸出一團白煙，飛在前面的十幾團藍色火球被爆炸的彈片擊中，紛紛墜落在地上熄滅，但是更多的火球繼續從後面蜂擁而至。

洛寧在前，其餘三人墊後，用手中的半自動步槍邊撤邊打，每人二十幾發子彈，沒過兩分鐘就打了個精光。

想對付那些詭異瓢蟲形成的藍色火球，只能用槍射擊，同牠們稍有接觸，就會引火焚身。沒有子彈的步槍，還不如燒火棍好使。

大個子扔掉步槍，掏出了最後一顆手榴彈，對我喊道：「老胡，是時候了，整不整？」

我和洛寧架扶著尕娃，四個人圍成一圈，把大個子手中拿的手榴彈包在中間，我盯著眼前的手榴彈，只要大個子一拉弦，幾秒鐘之後就會玉石俱焚，最後的時刻終於到了。

在這種時候我不準備想太多別的事情，一是那些火球已經越來越近，沒時間多想，其次是因為我擔心想太多生離死別的事會讓自己變得軟弱，我一直想做楊根思（注）那樣的特級戰鬥英雄，不過沒死在戰場上，反而不明不白的在崑崙山底下走到了生命的盡頭，真的是不太甘心，我把心一橫，就要讓大個子引爆手榴彈。

洛寧本來已經緊緊的閉上眼睛等死，她忽然想到了什麼，一下子站起來拉住我們：「你們聽這水流聲這麼響，這裡離地下河很近，咱們快跳到河裡去。」

剛才只顧著開槍射擊，之後又準備用手榴彈自殺，早把地下河的事扔在了腦後，忙亂中也沒聽到那隆隆水流之聲，聽洛寧這麼一說，才想到還有生路，如果能提前跳進河水之中，那些火球雖然厲害，倒也奈何我們不得了。

說時遲，那時快，數千團藍色的火球已經近在咫尺，四個倖存者求生心切，拚命向水流轟鳴處奔跑。

聽那水聲，也只有十幾米遠的距離，我們跑不出幾步，經過地下空洞的盡頭轉彎的地方，眼前出現了一個大瀑布，瀑布下面有個規模不小的天然地下湖。

我還沒來得及細看，後心一熱，抓心撓肝似的疼，想必是火球已經撞到了我的後背，只要沾上一個小火星，火焰馬上就會吞沒全身，這生死關頭，哪裡還來得及多想，縱身一躍就跳下了湖中。

混亂中只見大個子等三人身上也被燒著了，狂叫著先後躍進湖裡。我一個猛子扎進了水裡，身上的藍色火焰也隨即被湖水熄滅。

水火不融，其餘的飛蟲似乎知道湖水的厲害，只在離湖面兩三米的地方徘徊，不敢衝下來攻擊。

注　韓戰時任連長，以自殺式炸彈攻擊，阻止美軍前進。

我從水中露出腦袋換氣，發現大個子也冒了出來，唯獨不見洛寧和尕娃兩人的蹤影，我擔心他們不識水性，溺在湖中，深吸一口氣準備再次潛入水中救他們，這時洛寧已經托著尕娃從湖中浮了上來。

原來尕娃一輩子都沒游過泳，跳到湖裡之後就被水嗆暈了過去，洛寧剛好看見，就潛入湖中把他救了上來，好在溺水的時間不長，尕娃咳了幾口水，又清醒了過來。

西藏風俗不准下湖洗澡游泳，尕娃口中嘮嘮叨叨的念經，請求佛祖恕罪。

湖面上空被無數火球的火光照得亮如白晝，四個人聚攏在一起，當時雖然時值初春，卻覺得這地下水並不寒冷，反而感覺身上有微微暖意，是處受地熱作用形成的溫水湖。

大個子罵道：「媽拉個巴子，槍沒了，沉到湖底下去了。」

我提醒他說：「咱們都沒子彈了，要槍也沒有用了，現在咱們趕緊想個辦法找路離開，你把腦袋放低些，小心那些蟲子衝下來。」

大個子不相信那些渾身是火的蟲子能衝進湖裡，咧著大嘴傻笑，很快他的笑容就僵住了，數千團閃著藍光的火球正逐漸聚集，形成一團巨大無比的火焰，呼的一聲衝將下來，他趕緊又鑽回湖水之中。

我吸了口氣正想下去，見旁邊的尕娃驚得呆了，他又天生懼怕湖水，不敢潛入湖中躲避，我只得強行把他的頭按進水裡，倒拽著他的臂膀向深處游去。

大火球直徑達到了幾十米，一觸碰到湖面，就激發得水氣蒸騰。火球雖大，湖水更廣，那些瓢蟲敢死隊的自殺式攻擊手段不能奏效，紛紛淹死在水中。

湖底本來一片昏暗，但是被上邊的火光映照，勉強能看清水下十幾米的環境，水深處有無數大魚在緩緩游動，這些魚和我以前見過的完全不同，大魚鬚子極長，酷似大馬哈魚（注1），由於生活在黑暗的環境中，眼睛已經退化了，只剩兩個白點。

我被這些大魚奇怪的樣子嚇了一跳，吃了幾口水，再看尕娃也手足亂蹬，已經閉不住氣了，想掙扎著游上去換氣，剛好湖底突然暗了下來，我估計那些蟲子已經死得差不多了，拉著尕娃游上了湖面。

湖面上漂浮著一層瓢蟲的死屍，沒有了火光，到處都是黑沉沉的一片，我對大個子喊道：「大個子，你那還有手電筒嗎？」

大個子答道：「都整丟了，啥也沒剩下，這回咱就摸黑走吧。」

忽的眼前一亮，洛寧也從湖中冒了出來，用手抹了抹臉上的水，她的另一隻手中拿著一把軍用拐型電筒：「我身上帶的最後兩枝了，還好一直裝在兜裡，沒掉進湖底。」

眾人互相拉扯著爬上了岸，都覺得又累又餓，再也沒精力行動了，十幾個小時沒吃東西，別說是血肉之軀，就算真是鐵打的，怕是也撐不住了。

大個子又跳進湖裡用刺刀插了一條魚回來，胡亂刮了刮魚鱗，切成數片，我先嘗了一口，生魚肉的味道還行，不太腥，只是微微有些發苦，多嚼幾口就覺得很香。

只有尕娃說出大天（注2）來也不肯吃，部隊也有民族紀律，不許在西藏吃魚，但是我一想崑崙山是在青海和西藏兩省交界，按位置說我們還算是在青海這邊，而且青海回民比藏民還要多，

注1　鮭魚。
注2　北京方言，指極限。

所以在這吃魚不算犯紀律。其實就算這時候真犯紀律也顧不上了，已經餓得眼珠子發藍，特殊情況就只能特殊對待了。

三個人狼吞虎嚥的生吃了一條大魚，覺得還有點意猶未盡，於是大個子又游進湖裡摸魚，洛寧察看尕娃腳上的傷口，我在湖邊轉了一圈，看看有沒有什麼地方可以出去。瀑布的水流這麼大，這個湖應該有地方分流。

大瀑布的落差有數十米，據洛寧估計，我們面前的這條水系，應該是雅魯藏布江的地下支流，而且地下深處可能還有火山，所以湖水才會發暖。

我拿著洛寧的拐型手電筒，找到了一個地下湖的缺口，湖水順著這處缺口流了出去，這條水路是個七八米高的山洞，下邊完全被水淹沒，沒有路可走，想前行的話，只能從水裡游出去。

我回到洛寧身邊，把看到的情況對她講了，洛寧的地圖和指北針都丟了，只能憑直覺推測，她多年從事測繪工作，經驗豐富，她估計我們的位置離不凍泉已經不遠了，不凍泉即便在嚴冬也不結冰，說明地下有熔岩，問題是從哪裡可以回到地面，一直在地下走來走去的也不是辦法，現在可行的方案也只有沿著河走了，因為只有在有河道的地方才不會是死路。

大個子也垂頭喪氣的回來了，他這次沒抓到魚。我們不想再做停留，三個水性好的人把尕娃架在中間，順著水流的方向，朝這條地洞的遠處游去。

這條地下河的河面雖然不寬，但是下面的潛流力量很大，借著水流的衝擊，半漂半游的並不費力，只是這條隧道太長，水溫也比剛才高了不少，鼻中所聞，全是硫磺的氣息，身處水中，仍然覺得口乾舌燥。

大個子有些焦躁，邊游邊抱怨：「咱這次可能犯了左傾盲動主義的錯誤了，怎麼游了這麼久還不到頭？這地方水流這麼急，連個能站住腳歇氣的地方都沒有。不如折返游回去得了。」

我批評大個子道：「你早幹什麼去了？都游出來了這麼遠了才問紅旗還能打多久。是不是對咱們的革命是否能取得最後勝利懷有疑問？萬里長征剛走出第一步你就開始動搖了？你給我咬牙堅持住。」

大個子狡辯道：「咋能這麼說呢？我這不是想給革命保留點力量嗎，照你這麼瞎整，給革命造成了損失算誰的？」

我們的話剛說了一半，洛寧驚呼一聲：「你們看後邊是不是有什麼動物？好像是……水怪。」

我也聽見了後邊的水中有異常響動，回頭用手電筒一照，後邊水花翻滾，一個巨大的黑影從水中迅速接近過來，手電筒的照明範圍不夠，看不清究竟是什麼，不過來者不善，善者不來，我們都把軍刺抽了出來，凝神備戰。

第一一章　霸王蠑螈

河面下潛流和暗湧的力量越來越大，根本停不下來，身不由己的被河水沖得繼續向前，後面那隻巨大的怪物也如影隨形般的跟在後邊。

牠的大部分身體都在水中，捲起一波一波的水花，河道的山洞中太黑，只聞其聲不見其形，從聲音上判斷，牠的體形少說也有七八米長。

暗河的最後一段，水流更急，我們四個人怕被沖散了，緊緊的抱成一團，在河中打著轉跌下一個洞口。

下面是一條極大的地下暗河，河裡水溫很高，有無數條像我們剛才所經過的河道相同的支流，從山壁中噴出，像一條條大水龍頭一樣，匯流進了下邊這條主河道，兩側還有很多凸起的石孔，不斷冒出白色的高溫氣體，有些石縫中還有一些暗紅色的焰漿，看來這裡大概就是洛寧所說的地下火山帶了。

河水溫度太高，我們在激流中拚命掙扎著爬上河邊一塊巨大的岩石，發覺就連這石頭都是溫熱的，由於附近有熔岩的火光可以照明，我就把手電筒關掉了，節省一點寶貴的電池，我問他們幾個：「你們有沒有看清楚？剛才在後邊的究竟是什麼東西？好大的個頭。」

大個子和洛寧都沒看清楚，同時搖了搖頭，尕娃最慘了，喝了一肚子的河水，肚皮撐得滾圓，一張嘴說話，還沒出聲就先吐了好幾口水，他一邊揉著肚子一邊說：「哦見那尕熊，跟在哦們後邊，掉落河中央了。」

為了以防萬一，大個子握著軍刺，站起身來察看附近河中的情況：「啥水怪？啥也沒有啊。」說完話他轉身就要回來，忽然從河中伸出一條血紅色的大舌頭，有兩米多長，一捲就捲住了大個子的雙腿，把他放翻在地，拉向河中。

多虧尕娃眼疾手快，用刺刀狠狠的扎在那條大舌頭上，那怪物舌頭吃疼，鬆開大個子，瞪著兩盞紅燈似的怪眼，從河中爬了出來。

它的樣子同先前被大個子開槍擊斃的那隻蠑螈一模一樣，頭像青蛙，身體像沒皮的鱷魚。只不過這隻蠑螈太大、太大了，竟然有十幾米長，身上的皮膚閃著七彩的鱗光，大尾巴一甩，凶惡無比的注視著眾人。

我忙問洛寧：「洛工妳是確定牠不傷人嗎？這隻怎麼這麼大？」

洛寧臉色慘白，顫抖著說：「我……我是說上一隻……這……這隻是……霸王蠑螈，侵略性很強……在冰河時期就……已經滅絕了，想不到這裡還有。」

誰也沒有想到，在這與世隔絕的特殊環境中，竟然存在著太古時代就早已滅絕的猛獸。

蠑螈這類地下生物都是冷血動物，過高的地熱使得我們面前這隻霸王蠑螈變得極其狂暴，而且尕娃又在牠舌頭上扎了一刀，嘴裡的血腥味讓牠產生了強烈的攻擊性，更何況，我們開槍打死的那隻蠑螈，也不知是不是牠的子孫親戚，總之這梁子算是結下來，雙方得在這拼一個魚死網破。

我使個眼色，大個子和尕娃會意，分別包抄霸王蠑螈的兩側，三人戰鬥小組形成夾擊之勢。

霸王蠑螈呼呼亂叫，對三人張牙舞爪，還不等我們動手，牠用巨大的尾巴一掃，就把尕娃放翻在地，捲住尕娃，張開血盆大口就咬，蠑螈的嘴裡本來沒有牙齒，但是這隻霸王蠑螈的巨口中上下各有三排利齒，這要是讓牠咬上一口，哪裡還能有命在。

我和大個子兩人見情勢緊急，猛撲過去，兩個人合力，一上一下掰住了霸王蠑螈的大嘴，無論如何也不能讓牠這一口咬下去，否則尕娃腦袋就沒了。

只要是和宗教無關，尕娃馬上就變得神勇無比，腰部以下雖然被霸王蠑螈的尾巴捲住，手上卻不停，見這隻怪物皮糙肉厚，不懼水火，只好用刺刀在牠口中猛戳。

霸王蠑螈口中受傷，又驚又怒，使出怪力身子打個挺兒，把身上的三個人甩脫在地，這傢伙的力量奇大，我被牠甩到一塊石頭上，撞得氣血翻湧，眼前金星亂冒，大個子落進了河中，不過馬上又爬回了岸上，渾身都冒著白色蒸汽，被河水燙得嗷嗷直叫。

只憑三把刺刀想跟這隻龐大的霸王蠑螈搏鬥，無異於以卵擊石，四個人發一聲喊，一齊落荒而走，霸王蠑螈在後緊追不捨。

地下全是火山岩和火山灰，踏上去又軟又滑，跑起來十分吃力。為了能甩掉後面這隻大怪物，我們踩著河谷邊的火山岩向陡峭處爬去，手足並用越爬越高，我正爬了一半，就聽到大個子對我大喊大叫，讓我小心。我低頭向下看了一眼，霸王蠑螈就像條大蜥蜴一樣遊走在山壁上，尾隨而來，距離我已經不到三米遠，牠那條長長的舌頭，都快舔到我的屁股了。我想跳下去逃生，但是爬得太高了，沒把握能跳到河裡，要是稍有差錯，摔在石頭上可就慘了，我大罵一聲，騰下一隻手拔出刺刀，準備做困獸鬥，就是死了也要拉上這隻怪物墊背。

其餘的三個人也看到霸王蠑螈馬上就要追上我了，可是山壁的坡度太陡，不可能趕得及過來幫忙，都咬著牙、瞪著眼的乾著急，卻又無可奈何。

第一二章　地震

洛寧突然想到了什麼，趴在石壁上對我大喊：「小胡同志，光榮彈！」

其餘的人同時想到了，對呀，我們還剩下一顆手榴彈，一直都沒有使用，此刻就裝在大個子的武裝帶裡，中國製造的制式木柄手榴彈都是防水的，有些在青海湖駐防的士兵經常用手榴彈在湖中炸魚，剛才雖然眾人都落入水裡，但是手榴彈應該不會受潮。多虧了洛寧的提醒。

大個子掏出了手榴彈：「老胡，接住了。」從斜上方向我拋了過來。

我連忙把刺刀橫叼在口中，用右手一抄，接住了手榴彈，用大拇指推掉保險蓋，張口扔掉刺刀，咬住拉環，手榴彈的導火索被引燃，哧的冒出白煙。

我向下瞅準了霸王蠑螈的大嘴，把手榴彈扔了進去，霸王蠑螈哪裡知道手榴彈是何物，見黑呼呼的飛了過來，按牠平時獵食的習慣，用長舌一捲吞進口中，碰的一聲悶響，手榴彈在牠口中爆炸，霸王蠑螈身體上的表皮雖然堅硬，但是口腔裡的皮肉很軟，這一下把牠腦袋從裡到外炸了個稀爛，掉落到石壁下面，龐大的軀體扭了幾扭，翻著白肚子死在了河邊的岩石上。

我長出一口氣，全身都被冷汗浸透了，剛才也沒覺出害怕，這時候卻手足發軟，往下看一眼就覺得頭暈。

忽然山壁一陣劇烈的晃動，地下河的河水暴漲，空氣中全是硫磺的氣息，一股股的熱浪從下面沖了上來。河床下的火山開始活動了，事出突然，眾人措手不及，險些掉了下去。慌忙爬上了一個比較平緩的斜坡，坐下喘了幾口氣，驚魂未定，卻見地下的震動越來越劇烈，火山岩堆積成的山壁隨時都可能會倒塌。

洛寧說並不一定會出現火山噴發，看情況應該只是火山的週期性活動，這種活動週期的時間不確定，有可能幾天一次，也有可能幾百年、幾千年才發生一次。火山也分成很多種，常見的那種倒喇叭煙囪形的火山是大規模噴發以後才形成的，也有些火山雖然不是死火山，但是數萬年來始終沒有噴發過，就一直深深的埋藏在地下，偶爾會出現震動。

不過不管它是多少年活躍一次，我們算是倒楣，正好趕上了。本想沿著地下暗河尋找出口，但是下面的河水都沸騰了，下去就得變成鍋裡煮的餃子，看來是下不去了，正在一籌莫展之際，尕娃扯著我的衣服，指著上邊讓我們看。

距離頭頂幾百米的地方，出現了一道細長的白光，我瞧得眼睛發花，雙目一陣刺痛，那是什麼東西？難道又是什麼早已滅絕的生物？

洛寧驚喜交加：「是天空！是天空啊！」

地下火山的震動產生了地震，頭上的大地裂開了一條大縫，太久沒見過外邊的天空了，我都快忘了天空是什麼樣了，是藍的還是白的？

我對其餘的人說道：「同志們，真是天無絕人之路，堅持到最後就是勝利，為了新中國，前進！」

本來已經筋疲力盡的四個人，突然見到了逃出生天的希望，平地裡生出無窮的力量，拽開兩條腿，掄圓了胳膊，拚了命的順著斜坡往上爬。

下面的震動聲越來越激烈，熱浪逼人，濃烈的硫磺味嗆得人腦門子發疼，我們擔心那道裂縫又被地震振得閉合上，人人都想越快出去越好，都在四十五度的陡坡上使出了百米衝刺的勁頭，越往上火山岩越碎，有的就像沙子一樣，很難立足，爬上來三尺，又掉回去兩尺，手上的皮都磨掉了，也顧不上疼痛，咬緊了牙，連蹬帶刨，五六百米的高度，就好像萬里長征過雪山一樣艱難，在所有的體力全部耗盡之後，終於又回到了地面上，藍天白雲，兩側群山綿延起伏，我們爬上來的地方是崑崙河河谷的一段，也是海拔在青藏高原中最低的一片區域，距離頭道班的「不凍泉」兵站，只有幾公里的距離。

洛寧體力不行，尕娃腳上有傷，他們兩人在最後關頭落在了後邊，我顧不上休息，急忙和大個子把兩個人身上的武裝帶承重帶串在一起，垂下去讓洛寧他們拉住。

地震越來越猛，這道一米多寬的裂縫隨時可能崩塌，洛寧和尕娃只能緊緊抓住帶子，受到地下震動的影響，踩上一步就滑下去一步，就連半寸也爬不上來。

我和大個子使出吃奶的力氣往上拉，但是兩個人的力氣再大，也不可能把他們同時拽上來。這時尕娃放開了帶子，在下面用力托著洛寧，再加上我們在上邊拉扯，一下就把她從裂縫中拉了上來。

等我想再把帶子扔下去救尕娃的時候，一陣猛烈的震動傳來，大地又合攏在了一起，尕娃被活活的擠在了中間。

零下二十幾度的低溫，我們的大衣和帽子早就不見了，三個人忘記了寒冷，只穿著單薄的衣服，一邊哭一邊用手和刺刀徒勞的挖著地面的沙石……

三天後，我在軍區醫院的病床上躺著，軍區的參謀長握著我的手親切慰問：「小胡同志，你們這次表現得很勇敢，我代表軍委向你表示慰問，希望你早日康復，在革命道路上再立新功啊。怎麼樣?現在感覺還好嗎？」

我回答說：「謝謝首長關心，我還……還還……還……」想說還好，可是一想起那些永遠離我而去的戰友們，小林、尕娃、指導員、二班長，這個「好」字憋在了胸口，始終是說不出來。

第一三章　離開部隊

正如邱吉爾所說，世界上沒有永遠的朋友，也沒有永遠的敵人，只有永恆的利益。

一九六九年由於國際形勢的需要，我所在的部隊被派往崑崙山的深處施工，由於環境太惡劣，使得工程進度超乎預想以外的緩慢，三年之中，有幾十名指戰員在工地上犧牲，然而我們建設的這座軍事設施才剛剛完成了三分之二。

這時候，世界局勢又重新洗牌，七二年尼克森訪華，中美關係解凍。中國的戰略部署，重新進行了大規模調整，崑崙山裡的工程被停了下來，我們這些半路出家的工程兵，都又編回了野戰軍的戰鬥序列，隸屬於蘭州軍區。

日復一日、年復一年的訓練、出操、演習、學習、講評。軍營的生活，不僅單調，而且艱苦。又過了幾年，文化大革命結束了，黨中央及時的撥亂反正，四人幫被粉碎，整整十年浩劫之後，社會秩序終於恢復了正常。

但是部隊是一個和社會脫節的特殊環境，我在軍營裡並沒有感到什麼太大的變化，只不過不需要再像以往那樣一見面就念《毛主席語錄》了，但是每當有新兵入營的時候，還是要對他們進行革命教育。

這天上午，我剛從營部開會回來，通訊員小劉就氣喘吁吁的跑過來：「報告連長，今天有一個排的新兵來報到，但是指導員去軍區學習，所以請你去給新兵們講革命、講傳統。」

講革命、講傳統，其實就是給新兵們講講連隊的歷史。對於這些我實在是門外漢，但是好歹我現在也是一連之長，指導員又不在家，只好硬著頭皮上了。

我帶著這三十多個新兵進了連隊的榮譽陳列室，指著一面繡有「拚刺英雄連」字樣的錦旗告訴他們，這是在淮海戰役中，咱們六連的前輩們取得的榮譽，這個稱號一直保留到了今天，我把那次慘烈的戰鬥經過添油加醋的說了一遍，我們六連是如何如何刺刀見紅，又如何如何在彈盡糧絕的情況下，用刺刀打退了國民黨反動派一個整團的瘋狂進攻，光榮的完成了上級布置的狙擊任務。

然後我又指著玻璃櫃中一口黑呼呼的破鐵鍋對新兵們講述：「同志們，你們可不要小看這口破鍋呦，當年在淮海戰役的戰場上，咱們六連的革命前輩們，就是吃了用這口破鍋燒出來的豬肉燉粉條子之後，去戰場上殺敵立功的。你們看，這鍋上的裂縫，就是被國民黨反動派反動的炮火給炸裂的，至今，它還在默默訴說著當年英雄們的事跡和反動派的獸行。」

我所能講的也就這些了，畢竟我不是專業負責抓思想工作的，不過我自認為講得還算不錯，蒙這些新兵蛋子綽綽有餘。

我讓新兵們解散去食堂吃飯，自己和小劉一起走在他們後邊，我問小劉：「剛才本連長講革命、講傳統，講的水平怎麼樣？」

小劉說：「哎呀，連長，講得賊好啊，聽得俺直流哈喇子（注），咱們連啥時候學習革命先烈，改善改善伙食，也吃回豬肉燉粉條子啊？」

我嘶了嘶口水，彈了小劉一個腦鏰兒：「革命傳統半點都沒聽到，光他娘的聽見豬肉燉粉條

注　北京方言，指口水。

子了，快去給我到食堂打飯去，今天食堂好像吃包子，去晚了就都讓那些新兵蛋子搶沒了。我命令你，跑步前進。」

小劉答應一聲，甩開大步猛衝向食堂，我忽然想起來最重要的一句話忘了囑咐他了，趕緊在後邊喊了一句：「給我挑幾個餡大的啊！」

我躺在床上，一邊吃包子，一邊看著我家裡剛寄來的信，家裡一切都好，沒提到什麼重要的事。看了兩遍就把信放在一邊，拿起我家祖傳的那本殘書，前些年那幾次經歷，讓我對風水這門學問產生了很大興趣，有空就取出來翻閱。

由於這本書中提到了很多五行八卦易數之類的名詞，比如說什麼東方甲乙木，南方丙丁火，中央戊己土，西方庚辛金，北方壬癸水，什麼乾、坎、艮、震、坤、兌、離、未等等，多有不解之處，這些年我找了不少相關的書籍翻看，雖然文化程度有限，還是能對付著看明白了三四成。

「十六字陰陽風水祕術」這十六字，分別是指：天、地、人、鬼、神、佛、魔、畜、僵、鎮、遁、物、化、陰、陽、空。

這本書不知是什麼年代的，也不知出自何人之手，只是裡面的內容很深奧，伏羲八卦的六十四變，其實應該是十六卦，傳到殷商時期，因為這十六卦洩漏天機，被神明抹去了其中的一半，就連剩下的這八卦的卦數都不全。不過能懂得一二分的人，就已經極厲害了，想那諸葛孔明，略知一二，就能保著劉備運籌帷幄，鼎足天下，劉伯溫只會解三分，便輔佐朱洪武建下大明四百年的基業。但是這些我就不信了，真能有這麼邪呼嗎？

唯一遺憾的是這本書，只有講風水五行墓葬布局結構的半本，另外半本陰陽八卦太極之數從傳到我祖父手中的時候，就一直沒有。殘本讀起來，有些內容不連貫，而且文字晦澀難懂，難以窺其深義。我想如果是全本的話，理解起來應該更容易。

忽然一陣三長三短的集合號聲響起，劃破了軍營中寧靜的空氣，我第一個念頭就是：「肯定是出事了，平白無故的絕不會在大白天全營緊急集合。」我把剩下的兩個包子全塞進嘴裡，從床上彈起來衝出門外。

一列列縱隊整齊的排開，我見到不只是我們營在集合，整個團都集結了起來。像我這種下級軍官沒有資格了解是什麼行動，只有服從命令聽指揮的分了，我們接到的命令是去火車站待命，跟著兄弟部隊一起出發。

人過一萬，如山似海，在軍用火車站，擠滿了上萬名士兵，從遠處看就如同一片綠色的潮水，看樣子整個師都出動了，在當時一個師都調動起來那不得了啊，像我們這種主力師編制是非常龐大的，下屬三個步兵團，另外配備一個炮兵團，一個坦克團，再加上師部的機關後勤部隊，差不多能有兩萬多人。這麼大規模的行動究竟是去做什麼？應該不會是去救災吧，最近沒聽說這附近哪裡受災了啊。

我們稀里糊塗的被鐵罐子車一直拉到了雲南邊境，這時候大夥才明白，這是要打仗啊，當時好多人就哭了……

與此同時，正在訪美的鄧小平在白宮語出驚人：「小朋友不聽話，該打打屁股嘍。」並公開承認，中國軍隊在中越邊境大規模集結。

二月十七日凌晨，十七個師的二十二萬解放軍全線出擊，一直打到諒山，三月四日中國宣布撤軍。

我的連是主力師的尖刀連，首當其衝，十天的戰鬥下來傷亡過半，在一次行軍中，我們遭到了越南特工的伏擊，他們利用抱小孩的婦女做為掩護，把炸藥包扔進了我們的裝甲運兵車，我手下的八個戰士，都被炸死在裝甲車裡。當時我眼就紅了，打死三個，還活捉了剩下一老一小兩個越南民兵。

他們是一個五十多歲的越南老頭，和一個二十多歲的越南女人，看樣子他們是父女二人。有個部下告訴我說，這個女的把炸藥包　裝成抱在懷裡的嬰兒，經過裝甲車的時候就把炸藥包扔了進去。絕對看不錯，就是她幹的。

我最怕的事就是看著自己的戰友死在面前，一怒之下，把三大紀律、八項注意以及我軍對待俘虜的政策忘得一乾二淨。我讓人拿了個炸藥包綁在越南女人的屁股底下，讓她坐了土飛機。又把那老頭捆個結實，從懸崖上扔進了雷區。

這件事嚴重違反了部隊的紀律，甚至驚動了司令部的許總。要不是我家裡在軍區有很深的背景，早就被送上了軍事法庭，我的軍事生涯被迫就此結束，拿著一紙復員令，回到了老家。

第一四章　生意

戰鬥接近了尾聲，零星的槍聲仍然此起彼伏，陣地上到處都是硝煙，戰壕裡橫七豎八的堆滿了屍體。

坑道中大約還有六、七個殘存的越軍，我帶著人把所有的出口都封鎖了，我在坑道口對裡面大喊：「也布松公葉，松寬紅毒兵內！」

其餘的士兵也跟著一起喊：「也布松公葉，松寬紅毒兵內！也布松公葉，松寬紅毒兵內！」

（越南話：繳槍不殺，優待俘虜。當時的一線戰鬥部隊都要配發一本戰地手冊，裡面有一些用漢字註明讀音的常用越南語，比如：剛呆乃來，意思是舉起手來；不庫呆一乃來，意思是舉著手不許動。這些都是俘虜敵人和勸降時用的，另外還有一些是宣傳我軍政策的，對越南老百姓講的。其實在越南北方，民族眾多，越南官方語言，還不如漢語流行得廣，大部分越南軍人都會講漢話。）

被團團包圍的越南人，在坑道深處以一梭子子彈做出了回答。

我把鋼盔扔在地上，大罵道：「操他小狗日的祖宗，還不肯讓老子活捉。」轉過頭對站在我身後的戰士們發出命令：「集束手榴彈，火焰噴射器，一齊幹他小狗日的。」

集束手榴彈和火焰噴射器是對付在坑道掩體中頑抗之敵的最有效手段，先用大量的手榴彈壓制，再用火焰噴射器進行剿殺。

成捆成捆的手榴彈扔進了坑道，一連串劇烈的爆炸聲之後，中國士兵們用火焰噴射器抵住洞口猛噴。

煙火和焦臭的人肉味薰得人睜不開眼，我拎著衝鋒槍帶頭進了坑道，我要親眼看看這幾個小瘦雞一樣的越南崽子被燒成什麼樣了。

坑道中，十多具焦糊的越軍屍體散落在裡面，這時候已經分不清是被炸死的還是燒死的。我在最裡邊發現了一大捆還沒有爆炸的集束手榴彈，我趕緊帶著戰士們想往外跑，但是已經來不及了，一聲沉悶的爆炸，我的身體被衝擊的氣浪震倒，雙眼一片漆黑，感覺眼前被糊上了一層泥，什麼都看不見了。

我拚命的用手亂抓，心裡說不出的恐慌，這時我的手腕被人抓住，有個人對我說：「同志，快醒醒，你是不是做噩夢了？」

我睜開眼看了看四周，兩名列車乘務員和滿車廂的旅客都在盯著我看，所有人的臉上都帶著笑，我這才明白，剛才是在做夢，長長的出了一口氣，對剛才的噩夢還心有餘悸。

想不到坐著火車回家都能做夢，這回臉可丟光了。我尷尬的對大夥笑了笑，這可能是我這輩子笑得最難看的一次，還好沒有鏡子，自己看不到自己的臉。

乘務員見我醒了，就告訴我馬上就要到終點站了，準備準備下車吧。我點點頭，拎著自己的行李擠到了兩節車廂連接的地方，坐在行李包上，點了支煙猛吸幾口，腦子裡還牽掛著那些在前線的戰友們。

穿著沒有領章帽徽的軍裝就別提有多彆扭了，走路也不會走了。回去之後怎麼跟我爹交代呢？老頭子要是知道我讓部隊給攆了回來，還不得拿皮帶抽死我。

十幾分鐘之後就到了站，我走到家門口轉了一圈，沒敢進門，漫無目的的在街上亂走，心裡盤算著怎麼編個瞎話，把老頭子那關蒙混過去。

天色漸晚，暮色黃昏，我進了一家飯館想吃點東西，一看菜單嚇了一跳，這些年根本沒在外邊吃過飯了，現在的菜怎麼這麼貴？一盤魚香肉絲竟然要六塊錢，看來我這三千多塊錢的復員費，也就剛夠吃五百份魚香肉絲的。

我點了兩碗米飯和一盤宮保雞丁，還要了一瓶啤酒，年輕的女服務員非要推薦給我什麼油悶大蝦，我死活不要，她小聲罵了一句，翻著白眼氣哼哼的轉身去給我端菜。

我不願意跟她一般見識，我當了整整十年兵，流過汗、流過血，出生入死，就值五百份魚香肉絲，想到這有點讓人哭笑不得。不過隨即一想，跟那些犧牲在戰場上、雪山中的戰友們相比，我還能有什麼不知足的資格呢？

這時候從外邊又進來一個客人，他戴了個仿美國進口的大蛤蟆鏡，我看他穿著打扮在當時來說很是時髦，就多看了兩眼。

那個人也看見了我，衝我打量了半天，走過來坐在我這張桌的對面。

我心想這人怎麼回事，這麼多空桌子不去，非過來跟我擠什麼，是不是流氓想找我的麻煩？操你奶奶的，正搔到我的癢處，我憋著口氣，還正想找人打一架，不過看他的樣子又有點眼熟，他的臉大半被大蛤蟆鏡遮住，我一時想不起來這人是誰。

那人推了推鼻梁上架的大蛤蟆鏡開口對我說道：「天王蓋地虎。」

我心說這詞怎麼這麼熟啊，於是順口答道：「寶塔鎮河妖。」

對方又問：「臉怎麼紅了？」

我一豎大拇指答道：「找不著媳婦給急的。」

「那怎麼又白了？」

「娶了隻母老虎給嚇的。」

我們倆同時抱住了對方，我對他說：「小胖，你沒想到中央紅軍又回來了吧？」

胖子激動的快哭了：「老胡啊，咱們各方面紅軍終於又在陝北會師了。」

前些年我們也通過不少次信件，但是遠隔萬里，始終沒見過面。想不到一回城就在飯館裡遇到了，這可真是太巧了。

胖子的老爸比我爹的官大多了，可惜文革的時候沒架住挨整，死在了牛棚裡。幾年前胖子返城後找了個工作，幹了一年多就因為跟領導打架，自己當起了倒爺（注1）個體戶，從我們這邊往北方倒騰（注2）流行歌曲的錄音帶。

多少年沒見了，我們倆喝得臉紅脖子粗，我就把編瞎話的這事給忘了，回到家之後，酒後吐真言，把事情的經過跟我爹說了，想不到他沒生氣，反而很高興。我心想這老頭，越老覺悟越低，看自己兒子不用上前線了還高興。

復轉辦給我安排的工作是去一家食品廠當保衛科副科長，我在部隊待的時間太長了，不想再過上班、下班這種有規律的生活，就沒去。跟胖子一起合夥去了北方做生意。

時間過得很快，眼瞅著就進入了八十年代，我們也都三張兒多了，生意卻越做越慘淡，別說存錢娶媳婦了，吃飯都快成問題了，經常得找家裡要錢解決燃眉之急，按三中全會的說法，全國都基本解決溫飽問題了，但是我卻覺得我們倆還生活在解放前，被剝削、被壓迫，吃不飽、穿不暖。

這天天氣不錯，萬里無雲，我們倆一人戴了一副太陽鏡，穿著大喇叭褲，在北京街頭推了個三輪車，車上架個板子，擺滿了磁帶，拿個破錄音機拉著兩破喇叭哇啦哇啦的放著當時的臺灣流行歌曲。

有個戴眼鏡的女學生湊了過來，挑了半天，問我們：「有王結實、謝麗絲的嗎？」

這個以前我們上過貨，兩天前就賣光了，胖子嘻皮笑臉的對她說：「哎呦我說姊姊，這都什麼年代了，還聽他們的歌，您聽鄧麗君、千百惠、張艾嘉嗎？來幾盤回去聽聽，向毛主席保證，要多好聽就有多好聽。」

女學生看胖子不像好人，扭頭就走了。

胖子在後邊抱怨得罵不絕口：「這傻逼，裝他媽什麼丫挺的，還他媽想聽金梭銀梭，丫長得就他媽跟梭子似的。」

我說：「你現在怎麼說話口音都改京腔兒了？說普通話不得了嗎，冒充什麼首都人。現在北京的生意太難做了，過幾天咱奔西安吧。」

胖子想要辯解說他祖上就是北京的，還沒等說，忽然指著街道的一端叫道：「我操，工商的來掃蕩了，趕緊跑。」

我們倆推著三輪車撒丫子就跑，七拐八拐的跑到一條街上，我看了看周圍，咱怎麼不知不覺的跑到潘家園古玩市場來了？

這條街上全是買賣舊東西的，甚至連舊毛主席像章，《紅寶書》（注3）都有人收。像什麼各

注1　指旋律投機事業，以牟取暴利的人。
注2　販賣、出售。
注3　《毛語錄》。

種瓶瓶罐罐、老鐘錶、老懷錶、三寸金蓮穿的舊繡花鞋，成堆成堆的銅錢、鼻煙壺，各種古舊的家具、煙斗、字畫、雕花的硯臺、筆墨黃紙、老煙斗、蛐蛐罐、瓷器、漆器，金銀銅鐵錫的各種玉石的各種首飾，只要是老東西，就基本上什麼都有。

中亞船務代理股份有限公司
亞運國際股份有限公司
Asia Pacific Shipping Agency Co., Ltd.
Asia Fortune International Co., Ltd.

投資金律 一藍鯨出版社

笑傲股市 Part 2 麥格羅希爾出版社

台北總公司 TEL: 02-25065598 FAX: 02-25011700
台中分公司 TEL: 04-22226333 FAX: 04-22226383
高雄分公司 TEL: 07-3366988 FAX: 07-3366299

第一五章　古玩市場

胖子有塊家傳的玉珮，一直帶在身上，這塊玉是西北野戰軍的一位首長送給他爹的，當年這位首長帶部隊進新疆，在尼雅綠洲消滅了一股土匪，這塊玉就是那個匪首貼身帶的。說是玉珮，其實外型不太像，造型古樸怪異，上面刻著一些亂七八糟的圖案，像是地圖，又像是文字，不知道實際上是幹什麼用的。

這塊玉，胖子給我看過很多次，我家裡以前古玩不少，小時候我聽祖父講過不少金石玉器的知識。不過這塊玉的價值年代，我卻瞧不出來。

胖子想把這塊玉賣了換點本錢做生意，被我攔住了，「這是你爹給你留下的，能別賣就別賣了，咱也沒到走投無路的地步，實在不行我找家裡要錢唄，反正我們家老頭、老太太補發了好多工資。」

我們倆見路邊有個空著的地方，就把三輪停了過去，在附近買了兩碗滷煮火燒當午飯吃。滷煮火燒就是豬下水熬的湯，裡面都是些大腸之類的，泡著切碎了的火燒，一塊多錢一碗，既經濟又實惠。

我這碗辣子放得太多了，辣得我眼淚鼻涕全出來了，吐著舌頭哈氣。

胖子吃了兩口對我說：「老胡，這幾年本想帶你出來發財的，沒想到現在全國經濟都搞活了，形勢不是小好，而是一片大好。不像我剛開始練攤兒的那時候，全北京也不超過三份賣流行歌曲磁帶的。真是有點連累你了，你爹退休前已經是師長了，享受副市級幹部待遇，你不如回去讓你們家老頭走個後門，給你在機關安排個工作，就別跟我一起受罪了。」

我拍了拍胖子的大肚子說：「兄弟，我也跟你說句掏心窩子話，我要是真想去機關隨時都能去，但是我不敢去，你知道為什麼嗎？我害怕啊，我如果在一個地方坐住了不動，滿腦子想不了別的，全是我那些死去的戰友，他們都在我眼前晃來晃去的，一看見他們，我的腸子都快疼斷了。咱們現在東奔西走忙忙碌碌的做點小買賣，還能把心思岔開想點別的，要不然我非神經了不可。」

在部隊那麼多年，別的沒學會，就學會鼓舞士氣了，我安慰胖子：「咱們現在也不算苦了，這不是還有滷煮可吃嗎，想當年我在崑崙山裡，那他娘的才真叫苦呢。有一年春節，大夥都想家了，好多新兵偷著哭。師長一看這還行，趕緊給大夥包頓餃子，改善伙食。那餃子吃的，說出來你可能都不信，崑崙山沒有任何青菜，菜比金子都貴，肉倒有得是，全是一個肉丸的餃子。海拔太高，水燒不開，餃子都是夾生的，裡邊的肉餡都是紅的。你能想像出來那是什麼味道嗎？就這樣我還吃了七八十個呢，差點沒把我撐死，饞啊，那幾年就沒吃過熟的東西，饞壞了。第二天我就讓人給送醫院了，消化不了，肚子裡跟鐵皮似的。你還記得《紅岩》（注）裡怎麼說的嗎？革命勝利的前夜總是最寒冷的。咱們的生意不可能總這樣，錄音帶不好賣，咱們可以賣別的。就象毛主席他老人家說的：『廬山不讓上，咱就上井崗山，你解放軍不跟我走，我去找紅軍。』」

我把錄音機打開，兩個大喇叭頓時放出了音樂。

由於錄音機比較破爛，音質很差，再優美的歌曲從裡邊播出來也都跟敲破鑼一樣。

但是我和胖子並不覺得難聽，反正比我們倆唱的好聽了，胖子經過我那一番深入淺出的思想教育工作，心情也開朗了起來，隨著音樂的節奏掂著小腿，扯開嗓子叫賣：「瞧一瞧，看一看啊，港臺原版，砍胳膊切腿大甩賣，賠本兒賺吆喝了啊……」

過往的行人和周圍做生意擺攤的全向我們投來好奇的目光，我們旁邊有個擺地攤賣古董的男人，他走過來對我們打個招呼，一笑嘴中就露出一顆大金牙，大金牙掏出煙來，給我們倆發了一圈。

我接過煙來一看：「呦，檔次不低啊，美國煙，萬寶路。」

大金牙一邊給我點煙一邊說：「二位爺，在潘家園舊物市場賣流行歌曲，可著這四九城都沒第三個人能想得出來，您二位真是頭一份。」

我吸了一大口煙，從鼻子裡噴出兩道白色煙霧，這美國煙就是有勁，我抬頭對大金牙說：「您甭拿這話擠兌我們，我們哥兒倆是為了躲工商局的，無意中跑到這裡，歇會兒就走。」

結果雙方一盤道，敢情還不是外人，大金牙家在海南島，以前在雲南插過隊，爹那輩是解放軍南下時住過去的。家裡的底根兒都是三野的，一說你老家是哪的哪的，家裡的長輩是幾縱幾縱的，哪個師哪個團的，關係都不算遠。

不過大金牙的爹不是什麼幹部，他爹是個民間倒斗的手藝人，後來讓國軍抓了壯丁，徐蚌會戰，也就是淮海戰役的時候，他所在的部隊又起義參加了解放軍，他本人一直就在部隊裡當炊事員。在朝鮮戰場上把腿給凍壞了，落下個終身癱瘓，改革開放之後，從海南搬到了北京，收點古董玩器做些生意。

會說的不如會聽的，他說的好聽，什麼倒斗的手藝人，不就是個挖墳掘墓的賊嗎，這些別人

注　長篇小說，羅廣斌、楊益言著。描寫國民政府在重慶時的階段鬥爭。

聽不出來，但我從小是被我祖父帶大的，這些事他沒少給我講。

行家伸伸手，便知有沒有。再往深處一論，我問大金牙：「您家老爺子當年做過摸金校尉，有沒有摸出什麼大粽子來？」（大粽子是一句在盜墓者中流傳的暗語，就像山裡的土匪之間談話也不能直接說自己殺人放火，都有一套黑話切口，粽子是指墓裡的屍體保存的比較完好，沒有腐爛，摸到大粽子就是說碰上麻煩了，指僵屍、惡鬼之類不乾淨的東西，幹粽子是指墓裡的屍體爛得只剩下一堆白骨了，還有肉粽子，是說屍體身上值錢的東西多。）

大金牙一聽這話，立刻對我肅然起敬，非要請我和胖子去東四吃涮羊肉，順便詳談。於是三個人就各自收拾東西，一起奔了東四。

第一六章　大金牙

東四的一家火鍋店裡，坐滿了食客，火鍋中的水氣瀰漫，推杯換盞吆五喝六之聲不絕於耳。我們撿個角落處的空桌坐了，大金牙連連給我倒酒，我心想這傢伙是想把我灌醉了套我的瓷啊，於是趕緊攔住他：「金爺，這二鍋頭勁兒太猛，我量淺還是來啤的好了。」

邊吃邊談，話題就說到了倒斗的事上，大金牙咧開嘴，用指尖敲了敲自己的那顆金牙對我們說：「二位爺上眼，這顆金牙，就是我在潘家園收來的，從墓裡挖出來的前明佛琅金，在粽子嘴裡拔下來的。我沒捨得賣，把自己牙拔下來換上了。」

這人也真是的，吃飯時候說這個，還讓不讓人吃了，捨不得花錢你直接說多好，他說的那個實在是越想越讓人覺得噁心，我趕緊把話題岔開，跟他談些別的事情。

錢壓奴婢手，藝壓當行人，我們隨便聊了一些看風水墓穴的門道，又說些當年在崑崙山當工兵的事跡，聽得大金牙嘖嘖稱奇，對我佩服得五體投地。

大金牙的爹被國民黨抓壯丁之前，是跟一位湖南姓蔡的倒斗高手學徒，對挖墳掘墓的勾當所知甚多，但是對於那些尋穴的本事就沒學會。因為他師傅蔡先生本身也不懂風水之術，民國十二年之後，洛陽農民李鴨子才發明了洛陽鏟。在此之前，洛陽鏟還沒流行開來，他們這一派主要用鼻子聞，為了保持鼻子的靈敏程度，都忌煙酒辛辣之物。

用鐵籤打入地下，拔出來之後拿鼻子聞，鐵籤從地下泥土中帶上來的各種氣味，還有憑打土時的手感，地下是空的，或者有木頭、磚石，這些手感肯定是不同的。

其實和用洛陽鏟打土的原理差不多，只不過一個是用鼻子聞，一個是用眼睛瞧。洛陽鏟帶上來的土，可以察看地下土壤的成分，如果有什麼瓷片、木片、布片、金銀銅鐵錫汞鉛，包括夯土、磚瓦等等等等，這些都是地下有墓穴的證明，可以通過這些線索來推測地下古墓的年代和布局結構。

不過聞土這手藝傳到大金牙這裡就失傳了，他爹雙腿殘疾，他從小又有先天性哮喘，就不再去做摸金校尉了。一般幹這行的，都見過不少真東西，憑著這點眼力，做起了古玩的生意。

我開玩笑的說：「您祖上這手藝潮了點，我聽我家裡的長輩說過一些倒斗的事情，真正的高手，沒有用鐵籤、洛陽鏟的，那都是笨招，有本事的人走到一處，拿眼一看，就知道地下有沒有古墓，埋在什麼位置、什麼結構，這些一眼就能看出來。凡是風水絕佳之所，必有大墓，能埋在裡邊的，生前都不是一般人，這種墓裡邊全是寶貝。真正的大行家對洛陽鏟那些東西是不屑一顧的，因為地下土壤如果不夠乾燥，效果就大打折扣，特別是在江南那些富庶之地，降雨量大，好多古墓都被地下水淹沒，地下的土層被沖得一塌糊塗。」

大金牙聽我說得天花亂墜，對我更是推崇：「胡爺，我算服了，常言怎麼說的來著，朝聞道夕死可矣，聽了您這一番高論，我算是沒白活這麼大歲數。向您這種既懂風水術，又當過工兵，了解土木工程作業的人才，真是可遇而不可求，有您這本事要不做摸金校尉可惜了。」

我搖搖頭說：「那種缺德的事，我不打算幹，我剛說的那些都是聽我祖父講的，他老人家當年也做過摸金校尉，結果碰上了大粽子，差點把命搭上。」

大金牙說這風險肯定是有的，揣上幾個黑驢蹄子也就不怕了，而且正所謂盜亦有道，倒斗的名聲是不好，那都是因為一些下三濫的毛賊敗壞的，他們根本就不是這行裡的人，不懂得規矩，到處破壞性的亂搞，那能不招人恨嗎？倒斗的歷史要追述起來，恐怕不下三千多年了，當年三國時曹操手下有支部隊，專門挖掘古墓裡的財物以充軍餉，咱們這才有了摸金校尉的別稱。

傳至解放前，這行裡邊共分東南西北四個門派，到了八十年代，人材凋零，已經沒剩下幾個人，僅存的幾個人也都金盆洗手不幹了。現在的那些小輩，都是些個鄉下的閒漢，一幫一夥成群結隊的去挖墳掘墓。哪裡懂得什麼行內兩不一取，三香三拜吹燈摸金的規矩，唉，多少好東西都毀在他們手上了。

大金牙感嘆了一陣，又對我們說道：「我長年在潘家園倒騰玩意兒，您二位將來要是有什麼好東西，我可以負責給你們聯絡買家，你們親自去談，談成了給我點提成就行。」

胖子一直忙著吃喝，這時候吃到八成飽了，忽然想起點什麼，把身上那塊玉取出來讓大金牙給鑑定鑑定，看值多少錢。

大金牙看了看，又放在鼻子邊上聞了幾下：「胖爺，您這塊可是好玉啊，至少不下千年歷史了，嗯……有可能還要早，應該是唐代以前的。這上邊的文字不是漢文，是什麼我也瞧不出來，肯定能值不少錢，不過在沒判斷出具體價值之前，您最好還是留著別出手，不然可能就虧大了。您這塊玉是在哪得來的？」

胖子說起他家的歷史就來了興致：「要說來歷，那可是小孩沒娘，說來話長了，我這麼跟你說吧，這塊玉是我爹參加黃麻暴動時候的老戰友送的，我爹的那位老戰友是野司的一號大首長，帶部隊進新疆的時候，他的部隊和一股土匪遭遇了，這幫土匪也是找死，解放軍的一號首長身邊的警衛團能是吃乾飯的嗎？不到五六分鐘，就把那百十號土匪消滅光了，打掃戰場的時候在一個土匪頭子身上發現了這塊玉，一號首長把它當成紀念品送給了我爹。這塊玉再往前的事，我就不清楚了。」

我們一直喝酒喝到晚上十二點多才分手，臨別之時，大金牙送給我們倆一人一個彎勾似的東西，這東西有一寸多長，烏黑甑亮，堅硬無比，還刻著兩個篆字，看形狀像是「摸金」二字，這物件兒年代久遠，像是個古物，一端被打了個孔，穿有紅色絲線，可以掛在脖子上當作裝飾品。大金牙說：「咱們哥們兒真是一見如故，這兩個是穿山甲的爪子做的護身符，給你們二位留個念想，有空就來潘家園找我，青山不改，綠水常流，咱們後會有期。」

第一七章 計畫

我和胖子回到了我們在崇文門附近租的一間小平房裡，酒喝得太多，暈暈呼呼的一直睡到轉天中午。

醒來之後躺在床上，盯著又低又矮的天花板，我想了很多，盜墓這行當，對我來說其實不算陌生，我有把握找到一些大型的陵墓，錢對我來說不是最重要的東西，可以說我一點都不在乎有沒有錢，但是生活總是充滿了矛盾，現在的我又太需要錢了。

我父母都由國家養著，我沒有家庭負擔，自己吃飽了全家不餓，但是我那些犧牲在戰場上的兄弟們怎麼辦，他們的爹媽誰去奉養照料？看病吃藥的費用，還有他們的弟弟妹妹上學的學費，憑著那點撫恤金還不夠喝西北風的。

在戰場上，好像除了我之外，人人都有理由絕對不可以死，最後的倖存者卻是我，我這條命是很多戰友用自己的生命換來的，我現在應該為他們做些什麼了。

這時候胖子也醒了，揉了揉眼睛，見我正盯著房頂子發楞，就對我說：「老胡，你想什麼呢？其實你不說我也知道，昨天大金牙的話讓你心動了是不是？我心裡也癢癢，咱哥兒倆到底怎麼著啊？我就等你一句話了。」

我拿出大金牙送的那枚護身符：「胖子你別拿那孫子當什麼好人，他也是做生意的，無利不早起。這摳子爪是三國時曹操手下摸金校尉所佩帶的，這麼貴重的東西他能隨便送給咱們？他是看上咱倆的本事了，想從中得點好處。」

胖子急了：「我操，早看丫不像好鳥了，一會兒我去潘家園，給丫那顆大金牙掰下來扔茅坑裡。」

話雖如此說，但是我們倆一合計，覺得還是應該互相利用，暫時別跟他鬧翻了，我性格上的缺點是太衝動，做事不太考慮後果，覺得盜墓這條路可行，毛主席說世界上任何事物都有他的兩面性，好事可以變壞事，壞事也可以變好事，這就是辯證法。

那些帝王將相的墓中有無數財寶，但是能說這些好東西就屬於墓主人嗎？還不都是從老百姓身上搜刮剝削來的，取之於民，理應用之於民，怎麼能讓它們永遠陪著那些枯骨沉睡在地下。要做就做大的，那些民間的墓葬也沒意思，多數沒什麼值錢的東西，而且取老百姓的東西損陰德。

我曾聽我祖父講過摸金校尉的規矩，和盜墓賊大有不同，盜墓賊都是胡亂挖、胡亂拿，事做得絕，管你什麼忠臣良將，什麼當官的還是老百姓的，有誰是誰，沒半點規矩可言，就算有也都是農民們自己琢磨出來的，根本不是那麼回事兒。

摸金校尉們幹活，凡是掘開大墓，在墓室地宮裡都要點上一隻蠟燭，放在東南角方位。然後開棺摸金，死者最值錢的東西，往往都在身上帶著，一些王侯以上的墓主，都是口中含珠，身覆金玉，胸前還有護心玉，手中抓有玉如意，甚至連肛門裡都塞著寶石。這時候動手，不能損壞死者的遺骸，輕手輕腳的從頭頂摸至腳底，最後必給死者留下一兩樣寶物，在此之間，如果東南角的蠟燭熄滅了，就必須把拿到手的財物原樣放回，恭恭敬敬的磕三個頭，按原路退回去。

因為傳說有些墓裡是有鬼的，至於這些鬼為什麼不入輪迴，千百年中一直留在墓穴內，那就不好說了，很可能是他們捨不得生前的榮華富貴，死後還天天盯著自己的財寶，碰上這樣捨命不捨財的主兒，也就別硬搶他的東西了。

最後我和胖子決定，幹他娘的，做定摸金校尉了，什麼受不受良心譴責，咱們就當良心讓狗吃了，不對，吃了一半，嗯……也不對。不妨換個角度看，現在是八十年代，不是都提倡奉獻嗎？現在也該輪到那些剝削勞動人民的王公貴族們奉獻奉獻了。不過這些死鬼覺悟很低，別指望他們自己爬出來奉獻，這種事，我們就代勞了，打他們這些封建統治階級的秋風，收拾金甌一片，分田分地真忙。

戰略方向確定了，具體的戰術目標，以及怎麼實施還得再仔細商量。

在盜墓之風最盛行的河南、湖南、陝西這三個地方，大墓不太容易找了，而且人多的地方做事不方便，還要以種莊稼、蓋房子等行為做掩護，要幹最好就去深山老林，人跡罕至的地方。

要是說起在深山老林中，我所見過的大墓，排在頭一位的肯定是牛心山的那座，我上山下鄉的時候還太年輕，什麼都不懂，以我現在的閱歷判斷，那座墓應該是北宋之前的，盛唐時期，多是時興以山為陵，這種風氣一直延續到宋代初期，南宋以後，國力漸弱，再也沒有哪個皇家的陵墓敢做那麼浩大的工程了。

胖子問我：「你不是說牛心山裡鬧鬼嗎？能不能找個不鬧鬼的搞一下，咱們對付狗熊野人倒也沒什麼，遇上鬼卻不知該如何下手。」

我說：「第一，這世界上沒有鬼，我上次跟你說的可能是我產生的幻覺；第二，咱們這是初次行動，不一定非要動手開山。你還記得燕子他們屯子裡好多人家都有古董嗎？咱們去收上幾個回來賣了，就省得費勁拔力的折騰了。」

當天，我們二人分頭準備，胖子去把剩下的錄音帶都處理掉，我則去舊貨市場買一些必備的工具：手電筒、手套、口罩、蠟燭、繩索、水壺，最讓我喜出望外的是買到了兩把德製工兵鏟，我把工兵鏟拿在手裡，感覺就像是見了老朋友一樣。

這種工兵鏟是德國二戰時期裝備山地突擊師的，被蘇聯繳獲了很多，中蘇友好時期，有一部分流入了中國境內。德制工兵鏟很輕便，可以折疊了掛在腰上，而且鋼口極佳，別說挖土挖岩，就算到了危險的時候，掄起來還可以當兵器用，一下就能削掉敵人半個腦袋。

唯一遺憾的是沒買到防毒面具，當年全國搞三防(注)的時候，民間也配發了不少六〇式防毒面具，在舊物市場偶爾能看到賣的，今天不湊巧沒買到，只能以後再說了。此外還缺一些東西，那些都可以等到了崗崗營子再準備。

總共花了一千五百多，主要是那兩把鏟子太貴了，六百一把，價兒咬死了，劃不下來。最後我身上只剩下六塊錢了，這可糟了，沒錢買火車票了！

多虧胖子那把錄音帶甩了個精光，又把我們租的房子退了，三輪賣了，這就差不多夠來回的路費了。連夜去買了火車票，我當年離開那裡的時候還不滿十八歲，十幾年沒回去了，一想到又能見到多年不見的鄉親們，我們倆都有點激動。

第一八章　黑風口野人溝

列車是轉天下午兩點發車，我們激動得一夜沒睡，我問胖子咱們總共還剩下多少錢，胖子數了數說還剩下一百五，這點錢也就夠回來的路費和伙食費。

我一想這不行啊，咱們十幾年沒回去了，空著兩手去見鄉親們，太不合適了，得想辦法弄點錢給鄉親們買點禮物才是。

胖子說：「乾脆把我這塊玉賣了換個千八百的。」

我說：「你還是留著吧，你他娘的別總惦記著你爹留給你的那點東西，賣出去可就拿不回來了，別到時候把腸子悔青了。」

最後我找出了一點值錢的東西，我們身上有塊鷹歌牌機械錶，是我當上連長時我爹給我買的，屬於限量供應的限量版，有錢都不一定能買得到，在當時市面上能值二百多塊錢。我去潘家園把錶賣給了大金牙，這孫子什麼都收，一聽說我們要去內蒙動手，還贊助了我們一百塊錢，並約定我們找到的東西，由他來聯絡買主。

八〇年代，三百塊錢足夠普通家庭過兩三個月的奢侈生活，是一筆很可觀的錢。用這三百多塊錢，我買了不少吃的東西，都是蜜餞、奶糖、罐頭、巧克力、茶葉之類的，這些在山裡是吃不到的，剩下的錢在黑市全換成了全國糧票。

注　指防化學、防生物、防核武的軍事裝備運動。

兩天兩夜的路程在充滿期待的心情中顯得有些漫長，到了站之後還要坐一天的拖拉機，然後再進山走一天一夜的山路。

我們倆進山之後走了不到一天就再也走不動了，攜帶的東西太沉了，每人都要負重一百多斤，我咬咬牙還能堅持，胖子是真不行了，坐在大樹底下喘著粗氣，連話都說不出來。

多虧碰上了從屯子裡出來辦事的會計，我們插隊時他還是個半大的孩子，成天跟我們屁股後頭玩，一口一聲的管我們叫「哥」。

會計一看我們這麼多行李，趕緊又跑回村裡，叫了幾個人牽著毛驢來接我們，這些人上了年紀的我們都認識，還有兩個十二、三歲的丫頭，是我離開以後才出生的，她們都管我叫「叔」，我聽著就別提多彆扭了。

我問會計：「怎麼屯子裡沒見年輕的男人們？」

會計回答說：「屯子裡的勞力們都跟考古隊幹活去了，那不是七六年唐山大地震嗎？雖然跟俺們這噶離得十萬八千里，但是跟俺們這嘎屬於一條地震帶，這一地震把喇嘛溝牛心山整個給震裂了，裡面有座整的跟宮殿似的大墓，俺們屯子裡好些膽大的都進去搬東西，那傢伙，好東西老鼻子去了，結果不知咋整的，驚動了縣政府，考古隊跟著就來了。說這是大遼蕭太后的陵寢，還把大夥家裡的好東西全給整走了，一件都沒留下。然後考古隊的跟牛心山那噶旮也不整啥伍的，好像是說那山下面還有好多好東西可挖。把屯子裡的勞力們都雇去幹活了，一個勞力管吃管喝一天還給三塊錢。這不都整好幾年了，也沒整利索，不少人還擱那幹活呢。」

我跟胖子一聽這話差點沒吐血，真是趕上我們哥兒倆燒香，連佛爺都掉屁股。

不過也沒辦法，總不能去跟考古隊文物局分那些公家人搶地盤吧。既然來了，玩幾天再說，回頭想辦法再找別的地方，反正大型古墓又不是只有牛心山那一座。

快進屯子的時候，得到消息的鄉親們都在門口等著，大夥都擁了過來，問長問短的，燕子領著自己的女兒哭著對我們說：「哎呀，老胡胖子，你們可想死俺們了，怎麼一走這麼多年一點音信都沒有呢。」燕子她爹把我們倆緊緊抱住：「你們兩個小兔崽子，一走就沒影兒了，這回不住個兩三年，誰都不許走。」

我跟胖子全哭了，胖子在這住了六七年，我只住了一年，但是山裡人樸實，你在這住過，他們就永遠拿你當親人一樣對待。這裡還是以前那樣，一點都沒變，沒有電，沒有公路，這裡有不少人一輩子沒見過電燈，我心裡越想越難過，琢磨著等有了錢，一定得給鄉親們修條公路，可是我們什麼時候才能有錢呢？

這時村裡的老支書被人攙扶著也走了過來，還沒到跟前就大聲說：「主席的娃們又回來了？主席他老人家現在還好嗎？文化大革命整的咋樣了？」

我聽著都納悶兒，主席他老人家現在好不好？我上哪知道去。我趕到前邊扶著老支書的胳膊說：「他老人家好著呢，天天都躺在紀念館裡，大夥誰想他了，買張票就能進去看看他老人家。噢，對了，文化大革命早結束了，現在小平同志正領著咱大夥整改革開放這一塊呢。」

老支書好像沒聽見我說什麼，扯著脖子大聲問：「啥？小明同志是整啥的？」

燕子在旁邊告訴我：「你別聽他說了，也不知道咋整的，他七三年就聾了，啥也聽不清楚了，還老犯糊塗。」

我這才明白，原來是這麼回事，我在老支書耳邊大聲說：「支書啊，我給您帶了好多好吃的，一會兒給您送過去，您慢慢吃啊。」

眾人邊說邊走，就進了屯子，老支書還在後邊大喊：「孩子們，你們回去向他老人家彙報俺們堅決擁護無產階級文化大革命……該咋整就咋整。」

晚上，燕子家的炕桌上擺滿了炒山雞片、薰鹿腿，中間一個大砂鍋裡煮著酸菜粉汆白肉，燕子的丈夫以前跟我們也是很熟的，他去牛心山幹活沒回來，暫時見不到。

燕子的爹跟我們一起喝酒說話，我就說到牛心山那座古墓的事情，順便問他這大山裡還有沒有古代貴族的墓葬。

自古以來，山裡人一直認為盜墓就是一項創收的副業，不存在什麼道德問題，北方是這樣，南方湘西一帶就拿搶劫殺人當副業，山民白天為農，晚上為匪，躲在林子裡，專殺過往的外地客商，從不留活口。這是千百年的生存環境所迫，靠山吃山，靠水吃水，窮山惡水就吃古墓，吃過路的活人。只要附近有古墓，就會有人去挖。偏遠的地區，山高皇帝遠，王法管不到這裡，雖然這道理在法律上沒人能說得通，但事實是這些在深山老林裡都很正常。這附近的古墓大多年代太久，滄海桑田，早就沒有了明顯的標記，要不然早都被山民們挖光了。

燕子她爹說很久以前還沒解放的時候，這屯子裡也出過幾個年輕的業餘「盜墓賊」，當時還不知道牛心山有墓，他們去了一個傳說中的地方挖墳掘金，結果不知碰上了什麼，全部都有去無回，燕子的二叔就是其中之一。那個傳說中的地方，燕子她爹知道大概的方位，但是一直沒敢去過。

說起往事，就讓老人陷入了回憶之中，點上了亞布力老煙袋，叭噠叭噠抽了幾口，沉思了很長時間才開口說道：「你們想找古墓，這附近除了牛心山就沒有了，故老相傳，從這向北經團山子進山，五天路程，在中蒙邊境的黑風口有一條野人溝，傳說那片全是大金王公貴族的墳墓，不過那地方人跡罕至，還有野人出沒，你們有膽子去嗎？」

野人溝的名字當初我也聽說過，不過並沒聽說那裡有古墓，上一批的盜墓賊究竟是被什麼東西所害，別說我不知道，燕子她爹不知道，整個屯子裡也沒人清楚。

深山來林裡，危險的東西太多了，各種野生猛獸，甚至天氣變化自然環境都可能要了人的性命，要是碰上大煙泡（注），給捂到裡面，就算是大羅神仙也逃不出來。

我們去意堅決，燕子她爹也阻攔不住，屯子裡沒有人真正去過黑風口野人溝，只知道大概的方位。因為那裡快到邊境了，也沒有人煙，屯子裡的人就算進山打獵或者採山貨都到不了那麼遠。再加上燕子她爹上了年紀，患上了老寒腿，已經不能進山了，燕子當時正懷著她的第二個孩子也不能出遠門。屯子裡的青壯年都在喇嘛溝幹活，短時間內不會回來。

燕子她爹說：「我不親自帶你們去始終是不放心，其實野人溝的危險並不是來自野人，關鍵是地形複雜，一到冬天就刮白毛風，進去容易迷路。不過現在是初秋，這一節就不用擔心了，你們要去，一定要多帶好狗，還要找個好嚮導，咱們屯子這幾年養了幾條獒犬，這次都給你們帶上。」

獒並不是單指藏獒，在東北管體型龐大的猛犬就叫作獒犬，和藏獒還不完全一樣。

在北方草原森林中生活的獵手牧民，由於受到狼群和黑熊這些野獸的威脅，憑普通的獵狗很難應付，便用從西藏學來了養獒的法子養獒犬。俗話說九狗一獒，這句話的意思不是說九條狗裡面就能出一條獒。必須是一條血統優良的母狗，一窩同時產下九條小狗，把這九條小狗打一生下

注　枯葉被雨水浸泡腐爛而形成的沼澤。

來就關到地窨子裡，不給吃喝，讓牠們自相殘殺，最後活下來的唯一一隻就是獒。獒生性凶猛無比，三隻獒犬足可以把一頭壯年的人熊活活撕成碎片。

屯子裡一共有三隻獒，再加上五條最好的獵犬，全交給了我們，燕子她爹又給我們推薦了一個嚮導「英子」。

英子才剛十九歲，是少見的鄂倫春族，在這個屯子裡，年輕一輩的獵人中，沒有人比英子更出色，她是大山裡出了名的神槍手，別看她歲數小，從小就跟她爹在林子裡打獵，老林子裡的事情沒有她不清楚的，村裡這三條獒犬，有兩條是她親手養的。

出發前，我又讓燕子幫忙準備了一些東西，鳥籠子、糯米、黑驢蹄子、撬棍、一大桶醋、燒酒。

等都收拾停當，燕子她爹千叮嚀萬囑咐，實在找不到就別勉強了，快去快回，一直把我們送進團山子他才回去。

對於找古墓我是比較有信心的，只要能到了野人溝，沒有古墓也就罷了，倘若真有，我肯定能找到。關於盜墓的事，我從書上學了一部分知識，還有大部分都是以前聽祖父講的，我祖父胡國華在舊軍閥部隊裡當過軍官，他手下有些士兵，曾經是東陵大盜孫殿英的部下，參與挖掘過多次大型盜墓行動，經驗豐富，我祖父的所知所聞，多是聽他們所言。

歷來盜墓就分為民、官兩種，官盜都是明火執仗的幹，專挑帝陵下手，秦末的楚霸王項羽應該是官盜的祖宗了，至於三國時期的掘子軍摸金校尉等只不過是把官盜系統化，形成流水線作業了。民間也有業餘和專業之分，業餘的有什麼挖什麼，專業一些的就專門找一些貴族王侯墳墓，小一點的就瞧不上眼。

而盜墓的關鍵在於能找到古墓，這就是一門極深的學問，中國數千年朝代更替，興廢變化，帝王陵墓的建造和選位都不太一樣。在秦漢時期，上行下效，多是覆斗式的墓葬，覆斗就是說封土堆的形狀，像是把量米的斗翻過來蓋在上面，四邊見稜見線，最頂端是個小小的正方形平臺，有些像是埃及的金塔，只不過中國的多了一個邊，卻與在南美發現的「失落的文明」馬雅文明中的金字塔驚人的相似。這中間的聯繫，就沒人能推測出來了。

唐代開山為陵，工程龐大，氣勢雄渾，這也和當時大唐盛世的國力有關，唐代的王陵到處都透著那麼一股「捨我其誰、天下第一帝國」的風采。

從南宋到明末清初這一段時期，兵禍接連不斷，中國古代史上最大的幾次自然災害也都出現在這一時期，中國的國力虛弱，王公貴族的陵墓規模就不如以前那麼奢華了。

再後來到了清代，康乾時期，國家的經濟與生產力得到了極大的恢復，陵墓的建築風格為之一變，更注重地面的建築，與祭奠的宗廟園林相結合，吸取了前朝的防盜經驗，清代地宮墓室的結構都異常堅固，最是難以下手。

說到底，不管哪朝哪代，中國數千年來的墓葬形式，都來源於伏羲六十四卦繁衍出來的五行風水布局，萬變不離其宗，都講求占盡天下形勢，歸根結底就是追求八個字：造化之內，天人一體。

這種墓葬文化是中華文明的精髓所在，蒙古、回紇、吐蕃、金齒、烏孫、鮮卑、畲民、女真、党項等少數民族，都受到了很大的影響，陵寢的格局紛紛效仿中原的形式，但是多半都只得其皮毛而已。可以說，只要懂得觀看天下山川大河的脈向，隱藏得再深的古墓也能輕而易舉的找到。

再往前走就是茫茫無盡的原始森林，英子帶著八條大狗在前邊開路，胖子牽了匹矮馬馱著帳篷等等物資裝備，我拎著獵槍走在後邊，一行人就進入了中蒙邊境的崇山峻嶺之中。

胖子一邊走一邊問前邊的英子：「大妹子，野人溝的野人到底是怎麼回事啊？野人究竟是個什麼東西，妳見過沒有？」

英子回頭說道：「俺也不知道啥是野人，聽俺爹說這些年好多人都見過，但是沒人捉過活的，死的也沒見到過屍首，見過的也說不清楚是個啥樣。」

我在後邊笑道：「胖子，你可真他娘的沒文化，顧名思義，野人就是野生的人，以後好好學習啊。知道什麼是野生的人嗎？就是在野地裡生的，可能是樹上結的，也可能是地裡長的，反正就不是人工的。」

野人是很神祕的，神農架野人的傳說由來已久，我在部隊裡就曾經聽說過，據說有個解放軍戰士曾經在神農架開槍打死過一個野人，野人的屍體掉下了萬丈懸崖，到最後也沒弄清那野人到底是人，還是只長毛的大猴子。幾乎所有見過野人的目擊者都一口咬定：「野人身高體壯，遍體生滿了細長的黑色毛髮。」

聽英子給我們講，黑風口的那條野人溝，以前不叫野人溝，叫作「死人溝」，再往前更古老的時候，也不叫死人溝，叫作「捧月溝」。歷來是大金國貴族的墓地，後來蒙古大軍在黑風口大破金兵主力，屍積如山，蒙古人把死者都扔進了溝裡，整座山谷都快被填滿了，所以當地人就稱這裡是「死人溝」，再後來有人在這座山谷附近看見了野人，傳來傳去，死人溝的名字就被野人溝代替了。

野人沒什麼可怕的，野人再厲害能比得上獒犬嗎？我腦子裡突然出現一個念頭，野人不知道在市場上能賣什麼價？但是隨即一想，這麼做不太人道，還是別打活物的主意了，還是把心思放在挖古墓上是真格的。

由於帶著馬匹，不能爬坡度太陡的山，遇到大山就要繞行，這一路行來格外緩慢，好在秋天的原始森林，景色絢麗，漫山遍野的紅黃樹葉，層林盡染，使人觀之不倦，偶爾見到林子深處跑出一兩隻的山雞、野兔、麅子、樹獾、獐子，英子就縱狗去追，到了晚上宿營，採些山裡的草蘑香料，燃起營火燒烤，我和胖子都大飽口福，這些天就沒吃過重樣的野味。

在這大山裡行路，如果沒有帶獵狗，就只能睡在樹上，我們帶了三隻巨獒再加上五隻大獵狗，這種力量，在森林中幾乎沒有對手，除非是碰上三隻以上的人熊，英子說獒是人熊的剋星，林子裡的人熊聽見獒的叫聲，馬上就會遠遠的躲開，所以晚上睡覺我們都睡在帳篷了，忠實的獵犬們在帳篷周圍放哨，沒什麼可擔心的，這些狗比人可靠多了。

英子的脾氣比燕子年輕的時候可衝多了，氣死獨頭蒜，不讓小辣椒，走什麼路線，吃什麼東西，這些都得聽她的，誰讓她是嚮導呢，那些狗也都聽她的，我雖然當慣了連長，在她這也只能忍下來當普通一兵了。

不過英子確實有兩下子，打獵、尋路、找泉水、分辨山裡蘑菇有沒有毒，在深山裡怎麼去找木耳、蘑菇、榛子、都柿、黨參、五味子等等，簡直就沒有她不懂的，而且在山裡有些動物，我都叫不上名來，平生從未見過，英子卻都能說出來，這是什麼什麼動物，在什麼什麼環境裡生活，以什麼什麼為食，用什麼陷阱可以活捉，我跟胖子聽得大眼瞪小眼，只能說兩個字：服了。

他們鄂倫春人，都是天生的獵手，「鄂倫春」這三個字是官方對這個民族的稱呼，也並不太準確，有時候他們也自稱「鄂而春」或者「俄樂春」。意思是指在林海山嶺中遊蕩的獵鹿之人。

他們長年在小興安嶺的林海之中遊蕩，過著游牧漁獵的生活，中國剛解放的時候，鄂倫春人全部人口還剩下不到一千人，政府讓他們從生存環境惡劣的深山老林裡出來，過上了定居的生活，但是族人對祖先過的那種游獵生活，有一種近乎神化般的崇拜和嚮往，他們信奉薩滿，崇拜大自然，雖然過上了定居的生活，還是要經常性的進山打獵。

沿途無話，咱們書說簡短，眾人曉行夜宿，在原始森林中行了六、七日，終於到達了中蒙邊境的黑風口，黑風口的森林密度之大難以形容，深處幾乎沒有可以立足的地方，全是紅松、落葉松、樺樹、白楊等耐寒樹種，地上的枯枝敗葉一層蓋一層，走一步陷一下。人還好辦，就是馬的自重很大，經常陷住了動不了，我們只好使出吃奶的力氣連拉帶拽，就這麼走一段推一段的蹭著前進。

也不知最下面的有多少年月了，腐爛的枝葉和陷在裡面而死的野獸，發出一陣陣腐臭的味道。這種惡臭又混合著紅松和野花的香味，聞起來怪怪的，不太好聞，但是聞多了之後讓人感覺還有點上癮。

到了黑風口，剩下的事就是我的了，我們找到了一座山谷，這裡應該就是傳說中的野人溝，這裡的外貌沒什麼奇特之處，沒有喇嘛溝那麼猛惡，但是這只是直觀的感覺，英子說看起來谷裡肯定有大煙泡，務必要看清楚了再下去，陷到大煙泡裡可就出不來了，要想下到野人溝裡，每人必須準備一根大木頭棍子探路，下邊的落葉太深，比沼澤地還厲害，幸好現在不是雨季，否則別想下去。

野人溝屬於大興安嶺山脈的餘脈，兩邊的山勢平緩，整個山谷的走向為南北走向，東西兩側都是山丘，最中間的地方終年受到日照的時間很短，顯得陰氣沉沉，谷中積滿了枯爛的樹葉荒草，除了些低矮稀疏的灌木，沒有生長什麼樹木，出了山谷樹木更稀，原始森林到此為止，再向前兩百多里就是遼闊的外蒙大草原。

其時已近黃昏，血紅的夕陽掛在天邊，我們登上了山坡，放眼眺望，只見紅日欲墜，天際全是大片大片的紅雲，整個天空都像被濃重的油彩所染，森林覆蓋的綿延群山，遠處沒有盡頭的大草原都在視野中變得朦朧起來，真是蒼山如海，殘陽似血。

胖子見此美景心懷大暢：「老胡，這景太美了，咱這趟沒白來。」

我最記掛的就是野人溝裡的古墓，對照《十六字陰陽風水祕術》仔細觀看谷中地形，又取出羅盤辨識八卦方位，心中暗道：「總算是他娘的找對地方了，這谷裡必有貴族的古墓。」

野人溝，原名「捧月溝」，這裡地勢穩重雄渾，有氣吞萬象之感，一端是草原，另一端和大興安嶺相連，外蒙大草原就如同一片汪洋大海，而捧月溝就似是匯流入海的一條大江。

雖然這裡的風水氣派還不足以埋葬帝王，但是埋個王爺萬戶大將軍之類的大官，那是綽綽有餘了，等到月上中天之時，月光就會為我們指出古墓的方位。

天色漸晚，太陽逐漸沉入了西方的地平線，大森林即將被陰影吞沒，這裡之所以曾經被稱為「捧月溝」，是因為月亮升至山谷正上空的時候，仰面躺在山谷的最深處抬頭去看天空，視覺的餘光會產生一種錯覺，兩側最高的山丘像是兩條巨大的臂膀，伸向天空的明月。這處穴中的死者取的是日月精璞瑞氣，在我那本祖傳風水書中「天」字一章有詳細解釋，有些字面上的內容雖然看不明白，但是結合實地觀察也不難推測個八九不離十。

如果野人溝裡沒有那麼厚的枯葉爛草覆蓋著，直接就可以找到最中間的位置，可是現在只有等到晚上月亮升起來，才可以根據天上的月亮方位進行參照，下到谷底的最深處尋找古墓。主要還是我們人力有限，幹活的時候不能有偏差，否則那工程量可就太大了。

現在距離中夜為時尚早，我們把帳篷紮在山坡的一棵大樹下面，將矮馬栓在樹上，給它餵了草料，點了篝火燒水吃飯，今天晚上的野味是獵狗們捕來的一隻小鹿，這鹿的樣子有些怪，身上有梅花斑，體型不大，長得很不勻稱，後腿粗得異乎尋常，大耳朵沒有角，應該是隻雌的。

英子見獵狗們拖來這隻怪鹿，急忙趕上前去，把鹿身翻過來檢視死鹿的腹部，怪鹿的肚子上血跡殷然，英子又把鹿嘴掰開，像是要尋找什麼東西，最後終於是沒有找到，氣得她狠狠的在鹿身上踢了兩腳，又對那些大獵狗們罵道：「這些熊玩意兒，整天就知道吃，啥也指不上你們這，你們幾個今天誰也不許吃飯。」

胖子在一旁瞧得奇怪，便問英子：「大妹子，妳找什麼呢？」

英子一邊抽出尖刀給鹿剝皮，一邊回答胖子的問題：「胖哥，你沒見過這種動物吧，這是麝，母麝的肚臍裡有麝香，哎呀媽呀老值錢了，不過這東西賊極了，一瞅見有人要抓牠，先一口咬掉自己的肚臍，嚼個稀爛，媽拉個巴子這幾條狗太熊，牠們的動作再快點就能得到一塊麝香了。」

胖子聽了之後，靠著一棵大樹坐下，低著頭、彎著腰，向自己的肚子上一下一下的使勁。

我一拍他的腦袋：「你他娘的想什麼呢，你以為你是鹿啊，自己能拿嘴搆得著自己肚臍兒，再說你肚臍兒裡全是泥，不值錢。」

胖子急了：「胡掰你，我後背有些癢，在樹上蹭兩下，你才是想咬自己的肚臍兒！」

我們倆鬥了幾句嘴，就分頭收拾東西，我去撿乾柴，胖子去幫英子烤肉，我們只烤了麝的一條後腿就足夠吃了，麝的內臟都餵了那五條大獵犬，英子是刀子嘴豆腐心，剛才還說不給這幾條狗吃晚飯，現在又怕牠們不夠吃。

另外三條巨獒都高傲的蹲在遠處，根本不拿正眼去看那些搶吃動物肚腸的普通獵犬，英子把麝的兩條前腿分給兩隻獒犬，還有一隻後腿給了體型最大的一隻叫虎子的巨獒。

三個人圍著篝火吃烤肉，英子給了我們每人一把小刀和一個鹽岩製成的小碗，鹿腿就架在火上翻轉著燒烤，用小刀一片一片的片下來，在碗中一擦就有了鹹味，這頓飯吃得很快，我光想著溝裡的古墓，也沒吃出來麝的肉味與普通的鹿肉有什麼區別。

吃完之後，月亮已經升了起來，借著月光可以看到天上的雲流速很快，這說明晚上要起大風了，眼見時候差不多了，就把獵狗都留下看守營地，我們三人各自持著木棍獵槍下到了野人溝裡。

我們每向前走一步，都要先用木棍狠插前面的地面，看看有沒有大煙泡。野人溝下面的情況比我們預先設想的要好很多，雖然有些地方的落葉都沒了大腿，但是沒有形成大煙泡，看來要想挖古墓，還得先把蓋在墓穴上的落葉清理掉。

我抬頭看看天上的月亮，又取出羅盤對比，環視山谷的兩側，最後終於把位置確定了下來，這座山谷裡可能有很多古墓，但是最主要的一個，也是最有身分的貴族，他的墓就在我們腳下站立的地方。

插了一根木棒留在這裡做記號，今天先回去好好睡一覺，養足了氣力明天一早就來動手挖掘，這深山老林的，方圓幾百里也沒有其他人，沒必要偷偷摸摸的晚上幹活。

我一邊往回走一邊給胖子講盜墓的事，既然幹了這行，就應該多了解這些事情，不能光憑力氣傻挖，從我們進山起，我就在不停的給他講。

在中國自古以來，被記載的最早的盜墓事件大約發生在三千年前，那是周朝，三皇五帝，夏侯商周的那個周朝，周朝這一時期也分為東周、西周兩朝，就是《封神演義》裡鳳鳴岐山，姜太公等人輔佐的那個王朝，有八百多年的基業，在那個時代裡，共記載了兩次重大的盜墓事件，一次是周幽王的墓被盜，還有一次是商湯墓被盜，幽王墓裡發現了兩具全身赤裸、栩栩如生的青年男女屍體，把盜墓賊嚇得扭頭就跑，而湯王墓裡掘出一塊大烏龜的殼子，上面刻滿了甲骨文。

胖子說：「老胡你別跟我扯這用不著的，你就說墓裡有沒有鬼？有鬼咱們怎麼對付？還有上次你說的那個什麼鬼吹燈，我聽著怎麼那麼邪呼呢？」

英子說：「啥鬼吹燈啊？是俺們東北說的煙泡鬼吹燈嗎？」

我說：「不是東北的那個，是摸金校尉們的一種迷信行為，其實也不一定沒用，墓室裡的空氣質量不好，如果蠟燭點不著，人進去肯定會中毒而死，這些從科學的角度也可以解釋。再說古墓裡怎麼可能有鬼？那都是迷信傳說，就算有咱們也不用擔心，我都準備好了黑驢蹄子、糯米之類避邪的東西了，總之一句話，盜墓就別信邪，要是怕鬼就別盜墓。」

胖子恍然大悟：「噢，鬧了半天，你讓燕子準備這些東西是為了避邪啊，我還以為你牛逼哄哄的不怕鬼呢，對了，那醋和鳥籠子是幹什麼用的？」

我剛要回答，忽聽山坡上傳來一陣陣獵犬的狂吠，三人都是心中一沉，心想該不會是有什麼野人野獸來襲擊我們的營地了？不過那裡有三隻巨獒，就算吃了熊心豹子膽也不應該敢來惹麻煩，究竟是什麼東西引得獵狗們亂叫？急忙緊走兩步趕回山坡之上。

回到帳篷旁邊，一幅血淋淋的場景出現在面前，栓在樹上的矮馬不知被什麼猛獸撕咬，整個肚子都破開了，肚腸流了一地，矮馬還沒斷氣，倒在地上不斷抽搐，眼見是不活了。

動。

獵狗們圍在矮馬周圍衝著矮馬狂叫，好像見到了什麼可怕的事物，叫聲中充滿了不安的躁

按常理說，馬和狗是好朋友，矮馬的肚腸絕不是狗咬的，那會是什麼野獸做的？三頭巨獒五隻獵犬環繞在左右，竟然沒有抓到行凶的野獸？

環視四周，哪裡有什麼野獸的蹤影，唯有空山寂寂，夜風吹得林中樹葉沙沙亂響，我們握著獵槍的手心裡全已經是冷汗。

馬嘴裡吐著血沫，鼻孔裡還冒著白氣，肚腸雖然流了一地，卻一時半會兒嚥不了氣，英子對準馬頭開了一槍，結束了牠臨死前的痛苦。

我忽然發現馬的腸子在動，不是出於生理反應的那種抽動，而像是被什麼東西拉向地下，拉扯矮馬內臟的東西就躲在馬屍的下面。

我趕緊把英子往後拉了一步，剛才的情形胖子、英子也都見到了，三個人互相看了一眼，腦中均想：「會不會是野人幹的？」

身處野人溝，首先想到的當然是野人，可是野人有這麼大的力量可以撕開馬腹嗎？也許它是用了武器，不過會製作武器的那就不是野人了？看來是野人所為的設想不能成立。

還沒等我們想明白，地上的內臟都被扯到馬屍底下去了，下面的情況被馬的軀體遮擋完全看不到。

得先把馬的屍體移開，我掂了掂自己手中的獵槍，這種槍比起我十幾年前在喇嘛溝打人熊用的抬桿子可先進多了，不過這種運動氣步槍口徑太小，難以對大型猛獸形成致命的殺傷。不過在這種場合，有勝於無，畢竟比燒火棍強多了。

有槍有狗，大夥心裡多少有了些底，於是三人合力推開馬匹的屍體，地上的草叢中，赫然呈現出一個深不見底的地洞。

洞有一個小水桶那麼粗的直徑，成年人想鑽進去不太可能，矮馬的肚腸就是被什麼東西拖進了洞裡，我們剛到的時候，這個洞被草蓋住了，誰也沒有發現，見這附近草長，就把馬栓在了這裡。在我們下山谷裡尋找古墓的時候，洞裡的傢伙突然襲擊，撕開了馬的肚子，獵狗們雖然凶悍絕倫，但是洞口被馬屍遮住，急得亂叫，卻無可奈何。

我用手電筒向洞裡照了照，黑洞洞的，不知有多深，看看洞壁上的痕跡，做了三年多工兵的經驗這時候派上用場了，幾乎可以肯定，這個洞不是人工的，是某種動物用爪子挖的，而且爪子很鋒利，是個挖洞的好手，要不然怎麼能一下撕破矮馬的腹部，但是究竟是什麼動物，可真就想不出來了，就連對森林瞭如指掌的英子也連連搖頭，對這樣的動物見所未見、聞所未聞。

我估計這附近還會有其他的洞口，看來這野人溝看似平靜，風景優美，實則暗藏凶險，難怪幾十年前來這盜墓的那一隊人有來無回，不知他們是不是也碰上了這種地下凶殘的怪獸。

此地不宜久留，決定不等天明，連夜行動，三個人分成兩隊，我和胖子帶五條獵狗，到山谷下面去挖墓，英子帶著三隻巨獒，在附近尋找襲擊我們的怪獸，那傢伙再厲害也不會比三隻巨獒更凶猛，與其消極防禦，不如主動出擊，如果哪一方有情況發生，就鳴槍通知，另一方盡快趕去支援。

單說胖子引著五條大獵犬，我背著工具等應用之物，兩人作一前一後，按照先前探好的道路下到了谷底。

我取出兩把工兵鏟，自己拿了一把，另一把扔給胖子：「小胖，活幹得麻利點，這裡不宜深葬，落葉層下的古墓不會太深，咱們越早挖到古董越好，然後就趕緊離開這鬼地方回家，賣了錢給鄉親們修條公路。」

胖子往自己手上吐了兩口唾沫：「看胖爺我的。」

德製工兵鏟上下翻飛，每一下就戳起一大塊枯枝落葉形成的淤泥。

野人溝的山谷裡雖然沒什麼樹，但是一颳風就會把周圍山上的樹葉吹進來，積年累月，著實深厚，我們輪番上陣，足挖了六、七米深，終於見到了泥土，我用手抓起一把，土很細，顆粒分明，沒有塊狀的土疙瘩，用舌尖嘗了一下，有點發甜，沒錯，這就是封土堆，下面四、五米就是墓室。

快挖到墓室的時候就要小心了，有些墓裡是有防盜機關的，北宋遼金時期的古墓不像唐代以前，唐代以前都是落石、暗弩等機關，北宋時期防盜技術相對成熟起來，尤其是一些貴族墓葬，不可做能像帝王墓那麼大的工程，動員的人力也有限，當然這只是相對而言，裡面的東西可是一點都不含糊的，否則也配不上這塊風水寶地。

像這裡的北宋晚期金人古墓，應該會用當時比較流行的防盜技術「天寶龍火琉璃頂」，這種結構的工藝非常先進，墓室中空，頂棚先鋪設一層極薄的琉璃瓦，瓦上有一袋袋的西域火龍油，再上邊又是一層琉璃瓦，然後才是封土堆，只要受到外力的進入，這頂子一碰就破，西域火龍油見空氣就著，把墓室中的屍骨和陪葬品燒個精光，讓盜墓賊什麼都得不到。

當然這是一種迫不得已的辦法，墓主拚個同歸於盡，也不讓自己的屍骨被盜墓賊破壞，這種機關只在北宋末年的金遼時期流行過一陣，後來出現了更先進的機關，天寶龍火琉璃頂也就隨之被取代了。

這種小小機關瞞不到我，這個機關最大的弱點就是，從側面挖，頂上的龍火琉璃瓦就不會破。所以挖到封土堆我們就開始轉向深側面挖掘，兩個人幹得熱火朝天，也不知道什麼是累了，有在側面挖了足有六、七米深的一個大坑。

不經意間天已經大亮了，英子回來說附近什麼也沒找到，她先去林子裡打獵準備午飯了，等吃的弄好了派條狗來叫我們。

英子走後我們倆接著幹活，最後在側面挖到一層硬土，堅如磐石，工兵鏟敲到上邊只有一個白印出現。

胖子大罵：「我操，這怎麼還有水泥？早知道咱們提前帶點炸藥來了，這他媽的怎麼挖啊。」

我說：「炸藥那是粗人用的，這是夯土層，頂上有機關保護，墓室的四周也不會被建造者忽略，這種土是用當時的宮廷祕方調配的，裡面混合了一些糯米汁，還有童子尿什麼亂七八糟的，比他娘的現代的混凝土都結實。這祕方是北宋皇帝的，後來金國把北宋滅了，這才流傳到金人貴族手中。」

我把那一大桶醋搬了過來，讓胖子用大勺子，一勺一勺的淋到夯土層上，等這一桶醋澆完了，這塊墓牆也就被腐蝕得差不多了，你別看醋的腐蝕性並不太強，但是對這種用祕方調配的夯土有奇效，這就叫一物剋一物，到時候再挖就跟挖豆腐差不多了。

依法而行，果不其然，眼見墓室就要被挖開了，二人正得意間，忽聽林中傳來一聲槍響，驚得樹上的鳥群都飛了起來。

胖子急道：「我大妹子開的槍！」

我拎起工兵鏟和獵槍：「咱們快去看看。」

二人顧不上身體的勞累，甩開雙腿，一步一陷的在落葉層上疾行。

我們聞聲向林子深處趕去，五條大狗也緊緊跟在後邊，向林中跑了一段，忽然見到英子帶了三頭巨獒朝我們奔了過來。

見她沒事，我才把提著的心放下：「大妹子，是妳開槍嗎？發現什麼了嗎？」

英子臉色刷白，跑得氣喘吁吁：「哎呀媽呀……可嚇死我了，我在前邊那旮旮（注）瘩發現幾個窩棚，進去一看吧，老嚇人了，全是死人，黑乎乎的都爛了，我開頭沒瞅清楚，還以為是野人呢，就放了一槍，最後到底是啥人的屍體我也沒看清楚。」

我這才明白，別看英子虎了吧幾的，原來也有弱點，她最怕死屍，還以為她在森林裡天不怕地不怕呢。

不過在這中蒙邊境的深山老林裡發現死屍，還有窩棚，這本身就夠不可思議了，既然蓋了窩棚就說明他們是住在這裡，那些死者究竟是什麼人？為什麼會住在這沒有人煙的大山深處？還是過去看看吧，說不定還能找到點線索，我心中隱隱約約覺得他們和以前在這裡失蹤的那批盜墓者有關係。

英子引領我們到了她發現的那幾個窩棚處，這些窩棚做工非常粗糙，用泥和稻草混合搭建，也用了少量的木料，都建在樹木最密集的地方，搭建在大樹上面，顏色也很隱蔽，如果不在近處很難發現。

注　偏僻的角落。

我們爬進了其中一個窩棚，見裡面有不少獸皮，在角落處果然有三具屍體，屍體由於過度的腐爛而呈現黑色，肌肉幾乎爛沒了，皮膚乾癟，眼眶和鼻孔裡時不時的有蛆蟲螞蟻爬進爬出。我心想這該不會就是傳說中野人溝的那些野人吧。

胖子湊到跟前看了兩眼，對我說：「老胡，我說怎麼野人溝裡見不到野人呢，原來都已經老死了。」

我點頭說道：「奇怪的是這些野人的工具很先進，你看他們還穿著衣服，哪有穿衣服的野人呢?我怎麼覺得這衣服這麼眼熟呢?」

死屍身上都穿著呢子大衣，穿的年頭多了，估計得有幾十年之久，都已破爛骯髒得不成樣子，但是從款式上看，總讓人覺得好像在哪見過。

我發現最裡邊的那具屍體衣服領子上似乎有一個金屬的東西，我把它摘了下來，抹去上面的汙漬，像是個軍服上的領花，但是絕不是中國軍隊的。

這時胖子也找到一樣東西，從角落裡摸到一把戰刀，那刀已經很多年沒拔出來過了，他使了好大力氣，最後「噌」的一聲把刀抽了出來，這刀的鋼口極好，隔了這麼多年，仍然光可鑑人，看來主人生前對這把刀非常愛惜，肯定時不時的擦拭。

我一看這刀就明白了，他娘的原來傳說中的野人就是這幾個日本鬼子啊。

胖子卻想不通，日本戰敗投降之後不是都回國了嗎?這些小鬼子怎麼沒走?

我說：「這也不奇怪，你對歷史上的事知道得太少，暴露了你不學無術的本質。」胖子說：「你別廢話，趕緊說說，這到底是怎麼回事?」

以我的推測，當年日本無條件投降前夕，蘇聯的機械化大軍南下進攻駐紮在中國東北的關東軍，把號稱日軍最精銳的百萬關東軍打得土崩瓦解，有些鬼子被打散了，流落到森林深處，不敢出去，又與外界失去了聯絡，不知道日本已經戰敗投降的事情，所以就一直躲藏在森林裡，直到老死在這裡。

有的人在這見到了幾個疑神疑鬼、躲躲藏藏的日本鬼子，他們的衣服早就髒得不成樣子，在森林裡住著也不刮鬍子，那不就把他們當成野人了嗎？

其實我也是憑空推斷，真正的原因怎麼回事，除非這幾個鬼子活過來自己交代，否則永遠也不會有人知道真相了，經過我這麼一說，胖子、英子倆人就能理解了。

英子說：「小日本鬼子定是迷路了，別看這是森林邊緣，但是往北全是大草原，還有大泥掉子，北邊根本走不出去，往南就是原始森林，沒有狗帶著，最有經驗的老獵人都別想走出去，真是活該。」

我翻了翻這些死屍的物品，想看看有沒有什麼有價值的東西，翻著半截我突然想到，四十年代末來這盜墓的那些人會不會是碰上日本鬼子，被殺害了？應該是有這種可能的，他們也想不到在這麼荒涼的地方也能碰到日本鬼子。

正想著，忽然從一個軍用隨行包裡發現了一個筆記本，寫的都是日文，紙張發黃，上面的字跡尚可辨認，不過三個人中沒人懂日語，好在裡面有不少漢字，只好和書漢讀，只看日文中的漢字，不過日文漢字和中文意思相去甚遠，有些意思甚至相反（舉個例子，比如日文漢字中「留守」這個詞，和漢字字面的意思就背道而馳，是「外出」的意思），即使是這樣，把這些詞連起來，還是差不多能看明白一半，再加上一些我們主觀的推測，其大概的意思就是說：

東寧的關東軍主力被蘇軍機械化部隊擊潰，並木少佐帶剩餘一個小隊的士兵（關東軍甲種師團中，一個小隊的編制規模為一百二十至二百名士兵），逃往黑風口的一座祕密地下要塞，準備和在要塞中的其餘關東軍會合，同蘇聯人進行最後的決戰，以玉碎報效天皇。結果快抵達的時候踩破了大煙泡，唯一一個知道要塞位置的士兵和帶路的嚮導掉進去淹死了，剩下的人始終沒找到祕密要塞的入口，想往回走又迷了路，也沒有通訊器材，只好在深山裡住了下來，這一住就是三十幾年，一個一個的相繼死去……後邊就沒了，估計寫字的人寫到這裡的時候就死了。

我把筆記本扔在一邊，現在沒空看這些破爛了，山谷裡的墓牆已經腐蝕得差不多了，趕緊回去，拿東西走人，不要再管這些日本鬼子了，反正都已經快腐爛沒了。胖子說：「這刀可歸我了，當年我家裡有好幾把佐官刀，文革時都給抄走了，我還想收藏一把呢。」我勸他說：「這是管制刀具，你帶不上火車，等回了北京去舊物市場看看有沒有，給你買把新的。」

我們三人趕回野人溝的古墓，活幹的已經差不多了，用工兵鏟切了幾下，墓牆上就被破出一個大洞，我用手電筒照了一下，裡面空間還不小，這個洞距離墓室的地面還有一米多的落差，胖子大喜，挽起袖子就想進去，我將他一把拉住：「你不要命了。去，抓幾隻麻雀去，先把麻雀裝鳥籠子裡，放進墓裡測測空氣質量再說。」

在林子裡的麻雀很好抓，不像人口密集的地方，都精了，用最簡單的陷阱，撒幾粒小米，上邊把我們做飯的鍋倒著支起來，人躲在遠處，看見麻雀進到鍋下邊吃米，一拉繩把支鍋的木頭拽倒，鍋扣下來，就算抓住了。

一次就抓了三隻，我先把其中一隻裝進鳥籠子，在籠子上栓了根繩子扔進下面的墓室深處，抽了兩枝菸，估摸著時間差不多了，就把鳥籠子拉了上來，一看那小麻雀翻著白眼，已經不行了。

這處墓穴封閉在地下數百年，裡面空氣不流通，屍體凡是腐爛之前，都必先膨脹，充滿屍氣，隨後皮肉內臟才由內而外開始腐爛，墓室裡雖然說並不具備真正意義上的真空環境，但是如果不通風的話，裡面腐屍的臭氣還是會憋在其中，就算隔了幾百年也不會散盡，就算沒有屍氣，只有幾百年不曾流動過的空氣，也會形成對人體有害的毒氣，人一旦吸入這種有毒氣體，輕則頭昏腦脹，重則中毒身亡，除非配備有防毒面具，否則在這一環節上，半點大意不得。

看來墓中還需要一段時間才能重新被山風吹淨毒氣，於是我們回到山坡上吃了些乾糧肉乾。昨天一夜沒睡，今天又幹了不少活，都很疲倦了，但是一想起墓中的行貨，倦意也就一掃而光了，這是我們頭一次動手，最好能整出點值錢的東西，以前我對盜墓的認識都只停留在理論階段，今天這一實踐，還真不算難，當然這也和我們選取的目標有關係，金國女真人在當時屬於未開化的蠻族，他們建的這處墓穴幾乎完全照搬北宋的形式，規模很小，估計也是俘虜來的宋朝工匠所築，畢竟那「天寶龍火琉璃頂」工藝是很複雜的，沒有高超的手藝很難搭出來，稍有偏差，就會把修墳的人燒死在裡面。

吃完了乾糧，看看天色不早，想來那墓中的空氣也換得差不多了，我們都擔心晚上再被那地下洞穴裡的怪物襲擊，急於早些取了東西走人，於是帶上器械，又重新下到野人溝的山谷裡。

這次仍然先放了麻雀進去，見麻雀被取出來後仍然活蹦亂跳，看來已經沒問題了，我同胖子二人喝了幾口燒酒，以壯膽色。戴上了口罩手套，脖子上掛了摸金符，懷中揣上黑驢蹄子和糯米，拿了手電筒，腰裡掛上工兵鏟就要動身進入古墓。

英子見狀急忙拉住我說：「帶我也進去看看唄，我長這麼大還沒見過古墓裡是啥樣呢。」

我說：「古墓裡沒什麼別的，就是古屍和陪葬品，有什麼可看的，其實我這也是大姑娘上轎頭一回，以前從來都沒進去過。再說妳不是怕死人嗎？怎麼現在又不怕了？」

英子好奇心很強，看我和胖子搞得挺神祕的，更是心癢，非要進去不可，我一想，反正這荒山野嶺的，也不用人放風（盜墓賊很少一個人單幹，一般都是三人一組，一個挖土的，因為坑外不能堆土，所以還有一個專門去散土，另有一個在遠處放風），讓她進去參觀參觀也沒什麼大不了的，就給英子也找了副口罩戴上，囑咐了她幾句，進去之後千萬別把口罩取下來。第一，裡面的空氣質量不好；第二，活人的氣息不能留在墓裡，不吉利；第三，不能對著古屍呼氣，萬一炸了屍那可是麻煩得緊，雖然這都是迷信傳說，但是這些規矩從幾千年前傳到今天，不管怎麼說，都有一定的道理，咱們小心無大過，一切都按老例兒來就是了。

胖子早就焦躁起來：「胡八一，你什麼時候變得這麼婆婆媽媽的了，你要不敢下去，讓胖爺我自己去，你們就等著數錢吧。」

我說：「去你娘的，你下去連棺槨可能都找不著，得了，咱也別拌嘴了，天都快黑了，趕緊幹活。」

墓牆上被我們挖開的洞距離墓室的地面只有將近一米多高的距離，用不著繩索，直接就能下去，我腳一落地，心中也不由得有些緊張，總算是進來了。

墓室的面積不大，頂多有三十平米見方，看樣子是按照活人宅院所設計，有主室、後室、兩間耳室。我們進來的位置剛好是個耳室，墓主的棺槨就停在主室正中央。

沒有墓床，主室中間挖了個淺坑，黑沉沉的棺槨就放在坑中，半截露在上邊，這是個墓中墓。

主室角落裡堆著幾具骸骨，頭骨上凹陷開裂，有明顯的鈍器敲擊痕跡，可能都是用來殉葬的俘虜或是妻妾僕從，我們不考古，這些就不願去理會了。

英子忽然拉住我的胳膊：「胡哥，你看這牆上還有畫呢。」

我用手電筒往英子所說的墓牆上照去，果然是用彩繪浮雕著一幅幅的圖畫，畫中人物形貌古樸，栩栩如生。年代雖久，色彩依然鮮豔，不過隨著流動的空氣進入墓室，過不了多久這些壁畫就會褪色。

胖子讚嘆道：「看來這墓裡的死人在古代可能還是個畫家。」

我說：「你別不懂裝懂行嗎？在唐宋年間，王侯墓中多數都有壁畫，用來記述墓主生平的重大事跡，咱們且看看這裡埋的是什麼人物。」

壁畫一共八幅，我們順序看了一遍，這些畫有的畫著在林中射獵的場景，有的是在殿堂中同朋友飲酒，有的畫著出征的場面，有的畫著押解俘虜的情形，最後一幅繪有封侯的場景，每幅壁畫中都有一個頭戴狐裘的男子，應該就是墓中埋的墓主，看來這是個將軍墓，至少是個萬戶侯。

當年金兵南下滅宋，著實劫掠了大筆金銀財寶，這位金將說不定就把他的一些戰利品一併帶入了地下，反正也都是我們漢人的寶貝，那我們可就不客氣了。

三人先在墓室裡轉了一遭，兩處耳室都是些瓷罐瓦盆之類的器物，後室有四具馬骨和一些盔甲兵器，此外就沒什麼多餘的東西了，看來金人不追厚葬，我多少有些失望，在東南角點上枝蠟燭，三人一起來到主室的棺槨前，有棗沒棗就看這一桿子了。

墓主的棺槨體積不小，是紅木黑漆，上面繪著金色的紋飾，顏色和造型非常古怪，這應該是和女真族的民族圖騰之類有關，我摸了摸棺板，很厚實，一般窮人用不起這麼厚的棺材，能有口薄棺就不錯了，混得再次的就拿草席捲了隨便埋地裡。

棺木中的極品是陰沉木的樹窨，也就是樹芯，一棵陰沉木從生長到成材，至少需要幾千年的時間，這種極品可遇而不可求，只有皇室才能享用，屍體裝在陰沉木的樹窨裡面埋入地下，肉身永遠不會腐爛，比水晶造的防腐棺材都值錢，比冰箱的保鮮功能還管用，其次就是乾木、椴木、千年柏木，樹芯越厚越有價值，第一是防止屍體腐爛，第二是不生蟲子，能有效的防止蛆蟲、螞蟻咬噬，不像普通的木料，用不了多久就被蟲蟻蛀爛了，哪個墓主也不希望自己死後的屍身讓蟲子吃，那種情形想想都噁心，所以貴族們的棺槨木料都有嚴格要求。

我們面前的這具棺槨在木料，雖不及皇室宗親，也算得上極奢遮了，我用工兵鏟插進棺板的縫隙中，用力撬動，沒想到釘得牢固，連加了兩次力都沒撬開。

胖子也抽出傢伙上來幫忙，兩人合力，棺槨發出「嘎吱嘎吱」的響聲，終於撬開了一條大縫，我們又變換位置，一個接一個的把棺材釘都撬了起來。

這墓中很乾燥，特殊材料製成的墓牆防水性很好，頭上的琉璃瓦也不滲水，再加上野人溝的雨水大部分都被落葉層吸收了，所以棺材中的灰塵不少，這一動使得灰塵飛舞，雖然戴著大口罩，我們還是被嗆得不斷咳嗽，回去說什麼也得準備幾副防毒面具，要不然早晚得嗆出毛病來。

胖子想去推開棺材蓋子，我突然想嚇唬嚇唬他，搞點惡作劇，於是拉住他的胳膊說：「胖子，你猜這棺材裡有什麼？」

胖子說：「我哪知道啊，反正裡邊的東西掏出來能換人民幣……還能換全國糧票。」

我故意壓低聲音說：「我以前聽我祖父給我講過一段《太平廣記》裡的故事，裡面也是說兩個盜墓的，一胖一瘦，他們在古墓裡挖出一口大棺材，無論他們使出刀砍斧劈各種辦法，那棺材卻說什麼也整不開，其中一個胖盜墓賊會念《大悲咒》，他就對著棺材念了一段，結果那棺材蓋自動開了一條縫……從裡面伸出來一條長滿綠毛的胳膊……」

胖子倒沒害怕，可把英子嚇得不輕，一下躲在胖子後邊：「胡哥，你可別瞎扯了，也不看這是啥地方，想嚇死人啊。」

胖子知道我要嚇唬他，他除了有懼高症之外，還真是什麼都不怕，當年在學校跟別的小孩打架，就屬他手黑，此時胖子面無懼色，絲毫不為我的恐嚇所動，一派大義凜然的表情：「英子大妹子，妳別聽他的，這小子就是想嚇唬我，也不看胖爺是誰，他媽的我怕過什麼啊我，妳讓他接著說。」

我接著說道：「那條長滿綠毛的胳膊，手指甲有三寸多長，一把抓住了念《大悲咒》的那個胖盜墓賊，將他拉進了棺材中，棺板隨即闔攏起來，只聽裡面傳來一聲聲的慘叫，嚇得另外一個盜墓賊扭頭就跑……」

胖子咧著嘴乾笑了幾聲，笑得有點勉強，估計他心裡也犯嘀咕了，但是硬要充好漢，走上前去和我一起推動棺板，結果我們用力太猛，一下把棺板整個推到了地上，棺槨中的事物一覽無餘。

一具身材高大的男屍躺在裡面，他屍體中的水分已經蒸發光了，只剩下醬紫色的乾皮包著骨頭架子，隔了將近千年，這已經算是保存得比較完好了（像湖南馬王堆出土的溼屍是屬於極罕見的，千里無一），五官雖然塌陷，眼睛鼻子都變成了黑色凹洞，但是面目仍然依稀可辨，約有四、五十歲左右，頭戴朝天冠，身穿紅色鑲藍邊的金絲繡袍，腳穿踏雲靴，雙手放在胸前。

英子從胖子身後伸出頭往裡面看了一眼，驚叫一聲：「哎呀媽呀，老嚇人了。」趕緊把視線移開，不敢再看。

她這麼一叫，我頭皮也跟著發麻，但是棺槨都打開了，還能扭頭跑出去嗎？硬著頭皮上吧，我雙手合十對棺中的古屍拜了三拜：「我們缺衣少食，迫不得已，借幾件行貨換些小錢用度，得罪勿怪了，反正您早已經該上天上天，該入地入地，該去哪就去哪了，塵歸塵，土歸土，錢財珠寶皆是身外之物，生不帶來，死不帶去，您留下這些財物也沒什麼大用，我們盜亦有道，取走之後，必定將大部分用於修橋鋪路改善人民生活，學習雷鋒好榜樣，愛憎分明不忘本，立場堅定……」

我還有半段詞沒來得及說，胖子卻早已按捺不住，伸手進去在棺中亂摸，我趕緊提醒他說：「你他娘的下手輕點，別把屍身碰壞了。」

胖子哪裡肯聽，自打進了墓室就沒發現什麼值錢的東西，除了幾個破舊的罈罈罐罐之外，就是陪葬的人畜遺骸，廢了這麼大周折，就看墓主的棺中有什麼好東西了。

我見勸他也沒用，乾脆我也別廢口舌了，跟他一起翻看棺中的物品，古屍身邊放的仍然是些瓷器，我當時對古玩了解的並不多，尤其是瓷器，只見過幾件北宋青花瓷，對於瓷器的價值工藝歷史等一概不懂，我只知道黃金有價、玉無價，一門心思的想找幾塊古玉出來，順手把瓷器都扔在一旁，天見可憐，總算在古屍的手裡找出來兩塊玉璧，顏色翠綠，雕成兩隻像蝴蝶又非蝴蝶的蛾子形狀。

我們把這對玉璧看了半天，也說不出這是個什麼東西，我只知道這可能是翡翠的，北宋以前的東西，應該是件好東西，要不然墓主怎麼臨死還把它握在手裡呢？估計怎麼著也能值幾萬吧，那可真不少了，當時全國也沒幾個萬元戶啊，具體值多少錢回去還得讓大金牙這行家鑑定鑑定，聯絡個港商臺胞什麼的賣出去。

胖子覺得不太滿意，想去掰開古屍的嘴看看有沒有金牙，我說差不多就行了，事別做的太絕了，給人家留下點，我們又把棺中的瓷器挑了幾件好看的取出來，把那些沒顏色圖案的都放回原處。

取完東西，又把棺材蓋子抬起來重新蓋好，這次雖然沒有預先所想的那樣滿載而歸，但是總算沒有空手而回，我對他們說道：「差不多了，咱們趕緊出去，把墓牆給補好了就打道回府。」說完轉身就想要出去，卻忽然發現牆角的蠟燭不知什麼時候已經悄無聲息的熄滅了

胖子、英子也看到了，他們的臉上雖然戴著口罩，但是露在外邊的額頭上全是冷汗，我的全身上下也都出了一層白毛汗，我有點後悔在跟他們談論盜墓的時候，把鬼吹燈的現象渲染得那麼恐怖。

我看了看身後的棺槨，蓋子被我們重新蓋好釘上了，一點動靜也沒有，難道這世界上真的有鬼不成？

站在我身旁的英子最怕死屍和鬼，當下伸手就要拉掉自己的口罩，我忙按住她的手說：「不能摘口罩，妳想幹什麼？」

英子想吹口哨招呼獵狗們進來，我拍拍她的肩膀說：「別怕，還不到那時候，再說狗也沒辦法咬鬼啊。」

胖子走過去瞧了瞧地上的蠟燭，回頭問我：「老胡，你買的蠟燭是多少錢一枝的？」

蠟燭是我在北京買了帶來的，價錢是多少，我買東西的時候還真沒太在意，可能是二分錢一根的吧。

胖子抱怨道：「你就不會買五分錢一枝的嗎？這麼重要的東西怎麼能買便宜貨。」

我撓撓頭說：「那下次我買進口的，美國、日本、德國的哪個貴我買哪個，不過現在蠟燭已經滅了，你就別當事後諸葛亮了，咱們是不是把東西原封不動的放回去？」

費盡了九牛二虎之力才到手這麼幾件東西，現在要全都放回去，我和胖子心裡都不大情願，那不成了湯圓不是湯圓——整個一白丸（玩）了嗎？

胖子渾不吝，認為就算真有鬼出來，便一頓鐘子拍得他滿地找牙，這幾件東西胖爺今天全收了，想要放回去，除非出來個鬼把胖爺練趴下，否則門兒都沒有。

英子覺得還是把東西全放回去比較好，咱們幾個都不會降妖捉鬼的法術，萬一真惹出鬼怪來，咱們仨有一個算一個，誰都甭想活著從墓裡出去。

我還沒說話，他們兩個就先爭執起來，最後他們都同意了我折衷的辦法，把蠟燭重新點上，隨便放幾件瓷器回去，看看蠟燭還滅不滅，如果還滅，咱們就再放一件回去，要實在不行，咱們就只取走那兩塊玉，別的瓷器全都留下。也許剛才蠟燭熄滅，是因為墓室外的山風灌進來吹滅的，要是不帶點東西出去，別說對不住咱們這一番辛苦，面子上可也有點掛不住了。

胖子一拍大腿：「成，我看成，就這麼著了，我先放個小件的瓷器回去，老胡你去再把蠟燭點上，要是再滅了，咱就只當是看不見了。」

和墓主討價還價這種事，可能我是第一個發明的，如果前朝的摸金校尉們地下有知，非氣得從墓裡爬出來掐我不可，真是愧對祖師爺了，不過現在是改革開放，我們都應該順應歷史的潮流，不能固守那些傳統死板的規矩，經濟要搞活，思想也要搞活，思想不搞活，經濟怎麼能搞活？

我一邊給自己找理由開脫，一邊取出火柴把牆角的蠟燭點亮，這時胖子已經把一件三彩水紋的瓷瓶放在了棺槨上邊，他圖省事，懶得再搬開棺材蓋子，直接給擱到了棺板上，走回來對我說：「這回沒問題了，這蠟燭不是沒滅嗎，咱是不是該演《沙家濱》第六幕了？」

我忽然發現了一些不尋常的情況，緊張之餘，聽了胖子說話一時沒反應過來，反問道：「什麼他娘的第六幕？」

胖子給了我一個腦鏰兒：「想什麼呢？《沙家濱》第六幕——撤退啊！」

我沒心思理會他的話，對他做了個噤聲的手勢，指了指地上的蠟燭小聲說：「這蠟燭的火苗……怎麼是他娘的綠色的？」

那火焰正發出碧綠碧綠的光芒，綠色的火光照得人臉上都發青了，胖子和英子兩人也湊過來看，見了這種情況，也都面面相覷，作聲不得，蠟燭綠油油的火苗閃了兩閃，在沒有任何外力的作用下「噗」的熄滅了。

我心知不好，真是太不走運，頭一次摸金就撞到了大粽子，一手一個拉起胖子、英子二人的胳膊，向著盜洞就跑，無論如何先爬出去再說，我可不想留在這給金國的番狗做殉葬品。

眼瞅著就要到洞口了，身後一陣勁風撲來，若不躲閃，肯定會被擊個正著，我們三個人急忙一低頭趴在地上閃避，先是「呼」的一聲，被胖子放在棺蓋上的水紋瓷瓶從我們頭上飛過，撞在盜洞的邊緣上碎成無數粉末，隨後又是「碰」的一聲巨響，原本被重新釘好的棺材蓋子猛地嵌進了有盜洞的墓牆上。

墓牆是用北宋宮廷祕方調配的夯土層，硬如磐石，但是那棺板也極厚重，被難以想像的巨大力量扔出，平平的嵌進了墓牆裡，出口被封死了，要想用工兵鏟挖破棺板還需費一番力氣，不是片刻之工。

把棺板拍進墓牆，這得多大的勁兒啊，這要是慢了一點，被撞到腦袋上，焉有命在？胖子雖然膽大，此刻也嚇得心驚肉跳：「老胡，你快去跟他商量商量，東西咱再多給他留幾件，翻臉動起手來對誰都不好……畢竟是以和為貴嘛。」

第一次就出師不利，我心中無名火起，又犯了老毛病，變得衝動起來，轉過身去把英子擋在後邊，一手摸出懷中的黑驢蹄子，一手拎著工兵鏟對胖子說道：「商量個屁，門都給咱堵死了，擺明了是想讓咱們留下來陪葬，今天這對古玉胡爺我還就拿定了，操他奶奶的看誰狠，抄傢伙上！跟這驢操狗日出來的死鬼拚了。」

此時主室內沒了蓋子的棺槨已經整個豎了起來，裡面的古屍原本醬紫色的乾皮上，不知在什麼時候，竟然長出了一層厚厚的紅毛……

我見狀也倒吸了一口冷氣，剛才拉開架式要過去拚命的勁頭消了一半，以前曾聽說僵屍會長白毛黑毛，稱為白凶黑凶，還聽傳說裡有帶毒的屍妖是長綠毛的，這長紅毛的卻是什麼？

這次太大意了，本來看這麼小的一個墓，避開上面的機關也就是了，沒想到在裡面會遇到紅毛大粽子，我們的獵槍沒帶進來，挖開的盜洞也被堵得嚴嚴實實，沒辦法招呼大狗們下來幫忙，獵犬和獵槍是我們在森林中倚若長城的防身之物，如今卻只能憑手中的德製工兵鏟和黑驢蹄子跟它鬥上一鬥了。

不過那黑驢蹄子必須塞進大粽子的嘴裡才能起作用，而且我也只是聽說過，是否真的有效不敢保證。

只見那古屍就連臉上也生出了紅毛，更是辨不清面目，火雜雜的如同一隻紅色大猿猴，兩臂一振，從棺槨中跳了出來，一跳就是兩米多遠，無聲無息的來勢如風，只三兩下就跳到我們面前，伸出十根鋼刀似的利爪猛撲過來。

萬萬想不到大粽子的動作這麼快，此時千鈞一髮，也無暇多想，斗室之中，沒有周旋的餘地，只有不退反進、以攻為守，我和胖子是相同的想法，管它是個什麼東西，先拍扁了它再說，二人發一聲喊，掄起工兵鏟劈頭蓋臉的砸向紅毛古屍。

古屍動作奇快，雙臂橫掃，我們只覺手中被一股巨大的力量撞擊，虎口發麻再也拿捏不住，工兵鏟像兩片樹葉般被狂風吹上半空，喀嚓兩聲插進了墓室的琉璃頂，上面雖然黑暗，但是只聽聲音也能斷定，受到這麼大的撞擊，頭上的天寶龍火琉璃頂隨時會塌。

那西域火龍油非同小可，一旦潑將下來，墓室中就會玉石俱焚，這個墓算是毀定了，要想逃出去，必須短時間內解決戰鬥，不過赤手空拳談何容易。

眾人失了器械，手中雖有克制僵屍的黑驢蹄子，卻不敢貿然使用，這大粽子太過猛惡，只怕還沒把黑驢蹄子塞進它的嘴裡，自己反而先被它抓成碎片了，事到如今只能設法避開古屍的撲擊，向擺放盔甲馬骨的後室跑去。

墓室中本無燈光，全憑手電筒照明，這一跑起來更看不清腳下，就在離後室門前幾步遠的地方，胖子不小心踩到了牆邊的罐子，哎呦一聲撲倒在地。

那紅毛屍怪已經如影隨形的撲了上來，發出一聲像夜貓子啼哭般的怪叫撲向胖子，這淒厲的叫聲在狹窄的墓室中迴蕩，說不出來的恐怖刺耳，聽得人心煩意亂，身上起了一層雞皮疙瘩。

我曾經不止一次的發過誓，絕不讓我的任何一個戰友死在我前邊，此刻見胖子性命之在呼吸之間，哪裡還管得了什麼危險，我飛起一腳，正踹中怪屍的胸口，這一腿如中鋼板，疼得我直吸涼氣，腿骨好險沒折了。

紅毛屍怪受到攻擊，便丟下胖子不管，旋即惡狠狠探出怪爪插向我的腦袋，我把手中的手電筒迎面擲向屍怪，一個前滾翻從它腋下滾過，避開了它的利爪，這時我身處的位置是個死角，牆角和背對著我的屍怪形成了一三角形把我堵在中間，如果給它機會讓它再轉過身來撲我，就萬萬難以抵擋。

玩命的勾當我這輩子已不知做過多少次了，越是面臨絕境越是需要冷靜，這紅毛大粽子有形有質，無非就是一身蠻力，刀槍不入，又不是鬼，我怕它個球。當下更不多想，縱身一躍跳到了紅毛屍怪的背上，鼻中所聞全是腥臭之氣，多虧戴著口罩，不然還沒動手，就先被它薰暈了。沒了手電筒黑呼呼的什麼也看不見，那紅毛屍怪四肢僵硬，不能反手來抓我，只是不停的甩動身體，想把我甩掉。

我一隻手牢牢摟住紅毛屍怪的脖子，另一隻手抓住黑驢蹄子往它嘴裡就塞，在它臉上胡亂摁了半天，也沒找到它的嘴在哪，自己反而被它甩得頭暈眼花，眼前金星亂閃，暗道不妙，再甩兩下我就先掉下去了。

黑暗中忽然眼前燈光一閃，我以為是眼睛花了，定睛再看，原來是胖子和英子兩人嘴中叼著手電筒照明，手中抬著一隻從後室取出來的大狼牙棒衝了過來，他們這是想硬碰硬啊，我急忙從紅毛屍怪的背上跳了下來。

那狼牙棒重達數十斤，在冷兵器時代屬於超重型單兵武器，剛進入古墓的時候，我們在後室見到過它和其餘的一些兵器、盔甲、馬骨都堆在地上，估計都是墓主生前上陣所用的。

這些兵器雖已長了青綠色銅花（年代久遠被空氣侵蝕生成的化合物），但是狼牙棒並不是依靠鋒利的尖刃傷敵，純粹是以足夠的力量使用重量去砸擊對方，胖子、英子分別在左右兩側，用四隻手抬起狼牙棒，把狼牙棒當作寺廟裡撞鐘的鐘錘，猛撞紅毛屍怪的前胸，這數十斤分量的大狼牙棒再加上兩人的助跑，衝擊力著實不小，咚的把紅毛屍怪撞翻在地。

兩個人這一下用力過度，累得大口喘氣，我似乎都能聽到他們兩個劇烈的心跳聲。

我在旁邊讚道：「好樣的，沒想到你們倆竟然這麼大的力氣，回去給你們記一功……」

話音剛落，那紅毛屍怪的身體竟然像是裝了彈簧一樣，又從地上彈了起來，我破口大罵：「我操，真他娘的是蒸不熟、煮不爛啊，胖子，再給它狠狠的來一下，這回對準了腦袋撞。」

胖子也發起飆來，這回他不用英子幫手，獨自運起蠻力舉起釘釘狼牙棒猛撞紅毛屍怪，沒想到這次沒能得手，正好紅毛屍怪向前一跳，反倒把那狼牙棒撞得飛進了後室，胖子也被掀了個屁股墩兒，雙手虎口震裂，全是鮮血，疼得哇哇大叫。

我心念一動，工兵鏟都插到頂棚上去了，要是想打開被棺材蓋子封堵的墓門，正好可以用狼牙棒撞擊，先去後室把狼牙棒取回來，引開屍怪，打破棺板衝出去，外邊空間廣大，又有獵槍、獵狗，怎麼折騰都行，留在這狹窄的墓室裡如何施展得開？

我拉起坐在地上的胖子，三個人逃入古墓的後室，後室是配室，比起主室還要低出一塊，我下去之後用手電筒四下裡一照，只見那狼牙棒被屍怪的巨大力量甩出，把後室的墓牆撞出好大一洞來，怎麼會不是坑而是洞，難道這後邊還有隔段？曾經聽說過有些古墓裡面有隱藏的墓室，莫非此間就是一處祕室？這回可真是看走眼了。

墓牆上被狼牙棒撞出的窟窿裡黑洞洞的，用手電筒一照深不見底，似乎空間極大，是條長長的通道。

我正自驚奇，那紅毛屍怪已挾著一陣陰風撲進了後室，我們三個哪敢怠慢，倒轉狼牙棒想把它頂出去，然後衝出後室去砸棺板，怎料這屍怪的力量遠遠超乎想像，它雙臂一抬，不下千均之力，我們三個人雖然用盡力氣，狼牙棒仍然又被擊飛出去，在半空翻了一圈，再一次擊中身後的墓牆。

這下牆壁上破裂的窟窿更大，此時無路可走，我們只得退進了墓牆後邊的祕室之中，豎起狼牙棒準備接著再鬥。

紅毛屍怪卻不再追趕，只是在後室中轉圈，我長出了一口氣，用手電筒照了照胖子和英子的臉，除了胖子的手震破了之外，他們都沒受什麼傷，回思剛才在墓室中的一連串惡鬥，雖然只是短短的幾分鐘，那真可以說是在鬼門關裡轉了兩圈。

我忽然想起一件事，抓住胖子的手：「你怎麼沒戴手套！什麼時候摘下來的？」

胖子低頭看了看自己的手：「開棺的時候出了一手的汗，我就把手套摘了。」

我大罵道：「你他娘的真是無組織、無紀律，我跟你說多少遍了，觸摸古墓裡的古屍必須戴手套，搞不好就是因為你光著兩隻手亂摸，才惹得紅毛大粽子炸了屍。」

胖子鐵嘴鋼牙不肯認錯：「你胡掰吧你就，那古屍又不是地雷，摸摸就炸啊？不許你陷害忠良。」

英子在旁勸道：「你們倆可別掐了，你們看看這牆上咋還有字呢！這寫的是啥啊？」

我們順著英子的手電筒光線向牆壁上看去，只見有個紅色的路標，上面寫著「滿蒙黑風口要塞地下格納庫」一排大字。

我和胖子對望了一眼：「關東軍的祕密要塞？」想不到鬼子要塞的地下通道和古墓的後室只有一牆之隔，再向裡邊偏半米，早就把古墓挖開了，若不是狼牙棒被屍怪猛撞到墓牆上，可能永遠都不會有人發現這座深深隱藏在地下的軍事要塞了。

尚未來得及細看，古墓後室和要塞相隔的那一面牆壁轟然倒塌，紅毛怪屍已經從墓室的破牆裡面跳了出來。

胖子大罵：「我操，屬他媽狗皮膏藥的，還黏上了。」說罷抓起狼牙棒就想過去放對。

我急忙攔住他說：「別跟它死磕，先找路跑出去再想辦法。」三人捉一空，望裡就跑，地下要塞的通道極寬廣，地面都是水泥的，裡頭完全可以走裝甲車，只是這通道又長又寬，沒遮沒攔，那紅毛屍怪來得又極快，頃刻已跳至眾人身後。

我想把黑驢蹄子扔出去阻它一阻，伸手在身上亂摸，忽然摸到口袋裡還有不少糯米，聽說古代摸金校尉們進古墓都要帶上糯米，如果中了屍氣可以用來拔毒，不知道對僵屍有沒有效，我今天就試一下，不過那紅毛的傢伙怎麼看都不太像僵屍。

只覺身後陰風陣陣，惡臭撲鼻，我從兜中抓了一把糯米反手撒向紅毛屍怪，這一大把糯米如同天女散花一般盡數落在了屍怪的臉上，它渾如不覺，只是停了一停，便逕直跳將過來。

此時我們已經跑到了地下要塞的通道盡頭，格納庫（倉庫）半開著的大鐵門就在面前，想是那些關東軍撤退得非常匆忙，鐵門沒有上鎖，但是三十幾年沒有開闔，軸承都快鏽死了，我們三個跑進倉庫，各自咬牙瞪眼，連吃奶的力氣都使了出來，終於趕在屍怪進來之前把這道厚重的鐵門關了起來。

屍怪就算真是銅頭鐵臂也進不來了，就連它的撞門聲在裡面都聽不到，這種軍事設施的倉庫大門，都是防爆炸衝擊波的設計，在鐵板鋼板之間還加了兩層棉被，可以吸收衝擊力，當年日本鬼子讓美國空軍炸成了驚弓之鳥，就連地下要塞也都建成了抵禦大型航空炸彈的構造。那屍怪就算再厲害，也沒有美軍的高爆炸彈威力大，我們在這裡算是暫時安全了，不過怎麼出去還是件很傷腦筋的事。

我坐在地上喘了幾口氣，用手電筒照了照周圍，這個倉庫著實不小，各種物資堆積如山，這麼大的空間，怎麼在外邊一點痕跡都沒發現，我按剛才跑動的方向和距離推算了一下，這才恍然大悟，原來野人溝西側的山丘裡面整個都被掏空建成了地下要塞了。越想越覺得沒錯，日本對滿洲的經營可以說是傾盡了國力，維持整個戰局的重型工業基地，幾乎都設在滿洲，尤其是日本本土遭到美軍空襲之後，滿洲更是成了日本的戰略大後方，為了鞏固防禦，特別是針對北邊的蘇聯，關東軍在滿洲修建了無數的地下要塞，都是永久性防禦工事，我們來的這個地方雖然屬於內蒙，但是當年也是日軍的占領區，日本高層認為守滿不守蒙，如同守河不守灘，在中蒙邊境建立滿洲的外圍防禦設施也是理所當然。

黑風口是兵家必爭之地，如果蘇聯的大軍從草原攻過來，這是必經之地，不過最後蘇聯人還是選擇從滿洲方面進攻，這座苦心經營的地下要塞也就沒有任何戰略意義了，想必是要塞中的守軍在電臺裡收到了天皇的〈告全體國民書〉之後，知道了無條件投降的消息，軍心渙散，自殺的自殺，跑路的跑路了。

建造這麼大規模的地下設施，需要大量的人力，不知道付出了多少中國勞工的血汗，很有可能為了保守軍事機密，在完工後把修建要塞的勞工都處決了。格納庫裡的物資隔了三十多年，有一部分保存得還算完好，說不定還有大型發電設備，鬼子的東西不用白不用，如果能想辦法回去，就讓鄉親們組織馬隊來拉戰利品。

胖子站起來揉了揉屁股，在墓室裡摔得著實不輕，從衣服上扯了兩塊布，讓英子幫他把手上的傷口包紮上，胖子全身都疼，破口大罵外邊的僵屍。

我說那可能不是僵屍，黑驢蹄子、糯米對它都不管用，再說僵屍的事咱們也聽過不少了，僵屍在陝西最多，那邊明代之前的風俗是人死之後先曝晒十六天，等澈底晒爛了再入殮，就是為了防止死者變僵屍，我在蘭州當兵的時候還親眼看過從地裡挖出來的長黑毛的僵屍，聽人說還有長白毛的，另外墓裡有毒蟲的，埋在裡面的屍體可能會變綠，但是這種紅毛的，我可從來都沒聽說過。

英子給胖子包紮完了雙手，插口道：「那東西根本就不是僵屍啊，我還以為你們知道呢，那是屍煞啊。」

「屍煞」？我和胖子都沒聽過，讓英子再說詳細一點，什麼是屍煞？

英子以前曾聽她族裡的老人們說起過，在很久以前，滿族還不叫滿族，還叫女真的時候，他們的族中有一種巫術，撞煞你們聽說過吧，在入殮的時候，給死者嘴裡放一張燒成灰的符咒，死者把最珍愛的東西握在手裡，如果有盜墓的來偷，死屍就會被煞附體，全身長出硬毛，刀槍不入，非把盜墓的掐死才算完。請的煞不同，屍體長出的毛的顏色也不同，以前當故事聽的，今天親眼目睹，才知道世上還真有這種可怕的事。

胖子摸出從古屍手中摳出來的兩塊玉璧：「就不還它，想要回去也行，拿兩萬塊錢來，沒錢糧票也行，哎……老胡你看這玉怎麼回事？」

我接過來一看，原本翠綠色的玉璧，現在卻已經變作了淡黃色，這是怎麼回事我也說不清楚，現在才感到自己的閱歷和知識實在太有限了，前一段時間還有點自我膨脹，現在看來還得繼續學習。

不過這件東西我們拿都已經拿了，怕也沒用，我站起身來招呼他們兩個行動：「咱們到裡邊去看看，有沒有什麼槍枝彈藥，最好能有輛坦克，開出去把那屍煞壓成肉餅。」

第一九章　關東軍地下要塞

胖子問我：「你有軍事常識沒有？這裡邊不可能有坦克。」

我說：「有沒有咱先進去看看，其實就是真有坦克恐怕也開不了，這都快四十年了，這麼久的時間，就算是天天做保養也早就該報廢了。」

格納庫裡邊的通道錯綜複雜，猶如迷宮，為了避免迷路，我們溜著牆邊向前尋找出口。

地下要塞的通道和格納庫都是圓弧的頂子，很高，這是種防滲水的構造，用手電筒向上照，可以看到上邊安裝著一盞盞的應急燈和一道道的管線，如果能找到發電機的話，應該可以想辦法讓這些燈亮起來。

沒走多遠，就在牆壁上看到一幅要塞平面地圖，上面標註了一些主要通道、交通壕、倉庫、藏兵洞、淋浴室、兵舍、休息室、糧秣庫、排水管、發電所等輔助設施，至於炮位、通氣孔、反擊孔、觀察孔、作戰指揮室、隱蔽部等重要的位置則並未註明，在山丘的內部，要塞還分為三層，其結構之複雜、規模之龐大，可見當年關東軍對這處軍事基地的重視程度。

我把地圖從牆上取了下來，我以前當過工程兵，也曾經在崑崙山參加修建過軍事設施，此刻有了地圖在手，就不愁找不到出口了，這座祕密的地下要塞規模之大，超出了我的想像，其縱深竟然達到了三十公里，正面防禦寬度足有六十多公里，原來野人溝兩側的山丘完全被掏空了，構成了相互依托的兩個永久性支撐防禦工事，中間有三條通道橫穿過野人溝，把兩邊山丘下的要塞連成一體，我們從金國將軍古墓中破牆而入的地下通道，正是這三條通道中最下邊的一條。要塞兩頭粗、中間細，兩邊的規模雖然大，中間只有三條通道相連，這有可能也是出於戰術需要的考慮，一旦其中一邊的要塞被敵軍攻陷，仍然可以切斷通道，固守另外一端。

從我們所在的位置來看，離最近的一個出口並不算遠，只是不知道關東軍撤退的時候，有沒有故意把要塞的出口破壞掉，否則還只能從古墓那邊才能回去，也可以試試從通風口之類的地方爬出去，我忽然想到了我們昨晚在山坡上的事，馬匹被一隻地下洞穴裡的怪物撕破了肚子，那處洞穴難道就是一個要塞的通風口？又被那不知面目的怪物用爪子將洞挖大藉以棲身？如果那個洞真是通風口的話，就別指望從那爬出去了，洞太窄。

我把想法對英子和胖子兩人說了，讓他們參謀參謀下一步怎麼出去。

胖子說：「哎，老胡，你要不提我還真給忘了，襲擊咱們馬匹的怪物可能把這地下要塞當老窩了，咱們這麼在裡邊瞎轉，搞不好就會碰上它，得先想點辦法找幾件武器防身。」

我說：「沒錯，有備無患，如果萬一出口被毀壞了，咱還得從古墓的盜洞裡爬出去，那就得跟屍煞再一次的正面衝突了，格納庫中應該有一個區域是放武器裝備的，咱們去看看有沒有順手的傢伙，每人拿上幾樣，最好能找著日軍的田瓜手榴彈，這種手榴彈保質期很長，威力也不小，用來對付屍煞正合適。」

格納庫裡堆滿了各種軍隊制式的大衣、毯子、乾電池、飯盒、防毒面具等物資，由於要塞的構造獨特，使得這裡空氣比較乾燥，有些物資保存得還相當完好，我順手拿了幾個日軍的春田式防毒面具裝進包裡，最後在格納庫的右側找到了存放武器的地方。

一拉溜的鐵架子上頭放著不少裝有槍械的木箱，沒有機槍，一水兒的都是友阪式步槍，也就是咱們俗稱的「三八大蓋兒」，或者「三八式」。牆邊還有幾門六〇炮，但是附近一發炮彈也沒有。

胖子撬開一個裝步槍的木箱，抓起其中的一支步槍，嘩啦一聲拉開槍栓，用手電筒往槍栓裡照了照，對我說道：「老胡，這槍還能使，全是沒拆封的新槍，機械部分都上著油，還沒裝過子彈。」

我和英子也各自拿了一把槍，我把友阪式步槍舉起來瞄了瞄，又扔了回去：「小日本這種破槍只有五發的容彈量，非自動槍機回轉式，上彈太慢，後座力還特別大，我用不慣。」

英子問我道：「小鬼子這槍多好啊，賊有勁兒，以前我大伯剛參加東北民主聯軍的時候就用這樣式的槍，胡哥你咋還不喜歡使呢？」

我還沒回答，胖子就插嘴說：「甭搭理他，他在部隊天天都玩半自動武器，慣出毛病來了，這種過時的槍他當然看不上眼了，等會兒萬一再碰上什麼屍煞，咱倆就在他後邊站著，好好看看他空手套白狼的手段。」

邊說邊從最下層找出一只彈藥箱，打開一看，裡面全是用油布包裹著的子彈，被手電筒的光芒映得閃著黃澄澄的金光，胖子他爹從小寵著他，從他會走路就開始給他玩槍，他上初中的時候就已經是使槍的行家了，步槍的原理大同小異，胖子以前雖然從來沒用過友阪式步槍，但是一點也不覺得陌生，見有彈藥，就拿起子彈熟練的壓進步槍裡，順手一扣槍栓，舉起來就衝我瞄準。

我趕緊把他的槍口推開：「上了膛的槍，你就別他娘的瞎瞄了，槍口不是用來對著自己同志的，只有叛徒的槍口才朝著自己人。我不喜歡用這種槍，是因為這種三八式根本不適合近戰，子彈的穿透力太大，三十米之內的距離，一槍可以射穿三四個人，除非是上了刺刀做白刃戰，否則很容易傷到自己人，再加上地下要塞內部有很多鋼鐵設施，一旦子彈射中鋼板、鐵板，就會產生毫無規則的跳彈，搞不好沒打到敵人，就先把自己人給料理了。」

胖子拍了拍胸脯自信的對我說道：「就咱這槍法，還不是咱吹啊，這麼多年了，你是應該知道的，百步穿楊，騎馬打燈都跟玩似的，怎麼可能打偏了打到鋼板上？不信咱一會兒在你腦袋上擺個雞蛋試試……」

我打斷了他的話，「越說越沒譜了，我長個腦袋容易嗎？我這腦袋是用來思考人生的，不是用來擺個雞蛋讓你當靶子的，咱別鬥悶子了行不行，看看還有什麼別的武器可用，我總覺得這種步槍不是事兒，畢竟是已經被淘汰了多年的武器，步槍年頭多了非常容易走火，當年我在越南前線的時候，有個幫忙運送支前物資的民工，他偷了我們繳獲越南民兵的一把老式德國造，結果爬山的時候走了火，正好把我們團的一個副團長腦袋打開了花，這可不是鬧著玩的。」

我們把架子上的箱子一個接一個的撬開，想找幾枚田瓜手榴彈，沒想到在一個繪有膏藥旗的木箱中翻出十幾把衝鋒槍，槍的造型很怪，有幾分像英國的斯坦恩衝鋒槍，彈匣橫插在槍身的左側，與英式斯坦恩不同的區別在於這些槍的彈匣是彎的，後邊多了個木製槍托。

英子問我：「胡哥，這是啥槍啊？咋這造型呢？是歪把子嗎？」

我拉了拉衝鋒槍的槍栓，又把彈匣拔下來看了看：「這可能是日本人造的百式衝鋒槍，戰爭後期才裝備部隊，生產量比較小，所以並不多見，可能是為了對付蘇軍才裝備的，這槍可比三八式好使多了，尤其適合近戰，就算發生故障也頂多就是卡殼，不會走後門和走火，你跟胖子別用步槍了，拿把衝鋒槍防身。」

英子沒用過衝鋒槍，不知道怎麼擺弄，在旁邊打著兩把手電筒給我們照明，胖子找了一箱衝鋒槍子彈，我和他一起往梭子裡裝填子彈。

我哼著小曲把子彈一發一發的壓進彈匣，現在我的心情很好，這回算他娘的發了市了，自打離了部隊就再也沒碰過衝鋒槍，想起在部隊用五六式的感覺，手心都癢癢。我正在得意之時，英子忽然一拍我的肩膀低聲說道：「胡哥，我好像……瞅見一個小孩從你身後跑過去了。」

小孩？怎麼可能，這深山老林中人跡罕至，更何況這處祕密要塞隱藏得如此之深，怎麼會突然平地裡冒出個小孩子來？

我們都是蹲在地上裝子彈，英子持著手電筒蹲在我對面，她是無意中用手電筒的燈光一掃，看見我身後有個小孩的身影一閃而過。

我扭過頭去，用手電筒四下一照，身後是一條丁字形通道，一片漆黑，安靜得出奇，哪裡有半個小孩的蹤影，我問英子：「哪有什麼小孩？妳虎了吧嘰的是不是眼花了？」

英子雖然膽大，但畢竟是山裡的姑娘，封建迷信意識很強，此刻嚇得臉色都變了：「我真沒瞎咧咧，真的……是有個小孩從你身後的通道跑了過去，不可能看錯，沒有腳步聲，只瞅見個小孩的身影，老快了，嗖的就蹽過去了……是不是有鬼啊？」

* * *

追問英子詳情，她卻說不清楚，只說是恍惚間只見有個小孩的身影一閃即過，好像是個小女孩，不過也不敢肯定，穿什麼樣的衣服也沒瞧清楚，大約五、六歲，六、七歲的樣子，那小孩跑過去的方向，正好是地圖上標有出口的方向。

通道離我不過兩米遠，這麼寂靜的地方跑過去一個小孩，我不可能聽不見，如此無聲無息的，除非它是鬼魅，地下要塞是個與世隔絕的世界，幾十年沒人進來過了，誰知道這裡面藏著什麼東西，今天的事已經把我們折騰得夠嗆了，多一事不如少一事，惹不起還躲不起嗎？

我當下提議，多繞些路從另一邊去要塞的出口，不要從那個小孩跑過去的通道走。

英子最怕鬼神，點頭同意：「多爬十里坡，都好過撞上鬼砌牆。」

胖子不以為然：「老胡，我發現你現在變了，自打你從部隊復員之後，就不像以前那麼天不怕地不怕了，畏縮不前可不像你的作風啊，怎麼今天英子看見個小孩跑過去，你就要繞路？我跟你說，要繞著走，你們倆繞，我可走不動了，我就從近路過去。想當年咱們當紅衛兵，上山下鄉的時候，你說你怕過什麼？那些年除了毛主席，你說咱服過誰？」

我一時語塞，好像確實是胖子說的那樣，以前的我是天塌下來當被蓋，自從參軍開始，直到中國對越自衛反擊戰，身邊的戰友犧牲了一個又一個，我真真切切見到了無數次的流血與死亡，實事求是的說，我現在的確變得有些婆婆媽媽，做什麼事都免不了瞻前顧後，難道歲月的流逝，真的帶走了我的勇氣和膽量。

我對胖子說：「咱們現在都多大歲數了，比不得從前了，咱當紅衛兵那些年確實好勇鬥狠，看誰不順眼就揍誰，可那是個荒唐的年代，現在回想起來都覺得可笑可悲。」

胖子說：「可是至少在那個年代裡，你戰鬥過，衝鋒過，我真他媽看不得你現在這種嚇嚇嘰嘰的樣子，你還記得你十六歲生日的時候，我送給你的筆記本上寫的那首長詩嗎？」

那個筆記本可能早被我擦屁股了，而且那些年胖子送給我很多筆記本，因為他老媽是後勤機關的幹部，家裡有得是各種筆記本，我實在記不起來有什麼長詩了。

胖子見我想不起來，便說道：「我背幾句你聽聽。」胖子的普通話很標準，他人胖底氣也足，朗誦起來，還真有點中央人民廣播電臺播音員的意思，只聽他朗聲說道：

公園裡一起「打游擊」，課堂裡一起把書念。咸陽路上「破四舊」，井岡山一起大串聯。

在埋葬帝修反的前夕，向那世界進軍之前！收音機旁，我們仔細地傾聽著，國防部宣戰令一字一言……

在胖子慷慨激昂的念出第一句之後，我就立刻想了起來，這是一首敘事長詩，題目叫作《向第三次世界大戰中的勇士致敬》，當年在紅衛兵中廣為流傳，我們太熟悉這首詩了，在我們倆當紅衛兵的時候，何止曾一起朗誦過百遍千遍，那是我們最喜歡的韻律，最親切的詞語，最年輕的壯麗夢想……，我的心情激動起來，忘記了身在何處，忍不住攥緊拳頭，和他一同齊聲朗誦：

……在那令人難忘的夜晚，戰鬥的渴望，傳遍每一根血管。

父輩的熱情鼓舞，激動了我們的心絃，我們是軍人的後代，要馳騁在戰火硝煙。

在這消滅最後剝削制度的第三次世界大戰，我倆編在同一個班。

我們的友誼從那裡開始，早已無法計算，只知道它，比山高，比路遠。

在戰壕裡，我們分吃一個麵包，分舐一把鹹鹽。

低哼著同一支旋律，共蓋著同一條軍毯。

一字字，一行行，領袖的思想，偉大的真理，我們學習了一遍又一遍。

紅旗下，懷著對黨的赤誠，獻身的熱望。

我們緊握槍，高舉拳，立下鋼鐵的誓言：我們願，願獻出自己的一切，為共產主義的實現。

在沖天的炮火中，我們肩並肩，突進敵人三百米防線，衝鋒槍向剝削者，傾吐無產階級復仇的子彈。

你記得嗎？我們曾飲馬頓河水，跨進烏克蘭的草原，翻過烏拉爾的高原，將克里姆林宮的紅星再次點燃。

我們曾沿著公社的足跡，穿過巴黎的大街小巷，踏著〈國際歌〉的顫點，衝殺歐羅巴的每一個城鎮，鄉村，港灣。

我們曾利用過耶路撒冷的哭牆，把基督徒惡毒的子彈阻擋，將紅旗插在蘇伊士河畔。瑞士的湖光，比薩的燈火，葉門的晚霞，金邊的佛殿，富士山的櫻花，哈瓦那的炊煙，西班牙的紅酒，黑非洲的清泉……

這一切啊，都不曾使我們留戀。

因為我們都有鋼槍在手，重任在肩。

多少個不眠的日日夜夜，多少個浴血的南征北戰。

就這樣，我們的不可戰勝的隊伍，緊緊跟著紅太陽，一往無前。

聽：五洲兄弟的呼聲，如滾滾洪流怒浪滔天。

看：四海奴隸的義旗，如星星之火正在燎原。

啊，世界一片紅啊！只剩下白宮一點！

夜空升起了三顆紅色的信號彈，你拍拍我的肩：「喂，夥伴，還記得不？中美戰場上見娃娃們的紅心，一位政治局委員的發言。世界朋友狂歡解放的前景，蘇聯老紅軍寄託希望的雙眼。」

「記得！這是最後的鬥爭，人類命運的決戰就在今天！」

軍號吹響了，我們紅心相通，疾風向前。

一手是綠葉，一手是毒箭，這整整橫行了兩個世紀的黃銅鷹徽，
隨著人們勝利的歡呼，被拋進熊熊火焰……

英子見我們倆說個沒完，也聽不懂我們說的是什麼，等得不耐煩起來，打斷我們的話說：「說啥呢你們？還整得勁兒勁兒的，咋說起來還沒完了？現在時候不早了，不管從哪條路走咱都該動身了，你們倆願意說等出去再說行不？」

胖子拎起百式衝鋒槍，腰裡插了四五個彈匣，表情堅毅，揮手一指前方：「同志們，勝利就在前方，跟我來吧。」

於是，胖子帶頭走在前邊，英子居中，我殿後，三人成一路縱隊，走向了英子說看見小孩跑過去的那條通道，這是一條微微傾斜向上的路，走出一百多米後又變成了向上的臺階，看樣子已經是走進了野人溝的山丘內部。

通道越來越窄，而且溼度也比下面大了不少，身處其中呼吸不暢，有種像是被活埋的壓抑感。

三個人的距離很近，不知道為什麼走在前頭的胖子突然停了下來，他突然停步，跟在他身後的英子沒有準備，正好撞在了他背上，英子被他撞得從臺階上向後就倒，我趕緊在後邊把英子扶住，我問胖子：「怎麼回事？怎麼突然停下來不繼續走？」

胖子轉身叫道：「快往回跑！」他好像在前邊見到什麼可怕的事情，連聲音都變了，剛才的那番豪情壯志已經煙消雲散。

* * *

胖子叫喊著讓我們轉身逃命，我隔著前邊的兩個人，手電筒的照明範圍有限，只見到前邊四五階樓梯上是處很大的空間，也不曉得他究竟見到了什麼，不過胖子既然這麼說，肯定是有他的道理，便準備向後倒退。

與此同時，我忽然感到後背上被幾十根陰寒的鋼針刺中，寒氣透骨，全身如同遭到一股冰冷電流的電擊，身體顫抖，失去了控制，騰的向前一躍，也不知哪來的這麼大力量，把前邊的胖子、英子兩人，一併推得向前撲倒，這條狹窄陰暗的通道緩緩傾斜向上，三個人都連滾帶爬的撞進了樓梯盡頭的空洞。

我被莫名其妙的電了一下，電流似乎也傳導到了其餘兩人身上，全凍得牙關打顫，誰也不知道是什麼回事，想要說話，卻又作聲不得，若說是無意中碰到漏電的電線，那應該是全身發麻，怎麼會有這種從骨髓裡往外冷的感覺？

萬幸的是三支上了膛的衝鋒槍沒有在慌亂中走火，我們躺在地上，手中的手電筒還開著，借著三隻手電筒的光線一看，我這才知道胖子為什麼轉身要跑，原來這是間半天然半人工的巨大石室，到處都是綠苔，潮溼的石壁和頭頂上，倒掛著無數隻巨大的蝙蝠，這種蝙蝠的體型遠遠大過平常見到的普通蝙蝠，抱著雙翅密密麻麻的掛在壁上，牠們被我們這三個入侵者驚動，紛紛從睡夢中醒了過來，都露出了滿口白森森的獠牙，看得人頭皮發麻。

蝙蝠的臉長得很怪，兩隻菱形大耳直挺挺的，圓頭圓腦，鼻子也是圓的，前肢十分發達，上臂、前臂、掌骨、指骨都格外的長，牙尖爪利，我在崑崙山當工程兵的時候曾經見過這樣的大蝙蝠，牠們的學名叫作葉口明齒蝠，又名豬臉大蝙蝠，其生性最是嗜血，也食肉，是蝙蝠中罕見的最凶惡品種，牠們喜歡生活在牧區草原的地下洞窟中，夜間出沒撲食牛羊等牲畜，特別是在外蒙草原，曾經一度成災，近十幾年這種動物已經很少見了。

還以為它們絕種了，想不到這麼多豬臉大蝙蝠把關東軍遺棄的地下要塞當作了老巢，它們晝伏夜出，利用地下要塞的通風孔做出口，確實沒有比這裡更安全舒適的巢穴了。

有幾隻豬臉大蝙蝠已經率先從石壁上飛了下來，我掙扎著想爬起來，結果手一撐地就摔了一跤，地上全是蝙蝠的糞便和動物殘骸，腥臭撲鼻，又黏又滑，蝙蝠糞又叫「夜明砂」，本是極珍貴的一味中藥，常人得一、二兩已是十分的不易，此刻見到卻說不出的讓人厭惡。

我放棄了從地上爬起來的念頭，手指扣動扳機，用百式衝鋒槍向飛過來的豬臉大蝙蝠掃射，我一開槍，另外兩個人也從而反應過來，三支衝鋒槍交叉射擊，槍口噴吐的火焰，子彈的拽光，把整個石洞照得忽明忽暗，槍聲和退彈聲、彈殼落地聲，混合在一起。

上千隻豬臉大蝙蝠都被驚動起來，這種生活在黑暗中的生物最是怕火怕光，除了被子彈射中掉到地上的，其餘的如同一團團黑雲，有些從我們頭頂飛過，也有的順著通風孔向上逃竄。

衝鋒槍的子彈很快就打光了，根本來不及換子彈，豬臉大蝙蝠嗖嗖嗖的從身上掠過，我們的衣服被牠們的利爪和獠牙撕成一條一條，好在衣服穿得比較厚，有幾下雖然傷到了皮肉，倒也傷得不深。

這時候心理上的恐懼更加要命，我怕傷了眼睛，不敢睜眼，用一隻手護住頭臉，另一隻手掄著衝鋒槍，當作棍子一樣憑空亂打，兩條腿拚命的蹬踹，驅趕那些撲向自己的豬臉大蝙蝠。

也不知過了多久，洞中漸漸安靜了下來，想是那些豬臉大蝙蝠都跑沒了，我摸到掉落在地上的手電筒，剛要出聲詢問胖子他們有沒有受傷。

忽然眼前一黑，一隻最大的豬臉大蝙蝠悄無聲息的朝我頭頂撲來，牠可能是這洞中一眾蝙蝠的首領，隱藏在石洞的最深處，此刻後發制人，雙翅一展，牆為之滿。

我手中只有一把空槍和手電筒，難以抵擋，牠距離我近在咫尺，豬一般的臉上，層層的皺褶、硬毛、獠牙都看得清清楚楚，眼看就要被大蝙蝠咬到，從身旁傳來一串衝鋒槍的射擊聲，一串子彈全釘在豬臉大蝙蝠的身上，大蝙蝠落在地上撲楞了幾下，當即死了。

原來是身旁的胖子見情況緊急，換上了彈匣開槍射擊，救了我一命，我長出了一口氣，看看四周，除了地上還有幾隻中了槍沒斷氣的大蝙蝠還在掙扎，再沒有其餘隱藏起來的蝙蝠了。

我身上被抓破了幾個口子，鮮血迸流，英子和胖子也受了些輕傷，但是都不嚴重，英子扯了幾塊衣服上的碎布給我包紮。

我身上的傷疼得厲害，不停的咒罵，老子當年在前線，那仗打的，槍林彈雨都沒蹭破半點兒皮肉，今天倒讓這幾隻畜牲在身上抓破了這麼多口子……真疼。

胖子問我：「老胡，我他媽剛才讓你們往回跑，你怎麼反倒把我們推了進來？」

我把剛才的事說了一遍，只說是後背可能碰到了裸露的電線，觸了電，沒敢告訴他們真實的情況，因為這事我自己都覺得不可思議。我讓英子看看我後背，有沒有電糊了，英子扒開我後背的衣服，用手電筒一照：「哎呀媽呀，胡哥，你這是咋整的？不像是電的啊。」

胖子也湊到我身後看了一眼：「你是被電著了？你後背是個黑色的手印，嗯……這手掌很小，像是小孩的。」

真他娘的活見鬼了，敢情我們仨是讓那小鬼推進這蝙蝠洞的？別讓我看見它，看見它，我把它皮扒了。

胖子正要跟我說話，他手中的手電筒卻掉在了地上：「我的娘啊，老胡，英子，在格納庫裡你們說我還不相信，剛才……我也看見個小孩跑了過去。」

我和英子急忙拿起手電筒四處照射，除了蝙蝠糞便和蝙蝠屍體之外，哪有什麼小孩。

胖子指天發誓：「就他媽的從你們後邊跑過去了，騙你們我是孫子啊，就……就往裡邊跑了，我看得清楚極了，小男孩，是個小小子，穿一身綠，五六歲，臉特白……不像活人。」

除了我之外，他們都在這地下要塞看到了小孩，怎麼偏偏我沒看到？不過我背後的那個小孩手印，卻不能不讓人起雞皮疙瘩，胖子說是看見個男孩，英子卻說在格納庫看見個小女孩，究竟是誰看錯了？還是這地下要塞裡邊開幼兒園了？

我們稍微收拾一下，站起身來，給衝鋒槍裝上新的彈匣，胖子指了指石室的一面牆壁：「那小崽子，就跑這裡邊去了。」說完用搶托刮開石壁上的苔蘚和蝙蝠糞，裡面露出半扇鐵門，上邊鏽跡斑斑，用深紅色油漆醒目的寫著四個大字「立入禁止」。

* * *

「立入禁止」，胖子指著鐵門上的字念了一遍又對我們說：「知道這是什麼意思嗎？這個就是說不許站著進去，想進就躺著進，這裡指定是停屍房，要不然就是焚屍爐。」

英子聽了胖子的講解說道：「啥？躺著進？原來是裝死人的呀，聽屯子裡上歲數的人說過小鬼子整的啥焚屍爐，這鐵門裡八成就是焚屍爐吧。」

我用手指關節在鐵門上敲了兩下，感覺門很厚重：「胖子你別不懂裝懂，這四個字的意思大概是禁止入內，我雖然不懂日語，但是軍事設施我是很熟的，你們看這門下邊有個很大的凹槽，裡面有內六角形的鑼紋，這應該是有個轉盤的，想開啟這扇鐵門需要轉動轉盤，門下邊的孔是排氣槽，這是扇氣密門，關閉鐵門的時候，排氣孔會自動抽出室內的空氣，在裡面就形成了半真空的環境，是儲藏貴重物品的地方，我軍的軍事基地裡也有同樣的設施。」

氣密門的轉盤早就被拆卸掉了，如果沒有相應的工具，想打開這道鐵門真是難於上青天，至於密室裡裝的是什麼東西，那可就不好說了，有可能是裝化學武器、細菌武器之類的，這種可能性最大，為了防止化學武器洩漏出現事故，通常都是存放在這種封閉的密室裡。

日本人的化學武器和細菌武器，雖然一向臭名昭著，但是威力不容小覷，即使是放在自然環境中，時隔多年，也照樣能致人死命，我對這扇門裡的東西並不感興趣，還是看看地圖，快點找到出口是正經事。

胖子則對這扇門充滿了好奇，特別是聽我說有可能存放什麼貴重品的話之後，更是心癢難耐，和英子兩人一起在門上一會兒敲兩下，一會兒踢兩腳，大有不進去看看就不消停的架式。倆人嘴裡還叨咕：「這裡邊有啥好東西啊?哎呀，看不著太撓心了。」

我不再去理會他們倆，自行對照地圖上的出口位置，在這曾經被豬臉大蝙蝠盤據的石洞中尋找出口，按地圖上繪製的地形來看，就在這石洞中，應該有一條小型通道連接著山頂的出口。可是找來找去，只在石洞的一端發現了大片崩塌的山石，和之前料想的一樣，日軍撤退時把要塞的出口都炸塌了。

現在所處的位置，頭頂上大概正好是我們在野人溝山坡上紮帳篷的所在，用手電筒可以照到石洞的頂壁上有幾個大洞，這些大型通風孔，不是直上直下的，為了防止從外邊攻擊內部，通風孔都是修得彎彎曲曲的，蝙蝠就是從這些洞口飛到外邊去的，可惜我們沒有翅膀，在下邊乾瞪眼上不去，就算上去了也沒用，成年人的身體剛好比這些通風孔大了一圈，小日本真是精明，怕敵人從通風孔爬進要塞內部，特意把洞口挖得說大不大，說小不小。

我把胖子、英子叫了過來，告訴他們出口沒了，咱們要不就去再找別的出口，要不就直接拿衝鋒槍回古墓那邊，把屍煞幹掉，不能就在裡邊這麼乾耗，咱身上沒帶乾糧，也沒發現鬼子要塞裡邊有食品，再這麼瞎轉悠下去，等到餓得爬都爬不動了，就只能等死了。

事情明擺著，這地下要塞的縱深很大，有幾十公里，從這個出口走到另一個出口需要很多時間，而且找其他的出口已經沒什麼意義了，日本人不會好心好意的留下一個出口，既然炸塌了一個，其餘的肯定也都炸了。

英子用腳一踢地上的大蝙蝠屍體：「實在不行了，還能吃這玩意兒，全是肉。」

胖子連忙搖頭：「要吃你們吃，我餓死也不吃，這太他媽噁心了，我估計肉都是臭的，要不就是酸的，好吃不了，對了，老胡，你說這鐵門裡會不會就是出口?應該有這種可能吧，咱想辦法把它打開看看。」

我想了想說：「這種可能性確實也有，因為地圖上沒有標出這間密室，只繪有一條連接出口的通道，不過很難精確定位，並不能肯定這門後是通道。其實要打開這道門不難，我在格納庫裡看見有工具，咱們可以去找個大小合適的六角扳手。」

英子在旁說：「回格納庫那噶噠正好整幾件衣服換換，你瞅咱仨身上的埋汰（注1）勁兒的，都夠十五個人看半個月了。」

經她這一提醒，我們才發現，三個人都髒得不像樣了，全身衣服上、頭髮上、臉上、手上，都沾滿了蝙蝠糞、血、泥，臭氣薰天。

我們便又返回了下層的格納庫，路很近，只有數百米的距離，在格納庫，先找了幾件關東軍的軍服和大衣換上，把臉上的泥汙血漬胡亂抹了抹，每人還找了頂鋼盔扣在頭上。

英子長得本來就俊，穿上軍裝更增添俏麗，胖子在旁邊喝彩道：「嘿，大妹子，你穿上日本軍裝，整個就是一川島芳子啊。」

英子不知道川島芳子是何許人也，以為胖子在誇她，還很受用，我告訴英子：「他是說你像日本女間諜。」

英子聞言，柳眉倒豎，胖子趕緊說道：「說錯了，說錯了，我應該說看見英子穿軍裝拿槍的小造型，就能聯想到毛主席的那首詩來，颯爽英姿五尺槍，曙光初照演兵場。中華兒女多奇志，不愛紅妝愛武裝。（注2）」

我在旁笑道：「胖子最近快成詩人了，動不動就要朗誦上兩句，你們看咱現在這一身的穿著打扮，真跟日本鬼子一樣了，這讓我想起我爹的一位老戰友講的事來了，那時候我還小呢，我那位叔叔同是跟我爹在山東當八路，抗戰勝利的時候，接到黨中央的指示，讓他們從膠東半島坐船去東北接收勝利果實，我爹暈船去不了，當時別提多後悔了，因為聽說東北全是洋落，那好東西海了去了，後來聽我這叔叔說，他們到了東北之後，撿了老鼻子日本貨了，他們整個一個團，去的時候穿得破破爛爛的，跟一隊要飯的叫化子沒多大區別，後來他們從老毛子手裡接管了一個關東軍的倉庫，全團的人都換裝了，除了旗子還是中國的之外，剩下的從衣服到鞋還有武器，全是日本的，跟關東軍一模一樣，東北的老百姓們從遠處一看他們，扭頭就跑，還以為鬼子又打回來了，我覺得咱現在也多少有點當年革命先輩們撿洋落的感覺。」

注1　東北方言，指骯髒或糟蹋。

注2　〈為女民兵題照〉。

說著話我在一個存放汽油桶的架子上，找到了一把六角扳手：「這回齊活了，該拿的都拿了，抓緊時間行動吧。」

三人穿著關東軍的軍裝，扛著百式衝鋒槍，順原路返回，我依然殿後，這次胖子他們卻再也沒說見到什麼小孩的影子，我嘴上沒問，但是心裡捕風捉影，免不了有些疑神疑鬼。

我心中暗想：「胖子說那小孩跑進了鐵門裡邊，這小鬼究竟想幹什麼？是不是想給我們指明出路？能有這種便宜事嗎？還是它另有多圖？他娘的，老子這剛好還剩下一點糯米，聽說鬼怕糯米，那小鬼要是敢找麻煩，定讓它整頓而來，潰敗而回，若不如此，也顯不出俺老胡的手段。」

我邊跟著他們走，邊給自己鼓勁兒，後背的傷似乎也不怎麼疼了，不多時，就第二次來到了有「氣密門」的石洞之中。

為了預防萬一，我們都戴上了鋼盔和防毒面具，拉開槍栓，把子彈頂上了膛，我開門之前讓英子抓了一把糯米準備拋撒，並讓胖子端著衝鋒槍瞄準，要是門內有什麼東西，不管三七二十一，先幹了他再說。另外還囑咐胖子，和我配合起來，輪流射擊，不留下裝填彈匣的間隙。

都安排妥當之後，我將衝鋒槍背在肩上，把六角扳手扣住門上的螺紋用力轉動，這道祕門幾十年沒開啟過了，螺紋鏽得死死的。

我連吃奶的力氣都使了出來，扳手差點被我撅折了，終於聽到「嘎吱吱吱吱」一通響，門下的三排氣槽「哧」的一聲，氣密門內填進了空氣，鐵門咯蹦啰啰啰啰……

* * *

氣密門中的氣槽注滿了空氣，厚重的鐵門應聲而開，我急忙向後退了兩步，端起衝鋒槍和手電筒對準門口，然而門內靜悄悄的毫無動靜。

情況出人意料，只見門內黑沉沉的暗不辨物，手電筒的光線照射進去，便被門內的黑暗吞沒掉了。

我對英子打個手勢，英子會意，把手中的一大把糯米，天女散花一般拋進密室，然而密室中仍然沒有半點動靜，世界上所有的聲音彷彿都消失了，只聽見防毒面具中自己粗重的呼吸。

看來是我們多慮了，正所謂疑心生暗鬼，還沒怎麼樣呢，自己就先把自己嚇得半死。

最後胖子按捺不住，一馬當先，進了密室，我和英子緊隨其後，魚貫而入。

密室的面積大約有四十平米見方，孤零零的一間，除了氣密門之外，再無其餘的出口。

裡面裝的既不是細菌武器，也不是化學武器，進來之前，我幾乎想到了所有的可能性，唯獨沒想到，房間裡裝的是十幾口大棺材，這些棺材零亂的堆放在密室內，棺木年深日久，有的已經腐爛了，有大有小，工藝款式都各不相同，甚至還有一口超大的石棺，其中最奢華的是兩具金絲楠木大棺，地上還散落著無數陶片瓷片。

我回頭望了望胖子他們，他們倆都衝我搖搖頭，雖然戴著防毒面具，我還是能感覺到他們倆滿臉茫然的神色。

胖子問我道：「老胡，怎麼回事？這他媽的倒好像是博物館，哪來的這麼多棺材？」

我思索了片刻，其實這件事也不難推測，只是我們先入為主，沒想到這些。

野人溝本來就是金遼時期的古墓群，關東軍修建這座隱祕的地下要塞，特別是兩邊要塞中相連的三條通道，剛好橫穿野人溝的山谷，施工的時候，一定在裡面挖出了不少古墓，這些古墓裡的陪葬品，以及金遼古代貴族的棺槨，對日本人來說都是寶貝，他們把從古墓裡挖出來的東西，全部用半真空的密室存放了起來，關東軍撤退得很匆忙，臨走時只把陪葬的古董捲包會了，剩下這些棺材就一直留在了這裡。

胖子說道：「日本人倒會順手牽羊，什麼都沒給咱剩下，咱看看棺材裡面還有沒有值錢的東西，也不枉辛苦了這一趟。」說罷用腳踹開一具大棺的棺板，那棺材蓋子本來早就被日本人撬開，並未重新釘上，一踹之下，就把棺材蓋子踢在一旁。

英子不敢過來看：「我還是到門口等你倆吧，我順便盯著點，別讓人把咱都關這裡邊。」說完，就走到了門口，一腳門裡一腳門外的守住大門。

我對門口的英子說：「還是我大妹子機警，這事我都沒想到，真是白當這麼多年兵了，這門只能從外邊開，咱們要是都被關在這間密室裡，恐怕連哭都找不著調兒了。」

胖子只顧在棺材裡亂翻，邊翻邊罵：「我操，全是骨頭渣子，日本鬼子真他媽缺德，走到哪都玩三光政策（注）啊，連個囫圇個兒的罐子都沒給咱留下。」

連翻三四口棺木都是如此，氣得胖子罵個不停，又去推金絲楠木的朱漆棺材。

我沒太注意那些普通的棺材，我的視線一直被那具碩大的石棺吸引，直覺告訴我，那裡邊有東西……

我也不明白為什麼會產生這種想法，忽然有種衝動，必須把這具石棺打開看看，我招呼胖子過來幫手，二人合力去推上邊的石板，那石板厚重異常，推了半天只推開一條細縫。

胖子喘著粗氣擺了擺手：「不行了……先歇會兒，太沉了……肚子裡沒食兒推不動啊。」

我肚子裡也餓得咕咕直叫，這一用力，更是眼冒金星，只得坐下來休息，我們把防毒面具摘了，各自點了枝香煙。

胖子吐了個煙圈兒：「老胡你說古代人是不是腦子進水了，整這麼個石頭棺材，我還是頭回看見有人用石頭當棺材。」

我撫摸著石板說：「這可不是棺材，這叫石槨，棺槨，棺槨，木頭棺材在這石匣子裡邊呢，能享受這種待遇的，肯定是一高幹，說不定是個王爺。」

胖子撓撓頭：「噢，原來是這麼回事，還真他媽複雜，同樣都是埋在野人溝裡，咱們挖的那個將軍墓跟這石頭棺材裡邊的主兒相比，誰的官大？」

我搖頭道：「不知道，這可就不太好說了，咱們都不太懂歷史，不過金遼元這幾百年間，北方的游牧民族空前強大，他們都是從馬背上得的天下，我估計應該是重武輕文，所以有可能是武勛最高的貴族，才給埋在這片風水寶地的正穴上，其餘埋在這附近的貴族，也許陪葬品比將軍墓裡的還要豐厚。墓主人生前的愛好不一同，陪葬品肯定也有所不同。就拿咱們挖的那個古墓來說，墓主是一介武夫，沒什麼高雅的品味和藝術欣賞情趣，所以他的墓中物品多是馬匹兵器。」

胖子道：「其實那些馬肯定都是千里良駒，要是活的可就值大錢，不過現在只剩下馬骨了，估計賣給廢品回收站，人家都不要。還好他還有兩塊玉璧，否則咱就白忙活了，這兩塊玉璧回去讓大金牙找個下家，怎麼也對付了萬兒八千的。」

說話間煙就抽完了，我們倆重新戴上防毒面具，卯足了勁再次推動大石板，英子也過來幫忙，終於把石板挪在了一旁，石槨裡面露出一口純黑底色的木棺，這口棺仍然比普通的棺材要大出將近一倍，而且高度也異乎尋常，不算呈圓弧的蓋子，都足有半人多高。

注　殺光、燒光、搶光。

棺木工藝精湛，絕非俗物，兩端、四周、棺蓋上都有溜金漆的五彩描，繪的是一些吉祥的神獸，皆是仙鶴、麒麟、龜蛇之類的，用以保佑棺中的主人死後屍解成仙，棺蓋上更有天上二十八星宿的星圖，棺底四周環繞一圈雲捲圖案的金色紋飾，不知用了什麼祕密法門，千百年後色彩依舊豔麗如新，真教人嘆為觀止。

我們都是第一次見到這麼華美氣派的棺木，若不是親眼得見，哪會想得到世上竟然有這種藝術品一樣的巨大棺材。

胖子大喜：「就算裡邊沒東西，咱把棺材扛回去賣了，也能大賺一筆。」挽起袖子就把棺板推了開來。

連英子也忍不住想看看這口大棺中有什麼東西，三人湊在一起，用手電筒照射棺內，那棺中所鋪錦緞早已腐朽不堪，恐怕一碰就變成灰燼了，層層朽爛的錦緞之上平臥著一具骨架，時隔千年，衣服、皮肉早已爛得盡了，只有頭骨保存得略微完整一些，張著大口，露出兩排黑漆漆的爛牙，身體上的骨骼有很大一部分分解在了空氣中，若是不看那頭骨，可能都看不出來這是具人形的遺骸。

英子用手電筒的光柱一掃巨棺的邊緣，嚇得她一聲大叫：「哎呀媽呀，就是這小孩。」

只見棺材兩頭，各立有一男一女兩個赤身裸體的光屁股小孩，看上去也就是五六歲的樣子，面目栩栩如生，男孩頭上紮了個沖天辮，女孩的頭髮挽了兩個髻，這髮式絕非近代的款式，倒像是壁畫中的古人一般，莫非是殉葬道君的童男童女？棺中主人都已經快爛沒了，這童男童女又何以保存得如此完好？

* * *

「這兩小崽子，八成是假人，做得跟真的似的。」胖子邊說邊要用手去捏巨棺中的小孩：「胖爺今天倒要瞧瞧，還他媽成精了不成？」

我一把按住胖子的手：「不戴手套千萬別碰，這不是假人，可能有毒，你們仔細看這兩小孩身上，都是一片片青紫色的疼瘢塊，這是水銀瘢。」

五〇年代的時候，我的祖父胡國華，曾經因為看病，在北京的一家大醫院住過一段時間。在此期間，剛好趕上醫院附近要修一座名叫「工人體育場」的建築，工地上挖出了一座古墓，他也曾從醫院裡偷跑出來去瞧熱鬧，進地宮裡看了一通。

那古墓據說是明代一個王爺的，繞著古墓周圍一圈都是黑水，地宮的墓室分為前中後三部分，門口吊著千斤閘，從閘門進去，首先是一間「明殿」（冥殿），按墓主生前家中堂屋的布置，有各種家具擺設，這些器物稱為「明器」（冥器）。

再往裡，中間的墓室，稱為「寢殿」，是擺放棺槨的地方，這座古墓是合葬墓，而且非常特殊的是，墓主夫婦，也就是王爺和王妃的棺材，都用大鐵鏈子、大銅環和銅鎖，吊在寢殿半空。

其後是「配殿」，是專門用來放陪葬品的地方。

另外沒隔幾天，在海澱也出土了一座元代古墓，這兩座墓中都有殉葬的童男童女，出土的時候與活人一模一樣，只是元代的那座墓中出土的童男女，身上的衣服一碰就成灰了。

後來我祖父把這兩件事當故事給我講過，他說這些童男童女都是活著的時候，除了口服水銀之外，在頭頂、後背、腳心等處還要挖洞，滿滿的灌進水銀，死後再用水銀粉抹遍全身，就像做成了標本一樣，歷經萬年，皮肉也不腐爛，這種技術遠比古埃及的木乃伊要先進得多，不過兩種文明的背景不同，價值取向也有很大差異，而且用灌水銀的辦法保持屍體的外貌，必須要用活人，死人血液不流通，沒法往裡灌，所以這種技術從來沒用在任何墓主身上。

世界上最殘忍的事情恐怕就是用活人來殉葬了，胖子戴上手套把其中一個小孩的屍體抱了出來，仔細檢查，果然在頭頂上、後背、足底等處，發現了幾個窟窿，這些屍體上的洞，已經被巧手匠人，以火漆封住，屍體上有不少地方已經出現一片片黑紫色瘢點，陪葬的人或者金銀玉器經常會塗抹水銀粉，時間久了會產生化學變化，年代近的會呈現棕紅色，年代遠了就變成黑紫色，這種瘢塊俗稱「水銀瘢」或者「水銀浸」，也有些地方稱屍瘢為「爛陰子」、「汞青」。

胖子顯然有點緊張，他故作鎮定，吁了口氣說道：「以前看過魯迅寫的小說，就有『古董上生水銀浸』的描寫，看來那老哥還不是瞎寫的，確有其事。」

英子問道：「這也太可憐了，胡哥，你說這童男童女，咋還不給他們穿上衣服呢？我記得先前看見跑過去的那個小孩穿著衣服啊，難道是鬼魂嗎？」

我告訴她：「是不是鬼魂只有他們自己清楚了，不過不是這兩小孩不穿衣服，陪葬的童男童女，肯定都著盛裝，過了快一千年，到了這會兒，那衣服早就爛沒了，這都過了多少年了，這口巨棺恐怕是元代的，關東軍把這口大棺材挖出來打開的那一刻，衣服一見空氣就變成灰塵了。」

本來我不相信世界上有鬼，但有些時候鐵一般的事實擺在面前，又不得不信，胖子和英子在通道中看到小孩的身影，和棺中殉葬的這一對童男童女一模一樣，還有我後背的手印，這裡邊的事實在超出人類認知的範疇了。也許可以用第六感應、預感等等來進行解釋，總之這些已經全部屬於超自然現象了，憑我們的見識，也就僅僅窺探到這神祕莫測的未知世界一點點影子。

不過這兩小孩的亡靈把我們引到這裡，究竟有什麼企圖？看情形，又不像是有什麼惡意。

英子說：「興許是想讓咱把他倆的屍體埋了吧，不是常說入土為安嗎？要不咱就幫幫他們吧，多可憐啊。」

胖子點頭贊同：「我是只想發財不想管閒七雜八的事，但是這回情況特殊，咱行行好，把他們帶出去挖個坑好好安葬了，別在這赤身裸體的戳著了，他們都給墓主站了千年的崗了，該休息了。」

屍體裡都是水銀，燒也燒不掉，唯有挖個坑埋了，我們所能做到的也就只有這些了，但願世界上少一些這樣的慘劇。

當下不多耽擱，我和胖子脫下身上穿的關東軍大衣，分別把童男童女包在裡邊，繫個扣背在身上，灌滿水銀的屍體分量死沉死沉的，多虧是小孩，如果是大人，一個人背還真夠嗆。

胖子見未得到值錢的財寶，心裡多少有些不太痛快，恨不得一把火把這些棺材全燒了，我和英子急忙勸阻，他也只得罷休。

我們回到石洞中商議如何出去，此時人人都是飢渴難耐，可恨得是地下要塞中，無糧無水，又沒有炸藥炮彈，想要回到地面上，只有將軍墓的盜洞一條路可走，但是一想到那屍煞的怪力，著實讓人頭疼，吃飽喝足了也未必是它的對手，更何況現下已經餓得手足發軟。

三人對望了一眼，心中的想法都差不多，地上有十幾隻死蝙蝠，事到如今，也只能拿這些傢伙祭祭五臟廟了。

人類本來就是雜食動物，一旦餓急眼了，沒有什麼是不能吃的，英子說她小時候就跟她爺爺在深山老林的洞子裡吃過蝙蝠，那一年起了山火，又趕上罕見的饑荒，山裡大一些的動物都跑沒了影，人們就吃地鼠，吃蝙蝠，吃蝗蟲，吃草飛機，蝙蝠的筋和脆骨是很好吃的，有嚼頭。

石洞中的這些豬臉大蝙蝠，瘦骨嶙峋，長得太過猙獰凶惡，活脫兒就像一隻隻吸血惡魔的乾屍，對牠們的肉好吃這一說法，我和胖子持保留意見的態度。

但為了生存，也顧不上那麼多了，想生火燒烤就得回格納庫，那裡有很多木箱可以做柴火，當然棺材板也可以燒，但是吃用棺木燒火烤出來的肉，這事多少有些不能讓人接受。於是胖子用身上帶的繩索，挑五六隻肥大的死蝙蝠栓住腳爪，繫成一串，拖了就走，這其中也包括那隻超大的蝙蝠王。

回到格納庫後，把那包著童男童女的大衣放在一旁，英子取出短刀切掉蝙蝠醜陋的腦袋，沒有肉的爪子，又開膛破肚，把豬臉大蝙蝠腹中一坨坨青灰色的腸子，以及多餘的內臟都扔掉，最後胡亂剝了剝皮。

我找了一大堆木箱，用腳踹成木板了，又取出刀子削了一些木屑，拿火柴點燃木屑引火，胖子在旁協助，蹲在地上，捲起手來吹氣助長火勢。

又尋了幾把步槍上的刺刀挑住蝙蝠，架在火上燒烤，胖子皺著眉頭，很不情願吃這種東西。英子勸道：「不難吃，你別想著這是蝙蝠，多嚼幾下，就跟羊肉一個味兒了。」

我倒不在乎，蝙蝠不就跟老鼠一樣嗎？部隊在陝西演習拉練的時候，我吃過很多次地鼠、睡鼠、飛鼠、田鼠、花狸鼠等等各種老鼠，味道都差不多，肥肥瘦瘦的五花三層，確實跟羊肉差不多，不過蝙蝠肉還真沒吃過。

豬臉大蝙蝠是溫血動物，沒有太多脂肪，不宜久烤，看肉色變熟之後，我先嘗了一口，肩膀的肉很脆，裡面有不少肉筋和脆骨，絕沒有羊肉那麼好吃，但的確很有嚼頭。

胖子見我吃了，也捏著鼻子吃了一口，覺得相當滿意，當下風捲殘雲般吃了一隻，意猶未盡，又把那隻最大的蝙蝠王穿在刺刀上燒烤。

我們吃了差不多一半的時候，從胖子的頭上的屋頂處滴下一串黏黏的、亮晶晶的液體，正好落在胖子臉上，胖子吃得興起，見臉上溼漉漉的，隨即用手一抹，奇道：「誰他媽的流這麼多哈喇子？都流到老子頭上來了。」

＊　　＊　　＊

胖子吃得口滑，從頂壁上滴落的黏液，剛好落在他的臉上，胖子沒頭沒腦的脫口大罵：「誰他媽的流這麼多哈喇子？都流到老子頭上來了。」話一出口，他自己也覺得這話問得不對勁。

地下要塞裡只有三個人，我和英子都坐在他對面，我們兩個就是再有本事，也不可能把口水流到他頭上去。

三個人都覺得奇怪，同時抬頭向上看，究竟是什麼東西流下的汁液？以彈藥箱碎木板燃起的火堆，將周圍照得通明，火光所不及的遠處，依然是一片寂寞的漆黑。

就在我們頭上的屋頂，火光與黑暗交接的地方，探出一張極大的人臉，那臉比普通人的大出一倍以上，白得像是抹了麵粉，沒有絲毫的表情，看不出是喜是怒，鷹勾鼻子，一對血紅的怪眼，緊緊盯著胖子手中的烤蝙蝠肉，嘴脣又厚又大，生長得向前突出，張著黑洞洞的大嘴，血紅的舌頭有半截掛在嘴邊，口水都快流成河了，一滴一串的從上面流下來。

那張臉的主人，脖子很長，皮膚又黑又硬，由於地下格納庫的頂棚很高，他的身體都隱藏在火光照射不到的黑暗中，只能看見他的臉和一截脖子，他似乎對我們吃的烤蝙蝠肉很感興趣，想要撲下來搶奪，卻懼怕下邊燃燒的火焰，遲遲猶豫不決。

不過看樣子，烤肉的香味對他誘惑太大，已經按捺不住，隨時都要從倒懸著的房頂跳下來。

這究竟是人是怪？我們三個抬起頭這麼一看，都是又驚又奇，我雖然不知那東西的來頭，卻看出來它是想吃烤蝙蝠肉。

我們一共從石洞中帶出來五隻大蝙蝠，英子同我各吃了半隻，胖子一個人吃了一整隻，還剩下三隻，胖子把那隻最大的蝙蝠王分成三份，將其中一份用步槍的刺刀串了，正架在火上翻烤。

這隻豬臉蝙蝠王也不知活了幾百年了，體積大得嚇人，不算翅膀，單是軀體就如同五六歲的孩子般大小，分量著實不輕，我們用來烤肉的火堆不大，即使將蝙蝠王分成三份，也只能同時烤其中之一，所以只有胖子手中的蝙蝠肉是八成熟，其餘剩下的都是沒在火上烤過的死蝙蝠。

不過在此間不容髮之際，哪裡還顧得多想，我見胖子被頭上那張沒有表情的臉嚇得呆了，急忙一把奪過他手中串著烤蝙蝠肉的刺刀，舉起來在那張怪臉前轉了半圈，用力丟在一旁。

我使的力氣大了，反倒沒有丟遠，蝙蝠肉從刺刀上甩脫了，落在英子身後不遠的地方，還沒等英子回頭去看，就有一隻體型巨大的野獸從屋頂躍了下來，只撲過去，一口將烤蝙蝠王叼在嘴裡，嚼都沒嚼就吞了下去。

借著火光，我們瞧得清清楚楚，原來那動物不是人，牠的臉就像狒狒一樣，酷似人面，脖子極長，身體的大小和形狀像是狗熊，但是沒有狗熊那麼笨拙，相對來說，牠的身材顯得稍扁，後肢呈弓形，又短又粗，前肢又長得出奇，行動的時候，可以抓住牆壁的縫隙，懸掛在上邊，瞧牠的動作，在平地倒不如在牆壁上爬行來得自如。

英子從沒見過這種動物，我和胖子曾經在博物館看過牠的圖片，牠一露出全貌，我們立刻想了起來，是「草原大地懶」，沒錯，就是這東西。

牠生活在草原深處的地下洞窟中，主要分布在南美、非洲、外蒙的大草原上，同樣是地懶，草原大地懶不同於生活在叢林中的叢林地懶，與牠的遠親樹懶差別更大，草原大地懶更多的繼承了地懶的祖先「冰河大地懶」的特性，體型格外的大，主要以肉食為生，很少在陽光下活動，最喜歡捕食大蝙蝠、大地鼠、蟒蛇等生活在地下的動物。

草原大地懶的獵食方式是以靜制動，很少會主動出擊，牠們靜靜的隱藏在黑暗之中，一動不動，有時一潛伏就是數天，不飲不食，等有動物在身邊經過，這才突然閃電般的伸出大嘴，一口吃掉對方。

剛建國的時候，非洲兄弟國家曾經送給北京動物園一隻，但是牠不適應北京的生活環境，沒過多久就死了，我和胖子以及一些同學去北京串聯的時候，與我們勝利會師的北京紅衛兵，帶我們到處亂轉，在動物園見過裝草原大地懶的巨大籠子，籠中的草原大地懶已經死了，只剩下空空的籠子，我們看見一座龐大的空籠子，還有幾分奇怪，就特意多看了幾眼，籠子上有牠的介紹和圖片。

時隔多年，這件事我們都還有很深的印象，但是萬萬沒想到，在關東軍的地下要塞中碰上這麼一隻，還是這麼大隻的。

想必它是追蹤豬臉大蝙蝠來到此間，這要塞中的大蝙蝠難以計數，我們只見到一個石洞中的巢穴，就不下上千隻，要塞縱深幾十公里，說不定就在什麼地方，還隱藏著幾窩。

牠皮糙肉厚，在皮膚下面有許多小骨片，就像穿了許多盔甲一樣，成年以後牠的這些盔甲是牢不可破的。

凶惡的豬臉大蝙蝠爪子銳利，雖然可以輕而易舉的撕破牛羊肚皮，卻傷不到草原大地懶，就算在牠身上抓幾下，對牠來說也是不疼不癢，這裡沒有牠的天敵，又有無數隻豬臉大蝙蝠可供捕殺，正是得其所哉。

不過，不知道草原大地懶這麼大的體型是如何進入要塞的，有可能地震或者山體塌方，導致地下要塞出現了一些大的裂口，牠就是從那裡爬進要塞內部覓食的，如果找到那個入口，我們應該也可以從那裡出去。

從房頂上跳下來的草原大地懶吃了烤蝙蝠肉，伸出長長的舌頭舔了幾圈嘴邊，顯然這麼一塊肉，填不滿牠的胃口，而且勾起了牠旺盛的食欲，盯著我們三人，不知在打什麼主意。在地下世界，牠就是國王，牠偶爾也會主動出擊捕食，每當牠行動的時候，幾乎沒什麼東西能攔得住牠。

在雙方對峙的這一瞬間，我腦子裡轉了幾轉，地下要塞的地形，以及對付野生猛獸，這些事對我而言有點陌生，是不是要先下手為強，衝鋒槍就在手邊，但是百式衝鋒槍的殺傷力很有限，草原大地懶的骨皮足以抵擋，別再打蛇不成反被蛇咬，把牠惹得惱怒起來，卻沒把握能夠脫身。

日軍的友阪式步槍，穿透力很強，應該能幹掉草原大地懶，只是我們只拿了幾把刺刀，先前裝填了子彈的兩支步槍都放在二、三十米開外的地方，必須有人引開草原大地懶的注意，我才能跑過去拿步槍，這麼一來一往，需要一段短暫的時間，草原大地懶離我們的位置太近了……

連想幾個念頭，都沒有什麼把握，這時胖子站在原地，小聲對我說：「老胡，我記得這東西只吃溫血和冷血動物，不吃人，依我看沒事。」說罷用腳輕輕的把死蝙蝠踢向草原大地懶，那意思是，這都給你，趕緊一邊吃去，別找我們的麻煩。

誰知那草原大地懶，瞧都不瞧一眼死蝙蝠，反倒是對著我們不住的流口水。

胖子轉過頭來問我：「怎麼牠不吃蝙蝠，總盯著咱們看，好像不懷好意啊。」

我不敢分心跟胖子說話，緊緊注視著草原大地懶的一舉一動，只要牠有攻擊的企圖，那我只能先搶在牠前邊，撿起地上的衝鋒槍，給牠來一梭子了。

英子說道：「咱們都吃了不少烤蝙蝠肉，牠大概是……把咱們當作蝙……」

她的話音未落，那隻草原大地懶，已經忍受不住烤蝙蝠肉的香味，一步一步向我們逼過來，凡是野生動物，均以生肉為食，因為牠們天生就沒吃過熟肉，一旦吃過一口，熟肉的滋味對牠們來講，就是最大的誘惑了。

我發現牠行動遲緩，覺得不一定要跟牠搏鬥，還是跑吧，我招呼另外兩人一聲，三人轉身便跑，剛奔出兩步，卻在此時，腳下被一件硬物絆倒，這一腳把我跌的，膝蓋險些摔碎了，連胖子英子也同時摔倒在地。

我暗自奇怪，什麼東西絆倒我？倒地的同時，向地面上瞥了一眼，地面平整，哪裡有什麼能絆倒人的物事，心念一動：「光想著逃跑，那對童男女的屍體卻忘了帶上，莫不是鬼絆腳？」

* * *

草原大地懶大概從來都沒見過人類這種兩條腿走路的動物，牠聞到三個人身上烤蝙蝠肉的香味，已經把我們當作了蝙蝠，只是牠暫時還不能接受長成這樣的蝙蝠，而且也懼怕火光，不敢輕易向前，正在盤算著怎麼把這幾個到了嘴邊的美味吞下去，見到我們三人摔倒在地，「噌」的就躥了過來。

它的後肢又粗又壯，一躍就跳到了胖子身前，可能牠覺得這隻肉多，就準備先拿胖子打打牙祭。

胖子見狀只好拚命掙扎，雙手在地上亂抓，想找件武器，正好地上有把烤蝙蝠用的刺刀，胖子順手抄了起來，一刀刺在草原大地懶的手臂上，直沒至柄。

那刀烤得時間久了，就像是枝通紅的鐵條，刺中草原大地懶後，鼻中只聞到一股焦糊的惡臭，那隻草原大地懶在地下洞窟中橫行無敵，哪吃過這種虧，又疼又怒，卻不敢再咬胖子，緩緩向後退了幾步，伺機再動。

灼熱的刺刀捅過一刀之後，溫度立刻減了下來，草原大地懶的鮮血使刀身上面哧哧的冒著白氣，胖子剛才一擊得手，全憑著刺刀的溫度，否則根本扎不動牠。

我利用胖子擊退草原大地懶的間隙，和英子一人一個，把那裝有童男女的軍大衣包裹背到身上，但願這兩個小鬼不要再搗亂了。

背上殉葬童的屍體，我又彎腰把衝鋒槍拿在手中，明知這種百式衝鋒槍的殺傷力，遠遠不足以擊斃草原大地懶，但是關鍵時刻也指望用它抵擋一二。

還沒等我拉開槍栓，在我身後的牆壁上，突然探出一隻爪子，直奔我頭頂拍來，那爪子來得太快，勁頭迅猛，我來不及低頭，只好用手中的衝鋒槍遮擋，被那隻爪子一掃，拿捏不住，衝鋒槍脫手飛了出去，遠遠的落在了火光照射不到的黑暗之中。

原來不知不覺之中，牆壁上又爬下來四隻草原大地懶，兩大兩小，那最小的也跟成人差不多大，很顯然，牠們也和先前那隻一樣，都受了烤蝙蝠肉香味的吸引，前來捕食。

五隻草原大地懶把我們三個團團圍住，只要有一隻帶頭撲過來，其餘的也會跟著一擁而上把我們撕成碎片吃掉。

我們唯一的依託只剩下那堆火了，三人背靠背貼在一起，胖子拿了把刺刀，英子拿著衝鋒槍，只有我赤手空拳。

木片燃起的火堆眼瞅著越來越暗，過不了片刻就會熄滅，真要等到那時候，我們就是草原大地懶的盤中餐了，想到這裡不禁暗暗叫苦：「一隻就夠他娘的不好對付了，現在可倒好，盤據在這要塞中的草原大地懶，整個家族都出動了，身陷絕境，如何才能殺出一條血路？」

再耗下去也不是辦法，我從火堆中抓起一根燃燒的木條，向攔住去路的草原大地懶中身型最小的那隻揮去，牠果然受驚，被火把嚇得縮在一旁，包圍圈出現了一個缺口。

木條的火焰本來就不大，一揮起來險些熄滅，我們不敢多耽，一併衝了出去，幾隻流著口水的草原大地懶稍一猶豫，就一同撲了上來。

英子手中的衝鋒槍射出了一串串子彈，當頭的草原大地懶被子彈擊中，身體上飛濺起血花，但是牠們渾身都是厚皮老繭，子彈雖然打進了身體，卻射不進身體內部的骨甲，反倒是惹怒了牠們，步步緊逼，非要把這三個人吃到嘴裡方才罷休。

我們三人只有英子一個人有衝鋒槍，每到她換彈匣的時候，我和胖子就揮舞燃火的木條阻攔草原大地懶，不讓牠們有機會接近。且戰且退，由於突圍的方向比較盲目，距離放置武器的地方越來越遠，反倒是退到了格納庫的大鐵門邊上。

鐵門外邊就是屍煞，我們本想吃飽喝足之後，仔細謀劃一番再想辦法從鐵門外的通道出去，但是草原大地懶的突然襲擊，給我們來了個措手不及，倉促之下退到了這裡，木條的火焰越來越弱，最後只剩下燒得漆黑的木條，頭上只有幾點火星，子彈也不多了。

草原大地懶體型巨大，幾隻擠在一起，如同一道難以逾越的城牆，被牠們的爪子拍一下，最輕也是骨斷筋折，草原大地懶的包圍圈逐漸縮小，我們都被壓制在鐵門前，毫無進退迴旋的餘地，

事到如今就得豁出去了，我和胖子把手中帶著火星的木條對草原大地懶扔了過去，英子以百式衝鋒槍掃射，用最後的戰力把這幾隻草原大地懶逼得後退幾步，胖子轉身把背後原本關死的鐵

門推開，我掏出黑驢蹄子向外就砸。

沒想到那屍煞卻沒在門前，我們無暇細想，陸續退入了鐵門後的通道，胖子剛想把大鐵門關上之時，門內一股巨大的力量猛撞鐵門，草原大地懶重達幾噸的蠻力，端的是非同小可，三人拚盡全力想把鐵門推上，卻說什麼也做不到。

忽然一陣陰風撲面而來，我急忙躲閃，原來那被煞神附體的金國將軍古屍，始終沒有離開門前，一直就在這周圍轉悠，屍煞沒有智商，死後被巫師下了符咒，像僵屍一樣，只是一味的見活人就撲。

屍煞說來就來，而且悄無聲息的如同疾風閃電一般，若不是我身經百戰，有很多臨敵經驗，早已被它撲倒，我滾倒在地，正要起來躲閃，鐵門已被撞開，一隻最大的草原大地懶當先躥了出來。

草原大地懶利用牠粗壯的後肢，就像隻大青蛙一樣，從門中躍出，剛好把那屍煞撞倒，屍煞倒在地上，它身體不能打彎，隨即彈了起來，十隻鋼刀一樣的手指插進了草原大地懶的胸口。

草原大地懶怪叫一聲，張口就咬，另外幾隻大大小小的草原大地懶也先後從格納庫中湧了出來，它們看見同伴受傷，便紛紛去撕咬屍煞。

一隻最小的草原大地懶被屍煞活活扯掉了腦袋，屍煞身上也被兩隻草原大地懶咬住，雙方怪力不相上下，一時間，雙方竟然糾纏在了一起，頃刻間，牆壁、地面、鐵門上，都濺滿了草原大地懶大片大片的鮮血，碎肉橫飛，同時屍煞的手臂被咬掉了一隻。

我們見了眼前這驚心動魄的一幕，都暗暗心驚，倘若那屍煞同草原大地懶前後夾擊，那咱三個人就難免死無葬身之地了，我們的誤打誤撞，竟無意中起到了引得二虎相爭的局面，真是僥倖了。

機不可失，我們背著那對童男女的屍身，向著古墓後室墓牆的破洞逃去，只恨爹娘少生了兩條腿，急急如喪家之犬，忙忙似漏網之魚，此等狼狽不堪的情形，不必細表。

墓牆倒塌的大洞，仍然和我們先前逃出來的時候一樣，先前從這裡逃了出去，此番又逃了回來，整整兜了一個大圈，什麼值錢的東西都沒得到，平白惹上這許多麻煩，還添了這兩具灌滿水銀的童屍，真教人哭笑不得，不過那地下要塞雖然沒什麼值錢的東西，卻有不少服裝器械，可能在某地還能找到幾臺簡易發電機，可以把這件事告訴屯子裡的人，也不枉我們在地下要塞中出生入死的折騰了這許多時間。

只要能爬出盜洞外的豎井就可以了，這時所有人的精神和體力都已經達到極限了，但是人急拚命，狗急跳牆，面臨絕境的時候，往往能激發人類的潛能，英子用衝鋒槍掃射封住盜洞的棺板，整整兩梭子，打得木屑橫飛，棺材蓋子本來就是嵌到牆上的，子彈把中間打得爛了，胖子跑起來，用肩膀一下就把棺板撞成兩段，盜洞又露了出來，我先把英子推上豎井，隨後和胖子把身上背的童男女屍首托了上去，英子在上邊接住，又伸手把我拉了上來。

最後剩下胖子，因為我們倆需要在豎井上拉他，他才爬得上來，胖子正要向上爬，兩隻渾身是血的草原大地獺已經衝進了墓室，牠們變得瘋狂無比，咆哮如雷，可能牠們的家庭其餘成員全被屍煞殺了，那屍煞縱然厲害，多半也抵擋不住草原大地獺這種體型巨大的猛獸，被咬成了碎片。

剩下這兩隻全身是傷的草原大地獺，紅了眼睛，猛追不捨，一路跟著我們闖進了墓室，胖子回頭一看，臉上面色一青，急忙往豎井上爬，越急就越是爬不上來，草原大地獺已經衝到盜洞前，幸虧盜洞對牠們來說實在太窄了，鑽不出來，牠們用大爪子不停的刨土，想擴大盜洞，好從裡邊爬出來，我見形勢緊急，拎起英子的衝鋒扔給胖子，胖子會意，先開了幾槍迫退擠在盜洞口的草原大地懶，立即對準墓室頂上的天寶龍火琉璃頂一通掃射，頂上的琉璃瓦破裂，一袋袋的西域火龍油潑將下來，整間墳墓包括兩隻草原大地懶，都被火龍油引燃的烈火吞沒。

同時我和英子用盡最後的力量把胖子從豎井中拽了出來，饒是如此，胖子的褲子也被從盜洞裡噴出的火焰燒著了一大片，他不斷拍打屁股上的火焰，疼得殺豬般的慘叫，英子趕緊拿水壺潑滅了他屁股上的火，褲子已經被燒得露了底。

獵狗們忠實的蹲在旁邊，看著從洞中爬上來的三位主人，天已正午，陽光耀眼生花，我揉了揉眼睛，與那陰暗的地下要塞相比，真是恍如隔世啊。

胖子一手捂著屁股，一手把從墓中得到的兩塊玉璧舉起來對著眼光觀看，忍不住又詩興大發，又朗誦了幾句世界大戰長詩中的名句：

戰火已經熄滅，硝煙已經驅散。
太陽啊，從來沒有現在這樣和暖；
天空啊，從來沒有現在這樣的藍；
孩子們臉上的笑容啊，從來沒有現在這樣的甜。

我和英子看著胖子的舉動都忍不住哈哈大笑，您見過捂著屁股朗誦的詩人嗎？不過發生了一件突如其來的事情，讓我們的笑容很快僵住了……

第二〇章 蛾身螭紋雙劙璧

山谷盡頭的森林中，傳來一陣陣沉悶的雷聲：「轟隆隆轟隆隆」，正是晌晴白日的中午，長空如洗，未見烏雲，怎麼突然打起雷了？眾人心中都是一沉，好不容易從古墓中爬了出來，卻又是什麼作怪？

再仔細用耳朵分辨，還不太像打雷，那聲音越來越近，似乎是什麼巨大的野獸，遠遠的朝山谷中奔來，腳步沉重，再加上奔跑中軀體不停撞擊樹木，乍一聽顯得像是綿延不斷的雷聲，這其中還夾雜著幾聲犬吠。

我聽見狗叫，這才發現山谷中的狗少了三條，只有五條大獵狗趴在地上，另外三隻巨獒不見蹤影，剛才心力交瘁，沒顧得上去細看那些獵犬，可能我們久去不歸，獵狗們自發的輪流去獵食了，巨獒驅趕的什麼野獸跑起來這麼大動靜？

英子仔細聽了一會兒，笑著說沒事，是在趕野豬，咱們都去山坡上瞧熱鬧吧，等一下就能整野豬肉吃了。

我們爬上半山坡，就已經看見森林中的大樹，一棵棵的被撞斷，山谷中的獵狗們也趴不住了，牠們一聲不發的成扇形散開，要在山谷中堵住野豬的去路。

只見谷口一棵紅松喀嚓折斷，從樹後撞出一隻大野豬，要不是這隻野豬沒有長長的鼻子，我差點把牠看成是頭半大的大象，牠足有上千斤的分量，鬃毛又黑又長，嘴兩邊的獠牙向上彎彎著，跟兩把匕首一樣，這對獠牙既是驕傲的雄性象徵，也標誌著牠就是森林中的野豬王，牠膘肥體圓，四肢又短又粗，撒開四蹄，旋風般的一頭扎進山谷。

在大野豬的身後，三隻巨獒不緊不慢的追逐著，既不猛撲猛咬，也不離得太遠，一前三後，都跑進了野人溝。

野豬身上的皮比起犀牛皮來，也不遑多讓，牠在森林中閒著沒事，就把肥大的身子在松樹上蹭，一是解癢癢，二來還把松脂都沾在身上，不怕蚊蟲叮咬，夏天，深山老林中的蚊子大得像小鳥，山裡有句話是：三個蚊子一盤菜。這話一點都不誇張，就連老黃牛都架不住山中大蚊子的叮咬，唯獨野豬不怕蚊子，牠的皮就是一層鐵甲，誰也咬不動牠。兩支獠牙和自身的巨大體重，就是野豬在森林中橫行的法寶，絕對是攻守兼備，山裡的老虎、人熊金錢豹都對牠無從下口。

然而獵人們訓養的巨獒，專門有對付野豬的絕招，獒犬的體型跟小牛犢子一樣，不過比起這隻大野豬來，還是顯得塊頭小，這三隻巨獒是想把野豬攆到山谷的深處再解決牠，因為在森林中全是大樹，施展不開，而且野豬衝起來簡直就是坦克。

野人溝山谷中落葉層極深，大野豬還沒跑到一半，就因為自重太大，四肢全陷進了落葉中，三隻大獒犬圍在牠周圍，東咬一口西咬一口，消耗野豬的體力和銳氣，另外五條大獵狗也包在外圍，這種情況下，牠們不敢插手和獒犬爭功，只有在一旁充當小嘍囉吶喊助威的分。

大野豬又氣又急，蠢笨的在落葉層中掙扎，使出全力向上一躍，竟然從中拔出四肢，向上躥了起來。

巨獒等的就是這個時機，在野豬躍到最高點的同時，三隻巨獒中最大的那隻，也猛然跳起，跟出了膛的炮彈一般撞向大野豬，這一撞用的力度和角度恰到好處，把野豬撞翻了過去，肚皮朝上，落在了又深又軟的枯枝爛葉上。

在旁伺機等候的另外兩隻大獒，不給野豬翻身起來的機會，撲上去對大野豬肚皮狠狠撕咬，肚子和屁眼是野豬唯一的罩門，這裡一暴露給敵人牠就完了，更何況是獅子一樣凶狠迅捷的獒犬，還不到三四秒鐘，野豬的腸子、肚子、心、肝、肺就都被掏了出來。

我們三人見野豬完蛋了，就從山坡上慢慢走下來，胖子和我見這三隻巨獒，竟然如此默契，還懂得利用地形運用戰術，忍不住想去拍拍獒犬們的腦袋，以示嘉獎，嘻皮笑臉的招呼牠們過來。

沒想到獒犬和獵狗們繞過我們兩人，都圍到英子身邊，英子拿出肉乾，餵給牠們，大狗們見主人高興，也都搖著尾巴討好。

被冷落在一旁的我和胖子對望了一眼，我搖頭嘆道：「他娘的，咱倆的熱臉貼上了狗的涼屁股。」

胖子氣哼哼的說：「老胡你記得魯迅先生怎麼說的嗎？他說：呸，這幫勢利的狗。狗這東西就這德性，狗眼看人低，狗臉不認人，他媽的，咱倆不跟牠們一般見識。」

胖子回帳篷那邊取了刀子、鎬頭和獵槍回到谷中，他幫英子切割野豬，我背著獵槍帶了兩條大狗，去山坡下找塊地方，把那對童男女埋了，免得他倆又找咱的麻煩。

英子說：「胡哥你餓不餓？先整兩口吃的再走唄。」

我說：「不用了，好飯不怕晚，我就往後餓餓吧，別等到了晚上再埋死人，那可有點滲人了。」

我讓兩條大狗拖著用黃呢子軍大衣包裹的童屍，在面向大草原的山口處，挖了個深坑，我的工兵鏟丟在了古墓中，用鎬頭挖很費力，太陽偏西，才挖了一米多深，已經把我累得滿頭大汗，肚子裡不停的打鼓。

我看了看這個一米多深的坑，心想這就差不多了，小孩嘛，埋那麼深也沒用，他們身體裡灌的全是水銀，也不用擔心蟲吃鼠咬。

於是我把那兩個小孩從軍大衣包裹中取出來，又用兩件軍大衣重新工工整整的包了一遍，並排放在坑裡，雙手合十拜了兩拜：「兩位古代小朋友，很遺憾你們沒有生活在文明民主到處充滿陽光的新社會，社會的關愛你們都沒享受到，不過這都是命中注定的事，你們也不必太過執著。『命有終會有，命無須忘懷，萬般難計較，都在命中來。』人死之後，當入土為安，入土不安的，那是僵屍，咱這條件有限，沒有棺材來安放你們，也沒有香火祭拜你們，我回去之後一定給你們多燒點紙錢，希望你們早去西方極樂淨土，不要再來糾纏我們，我們的工作也很忙，能為你們做的只有這些了，貪得無厭、欲求不滿的可不是好孩子。」

說罷和兩條大狗一起把土推進坑中，幾捧泥土就埋葬了兩個苦命的童男童女，回首眺望遠方，只見殘陽似血，心中感慨萬千。

時候已經不早了，英子在遠處招呼我回去，當下帶著獵狗回到了我們宿營的山坡，胖子搬來一塊大石，把豬臉大蝙蝠飛出來偷襲馬匹的通風孔堵個嚴嚴實實，火上翻烤著的野豬肉，還有豬下水和磨菇木耳煮的一鍋湯，松香混合著肉香直撲人臉，我迫不及待的衝過去，用刀割下一塊肉塞進嘴裡。

吃完飯後，我們喝著英子煮的茶磚，商量了一下怎麼回去，失去了馱行李的馬匹，想回崗崗營子還真不那麼容易，鍋碗帳篷都沒法搬動，我們一路上獵殺的動物皮子沒法攜帶，那損失實在太大了，最後英子想了個辦法，讓兩條狗回去送信，叫屯子裡的人組織馬隊來挖關東軍的要塞，這裡那麼多好東西不搬出來不都瞎了麼，而且狗是最好的嚮導，牠們可以給屯子裡的人帶路，咱們就先在這附近找個安全的地方住下來，等大夥來了，一起搬夠了好東西再回去。

事到如今，也只得如此了，胖子對這些事不太上心，他又把那兩塊玉璧取出來觀看，我罵道：「你他娘的真沒出息，受窮等不了天亮，這兩塊玉你別揣著了，一天看一百多遍，你也不怕給它看沒了，以後放我這保存。」

胖子把玉璧舉在我的眼前，滿臉都是驚疑的神色：「老胡，這是咱從古墓裡整出來的那塊嗎？你看看，是不是有什麼不對勁的地方？」

＊　　＊　　＊

自從在墓中得了這雙玉璧，我就從未來得及細看。胖子大驚小怪的遞給我：「這顏色怎麼又變了？」我伸手將那兩塊玉璧接過來細看。

兩塊玉璧都雕刻成類似飛蛾的形狀，鬚眉俱全，活靈活現，璧身上有一些古怪動物的紋飾，這種動物應該不是真實中存在的，胖胖的，身體有幾分像很瘦的獅子，又像是沒鱗的蛟龍，還有幾隻爪子和一條捲曲的大尾巴，總之這種紋很怪異，也許不是動物，是雲或波浪之類的飾紋。

璧身花紋的工藝，不如造型上的雕工精緻，只是寥寥幾劃勾勒而成，不過雖然粗糙，倒也有種簡樸而傳神的感覺，有時候簡單也是一種美。

還真他娘的怪了，記得剛從古墓的棺中取出來之時，這雙玉璧顏色深綠，然而在關東軍要塞裡面看的時候，它色澤呈淡黃。

此時的顏色卻是深黃深黃，一天之內顏色變了好幾次，這是怎麼回事我們都不清楚，難道說這世上有種變色玉？我們對古玩一竅不通，看來只有回北京找倒騰古玩的大金牙給長長眼了。

說起來這次倒斗的行動，真是不太順利，一路辛苦不說，首先野人溝中上上之穴的古墓是座將軍墓，沒想到裡邊陪葬品少得可憐，唯一可能值點錢的，也就是這雙玉璧了，為了拿出來差點把三個人的小命都搭進去，真是挾山超海都不足以喻其難，臨淵履冰也難以形其險。要是鑑定的結果不值多少錢，那我真得找個地方一頭撞死了。

這件事給我一個教訓，貴族的古墓不一定都有大批貴重的殉葬品，必須得多了解古墓的歷史背景，以及文化背景，而且還要盡可能的多掌握古玩鑑賞的知識，如此才能做到有的放矢，賊不走空。

胖子倒是顯得信心很足，跟我打賭說這對玉璧最起碼也能值個三兩萬，搞不好還是個國寶，那咱就不賣給港商臺胞了，咱直接獻給故宮博物院，政府一高興，獎勵咱倆十萬八萬還不跟玩似的，在北京再給分套房子，還讓咱戴上大紅花上全國各地去做報告演講，到時候咱什麼煽情就講什麼，一講完了，那些在臺下聽得熱淚盈眶的女大學生，就跑上來獻花、獻情書。

我說你別做夢了，還讓你參加英模事跡報告會？不給咱倆發土窯裡蹲著去就不錯了。不過如果真如胖子所言，能換個三五萬塊錢，那就已經是意外之喜了，我們東奔西走的賣錄音帶，一年下來，頂多混個三、四千塊，趕上生意不好的年月，除去吃喝住宿的費用，基本上都賺不到錢。

我已經兩天沒闔眼了，吃飽喝足之後跟胖子、英子閒扯了幾句，倒頭就睡，反正有獵狗們放哨，也不用擔心野獸襲擊，這一覺睡得天昏地暗，在夢中我又回到了硝煙瀰漫的戰場上，陣地上空全是我手下弟兄們的臉，每一張臉都很年輕，他們只有臉沒有身體，這些臉都在不停的流血，慢慢的向天空飛去，我在地上哭著喊著想抓住他們，但是手腳不聽使喚，一下也動不了……

晚上什麼情況也沒發生，那些地下的大蝙蝠不知都竄去了哪裡，周圍全無牠們的蹤跡，可能受了槍聲的驚嚇，去尋找新的洞穴安家了。

我一直睡到中午才醒，英子已經派了三條獵狗回去送信，每一條狗的脖子上都拴了個小皮囊，裡面是胖子寫的字條，上面寫明可讓屯子裡的人多帶人馬工具，最好能帶點炸藥來，來野人溝挖關東軍的洋落。

中午吃了些野豬肉，帶著獵狗把帳篷輜重都搬到山谷入口附近，找個背風的大山石，在下面架了帳篷，這裡位於森林和草原的交界地，等屯子裡的人來了，會很容易找到我們。

隨後英子帶狗去林子裡摘野菜，我掘些土石埋了個灶頭，把鍋攏上燒起了開水，我們帶的有些麵粉，由胖子動手，包了一頓榛蘑野豬肉餡兒的餃子，用來慶祝我們初戰告捷，這次雖然是有驚無險，但是不管怎麼說，至少三個人沒出什麼意外，還多少有些收穫，尤其是關東軍要塞裡物資眾多，對屯子裡鄉親們的生活有很大幫助，為這也值得喝兩杯。

就這麼每天縱狗打獵，連續過了十餘日，我覺得我都快變成山裡的獵人了，屯子裡的人們終於來了，總共四十多人，由支書和會計兩人帶隊，因為男人們都去牛心山打工了，這次來的幾乎全是婦女姑娘和半大的孩子，屯子裡的馬匹不多，總共不超過十匹，他們聽說有大批洋落，怕馬不夠，又把騾子毛驢都拉了來，再加上各家人自帶的獵狗，鬧鬨哄的進了黑風口。

大夥馬上就想動手，我說大家這一路跋山涉水，多有辛苦，不如咱先休息一天，等明天養足了力氣再幹，另外咱們不能瞎整，我當過工程兵，我毛遂自薦，給大夥分配一下任務，咱們要利用運籌學，制定計畫，按部就班的行動，別跟烏合之眾似的瞎整。

人群亂噪噪的，又興奮，又覺得好玩，交頭接耳議論紛紛，把我說話的聲音都淹沒了，誰也沒聽清楚，最後還得支書出面大喊一通：「都別吵吵了，都別吵吵了，全都聽俺大姪兒的，他說的話，就是俺說的話，也就是組織上的話，咱們這次能撿小鬼子的洋落兒，多虧了俺這兩大姪兒和英子這丫頭啊，他們咋說，咱們就咋整。」

我又把話說了一遍，讓大夥都去架帳篷支鍋，吃飯休息，然後跟書記和會計一商量，沒有炸藥，想挖開地下要塞也不算太難，可以從將軍墓那邊動手，那離要塞的通道距離很近，有五個人，用不了半天，就可以把塌陷的墓室挖通。但是要塞裡可能有野獸，這方面大夥要做好準備，生活在地下的動物都怕火，要多點火把。需要特別強調的是進去之後，誰也不能私自行動，裡面的軍火都不能拿，只拿生活上需要的物資，例如軍大衣、日本大頭鞋、毯子、發電機、電纜電線這一類的，有多少咱搬多少，搬完了再把要塞埋上，不能走露消息，要不然咱這些東西都得交公。

支書拍著胸脯保證：「大姪兒，這你儘管放心，只要這些人都拿了東西，那嘴那都老嚴實了，因為大夥以前都吃過虧，地震那年不少人都進牛心山撿寶貝去了，那不都讓文物局的一來就都給整走了嗎?這回可都學精了，拿槍頂著腦門子也沒人說了，再說咱那屯子太僻靜，一年到頭也來不了一個外人，這回咱就整個悶聲發大財。」

當晚埋鍋造飯，安營歇息，轉天早上起來，我把四十多個大嫂子、大姑娘、半大小子們分成四組，第一組都是年紀最小的幾個人，他們由英子帶領，去山裡打獵，另一組則相反，全是歲數最大的，她們由會計帶領留在營地給大夥燒飯，我和胖子各帶一組年輕力壯的，輪流去挖燒場的將軍墓，由支書指揮全局。

屯子裡的人們，帶來了大量的工具，鍬掀鏟子，甚至有人還帶來了幾把完全用不上的鋤頭，我又把我這一組的十個人，分成兩撥，一撥挖掘塌方的封土琉璃瓦，另一撥負責搬運挖出來的土石，工程進展得有條不紊。

這時不知從哪裡飄來一片烏雲，霹靂閃電驟然而至，下起大冰雹來，眾人亂了套，為了躲避冰雹，都向谷口的帳篷跑去。

回到營地，會計一點人數，除了進山打獵的那一隊之外，還少了三個……

* * *

野外的天氣說變就變，這場冰雹來得太快，冰雹砸死過人和動物的事不是沒有過，所以大夥一看下起了雹子，都用一切可以利用到的東西，遮住頭頂往回跑，慌亂之中，難免有人跑錯了方向。

不過我最擔心的就是傳說中的「大煙泡」，自從我們來了野人溝之後，處處小心謹慎，卻並未發現谷中有大煙泡，這幾天也慢慢的有些大意了。要是萬一不小心，讓大煙泡給捂到裡面，那就連神仙也出不來了。

我對支書說：「支書，咱們清點一下，看看究竟是少了哪三個人，是哪一組的，這樣咱就能推測出他們的活動位置，然後我帶幾個人去找找看。」

支書道：「哎呀，還是我大姪兒這小腦瓜好使，我急得都眼前直發黑，一出啥事我腦子就不好使，趕緊讓會計姪兒查查，缺了哪三人。」

人群們從躲避冰雹的慌亂中平靜了下來，這時冰雹也停了，這場雹子下的雖急，但來得快，去得也快，刮起一陣陣大風來，把天上的烏雲吹散了，山風呼呼的嚎叫，吹得野人溝中的落葉漫天飛舞，天氣突然之間就變涼了。

會計一個帳篷一個帳篷的清點，最後過來對我和支書彙報：「叔啊，三個人是百靈、桂蘭這兩丫頭片子，還有老王家的二兒媳婦，這可咋整，咱趕緊帶狗找去吧。」

這三個人是胖子那一組的，由於還沒輪到她們幹活，就在溝裡東邊兩個，西邊三個的紮堆兒嘮嗑，變天的時候大夥都顧著往回跑，誰也沒注意她們。

文書說：「這三塊料，說了不帶她們來，非要來，來了這不就添亂嗎？胡大姪兒，你看咋整？要不咱們一起去找找？」

我說：「剛才這一通雹子加大雨點子來得太猛，她們可能是跑到哪避雨去了，去的人不能太多，多了也沒用，別回頭人沒找著，又走丟了幾個，那就更麻煩了，我帶四五個腿腳利索慣走山路的人去找，我在這野人溝住了半個月，地形很熟，你們不用著急，就安心留在營地等著吧，天氣涼了，讓嫂子們給大夥熬些薑湯驅驅寒。」

文書一拍大腿：「就是這麼地了！」

我和胖子又帶了五個獵戶出身、平日裡穿山越嶺慣走的人，從野人溝中心的古墓處找起，大部分的獵狗都被英子他們帶進山裡打獵了，因為我們需要大量的糧食和肉食，用來供應將近五十人吃飯，打獵的那一隊，狗少了不夠用。

還要留下幾隻狗看守營地，防止野獸來襲擊，我們只帶了三條狗，牠們中只有一隻是獵狗，其餘兩隻是看家的看家大黃狗。

南北走向的野人溝，北邊是遼闊的外蒙大草原，我們的營地也設在這邊，南面，連接著綿延起伏的大山和原始森林，此時正刮著大風，呼呼呼的灌進野人溝，我們是順著風，狗的鼻子在這時候也不太靈光了。

我帶領著搜索隊邊找邊喊，一直走到野人溝南端的出口，這裡的樹木已經很密了，全是白樺樹和落葉松，除了我們這些人的喊聲、走路聲和獵狗們發出的吠聲之外，只有呼呼的風聲，我感覺這裡有些不同尋常，太安靜了，甚至顯得有些陰森森，似乎這片林子沒有任何動物和鳥類，就連森林中最常見的小松鼠都沒有，讓人心情很壓抑。

三隻巨獒曾經從這裡趕出來一隻大野豬，因為這片林子很靜，我們從來沒到這邊打過獵，我正有些猶豫，忽然獵狗叫了起來。

我放開獵狗，牠箭一樣躥了出去，其實眾人緊緊跟在後邊，在一棵大松樹下找到了三個失蹤的女人，百靈和桂蘭兩個姑娘正抱著老王家的二兒媳婦不知所措，見我們來了趕緊招呼我們幫忙救人，她們早就聽見了我們的喊聲，由於是逆風，她們的聲音我們始終沒聽到。

老王家的二兒媳婦口吐白沫，昏迷不醒，我用手指試了一下她的鼻息：「沒事，呼吸平穩，不是中毒，有可能是嚇昏過去了，回營地歇會兒就能醒過來。妳們怎麼跑到這來了，是不是碰上野獸了？」

百靈說了經過，在等著幹活的時候，她們三個人就在野人溝裡閒聊，女人們的話題，也無非就是哪個小夥兒長得賊帶勁，哪家的姑娘長得黑之類的，正嘮得起勁，原本晴朗的天空陰雲密布，連給人抬頭看看天色的時間都沒有，就下起了大冰雹，她們三個家裡沒有獵手，都是務農為業，從沒進過深山，缺少經驗，著急忙慌的躲避，也不知怎麼就蹽（跑）反了方向，奔南邊下來了。

桂蘭又補充說老王家的二兒媳婦歲數比她們倆大幾歲，她們都管她叫二嫂子，平時在屯子裡關係處得就不錯，當時她們倆跟著二嫂子蹽，開始的時候，光顧著低著頭捂著腦袋，沒看周圍的情況，但是後來越蹽越覺得不對，等冰雹停了，仔細一看，周圍全是樹，除了她們三個，連個人影都沒有，密集的大樹如同傘蓋，遮天蔽日，山風吹得落葉像雪片一樣飄，甭提多嚇人了，她就問二嫂子是不是蹽錯方向了，要不趕緊往回蹽吧。

二嫂子也覺得奇怪，說剛才天色忽然一黑，看見老些人往這邊蹽，幾乎全是男人，長什麼樣也沒看清楚，當時讓冰雹砸得都暈了，沒多想，就隨著這些人蹽，蹽到最後，除了她這兩個妹子，周圍什麼人都沒有了，這才感覺有點害怕。

忽然，她們發現一棵老樹底下蹲著一圈人，足有好幾百號，全是男人，撅著屁股蹲在那，一排一排的，只能看見他們的後背，這些人是整啥的？她們聽說過山裡有人參、合首烏、靈芝，都是最值錢的名貴藥材，特別是人參，有很多名稱，又叫神草、地精、天狗、棒槌，這東西都長在深山裡，數百年的老天狗，那就成精了，能變大胖小子，也能變大姑娘，要是進山的人遇到極品老山參，這時候絕不能聲張說我看見人參了，只能跟同伴說我看見「二角子」、「燈檯子」、「三花巴掌」，這是黑話，否則人參精一聽見有人看見它，就借地遁蹽了，必須悄悄的拿紅線繫個扣，等到晚上它睡著了再來挖，挖之前還要先祭拜山神，吃齋沐浴，用紅布包住挖出來的人參才能拿回家去。

這些人蹲在那一動不動的，是不是在挖人參？怎麼又那麼多人參？好奇心起，就想過去看看，百靈和桂蘭膽小，攔著她不讓去，她不聽，自己走過去一拍蹲在地上那人的肩膀：「大哥，整啥呢？」

結果也不知道她瞅見啥了，一聲慘叫就暈倒在地，百靈她們倆趕緊過去攙扶，這時蹲在樹下的那些男人都消失不見了，就好像憑空蒸發在森林的空氣中。

百靈對我說：「胡哥，然後你們就蹽來了，可嚇死俺們了，大白天見了鬼了，那老些人……

都跟那貓著，也不知道是整啥的……一眨眼就全沒了。」

我招呼胖子，和我一起到百靈所說的地方看了一看，滿地落葉，秋天已經過去了一半，就要到深秋了，白樺樹的葉子被風吹得響成一片，哪有什麼幾百號人蹲在地上？我們倆邊走邊找，要是真有什麼情況，必須盡快查明，不能讓這些事威脅到大夥。

沒走幾步，胖子腳下一絆摔了個馬趴，罵罵咧咧的爬起來，以為是根樹根絆的他，用手一摸不太像樹根，拿到眼前一瞧，立刻扔了：「我的媽呀，人大腿。」

我聽他說的奇怪，走過去撿起來看了看，原來是半截人類手臂的臂骨，再到胖子摔倒的地方察看，土中還伸出小半截骨頭，可能是胖子一腿趟上，把從土中伸出來的這條臂骨踢斷了。

我派了兩個人先送百靈她們回去，帶領剩下的幾個人用獵槍的前叉子挖開泥土，沒挖幾下，土中就露出了大量人骨，胖子問我道：「我的天，這麼多？難道是修建關東軍地下要塞的那些勞工，都讓關東軍殺了，埋在這林子裡的萬人坑中，剛才桂蘭她們仨見的那些是鬼？」

一陣透骨的山風吹過，寒意漸濃，挖土的幾個人都覺得渾身起了一層雞皮疙瘩。

*　　*　　*

一具具骨架埋疊壓著在泥土中，我們只挖開了落葉層下的一小塊地方，就已經數不清究竟有多少人骨了，人骨上可以看見明顯的虐殺痕跡，肋骨、頸骨、頭骨上的刀痕，清晰可見，還有不少與身體脫離的骷髏頭散落其中，顯然是被人用刀斬下來的。

關於黑風口的傳說很多，最有名的恐怕就是金末元初，蒙古人大破金兵主力的那次著名戰役，數十萬金兵，屍體堆成了山，蒙古人打掃戰場時，把他們的屍體草草地扔進了野人溝，據說整條山谷都給填平了，作為古戰場至今將近千年，那些金兵金將的死屍，早已腐朽化為了泥土空氣。

樹林中累累的白骨，應該不會是那個時代遺留下來的。金元黑風口大戰也是歷史上，唯一一次在此地進行的大型戰役，一直到後來關東軍祕密駐防，就再沒聽說過有別的戰鬥發生。

想來想去，也只有一種可能，列寧同志曾經說：「在分析任何一個問題時，馬克思主義者的絕對要求就是，要把此問題提到一定的歷史範疇之內。」胖子覺得樹林中大量人骨，都是關東軍殺害的中國勞工，這個假設，完全符合列寧同志的準則。

但是還有一件事想不明白，胖子在樹下走路的時候，被一條臂骨絆倒，這才發現了土中埋葬的大批遺骸。不過怎麼會有一具骨架的手臂，從泥土中伸出來半截？

這事實在是有點突兀，如果當年關東軍掩埋屍體的時候，就遺露出來一隻手臂，那這裡埋的死屍早就被野獸挖出來吃沒了，難道是……它故意從土中伸出來絆了胖子一下，好讓我們發現他們？想到這覺得有點發毛，我不敢再往深處去想，招呼眾人把挖開的泥土，重新填了回去，就匆匆忙忙地回營，找支書商議對策。

匆匆趕回山谷另一端的營地，見英子她們一隊也從山中打完獵回來了，雖然遇到了冰雹，但是仍然獵到了數隻麃子、狗熊、野獐，足夠人和獵犬們吃上三四頓了。

有幾個年紀大的婦女正忙碌著燒飯，其餘的有些在休息，有些圍在帳篷裡看望老王家二兒媳婦，我進了帳篷，見她已經醒了過來，喝了幾口熱薑湯，正在給支書等人講她在樹林中的遭遇：「俺離近了一看吧……哎呀，你們猜是咋回事？……猜的出來嗎？俺跟你們說吧，它是這麼回事……哎呀那傢伙……說了你們可能都不相信……老嚇人了。」

支書不耐煩的催促她：「妳在這說評書唱京戲《水泊梁山小五義》是咋地？妳別扯那用不著

的，猜啥猜呀？妳就直接撿那有用的說。」

老王家二兒媳婦是個十分潑辣的女人，白了支書一眼：「幹啥呀？這不說著吶，別打岔行不？俺剛說到哪來著？噢……對了，你們猜咋回事？它是這麼回事，俺看前邊蹲著一圈人，那身上造的，一個比一個埋汰，俺就納悶啊，就想過去看看是咋回事啊，開始以為他們是挖山參的老客，結果離近一瞅不是，都在給一棵大樹磕頭？你說給大樹磕啥頭啊？它樹還能是菩薩咋的？俺就拿手一拍其中一個人的後脊梁，想問問他這都是幹啥的，結果妳猜怎麼著？」

支書急了：「妳說妳這個人，哎呀，可急死我了，王家老二怎麼娶你這麼個娘們兒……哎呀，我都替他發愁，說話太廢勁了你，讓王家老二回去削妳……」

我怕這倆人越說越嗆，就對英子使個眼色，英子會意趕緊把話頭岔開，拉住老王家二兒媳婦的手：「嫂子，妳說啊，後來到底咋樣了？妳瞅見啥了？」

老王家的二兒媳婦對英子說：「哎呀，他不是蹲著嗎？一轉過身來，媽呀，他沒有腦袋……再後來我一害怕就暈過去了，再再後來一醒過來，就發現在這帳篷裡，百靈正餵我喝湯，再再再後來我就開始跟你們講是咋回事咋回事，咋個來龍去脈……」

女人們怕鬼，周圍的人聽她這麼一說，都開始嘀咕了起來，支書趕緊站起來說：「啥神啊鬼的，咱們現在都沐浴在改革開放的春風裡，浸泡在聯產承包責任制的陽光下，這光天化日，乾坤朗朗，誰也不興瞎說。」

我把支書從帳篷裡拉出來，找個沒人的地方，把在林中的所見所聞都跟他說了。

支書聽後，垂下淚來：「咱們屯子當年沒少讓小鬼子抓勞工，一個也沒回來，我二叔就是給鬼子抓去的，後來聽有些人說，他被關東軍送到日本本土北海道挖煤去了，也有人說他是跟大批勞工一起被送到大興安嶺修工事去了，到底去哪了，到現在也沒個準信兒，是生不見人，死不見屍，我奶奶兩眼都哭瞎了，就盼著他回來，盼到死都沒盼到。埋在林子裡的那些屍骨當中，興許就有咱屯子裡的鄉親啊，就算沒有，那也都是咱中國人，憑良心說咱可不能不管吶，再者說，萬一這些人的怨氣太重，陰魂不散的出來，還不把大夥都嚇個好歹的，咱也沒法撿洋落了，大姪兒啊，你說咱是不是把他們都挖出來重新安葬了？」

我勸了他幾句，這種情況，憑咱們的能力做不了什麼，平頂山也發現了一處侵華日軍留下的萬人坑，要把裡面的屍骨一具具的找全了，重新安葬，幾乎是不可能的，因為好多屍骨已經支離破碎身首異處，胡拼亂湊，把這人的腦袋和那人的身子接到一起，這對死難者來說也是很不尊重的做法。另外咱們這麼興師動眾的來撿關東軍的洋落，總不能乘興而來，敗興而回吧，我的意思是，咱整些個香火酒肉去林子裡祭拜一番，日後咱們給他們立座紀念碑什麼的。

支書用袖子抹了一把鼻涕眼淚應道：「對，就是這麼地了，等回了屯子，再整幾個旗裡的喇嘛，念經超渡超渡什麼的，讓他們早日安息。」

以前我根本不相信世界上有鬼，直到最近，我明白了一個道理，這世界上沒有什麼是必定不存在的，一個獵人上山打獵，整整一天什麼都沒打到，這不能斷定是山裡沒有野獸。人生在世，所見所聞與天地相比，不過渺小得微不足道，還是應該對那些未知的世界多一分敬畏之心。就算是沒有鬼魅作祟，林中那些死者的遺骸也都值得我們同情，無論從哪方面看，也有必要為他們做點什麼。

經過老王家二兒媳婦這件事，屯子裡的人們，已經開始有些疑神疑鬼了，這地方真是邪門，什麼都有，不能在黑風口長時間的耽擱下去，說不準還得出什麼事。

吃過午飯，我讓胖子繼續帶著兩組人，去挖關東軍的要塞，爭取晚上之前挖出一條通道來，會計依然留在營地，帶幾個老娘們兒，給大夥準備晚飯，看守騾馬物資，我和英子、支書，又挑選了幾個膽子大的，帶上幾壺酒，這些酒都是屯子裡的燒鍋自己整出來的，又帶了些肉脯之類的吃食，去野人溝南端的樹林中祭奠那些勞工的亡魂。

這時風已經停了，林子裡靜悄悄的，我們把酒肉擺在地上，沒有香，就插了幾根煙捲，支書又是鼻涕又是眼淚的許願發誓，小鬼子早就給打跑了，回去一定要給你們請喇嘛超渡亡魂，還要立紀念碑。

我這才發現，其實屯子裡這些人，就屬支書最迷信，他說起來就沒完沒了，我在一旁抽煙等候，忽然發覺這林中有些地方不太對勁。

這裡的樹木並不茂盛，與原始森林的參天大樹相比差了很多，另外最奇怪的是，這裡竟然有幾棵乾枯的老槐樹，中蒙邊境的森林，多半都是松樹和樺樹，幾乎就沒有槐樹，就連東北常見的刺槐也沒有。

槐樹的屬性最陰，從樹名上就可以看出來，一個木加一個鬼，如果槐樹枯死，更是陰上加陰。《十六字陰陽風水祕術》中的十六字，其中之一是「鎮」，陵墓周圍絕不能有枯死的槐柳楝之類樹種，否則死者的亡魂就會受陰氣糾纏，被釘在死槐樹周圍數里之內，哪都去不了，古代有些人，殺了仇家之後，就把仇人屍首埋在枯死的槐樹之旁，讓仇家死後也不得超生。

我急忙清點了一下這周圍的槐樹，都是枯死的，總共七棵，按北斗掃尾之數排列，不知是天然生長的，還是日本人裡面有懂陰陽術的能人，難怪老王家二兒媳婦看見那些人的陰魂都跑到樹下蹲著，肯定是這些魂魄想借著天地變色之機，想逃出這片林子，但終究是沒有逃掉。

我對支書說明了原委，咱趕緊帶人把這幾棵枯死的槐樹砍了吧。

＊　　＊　　＊

支書雷厲風行的指揮大夥動手，眾人說幹就幹，雖然沒有順手的器械砍樹，但那幾棵槐樹，本已枯死，正是摧枯拉朽，並不費力。

只一頓飯的功夫，就把七棵老槐伐倒，支書非常滿意，又把帶來的酒都灑在土中，排下些野果山杏，鹿肉兔肉等等，靜立默哀，我和英子等人挖了幾條防火溝，點起一把火，將那些槐樹燒掉。

烈焰飛騰，枯木發出爆裂的古怪聲音，從中冒起一團團黑煙，這種煙霧，臭氣薰天，難以抵擋，人們都用手捂住了鼻子，遠遠站開，只有火星飛濺出防火溝，才走過去撲滅。

在森林中點火，非同兒戲，搞不好就會引發一場燎原的山火，半點也馬虎不得，大家提心吊膽的守候在旁，直到最後燒沒了，又用泥土把灰燼掩埋，以防死灰復燃。

一場忙碌，到傍晚才結束，我們回到野人溝中的時候，胖子他們已經把地下要塞挖開了，眾人趕回營地，看老王家二兒媳婦也已經沒有大礙了，肉也吃得、路也走得，於是大夥吃飽喝足養精蓄銳。

第二天天一亮，我們就點起了松油火把，二十多人，牽著幾匹騾馬，從將軍墓的墓牆擴建出來的通道，進入了地下要塞，格納庫鐵門處，打鬥的痕跡歷歷在目，那具古屍已經被撕碎了，另有幾隻草原大地懶的屍體，血跡乾成了暗紅色，此時再次見到這些東西，仍不免有些毛骨悚然。

這裡不會再有什麼危險了，而且帶有大量火把，松油的火把，燃燒時間長，而且不易被風吹滅，即使地下要塞中還有什麼猛惡的動物，見了火光也不敢出來侵犯。

支書見有如此眾多的日軍物資，遠遠超出了他先前最樂觀的估計，喜出望外，連忙招呼大夥撿洋落，把一捆捆的軍大衣、鞋子、防雨布、乾電池、野戰飯盒裝到騾馬背上，陸續往外搬運。深山裡的屯子，最缺的就是這些工業製品，當下人人爭先，個個奮勇，喊著號子，彼此招呼著，彷彿又回到了當年大躍進的時代一樣。

我和英子又領著幾個人往通道的另一側搜索，從地圖上看，那邊還有處更大的倉庫，按圖索驥，並不難尋。

倉庫的大門關得很緊，找了匹馬才拉開，進去之後大夥都看傻了眼，一排挨一排，全是火炮，像什麼山炮、野炮、九一式榴彈炮、六〇炮、大大小小的迫擊炮，還有堆積如山的彈藥箱，望都望不到頭。

看來這些炮都是準備運動戰的時候用的，日軍的全部軍隊，可以分成六個部分，包括本土軍，也就是駐紮在日本四島，包括它的殖民地臺灣、朝鮮在內的部隊，這些軍隊，稱為本土軍。另外還有中國派遣軍，也就是侵略到中國內地的部隊，還有南方軍，即東南亞澳大利亞等地作戰的部隊，再加上海軍、空軍，以及駐紮在滿蒙的關東軍，總共有這六大軍區。

其中以關東軍最受天皇和大本營的寵愛，號稱精銳之中的精銳，日本人把中國的東三省，看得比自己的土地都寶貴，第一戰略縱深大，第二物資豐富，森林礦產多得難以計算，第三還可以自上而下，隨時衝擊關內。早在很久以前，日本就有個著名的田中奏摺，其中就表明了對中國的東北垂涎三尺，直到二戰時期，又冒出個田中構想，即使放棄本土，也不放棄滿洲，由此可見日本人對滿洲的重視程度。

所以關東軍的物資裝備，在日本陸軍各部隊中都是首屈一指的，唯有海軍的聯合艦隊能跟其有一比，不過這些軍國主義的野心，早已在歷史的車輪面前成了笑談，我們跟關東軍就不用客氣了，當初他們也沒跟咱客氣過，大夥擄胳膊挽袖子，嚷嚷著要都搬回去。

我讓他們小心火把，不要離彈藥箱太近，這要是引爆了，誰也甭想跑，都得給活埋在這，無數的火炮後邊，更多的大木箱子，上面印著「鹿島重工」的紅色鋼印，撬開一看，都是小型發電機，但是沒法抬，這玩意太沉了，馬匹根本馱不動。只能慢慢拆卸散了，分著往回拿。

地下要塞中的物資，一直搬了整整一天，才剛弄出來不到幾十分之一，會計忙著點數，這回可發了，這咱自己用不完還可以賣錢，這老些，那能值老了錢了。

吃晚飯的時候，支書找到我，他合計了一下，這麼搬下去沒個完，馬隊也馱不了這麼多東西，現在已經快到深秋季節了，要是留下一隊人看守，另一隊回屯子去送東西，山路難行，這麼一來一往需要半個多月，整不了兩次，大雪就封山了，不如咱們把要塞的入口先埋起來，大夥都回屯子，等來年開了春，再回來接著整。

我一想也是，從北京出來快一個多月了，總在山裡待著也不是事，我們倒斗倒出來的物件也得回去找大金牙出手，於是同意了支書的意見，下次再來，我和胖子就不可能跟他們再來了，於是我託付支書，明年開了春來黑風口，給那對殉葬的童男女燒些紙錢。另外切記切記，地下要塞中的軍火不要動，那不是咱老百姓能用的。

支書問明了情由，把事情一口應承了下來，說回屯子之後找喇嘛念經，順便也把那兩小孩捎上，一起超渡了。

為了轉天就能出發，幾乎所有的人都一夜沒睡，連夜把東西裝點好，等到都忙完了，太陽也升了起來，好在這個晚上，雖然忙亂，卻再沒出什麼事端。

一路無話，回到崗崗營子，屯子裡就像過年一樣，家裡人把在牛心山幹活的男人們也都叫了回來，家家都是豬肉燉粉條子。

晚上，我和胖子盤著腿，坐在燕子家的炕上，陪燕子她爹喝酒，剛喝了沒幾杯，就聽見外邊有人大喊大叫，就連屯子裡的獵犬們也都跟著叫了起來，我的直覺再一次告訴我，出事了，而且這事還肯定小不了。

＊　＊　＊

我們到門外一看，見支書正挨家挨戶的砸門，把人們都叫了出來：「可了不得了，牛心山山體坍方，把考古隊都給悶在裡邊了，大夥快帶上工具去救人吧。」

這件事的詳細情況，我是很久以後才了解清楚，原來牛心山裡面的古墓地宮，挖了一層又出現一層，考古不像盜墓那麼直接，那麼省事，考古隊挖開一層清理一層，既耗時又費力，同時還要清理周圍的車馬坑、殉葬坑等配葬坑。一直挖到地下七層，考古人員才挖到盛殮太后的棺槨。

中國對於古墓的發掘政策是保護性的，就是從不主動去發掘，只有施工、地震、盜墓等因素威脅到古墓的存在，才會派出考古人員去現場進行搶救性發掘。

喇嘛溝牛心山的遼代古墓就屬於這種性質，地震導致山裂，露出了裡面的地宮，幾年間，隨著考古工作隊的發掘，已經出土文物三千餘件，最後一層地宮的神祕面紗，也即將揭開。

然而就在剛挖開第七層地宮的時候，屯子裡撿洋落的人們回了崗崗營子，大家為了慶祝，就讓人去叫在考古現場打工的那些家人，他們找到管事的一說想請幾天假，平時工程進度的時間非常緊迫，人手也不夠，除了逢年過節，根本不批假，那天正好也是鬼使神差，地宮已經發掘到了最後一層，沒什麼大活了，管事的就准了大夥的假，只留下考古工作隊的十幾個人清理第七層地宮。

屯子裡打工的人們，前腳走，後腳就發生了塌方，地震那年，山裂是自下而上，山頂的瀑布也從那時候乾涸了，山體裂開的部分，也許是空心的山體，開裂後承受不住壓力和向外擴散的張力，也許是和工作隊在山裡挖得太深有關，發生了十分嚴重的塌方事故，把當時還在裡面清理墓主棺槨的十一名考古隊員埋在了裡面。

這件事隔了多半日才傳到崗崗營子，我們只知道是山塌了，悶住了不少人，從這到喇嘛溝要走半天的路程，明知去了也趕不及救人，但是卻不能怠慢，畢竟埋在下面的那些人，都是組織上派下來工作的同志。

支書一面張羅著組織人馬，一面派人去通知旗裡的醫療站，我和胖子也加入了進去，在牛心山挖了兩天兩夜，大夥算是徹底死心了，旗裡的領導也趕來了，這一看指定沒救了，最後唯一能做的就是把遇難者的屍體挖出來安葬。

這事多少還有些蹊蹺，山體早不塌晚不塌，偏偏是屯子裡的人們請假走了之後才塌，大部分人都倖免於難，這可以說是不幸中的萬幸了，冥冥之中，一切自有天意，誰又能說得清楚。

於是留下五十多人繼續在山上慢慢挖，其餘的老幼婦女都回了屯子，這一耽擱，又是三四天，我不想再多做逗留，辭別了眾人，同胖子一起返回了闊別多日的北京。

我們下了火車，哪都沒去，直奔潘家園，大金牙還是以前那樣，長得俗不可耐，一身市儈氣，不顯山不露水的，其實他在潘家園是屬於很有資歷、很有經驗的大行家。

大金牙一看我們倆來了，趕緊把手頭的生意放下，問長問短：「二位爺，怎麼去了這麼多日子才回來？都快把我想死了。」

胖子當時就想掏出那兩塊玉璧給他瞧瞧，究竟值幾個錢，這事一直就困擾著我們倆，今天總算能知道個實底了。

大金牙急忙衝我們使個眼色，示意不讓我們把東西拿出來：「咱們還是奔東西吧，上次涮羊肉那館子不錯，很清靜，這潘家園魚龍混雜，人多，眼也多，可不是講話的所在，明器在這露不得。二位稍等片刻，我把手頭這筆生意料理料理咱就走。」

大金牙所說的「明器」，是行話，前邊已經提到了，就是冥器的同義詞，這個「明」並不是指明代的古董，是專指陪葬品，就如同「古董」、「古玩」這些詞，這都是為了掩人耳目，說著也好聽，其實這些詞的出處都同「倒斗」有關係，再早的時候就叫「骨董」、「骨玩」，都是指前朝留下來的物件說的。

說話間，大金牙就把一個清代早期的「冰箱」加上一件「雍正官窯款霽虹小茶壺」倒出了手，買家是個老外，帶著個中國翻譯，其實這種東西不算什麼，都是小打小鬧的玩意兒，具體他賣了多少錢，我們沒看見，不過我估計這老外八成是挨了狠宰了。

做完了這筆生意，大金牙數著鈔票：「三天不開張，今天開張了夠我吃三年，這幫傻逼洋人，買兩件假貨還跟得了寶似的，回去哭去吧您吶。」數完錢，轉過頭來又對我說：「庚子年那會兒，八國聯軍進北京，可沒少從咱這劃拉好東西，爺今天也算替天行道了，胡爺，您說是這麼個理兒不是？」

我和胖子現在求他辦事，當然得順著他說了，連忙挑起大姆指讚道：「古有霍元甲比武打敗俄國大力士，如今有金爺巧取洋人的不義之財，為國爭光啊真是，高，實在是高。」

收拾收拾東西，我們就再一次去了初次相談時的那家小飯館，大金牙可能今天賺了不少，再加上被我們倆捧得有點飄飄然，一邊喝酒一邊還來了兩句京劇的念白：「好洋奴，我手持鋼鞭將你打，哇呀呀呀呀。」

我看了看四周，現在不是吃飯的正點，飯館裡冷冷清清的，只有我們角落裡的這一桌，服務員趴在櫃檯上打磕睡，還有兩個負責點火鍋的夥計，蹲在門前侃蛋兒，沒有任何人注意我們三個。

於是我讓胖子把玉璧取出來，給大金牙長眼，順便把這趟東北之行的大概經過，撿緊要的說了一些，大金牙瞧得很仔細，時不時的還拿到鼻子前邊聞聞，又用舌尖舔舔，問了我們一些那處古墓的詳情。

大金牙說：「這古物鑑定，我是略知皮毛，都是本家祖傳的手藝，今天就給二位爺現醜了，這一物既來，就如中醫把脈，也有望聞問切之說，尤其是明器，因為明器不同一般古物，家傳的收藏品，經常有人把玩撫摸，時間久了，物件表面都有光澤，明器都是倒斗倒出來的，一直埋在古墓之中，這古墓也有新斗、舊斗、水斗、髒斗、陳斗之說。首先是望，看看這款式做工，形狀色澤。其次是聞，這對明器的鑑定是至關重要的一個環節，南邊有人造假，把贗品泡在屎尿坑中做舊，但是那顏色是舊了，味道可就不一樣了，那味道比死人的屁塞（古屍肛門裡塞的古玉，防止屍氣洩漏導致屍體腐爛）來也臭得多，做得外觀上古舊是古舊了，但這一聞就能聞出來，瞞不過行家的鼻子。再者是問，這物件從何而來，有什麼出處沒有，倒斗的人自然會把從哪個斗裡倒出來的一一說明，我就可以判斷，他說的是真是假，有沒有什麼破綻，這也能從一個側面判斷這物件的真假和價值，最後就是用手去感覺了，這是只能意會不能言傳的境界，從我手中過的古董不計其數，我這雙手啊，跟心是連著的，真正的古董，就是寶貝啊，它不管大小輕重，用手一掂、一摸、一捏，就能感覺出分量來，這分量不是指物件的實際重量說的，古物自身都有靈性，也有一種百年、千年積累下來的厚重感，假貨造得再像，這種感覺也造不出來。」

胖子說：「我的爺啊，您說這麼多，我一句沒聽明白，您快說說，我們這兩件明器，值多少錢？」

大金牙哈哈一笑：「胖爺著急了，我剛才是囉唆了，我也是一片好意，希望你們二位將來能多學點古玩鑑定的知識，那古代大墓中的陪葬品，哪個不是成百上千件，不了解一些這方面的學問，將來也不好下手不是嗎。我現在就說說這兩塊明器，它們的名字我可說不出來，咱們姑且給它們起上一個，從外觀上，咱們可以稱其為：蛾身螭紋雙劙璧。至於它的價值嘛……」

* * *

「古玩這東西，沒有什麼固定的價格，不像白糖、煤球，該多少錢一斤就多少錢一斤，古董玩器的價值隨意性很強，只要是有買主兒，買主兒認這東西，它就值錢。否則東西再好，沒人買，有價無市，它也是一文不值。

「這兩件明器，我給估個底價，單就它們自身的價值來說，在國內值四五萬塊錢之間，當然在海外肯定遠遠高於這個價值，不過咱們現在國內就是這種行市。咱們賣的時候，有適當的買主兒，還可以開更高的價錢，這就不好說了，得看當時的情況。」

大金牙說他以前有個相熟的同行，也是在潘家園做買賣，丫倒騰的東西都是些瓦當、箭簇、老錢兒、圖章、筆墨、造像、鼻煙壺之類的小玩意兒，後來這哥兒們不練這塊了，丫去新疆倒騰乾屍了，現在發大財了。

胖子奇道：「我操，那乾屍不就是粽子嗎？那還能值錢？」

大金牙說：「非也，在咱們眼裡是那粽子操性的乾屍，可是到了國外，那就成寶貝了，在北京成交價，明代之前的，一律兩萬，弄出國去就值十萬，美子。您想啊，老外不就是喜歡看這些古靈精怪的東西嗎，在洋人眼中，咱們東方古國，充滿了神祕色彩，比如在紐約自然博物館，打出個廣告，今日展出神祕東方美女木乃伊，這能不轟動？這股乾屍熱，都是由去年樓蘭小河墓葬群出土的樓蘭女屍引起的。就算在咱們國內，隨便找地方展覽展覽，都得排隊參觀，這就叫商機啊。」

我和胖子聽了之後恍然大悟，連連點頭，原來這裡邊還有這麼多道道，真是話不說不透，燈不撥不明，再加上得知這兩塊玉璧價值五萬左右，都覺得滿意，虎口拔牙弄出來的，畢竟沒白費力氣。

我又問道：「金爺，您說我們這明器，叫什麼什麼什麼璧來著？怎麼這麼繞嘴？」

大金牙給我滿上一杯啤酒：「別急啊，今天咱們這時間有得是，聽我慢慢道來，這叫蛾身螭紋雙劙璧，在咱們古玩行裡有這麼個規矩，一件玩意兒，沒有官方的名稱，就一律按其特點來命名。

「就如同那個著名的國寶級文物曾侯乙編鐘，這件樂器以前肯定不叫這個名，但是具體叫作什麼，在咱們現代，已經難以考證了，於是考古的就按照出土的古墓和樂器的種類給它按上這麼一個名字。

「這蛾身螭紋雙劙璧，這名稱就已經把它的特點都表述出來了，蛾身，它的造型像是一對飛蛾，這是從一個金國將軍墓裡倒出來的，這種飛蛾在古代，是一種捨身勇士的象徵，不是有這麼句話嗎，飛蛾撲火，有去無回，明知是死，依然慷慨從容的往火裡扎。

「當然咱們現在都知道這是因為蛾子看不見，見亮就撲，不過古代人不這麼認為，他們對這種大飛蛾的精神極為推崇，用飛蛾的造型製作一些配飾，給立下戰功有武勛的人配帶，是一種榮耀。

「你們再看這上邊的花紋，也有個名目，這是「螭紋」，既像獅子的頭，又像是虎的身體，其實都不是，螭是一種龍，這種龍沒有頭上的雙角，刻上螭紋的器物，可以起到避邪的作用，前不久在雲南沐家山，挖開了一座明代王爺墓，可能你們聽評書都聽過《大明英烈》，那朱元璋手下有一員大將，姓沐，叫沐英，那回出土的就是沐英沐王爺的墓，裡面出土了一對『翡翠雙螭璧』跟您二位這回倒出來的蛾身螭紋雙劙璧類似，拿現代的話來說，就是一種勛章，軍功章之類的東西。

「咱再說這雙，顧名思義，就是一對，這裡邊也有講究，這種配飾是掛在頭盔兩側的，所以必須是一對，只有一隻，就不值錢了。

「什麼是『劙』呢，這是指它的製作工藝而言，另外這對蛾身螭紋雙劙璧的價值，主要來自它的歷史價值和欣賞價值，其本身的材料並不足為貴，這是種產自外高加索地區的『乾黃變色瓰』，其實不是玉，當然如果硬要把它歸入玉類之中，也不是不可以，乾黃現在是很值錢的，不過這對璧的材料不是上品，上品十二個時辰會分別變化十二種不同的顏色。

「嗯，這邊上有字，篆書，是人名，叫『郭子蟆』，看來這對璧的主人就是他，此人好像是金國晚期的元帥左都監，在守城的時候，憑一把硬弓，射殺了兩百多蒙古兵將，勇武過人，最後是力戰身亡，也算是那麼一號人物，傳說金主用十萬兩黃金，從蒙古人手中換回了他的屍體。」

我感覺就像聽天書似的，能聽明白的地方也有，但是不多，胖子乾脆就不聽了，把牛百葉、羊肉片、雞片、青菜、蘑菇一盤盤的順進火鍋中，這些天吃烤肉都吃反了胃，今天可逮著回涮羊肉，甩開腮幫子，就一個字「吃」。

我問大金牙最近古董市場上什麼東西的行市比較火，能賣大價錢。

大金牙說道：「洋人管咱們國家就叫瓷器，可以說瓷器在古玩市場交易中永遠是最火的，中國歷史上最輝煌的時期所產的瓷器，就連現代的先進工藝都不能比擬，比方說『成化瓷』您聽說過嗎？尤其是成化瓷裡的彩器，那是最牛逼的，都不用大了，就跟三歲小孩的小雞雞似的那麼一丁點，拿到潘家園，就值十萬塊，都不帶講價的。您剛說在中蒙邊境黑風口的古墓中有很多瓷器陶器，可惜都沒倒出來，那些應該是北宋晚期的，真是可惜了，我說句您不愛聽的，您別介意，您這次算是看走眼了，那些您沒倒出來的罈罈罐罐，價值遠在這對蛾身螭紋雙劙璧之上啊。所以說您二位這眼力，還得多學學，找機會吧，下回等我去鄉下收東西的時候，您也跟我去一趟，瞧瞧這裡邊的門道，將來一趟活下來，少說也能對付個幾百萬。」

我連連稱是，對大金牙說道：「我還真有這意思，現在有個比較大膽的構想，下次我們準備倒個大斗，一次解決問題，發丘摸金這行當，在深山老林中做事比不得內地，風險太大，就算再多有幾條命，也架不住這麼折騰，我準備找個頂級風水寶穴中的大墓下手，不過這事不是兒戲，事前我需要做萬全的準備，否則恐怕應付不來。」

大金牙問道：「胡爺，您真想搞回大的？目標選好了沒有？」

我說：「沒有，我就是突然冒出這麼個念頭，那種在偏遠地區的大墓是極難找的，而且我現在跟個農民似的，除了會看風水找穴尋脈之外，對歷史考古價值鑑定之類的事，兩眼一抹黑，什麼都不懂，選擇目標上非常盲目，也不是想急於在最近就動手，我們這次的行動，就顯得有些急功近利了，這種短期行為的勾當，不能再幹了。不過這話還得兩說著，雖然這趟去東北沒倒出什麼大件兒，但是多少積累了一些經驗和資金，可以算是一次倒斗的演習吧。」

大金牙說：「聽您這麼一說，我倒冷不丁想起來一件事來，這個新疆啊……」

第二一章　去新疆的考古隊

原來大金牙正好認識一個北京市考古文博學院的教授，他們之間也經常進行橫向的交流，近期出了一件事，這件事情的詳細情形是這樣的。

在文革十年中被迫中斷的考古保護文物等活動，在改革開放之後，再度重新展開了，最近三年，是一個考古的高峰期，大量的古墓和遺跡紛紛浮出水面。古玩收藏交流交易也極度火爆，各種大大小小的盜墓團夥聞風而動，見了土堆就挖，尤其以陝西、河南、湖南等地為甚，而且大有愈演愈烈之勢。

自從新疆樓蘭小河墓葬群被發現以來，人們好像才猛然醒悟，新疆的大沙漠之中，曾經的輝煌無比的絲綢之路，孔雀河沿岸的西域三十六國，胡狐、樓蘭、米蘭、尼雅、輪臺、蒲類、姑墨、西夜……冒險者的樂園，不知多少財寶與繁榮被茫茫黃沙所覆蓋著。

一時間，無數探險隊、考古隊、盜墓賊爭先恐後的進入塔克拉瑪干沙漠尋寶，這是繼十九世紀初沙漠探險熱之後的第二次探險熱潮，但是這片大沙漠對大多數經驗不足的探險家來講，正如著名的瑞典籍大探險家斯文赫定對塔克拉干的解釋一樣，那是一個有去無回的地方，死亡之海，由此得名。

對新疆古墓遺跡的保護，迫在眉睫，然而官方沒有足夠的人力、財力對塔克拉瑪干沙漠中的遺跡，進行發掘保護，大批的考古人員都在河南爭分奪秒的發掘已經被盜墓或施工損毀的古墓。

大金牙認識的這位教授，長期研究西域文化，對新疆的古墓被破壞事件，憂心忡忡，一直找領導申請，希望親自帶隊去沙漠，針對這些遺跡，做一次現場評估，然後向有關部門申請發掘或者進行保護。

上級則以經費不足為藉口，一再推拖，其實經費是其次，主要是因為最近在沙漠裡出事的人實在太多了，擔心教授他們去了出點什麼意外，中國的官場經過文革的洗禮，現在有種潛規則，不求有功，但求無過，不犯錯就是立大功，升官發財是遲早的事。

直到近日，有一位美籍華人出面，對教授的考古隊提供全部資金的支持，這才得以成行，目前這支考古探險隊還在進行前期準備，他們還需要找一個有豐富沙漠生存經驗的領隊，此外還缺一位懂風水觀星之術的能人，因為考古隊員大多是啃書本的書呆子，沒有領隊，進了沙漠就肯定出不來了，沒有懂得天星風水的高人，憑他們也找不到遺跡古墓之類的所在。

找這種人談何容易，有些人來應徵，多半是欺世盜名之輩，雙方一談，就露了怯，所以教授也拜託大金牙在民間找找這樣的能人。

大金牙問我想不想去，那美國人出的價可相當高了，並且可以去沙漠裡瞧瞧，到底有沒有什麼大墓，就當踩趟盤子，日後行動也好有個參考。

我說：「這個機會不錯，對我們來說是一次難得的實踐，我們從來沒跟考古人員打過交道，如果我們能一起去的話，可以從他們身上學到不少東西。沙漠我倒是去過，以前部隊曾經兩次進入沙漠深處進行軍事演習，領隊是領隊，要想進沙漠，還必須要找個當地的好嚮導，另外天星風水我懂，只要天上有星星，我可以帶著他們找到他們想找的地方。只是，我不太明白，這個美國人為什麼出錢贊助咱們中國的探險活動？他的目的是什麼呢？美國人不是雷鋒（注），美國人很務

注　二十二歲死於意外，因日記對毛澤東多所崇拜，後被舉為思想典範。

實，最看重實際利益，沒有好處的事，他們是不會做的。」

大金牙說：「這事的詳細情況，我也不是非常了解，只知道個大概，出資的這位美國人，是個女的，華人，她爹是華爾街的大亨，平時很喜歡探險考古之類的活動，去年，她爹跟她的未婚夫，以及一批中國探險家，一起去新疆探險，她爹好像對什麼精絕文化特別感興趣，他們那次去就是為了尋找那座隱藏在沙海腹地的精絕古城，結果去了就沒回來，一個人也沒回來，當地的駐軍出動了飛機去找，最後也沒找到，一點線索都沒有。她繼承了家裡的大筆遺產，恐怕對她父親的事不太死心，這次出資贊助，有可能也是想再盡自己的最大能力，再去找一找她的親人，她雖然是美國人，畢竟是華裔，按咱們中國人的傳統，人死之後，得埋在故鄉啊，扔在沙漠裡風吹日晒的，遠在家中的親人，也不安寧。」

我們三人一直喝到晚上方散，約定了由大金牙去聯絡買家，並把我們介紹給即將出發的考古隊組織者陳教授，我們能不能加入進去，還需要和陳教授面談。

兩天之後，大金牙帶我們去了天津，在天津瀋陽道，有個小小的古玩門市，店主是個三十幾歲的白淨女人，我們都稱呼她為「韓姊」，韓姊是一個香港大老闆包養的情婦，那位老闆在香港是屈指可數的幾大古玩收藏家之一，在天津給韓姊開這麼個鋪面，一是為了給她的乏味生活找點事做，二是可以收購古玩明器。

韓姊是個不怎麼愛說話的女人，但是她對古玩鑑定有極高的造詣，看了我們的明器之後，她很大方的付了六萬：「現在的行情，頂多是五萬，多付你們一萬，是希望咱們交個朋友，以後有什麼好東西，請你們還拿到這來。」

我把厚厚的鈔票接在手中，心情激動，手都有些顫抖，我暗罵自己沒出息：「老胡啊老胡，你也算見過世面的人了，當年毛主席在天安門城樓檢閱紅衛兵，你參加的時候激動過嗎？坦率的說當時激動過，但是沒現在這麼激動。好歹你也算是大森林裡爬過樹，崑崙山上挖過坑，對越反擊開過槍的人，怎麼今天激動得連錢都拿不住了？唉，這就是金錢的力量啊，沒辦法，你可以不尊重金錢，但是沒錢，就不能給山裡的鄉親們拉電線，就不能給那些犧牲戰友的家屬們改善生活，錢太偉大了，出生入死，為了什麼，就是為了錢。」

回去之後，我把錢分成了四份，一份給英子，一份給了胖子，還有一份給支書，給大夥分分，剩下一份，留著購買裝備，以及下次行動的經費。

胖子沒要自己的那份，他說：「這次的錢說少不少，但是說多也不多，給崗崗營子修路肯定是不夠，咱們一分就剩不下多少了，聽說老胡你連隊裡有好多鄉下的烈屬，家裡人口多，雖然有政府的補助，但是生活非常困難，甚至有的老娘，兒子犧牲了，她都沒錢買車票去雲南，看看自己兒子的墓。聽你說了這事，我眼睛就發酸，心裡很不舒服，你乾脆把我這份寄給那些烈屬和受傷殘廢的兄弟們吧，我這輩子，最大的心願就是當兵上戰場打仗，可是我爹死得早，我沒那個機會了，老胡你就幫我完成這個願望吧，以後咱們錢多了再分給我也不遲。」

說起這事，我的眼淚也在眼眶裡打轉，拍拍胖子的肩膀：「行啊，現在覺悟越來越高了。以後賺錢的機會有得是，這回咱們爭取去新疆，賺美國人的錢。」

休息了幾天，大金牙就來通知，說約了考古隊的陳教授見面，帶我和胖子去了陳教授辦公的地方，教授歲數不小了，我一見面就不免替他擔心，這把老骨頭還想進世界第二大流動性沙漠？

與陳教授一起的，還有他的助手郝愛國，這是一個四十歲左右的中年知識分子，頭髮亂得像雞窩，一看就缺少待人接物的經驗，他的深度近視眼鏡向人們表明，他是一個擁有嚴謹務實刻苦鑽研的求學態度，並且不太重視自己形象的人。他這種人文革時候有不少，但是改革開放之後，隨著新知識、新風潮等嶄新價值觀的流行，這樣老派兒的人已經不多了。

郝愛國認真的打量了我們一番，也不客套，開門見山的說道：「兩位同志，你們的來意我們已經知道了，想必我們考古隊的要求你們也是知道的，這次是破格中的破格，例外中的例外，我們需要的是人才，你們兩位是有沙漠生存探險的經驗，還是懂星宿風水學？這個半點不能馬虎，如果你們沒有這方面的本領，我們一概不會走後門。」說完看了大金牙一眼：「看誰的面子也不行。」

陳教授覺得郝愛國說話太直了，他跟大金牙的父親也很熟，經常向他們請教一些古玩鑑賞的問題，不願意把關係鬧得太僵，就從沙發上站起身來打圓場，請我們落坐，閒聊了幾句，問了我和胖子的一些事，聽完之後微笑點頭：「不簡單啊，當過解放軍的連長，還有參加過戰爭的經驗，而且去過沙漠，真是難得啊，當我們這些書呆子的領隊，那實在是綽綽有餘了。沙漠中的遺跡和古墓，大多數都掩埋在黃沙之下，孔雀河古道早已乾涸難以尋覓，如果不懂天星風水術，恐怕是找不到的，不知這風水學你們二人懂不懂？」

我知道這種天星風水又名天穹青囊術，是《十六字陰陽風水祕術》中天字卷，最晦澀難懂的一章，我從來沒實際用到過，不過，這時候只能硬著頭皮吹了，我撓了撓頭皮答道：「老先生，不是我吹牛啊，對於這個星盤月刻風水術，我是熟門熟路，不過這得從何說起呢……」

* * *

為了得到這份以美金支付的工作，我把肚子裡的存貨都倒了出來，希望能把他們侃倒，侃蒙，多虧了我祖傳的那本祕書，初時郝愛國看我年紀輕輕，以為我是大金牙的親戚，走後門來他們這混飯吃，我說了幾句，頭頭是道，他也不免對我刮目相看，在一旁聚精會神的傾聽。

這個風水嘛，被稱為地學之最，風水之地可以簡單的概括為：藏風之地，得水之所。這個《葬書》中講得好啊：「葬者，乘生氣也。氣乘風是散，界水則止。古人聚之使不散，行之使有止，故謂之風水。

「後世又將風水學無限擴大化了，不僅僅限於墓葬的地脈穴位，而逐漸引申為堪輿之術，堪輿者，天地也，說白了就是分析天、地、人三者之間關係的一門學問。

「但是今天我只向在座的教授和老師，說一說風水術中的一個分支「天星風水」，古代帝王貴族，對死後之事非常看重，生前享受到的待遇，死後也要繼續擁有，不僅是這樣，他們還認為天下興亡，都發於龍脈，所以陵墓都要設置在風水寶地，雍正皇帝曾經將帝陵精闢的概述過，他說：乾坤聚秀之區，陰陽匯合之所，龍穴砂水，無美不收，形勢理氣，諸吉咸備，山脈水法，條理詳明，洵為上吉之壤。

「雖然只有短短的幾句話，但這無疑是對帝陵擇地的最直接、最形象、最生動的描述，但是他只說了一半，古人追求天人合一的境界，不僅要山脈水法，也要日月星辰。

「從上古時代起，人們就經常觀看天象，研究星辰的變化，用來推測禍福吉凶，在選擇風水寶地的時候，也會加入天文學的精髓，天地之相去，八萬四千里，人之心腎相去，八寸四分，人體金木水火土，上應五天星元，又有二十四星對應天下山川地理，星有美惡，地有吉凶。

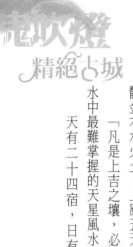

「凡是上吉之壤，必定與天上的日月星辰相呼應，而以星雲流轉來定穴的青烏之術，便是風水中最難掌握的天星風水。

天有二十四宿，日有二十四時，年有二十四節氣，故風水也有二十四向，二十四位，哪二十四？其為：天皇、太罡、天官、天苑、天市、天廚、天棓、天漢、天壘、天輔，天廄、天鬼、天乙、少微、天漢、天關、天帝、南極、天馬、天屏、太乙、太微、天戰、天命。

「能看懂這些星星的吉凶排列，再通過羅盤定位，就能找到我們想要找的地方，不過這種天星風水流派甚多，各有章法，其中也不乏相互矛盾的，浩瀚沙海中的古跡，時隔千年，能有百分之二、三的機會找到就不錯了。」

陳教授聽到此處，高興得站起來說道：「胡同志說得太好了，老天爺開眼啊，總算是給我們派來你這麼個人才。在新疆的大沙漠中，時隔千年，甚至幾千年，滄海桑田，以前的綠洲和城市都變成了茫茫沙海，山脈河流都已經消失不見了，我們如果想找到那些古絲綢之路上的陵墓，依靠天星風水之術，是最簡潔有效的途徑了。我宣布，你們兩位，從現在起，正式加入我們的考古工作組了。」

郝愛國也過來和我們熱情的握手，對剛才的不近人情表示歉意：「對不起、對不起，我們這種知識分子都是臭老九，文革這麼多年，一直都在蹲土窯，蹲傻了，不太會說話，請不要在意。」

我暗自慶幸：「嘿嘿，我也就知道這麼多了，再往下說非露了馬腳不可，天星風水難得無法想像，我是看不太明白的，不過想必你們這批戴近視眼鏡的知識分子，也禁不住沙漠中殘酷環境的考驗，進去之後用不了兩天就得往回跑，另外我誇大其詞，把找到遺跡的概率說得極低，找不到的話，那就不是我不懂天星風水的責任了，但是我們的工錢，可一分都不能少。」

我正想的得意，房中又進來一個年輕的女子，陳教授連忙為我們引見：「這位楊小姐就是咱們這此活動經費的出資者，她也隨同咱們一起去，你們別看她是個女孩子，可是赫赫有名的美國

《國家地理雜誌》的攝影師啊。」

我作紳士狀，跟她握手致意，我想對方既然是美國人，我得跟人家說英文啊，「你好」怎麼說來著？好像是：「哈……哈……哈漏。」

楊小姐微微一笑：「胡先生，我會說中文，咱們還是用中國話交談吧。你今後叫我Shirley楊就可以了。」沒想到她的普通話說得很好，沒有半點美國口音，至於美國口音是什麼樣的，其實我也沒那個概念，反正覺得她和中國人沒區別。

Shirley楊又和胖子握了握手，然後提出一個疑問：「王凱旋先生是和胡先生一起來的，胡先生的本事很大，指揮過部隊，還懂天星風水術，不過，王先生有什麼本事，我們還沒領教過。這次去沙漠探險，事關重大，我們不需要沒有獨特技能的人。」

我沒想到美國人說話這麼直接，大夥都一齊看著胖子，我趕緊替他說道：「沙漠裡不太平，我這位朋友，槍法好。」

胖子見那美國女人瞧不起自己，把嘴一撇，氣哼哼的說：「新疆算個什麼，當年老爺我去新疆沙漠剿過匪，在尼雅綠洲殺的土匪屁滾尿流，還親手打死了匪首，你們瞧瞧，這就是戰利品。」說罷，掏出了那塊玉珮在大夥眼前一晃：「見識過嗎你們？」這塊玉珮是他爹紅軍時期的老戰友，在胖子小時候送給他的禮物，是他在新疆尼雅綠洲中，從消滅掉的一股土匪手中所得。

我在旁邊直咧嘴，心想這個白痴，說個瞎話都說不圓，你把你爹那輩的英雄事跡事都安自己頭上了，還他娘的去新疆剿匪，剿匪那會兒你還穿開襠褲呢，你說你吃過新疆羊肉串還差不多。事到如今，看來我只能耍賴了，如果不帶胖子去，我也不去，估計他們最後只能妥協。

然而卻沒人反駁，陳教授和Shirley楊的目光都被胖子手中的玉珮所吸引，胖子拿著玉珮的手到哪，他們的目光就跟到哪，連眼睛都捨不得眨一下。

* * *

Shirley楊本來不同意胖子參加考古隊，不過自從見到了胖子的玉珮之後，她就毫不猶豫的答應給我們倆，每人一萬美金的報酬，如果能找到沙漠腹地的精絕古城，再多付一倍。不過這筆錢要等到我們從新疆回來之後才能兌現。

大金牙也曾經看過胖子的玉珮，以他的老道，也瞧不出這玉的來歷，他在這方面上不如陳教授等人識貨，畢竟大金牙是倒騰玩意兒的，陳教授浸淫西域古文化研究長達數十年，Shirley楊的父親和他是好友，Shirley楊自幼受家庭環境的薰陶，對西域歷史等事物也是半個專家，所以他們二人一看這塊玉就瞧出門道來了。

陳教授認為這塊玉至少有一千五百年至兩千年的歷史，上面刻的文字是鬼洞文，鬼洞是古時西域的一個少數民族，現在這個民族早已經滅絕了，據敦煌出土的一些典籍上記載，精絕國的女王，就是鬼洞族人，而玉上的十個鬼洞文字，究竟是什麼內容，還需要進一步考證。

陳教授和Shirley楊的父親都是痴迷西域文化，精絕這座曾經繁榮華美的城市，可以說是西域三十六國中的翹楚，鼎盛時期，在西域罕有其匹，後來國中好像出了一場大災難，女王死了，從那以後這座古城就消失不見了。

昔日的榮光已被黃沙掩埋，證明它曾經存在過的線索，只有一些古老文獻中零星的記載，傳說精絕女王是西域第一美人，她就像天上的太陽，她的出現讓群星和月亮黯然失色。

Shirley楊的父親就是為了尋找這位女王的陵寢，中美學者一共五個人組成探險隊，攜帶著頂尖裝備，進入沙海深處，卻一去不回。

這次行動，一者是對沙漠中的古墓進行現場評估和勘察，二者也是想碰碰運氣，看能否找到那五名探險家的遺體，好好的進行安葬。

Shirley楊想買胖子手中的玉珮，我和胖子認為奇貨可居，咬死了不賣，暗中合計能宰她多少美金。我們加入了這支由學者和攝影師組成的探險隊，我混上了領隊，胖子混上了副隊長，去沙漠的事，就這樣敲定了。

西行的列車，飛馳在廣闊的西部大地上，我和胖子在臥鋪車廂裡睡得天昏地暗，我們的第一站是西安，在那裡要同陳教授的幾個學生會合，然後是烏魯木齊，探險隊的裝備將會直接託運到那裡。

郝愛國一進來，就讓胖子的臭腳丫子薰得差點摔倒，他把我推醒：「胡同志，醒醒，醒醒，教授找你商量點事，過來一下吧。」

我向車窗外看了看，天還是亮的，也不知道是幾點，都睡糊塗了，披上衣服跟隨郝愛國去到了隔壁。

陳教授和Shirley楊正在看地圖，見我進來，就招呼我坐下，郝愛國給我倒了杯熱水，我問他們有什麼事？

陳教授說：「咱們明天早上就能到西安了，接上我的三個學生，人員就算都到齊了，你是咱們的隊長，想提前跟你商量一下路線的問題。」

Shirley楊也在旁說道：「是的，胡先生，我和教授商量了，計畫從博斯騰湖出發，向南尋找古孔雀河河道，然後，經古孔雀河河道進入沙漠深處，沿茲獨暗河南下，尋找精絕古城遺跡，我們想徵求一下你的意見。」

我心中覺得好笑，這些知識分子和有錢人，紙上談兵異想天開，你們這麼走等於是在沙漠戈壁中兜圈子，哪有人敢在沙漠裡走Z字型路線，就算不渴死、餓死、晒死，到最後也得累死，不過我一直認為他們這些人屬於錢多了燒的、吃飽了撐的，好好的日子不過，非得去沙漠裡遭罪，指定用不了兩三天，就得哭著喊著回去，所以什麼路線並不重要，回去之後把錢給我就行了。

我對Shirley楊說：「楊大小姐，我雖然是領隊，但是對於行進路線的安排，我沒資格參與決定，你們確定好了路線和目標，我負責把大夥領到地方，換句話說，您的，掌櫃的幹活，我們的，苦力的幹活。」

話一出口，我也有點後悔，俗話說得好，拿人錢財與人消災，人家花錢雇了我，我當然得盡到本分，於是我對他們講：「關於路線的事宜，必須等到了新疆之後，找個土生土長的當地嚮導，徵求一下他的意見，然後再決定，現在說有點為時尚早，找嚮導的事包在我身上了。」

眾人又商量了一些細節，然後各自休息去了，這次在火車上的談話之後，我隱隱約約覺得，他們這些人決心很大，不見得進入沙漠沒幾天就得跑回來。

在西安，見到了我們考古隊的其餘成員，都是陳教授帶的學生，相貌樸實的薩帝鵬、個子高高的楚健，還有個女學員葉亦心。

加上先前的五個人，一共八人抵達了新疆，我聯絡了以前在部隊的一個戰友劉鋼，他是進疆部隊三五九旅的後代，在新疆土生土長，但是他和當地人也不太熟，想找個熟悉沙漠地理的當地維族嚮導很不容易，最後終於通過劉鋼的朋友，找到了一位做牲口生意的老人。

老人的名字叫「艾斯海提・艾買提」，但是他的這個名字，已經沒人喊了，人們都稱他為「安力滿」，意為沙漠中的活地圖。

安力滿老漢叼著煙袋，把頭搖個不停：「不行不行的，現在嘛是風季，進沙漠嘛，胡大他老人家，那是要怪罪下來的嘛。」

我們軟磨硬泡，我讓陳教授出示了文件，我對他說明我們是國家派下來工作的幹部，地方上的同志必須要配合，安力滿你要是不給我們當嚮導，我們就找警察，把你的駱駝和毛驢都沒收，讓你做不成生意。

Shirley楊又告訴他，只要你來做我們的嚮導，你所有的牲口，我出雙倍的價錢買下來，等從沙漠中回來，這些牲口還是你的，錢也是你的。

安力滿老漢無奈，只得應了下來，但是他提出了一個要求：「汽車嘛不要開，胡大不喜歡機器嘛，駱駝嘛多多的帶，胡大喜歡駱駝。」

在這個環節上，我和安力滿老漢的意見一致，駱駝在沙漠中比汽車要可靠得多，駱駝素有沙漠之舟的美名，不僅是一種具備運載能力的動物，牠們有很多從遠古祖先那裡遺留下來的技能，可以躲避沙漠風暴、流沙等自然界的威脅，也可以不吃不喝的在烈日下負重前行，寬厚肥大的腳掌，著力面積很大，不會輕易的陷入沙中，年老而又經驗豐富的駱駝，會在茫茫荒沙中領著主人找到水源，在晚上，警覺的駱駝還能起到哨兵的作用，在狼群等野獸趁黑偷襲的時候提示主人。

安力滿老漢挑選了二十峰駱駝，出發的那一天，把我們的裝備物資都裝到駝背上，再帶上大量的豆餅和鹽巴，胖子邊幫他搬東西邊問：「老爺子，咱在沙漠裡就吃豆餅和鹽巴？這不他媽的越吃越口渴嗎？」

安力滿老漢大笑：「哎呀我的烏力安江（壯實的朋友），這個嘛，你要吃也是可以的，不過胡大認為這些嘛，還是應該留給駱駝吃嘛。」

安力滿老漢告訴我們大家，現在的季節，是沙漠中最危險的時候，從博斯騰湖到西夜城遺跡，這先前一段路，有沙漠也有戈壁灘，幸好有孔雀河的古河道相連，還不難辨認，但是想再往深處走，能不能找到茲獨暗河，那就要看胡大的旨意了。

我們這支九個人組成的小隊，與其說是考古隊，倒不如說是古時候的駝隊，食物的攜帶量，大約夠維持不到一個月，清水足夠使用十幾天，在半路的幾處綠洲以及地下暗河，還可以再補充食用水。另外還有幾大皮口袋酸奶湯，在沙漠中渴得受不了的時候，喝上一口解渴，能頂過十口清水。再加上探險隊的各種器材設備，使得每峰駱駝的負重量都很大，行進的時候，人員只能靠兩條腿，走一半路，騎著駱駝走一半路。

行程的第一段路線是從博斯騰湖向西南出發，沿孔雀河向西走一段，直到找到向南的古河道，博斯騰可譯為站立之意，這個名稱的由來，是因為有三道湖心山屹立於湖中。古代也稱這個湖為魚海，是中國第一大內陸淡水吞吐湖，孔雀河就是從這裡發源，流向塔克拉瑪干的深處，在我們經過湖邊的時候，放眼眺望，廣闊深遠的藍色湖水讓人目眩，不經意間，產生了一種彷彿已行至天地盡頭的錯覺。

* * *

動身之後頭兩天，教授的三個學生興致極高，他們都很年輕，是平生頭一次進入沙漠，覺得既新鮮又好玩，一會兒學著安力滿老漢指揮駱駝的口哨聲，一會兒又你追我趕的打鬧、唱歌。

我心裡也躍躍欲試，恨不得跟他們一起折騰折騰，不過我身為考古隊的領隊，還是得嚴肅一點才是，想到這，我直了直騎在駱駝背上的身子，盡量使自己的形象堅毅英明一些。

初始的這一段路程，按照安力滿老漢的話說，根本不算是沙漠，孔雀河的這一段古河道，是河流改道前就存在的，有些地段的河床並未完全乾涸，周圍的沙子也很淺，到處都有零星的小型湖泊和海子，水面上偶爾還游動著一小群紅嘴鷗和赤嘴潛鴨，沿著孔雀河的河彎，有一小塊一小塊的綠洲，生長著沙棗、胡楊和一些灌木。

等過了這條河彎就算是真正進入沙漠了，孔雀河改道向東南，往那邊是樓蘭、羅布泊、丹雅，我們則向著西南行進，進入「黑沙漠」，安力滿老漢說黑沙漠是胡大（真主阿拉）懲罰貪婪的異教徒而產生的，沙漠中掩埋了無數的城池和財寶，但是沒有任何人，能夠從黑沙漠裡把它們帶出來，哪怕你只拿了一枚金幣，也會在黑沙漠中迷失路徑，被風沙永遠的埋在裡面，再也別想出來了。

這是一片流動性大沙漠，大風吹動沙丘，地貌一天一個樣，沒有任何特徵，古河道早就不見蹤影了，多虧有了安力滿，那些被黃沙埋住大半截，只露半個屋頂的古堡、房屋、塔樓，被狂風吹成傾斜，與地面呈三十度夾角的胡楊，沙漠中幾株小小的梭梭（植物名），都逃不過安力滿老漢的眼睛，這些東西連起來，就串成了一條線，它告訴我們，孔雀河的古河道曾經從這裡經過，在這條消失不見的古河道盡頭，就是那座傳說中被胡大遺棄的精絕古城。

在沙漠中給我們留下印象最深的就是那些千年的胡楊，如果不是親眼見到，誰會相信沙漠中也有樹，每一棵樹都向一條蒼勁的飛龍，所有的樹枝都歪歪斜斜的伸向東方，好像這條龍在沙漠中奔跑，在這麼惡劣的環境下，歷經了上千年，早已枯死，樹幹被風沙吹得都快平貼到地上，但是它仍然沒倒下。

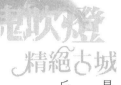

早上的第一縷陽光，從東方的地平線升起，映紅了天邊的雲團，大漠中那些此起彼伏的沙丘，籠罩上了一層霞光，乾枯的胡楊和波紋狀的黃沙，都被映成了金紅色，濃重的色彩，在天地

間構成了一副壯麗的畫卷。

眾人為了避開中午的烈日，連夜趕路，正走得困乏，見了這種景色，都不禁精神為之一振，Shirley楊讚嘆道：「沙漠太美了，上帝啊，你們看那棵胡楊，簡直就是一條沙漠中金色的神龍。」取出相機，連按快門，希望把這絕美的景色保留下來。

在大家都被美景所醉的時候，我發現安力滿老漢盯著東邊的朝陽出神，臉上隱隱約約出現了一絲不安，我走過去問他：「老爺子，怎麼了？是不是要變天了？」因為在內地，我也聽說過朝霞不出門，晚霞行萬里的話，早上火紅的雲霞，不是什麼好兆頭。

安力滿老漢點點頭，隔了半晌才開口說道：「是的嘛，天上的雲在流血，胡大嘛，大概生氣了，這沙漠嘛，又要起風了嘛。」

我笑道：「我就姓胡，胡大也姓胡是不是？我們老胡家的人，脾氣可好了，從來不愛生氣。」

安力滿老漢氣得一把山羊鬍子都吹了起來：「胡大嘛怎麼姓胡呢？你這麼樣的說，胡大是要生氣的嘛。今天晚上黑沙漠嘛就要起很大很大的風了，咱們白天就不休息了嘛，趕快向前走。」

這已經是我們出發的第五天，進入黑沙漠的第三天了，前邊是西夜古城的遺跡，我們本來是預計明天抵達的，但是安力滿老漢說這次的風暴會很大，築了沙牆也擋不住，如果不趕到西夜城遺跡，我們都會被活埋在沙漠裡。

我聽他這麼說，知道這事不是鬧著玩的，這裡離西夜古城的遺跡還有多半天的路程，路上萬一出點什麼事耽誤了，那可就麻煩了，而且走了整整一夜，大夥都累壞了，那幾個老弱婦孺能不能堅持住，還不好說。

我跳上駱駝背想招呼大夥快走，卻見安力滿老漢慢慢悠悠的，從駱駝上下來，取出一張毯子，不緊不慢地鋪在黃沙上，跪在上面，雙眼微閉，神色虔誠，張開雙手伸向天空，然後又捂住自己的臉，大聲念道：「阿拉呼啊嘛。」

他這是在向真主禱告啊，每天早晨必做的功課，我見他如此氣定神閒，以為他說晚上要起大風暴的事沒有多嚴重，也就隨之放鬆了下來，便去和胖子、Shirley楊等人一起觀看大漠的美景。

誰想到安力滿禱告完了之後，就像變了個人，身體好像擰滿了發條，三下兩下捲起毯子，彈簧一般的躥上駱駝，打個長長的口哨：「噢呦呦呦呦……快快的跑嘛，跑晚了就要被埋進黑沙子的煉獄了。」催動胯下的大駱駝，當先跑了起來。

我大罵一聲：「這他娘的死老頭子。」這麼緊急的情況，他剛才還有閒心慢吞吞的禱告，現在又跑得這麼快，當下招呼眾人動身。

駱駝們也感到了天空中傳來的危險信號，像發瘋了一樣，甩開四隻大蹄在沙漠中狂奔，平時坐著駱駝行走，晃晃悠悠覺得挺有趣，但是牠一旦跑起來，就顛簸得厲害，我們緊緊趴在駱駝背上，生怕一個抓不穩就掉了下來。

奔跑的駝隊在大漠中疾行，揚起的黃沙捲起一條黃色的巨龍，大夥都把風鏡戴在眼上，用頭巾遮著鼻子和嘴，我左右看了看，越發覺得情形不對，駱駝們已經失控了，瞪著眼喘著粗氣跟隨著安力滿老漢的大駱駝，跑得像旋風一樣，看來事情比我預想的底線還要緊急危險，我最擔心的是有成員被駱駝甩下來，想喊前邊的安力滿慢一些，卻根本來不及張嘴，也沒辦法張嘴，一張口就灌進一嘴的沙子。

我只能不停的左顧右盼，數著駝峰上的人數，一直跑到中午，饒是駱駝們矯健善走，這時也累得大汗淋漓，不得不緩了下來，還好沒人掉隊。

安力滿讓大家趕緊趁這時候吃幾口乾糧，多喝點水，不要擔心水喝光了，西夜城的遺跡下面，可以找到古孔雀河的地下水脈，清水在那裡將進行重新補充，吃飽喝足，讓駱駝稍微養一養腳力，好在離得已經不遠了，不過還是馬上就接著跑，要不然就來不及了。

大夥取出饢和乾肉，胡亂吃了幾口，我和胖子擔心這些知識分子，挨著個的問他們有沒有什麼事。

陳教授雖然年歲不小，被駱駝顛得上氣不接下氣，一句話也說不出來，年紀最輕的女學生葉亦心，哇哇哇吐了幾口，他們倆喝了點水，什麼也吃不下去。

最要命的是郝愛國，他的深度近視眼鏡掉了，什麼也瞧不清楚，急得團團亂轉，多虧研究生薩帝鵬也是近視眼，他有一副備用的近視鏡，他們的度數差不多，解了郝愛國的燃眉之急。

Shirley楊和另一個大高個學員楚健倒沒什麼，特別是Shirley楊，也許是和她那個熱愛冒險的父親遺傳有關，也有可能是她在美國長大有關係，她具有很強的冒險精神，身體素質也很好，一夜未睡，又在沙漠中奔跑了大半日，也不見她如何疲憊，依舊神采奕奕，忙著幫安力滿老漢給駱駝背上的物資加固。

一陣微風吹過沙丘，捲起一縷縷細沙，遠處的天際，漸漸變成一片暗黃色，安力滿老漢大叫：「信風來啦，不要再歇了嘛，真主保佑，咱們這麼多人，快快逃命去嘛。」

考古隊的成員們拖著疲憊的身體，再次爬上駱駝，此時已顧不得駱駝體力了，吆喝著催動駱駝奔跑。

剛剛還是晴朗的天空，好像一瞬間就暗了下來，那風來得太快，被風捲到空中的細沙越來越多，四周籠罩在鋪天蓋地的沙塵中，能見度也越來越低，混亂中，我又暗中清點了一遍隊伍的人數，加上我，一共八個人，誰掉隊了？

* * *

風越刮越凶，狂沙肆虐，到處是一片暗黃色，我看不清是誰掉隊了，不過駝隊剛下沙丘才百十米，現在回去找人還來得及。

我首先想到的是那位美國的楊大小姐，她要沒了，我們的錢就泡湯了，不過隨即我就打消了這種念頭，剛才的想法有點自私了，她們美國人的命固然金貴，我們中國人的命也不是拿鹹鹽粒子換來的，不能讓任何人掉隊。

在我身邊就是胖子，也是我唯一能辨認出來的人，我想跟他說話，但是風沙很猛，張不開嘴，我騎在駱駝上打著手勢對他比劃，讓他截停跑在前邊的安力滿老漢。

就這麼一耽擱，二十峰大駱駝又跑出數十米遠，我來不及確認胖子有沒有領會我的意思，一翻身從狂奔的駱駝背上翻了下來。

駱駝們踩在沙漠中的足印，已經被風沙吹得模糊了，馬上就會消失，我往來時的方向頂著風跑，覺得自己的身體就像紙片一樣，每一步都身不由己，隨時會被狂風捲走，耳中除了風聲，什麼都聽不到。

踉踉蹌蹌地跑出將近兩百米，最後在我們剛才休整的沙丘梁上，找到地上躺著的一個人。那人的身體已經被沙子覆蓋了一半，不知是死是活，我急忙趕過去，把他從黃沙裡拉了出來。

原來是陳教授，他剛才的情況就不太好，可能大家上駱駝逃命的時候，匆忙中他被駱駝顛了下來。陳教授還活著，只是嚇得說不出話，他見我來了，一激動就暈了過去。

這時的風沙雖然猛惡，但我知道，這只是沙漠大風暴的前奏，真正猛烈暴風，隨時可能到來，一刻也不能拖延，我把他負在背上，轉身一看，剛被我踩出一串足印還能辨認，老天爺保佑，胖子務必要攔住安力滿那個貪生怕死的老傢伙啊。

我想背著陳教授走下沙丘，沒想到背後的風太大，邁出第一步就沒立住腳，兩人一堆兒滾下來沙坡，昏黃的風沙中，有人把我扶了起來，原來胖子搞懂了我的意思，用刀猛扎駱駝屁股，趕上前邊的安力滿，把他從駝峰上撲了下來，駝群見頭駝停了，其餘的也都停住腳步，只有屁股受傷的那隻，發了瘋似的朝前奔去，馬上消失在了茫茫風沙之中。

也就是多虧了他們沒跑出太遠，不然根本找不回來，這功夫誰也無法開口說話，只能打手勢，能領會就領會了，看不明白跟著做就行，眾人準備重新爬上駱駝逃命。

但是駱駝們好像嚇壞了，都不會跑了，任憑安力滿老漢怎麼抽打，也不聽指揮，排成一溜，蹲在原地，把頭埋進沙裡。

我們一路上見過不少駱駝的白骨，死亡的時候，都保留著這樣的姿勢，好像是罪人接受懲罰一樣。安力滿說這些都是被胡大的黑風沙嚇壞了的駱駝，牠們知道馬上黑風沙就會來，跑也沒有用，乾脆就跪在地上等死了。

這種情況突然出現，我們束手無策，難道都等著被黃沙活埋嗎？那滋味可不太好受。正當一籌莫展之時，Shirley楊一拉我的胳膊，指著西邊，示意讓我們看那邊。

只見在漫天的風沙中，一個巨大的白影朝我們跑來，離得已經很近了，但是風聲太大，誰也沒有聽到，我下意識的把駝背上的運動步槍取了下來，這種小口徑運動槍是我們準備對付狼群用的，所有的人都顧不上風沙了，把注意力都集中在那團白影上，那究竟是什麼東西？不像是人。

白色的影子像魔鬼一樣，瞬間就到了我們身邊，那是一峰比普通駱駝大上兩倍的駱駝，背上只長了一個駝峰，全身雪白，在黃沙中分外醒目。

「野駱駝！」認識這種駱駝的幾個人心中同時叫了一聲。

尋常的駱駝與野駱駝除了體型大小有差別之外，牠們最大的不同就是，人們飼養的駱駝背上有兩個駝峰，而野駱駝背上只有一個。

隔著風鏡，我彷彿就能看見安力滿老漢那雙眼睛放出了光芒，那是一道死中得活的喜悅之光，安力滿興奮得揮動雙臂讚美真神阿拉，跪在地上的駱駝們也好像受到某種召喚，把埋進沙子裡的頭又抬了起來。

我雖然不知道發生了什麼，但是憑直覺理解出牠們的舉動，我們還有求生的機會，跟著這匹雪白的野駱駝跑就行了，牠是這沙漠中的動物，應該知道哪裡可以躲避胡大的黑風沙。馬上對其餘的人打個手勢，讓大夥爬上駝背，跟著前邊的白駱駝跑。

駱駝們低著頭，跑得嘴裡都快吐白沫了，使出剩下的全部體力，緊緊跟著前邊的白駱駝，轉過一大片沙山，沙漠的地勢在這裡忽然拔高，白駱駝的身影一閃，只一躥便不見了。

我暗道不妙，牠跑沒影了，我們可就麻煩了，眼見周圍越來越暗，已經分不清楚天空和大地了，再過一兩分鐘，吞噬生命的黑色沙暴就要來了。

還沒等我們明白過來是怎麼回事，坐騎下的駱駝紛紛轉向，繞過了這塊高聳的沙山，我向左右一看，那塊沙山竟然有一段殘破的城牆，下面有個夯土的大堡壘，原來這裡是一座小小的古城遺跡。

大部分建築都被黃沙埋住了一多半，有的房屋已經倒塌，只有那段堅固的城牆高聳出來，風吹日晒，已不知有多少年月了，早已變成了和沙漠一樣的顏色，從遠處看，只會認為是座大沙丘，不從側面轉進來，永遠也不會發現這座古堡。

那峰全身雪白的野駱駝原來是跑進了這裡避難，只不過古城的斷壁殘垣擋住了視線，看不到牠跑到哪去了。

城牆就像是道高高的防沙牆，若說能否憑藉它擋住這次罕見的大沙暴，用安力滿老漢的話講：「那就要看胡大的旨意了嘛。」總之在這種情況下，有地方躲藏就已經是老天開眼了。

考古隊的隊員們此劫後餘生，人人都是臉色發黃，看不清是被嚇得臉色發黃，還是一臉的沙塵，眾人下了駱駝，安力滿指揮駱駝們在牆邊趴好，隨後帶領著一眾人等，陸續從一間大屋的破房頂下去。

古城雖然有城牆遮擋風沙，但是那些城牆有些地方斷開了，這麼多年來仍然有大量的沙子被風吹進城中，破損的房屋中，地上積滿了細沙，足有兩米多厚。

我們進去避難的這間大屋，可能是類似衙門或者市政廳那樣的設施，比較高大，縱然是這樣，仍得貓著腰，稍稍一抬頭，就會撞到上面的木梁。

葉亦心、郝愛國等體格不好的人，進去就躺在地上，拿出水壺就喝，其餘的人幫手把陳教授扶了進來，他神智已經恢復，只是雙腿發軟，胖子長出一口大氣：「咱們這條命算是撿回來了。」

安力滿進屋之後，立刻跪倒在地，黑地獄來的魔鬼刮起了黑沙暴，感謝胡大，感謝祂派來吉祥的白駱駝，救我們遠離災禍的噩夢，安力滿老漢說單峰白駱駝是沙漠中最神奇的精靈，成吉思汗、西夏王李元昊等人都有白駱駝，不過那些都是兩個駝峰的，雖然罕見，但並不算神奇。

如果隊伍中哪怕有一個胡大不喜歡的人，咱們都不會見到白駱駝，看來咱們這些人是被真主眷顧的虔誠信徒，從此以後彼此要像親兄弟一樣，打斷骨頭連著筋，安力滿拍著胸口保證：「如果再有危險，再也不會先撇下大家，自己逃命了。」

我心中暗罵：「他奶奶的，敢情你這老頭，先前就沒拿我們當回事，我說一出事你他娘的就跑得比兔子還快呢。」

說話間，外邊的大沙暴已經來了，狂風怒嚎，刮得天搖地動，我們在古城遺跡裡也不免心驚，萬一被風沙把房子的出口埋住，還不得活活憋死？於是我安排薩帝鵬、胖子、楚健三個人，輪流盯著屋頂上的破洞，一有什麼情況，就趕快通知大夥跑出去，不過大夥都心知肚明，要是風暴移動沙漠，前邊的城牆被吞沒了，我們就算跑出去，也只不過是換個地方被活埋而已。

房外牆下長滿了沙蒿子，這是一種乾草，我探出身去隨手拔了一些，取出固體燃料，點了一小堆火，給大夥取暖。

黑漆漆的古屋，被火光照亮了，葉亦心突然跳了起來，頭一下撞到了房梁，她差點被磕暈過去，房梁上落下無數細沙，底下的人都沒戴風鏡，免不了被迷了眼睛。

大夥一邊揉眼睛，一邊問葉亦心怎麼了？發什麼神經。

我的眼睛也進了沙子，什麼都瞧不見，耳中只聽葉亦心顫抖的聲音叫道：「右邊牆角躺著具死屍！」

＊　　＊　　＊

「死屍？」郝愛國邊揉眼睛邊問：「你個小葉，一驚一炸的幹什麼？咱們考古的還怕死屍嗎？」

葉亦心的眼睛也進了沙子，捂著撞到屋梁的頭頂道歉：「對不起，郝老師，我……我就是沒想到這屋裡會有死人，思想準備不充分……對不起對不起。」

我聽說過一個祕方，迷了眼，馬上吐口唾沫就能好，這招我以前百試百靈，於是我趕緊吐了一大口唾沫，迷眼的感覺立刻減輕了，流出不少眼淚，但是已經能睜開了。

睜開眼一看，就嚇了我一跳，原來我剛才那口唾沫，剛好吐在了Shirley楊的頭頂，她是個愛乾淨的人，就算是在沙漠中日夜兼程，也保持著良好的衛生習慣，她被沙土迷了眼，正在不停的揉眼睛，混亂之中沒有注意到自己頭頂上被人吐了口唾沫。

我只好裝作沒這麼回事了，急忙從便攜地質包裡取出手電筒，往牆邊察看，果然是有具人類的屍骨，沙漠中氣候乾燥異常，看不出死了多久了，只剩下一副白骨，被風吹進來的黃沙埋住了一小半，大部分還露在外邊，冷眼一看，還真是挺嚇人的，怪不得嚇得葉亦心跳那麼高。

這時其餘的人，也陸續睜開了眼睛，拿出水壺，用清水為幾個迷眼迷得嚴重的人沖洗，我告訴眾人不用擔心，沒什麼，就是一具人骨，不知道死了多少年了，等咱們吃些東西，稍稍休息一會兒，挖個坑給他埋了就是。

考古隊的成員，除了安力滿老漢，都是經常跟古屍打交道的，也沒有人害怕，只是對這具人骨死在這裡多少有點疑惑，沙漠中的死者很少會腐爛，多半都是被自然風乾成了木乃伊，可是這副白骨身上半點皮肉都沒有，說不定是讓沙狼給吃光了。

安力滿認為這並不奇怪，那峰白駱駝不是跑進來躲避大沙暴嗎，咱們多虧了跟著牠才倖免於難，這片沙漠不同與有樓蘭遺跡、雅丹奇觀的半沙漠半戈壁，人們進這西邊的黑沙漠，只敢從孔雀河古河道的線路，一點都不敢偏離，憑咱們自己，根本不可能找到這座城堡的廢墟，但是沙漠中的動物們就不一樣了，這座廢城，肯定是胡大賜給沙漠中動物們的避難所，咱們是沒看見，那些破房斷牆後邊，說不定藏著多少避難的沙狼、黃羊、沙豹……，這會兒天上正在刮大沙暴，地上的動物們都嚇壞了，誰也顧不上誰了，等沙暴過去之後，也許會發現狼和黃羊都躲在一間屋子裡，那時候是狼就該齜出牙，是黃羊的就該伸出頭上的角了。

聽說這些破房屋中還藏著不少避難的野獸，葉亦心等幾個膽子小的人，都有些緊張，安力滿也擔心躲在破城牆後邊的駱駝們，他要冒著沙暴出去，把駱駝們栓住，看來這場大沙暴一時半會兒也不會停，還不知道要在這間大屋中耗上多久，於是我讓胖子與楚健兩人也和他一起出去，順便把吃的東西和燃料睡袋都搬進來。

他們三個戴上風鏡，用頭巾裹住口鼻耳朵，從屋頂上的破洞翻了出去。過了吸兩根香煙的功夫，他們仨就回來了，身上全是沙土，胖子把頭巾和風鏡扯掉，一屁股坐倒在地：「我操，這風刮的，要不是我們三個人互相拉著，都能給我們刮到天上去了，不過那老爺子沒蒙咱，我們路過一堵破牆的時候，那後邊藏著六、七隻黃羊，等會兒風小點，我拿槍去打兩隻，咱們吃頓新鮮肉，這幾天都是肉乾，吃得也煩了。」

安力滿聞聽此言，表示堅決不同意：「不可以不可以，你一開槍的嘛，那個槍聲嘛，就把藏在城裡的野獸都嚇，都嚇跑了，牠們就會跑出去，都會被活活埋在魔鬼的黑沙暴裡的嘛，咱們和那些動物們一樣的嘛，都是胡大開恩，才能來這裡躲藏嘛，你不可以這麼樣的。」

胖子說：「得了得了，您趕緊打住，我不就這麼一說嗎，招出您這麼多話來，我接著吃肉乾行不行？胡大他老人家不會連肉乾都不讓咱吃吧？」說罷從包裡取出肉乾和罐頭白酒，分給眾人吃喝。

在大沙漠中亡命奔逃了多半日，現在被沙暴困在這無名古城的廢墟中，除了胖子和安力滿老漢之外，其餘的人都沒心情吃東西，我關心陳教授，就屬他歲數大，在沙漠裡缺醫少藥，可別出點什麼意外才好，我拿著裝白酒的皮囊，走到陳教授身邊，勸他喝兩口酒解解乏。

Shirley楊和郝愛國扶著陳教授坐起來，學生們除了輪到楚健去屋頂破洞旁放哨以外，也都關切的圍在教授身邊。

陳教授好像已恢復了過來，喝了口酒，苦笑道：「想想以前在野外工作，後來被關在牛棚裡三年多，又到勞改農場開山挖石頭，什麼罪沒遭過啊，也都挺過來了，如今老嘍，不中用了，唉，今天多虧了胡老弟了，沒有你，我這把老骨頭非得讓沙暴活埋了不可。」

我安慰了他幾句，說：「我不能白拿楊大小姐那份美金，這些都是我分內的事，您老要是覺得身體不適，咱們盡早回去，還來得及，過了西夜古城，那就是黑沙漠的中心地帶了，環境比這要殘酷得多，到時候後悔就來不及了。」

陳教授搖頭，表示堅決要走下去，大夥不用擔心，這種罕見的大沙暴百年不遇，不會經常有的，咱們既然躲過了，那大難不死，必有後福。

我正要再勸他幾句，Shirley楊把我拉到一邊，悄悄對我說道：「胡先生，以前我覺得你做考古隊的領隊，實在是有點太年輕，還很擔心你有沒有足夠的能力和經驗，今天我終於知道了，這個隊長的人選非你莫屬。有件事還需要你幫忙，咱們領教了大自然的威力，隊員們的士氣受到了不小的挫折，我希望你能給大夥打打氣，讓大家振作起來。」

這倒是個難題，不過掌櫃的發了話，我只能照辦了，大夥圍在一起吃飯，我對大家說：「那個……同志們，咱們現在的氣氛有點沉悶啊，一路行軍一路歌，是我軍的優良傳統，咱們一起唱首歌好不好？」

眾人你看看我，我看看你，都有點莫名其妙，心想我們什麼時候成軍人了？我軍的優良傳統跟我們老百姓有什麼關係？這種時候，這種場合唱歌？一時誰也沒反應過來。

我心想壞了，又犯糊塗了，怎麼把在連隊那套拿出來了，於是趕緊改口道：「不是不是，那什麼，咱們聊聊天得了，我給你們大夥彙報彙報我在前線打仗的一件小事。」

大夥一聽我要講故事，都有了興趣，圍得更緊了一些，邊吃東西邊聽我說：「有一次，我們連接到一個艱巨的任務，要強行攻占三〇六高地，高地上有幾個越南人的火力點，他們配置的位置非常好，相互依託又是死角，我軍的炮火不能直接消滅掉他們，只能讓步兵硬攻，我帶的那個連是六連，我們連攻了三次都沒成功，犧牲了七個，還有十多人受了傷，我們連是全師有名的英雄連，從來沒打過這麼窩囊仗，戰士們非常沮喪，打不起精神來，我正著急呢，忽然團長打來個電話，在電話裡把我劈頭蓋臉的一頓臭罵，說你們連行不行？不行把位置讓開，把英雄連的稱號讓出來，團裡再派別的連隊上。我一聽這哪行啊，把電話掛了，就想出一個辦法來，我對戰士們說。剛才中央軍委給我打電話了，說鄧大爺知道了咱們六連在前線的事跡了，老爺子說六連真是好樣的，一定能把陣地拿下來。士兵們一聽，什麼？鄧大爺都知道咱們連了？那咱可不能給他丟這臉，當時就來了勁頭，上去一個衝鋒就把陣地給拿了下來。」

考古隊的眾人聽到這裡，都覺得有點激動，紛紛開口詢問在前線打仗詳細的情況。

我對大夥說：「同志們，我說這個故事的意思就是，沒有什麼困難是能阻攔我們的，我們最大的敵人就是自己，只要能戰勝自己的恐懼，只要咱們克服掉自己的弱點，就一定能取得最後的勝利。」

在我的一番帶動之下，先前那番壓抑沉悶的氣氛，終於得到了極大的緩解，外邊的大沙暴雖然猛烈，這些人卻不再像剛才那麼緊張了。

吃完東西之後，輪到薩帝鵬去接替楚健放哨，我和胖子去收拾牆角那具遇難者的人骨，就那樣把它擺在那，屋裡的人也不太舒服，睡覺前，先把這具人骨埋了比較好。

現在這麼惡劣的天氣，不可能埋到外邊去，只能就地挖開沙子，挖了沒幾下，工兵鏟就碰到了石頭，我覺得有些古怪，這屋子很高，幾百上千年吹進來的黃沙，堆積得越來越高，這些沙子少說也有兩三米厚，怎麼才挖了幾下就是石頭。

撥開沙土觀看，那石頭黑乎乎的，往兩側再挖幾下，卻沒有石頭，郝愛國等人見了，也湊過來幫忙，一齊動手，挖了半米多深，細細的黃沙中，竟露出一個黑色石像的人頭。

* * *

我們只挖出了它的頭部，這石像完全是用黑色的石頭雕成，上面沒有任何其他的顏色。大小足有常人的兩個腦袋加起來那麼大，眼睛是橄欖形，長長的，在臉部的五官中顯得不大協調，比例占得太大了，頭頂沒有冠帽，只挽了個平髻，表情非常安詳，沒有明顯的喜怒之色，既像是廟裡供奉的神像，也像是一些大型陵寢山道上的石人，不過從石像在這間大屋中的位置判斷，是前者的可能性比較大。

我點亮了一盞氣燈，給他們照明，陳教授看了看，對郝愛國說：「你看看這個石像，咱們是不是以前在哪見過？」

郝愛國戴上近視鏡，仔細端詳：「啊，還真是的，新疆出土過一處千棺墳，那墓中也有和這一模一樣的石人，眼睛非常突出，異於常人，這應該是叫巨瞳石像。」

在新疆天山，阿勒泰，和田河流域，以及蒙古草原的各地，都發現過這種巨瞳石像，關於石像的由來，已不可考證，曾經有學者指出這應該是蒙古人崇拜的某個神靈，根據史冊記載，忽必烈在西域沙漠中有一處祕密的行宮，稱為「香宮」，最早這個石人的雕像就供奉在香宮裡面。

但是後來又過了些年，隨著幾座年代更為久遠的古墓和遺跡的發現，也從中發現了巨瞳石人像，這就推翻了那種假設，又有人說這是古突厥人遺留下來的，到最後也沒個確切的說法，成了考古史上眾多不解之迷中的一個。

考古隊中的幾個學生從沒見過巨瞳石像，掏出筆來在本子上又記又畫，商量著要把下面的沙子挖光，看看石人的全身，郝愛國給他們講了一些相關的知識，說今天大夥都累了，先休息吧，明天等沙暴停了，咱們清理一下這大屋中的沙子，看看有沒有什麼發現。

我換了個地方，挖開黃沙，把那具遇難者的屍骨埋了，他身上沒有衣服和任何能證明他身分來歷的東西，連個簡易的墓碑都沒法給他做，唉，好好的在家待著多好，上沙漠裡折騰什麼呢，就在此安息吧。

我看了看錶，已經是傍晚時分了，外邊的黑沙暴依然未停，反而有越來越猛的勢頭，說不定還會刮上整整一夜。

除了放哨的薩帝鵬之外，其餘的人都用細沙子搓了搓腳躺進睡袋休息了，這是跟安力滿學的，在沙漠裡，水是金子，洗腳只能用細沙子，我找到在房頂破洞下放哨的薩帝鵬，讓他先去睡一會兒，我來替他放哨。

我坐在牆角，把運動氣步槍抱在懷裡，以防有野獸突然躥進來傷人，一邊抽煙一邊聽著外邊的風聲，一想到陳教授他們還要接著往沙漠深處走，真讓人頭疼，誰知道那黑沙漠的深處潛藏著多少危險的陷阱。

沙漠就是這樣，表面上看很平靜，無風的時候，整個大地都像是被金黃色的絲緞所覆蓋，可是在這平靜的表面之下，吞沒了無數人和動物的流沙、瞬息萬變的風沙、各種沙漠中的動植物，都是一個個威脅著探險隊安全的因素，說不好就得出什麼意外，今天遇到大沙暴，而隊員們沒出現傷亡，這絕對可以算是奇跡了。

我想得出了神，一支接一支的吸煙，也不知過了多久，外邊的天已經黑透了，風聲還是那麼大，像是無數魔鬼在哭嚎，不時的有沙子落進屋頂的窟窿，這風再不停，怕是前邊的破城牆就要被沙子吞沒了。

這時我發現Shirley楊醒了，她見我坐在牆角放哨，就走過來，看她那意思是想跟我說話，平時，我很少跟她交談，主要是因為她跟胖子兩人不太對付，互相看著都不太順眼，所以除了必要的交流，我們不怎麼跟她說話，說嗆了她扣我們點錢，那也夠我們受的。

出於禮貌，我跟她打個招呼，Shirley楊走過來問我：「胡先生，你也去睡會兒吧，我替你兩個小時。」

我說不用了，等會兒我叫胖子替我的崗，我讓她再去接著休息，她卻坐在了我的對面，跟我有一搭無一搭的聊了起來。

有件事我一直想問她，為什麼非要找那座古城，也許那座城市早就已經消失了，這麼多年從來沒人見過，她父親和那幾位探險家，未必是死在那座古城裡了，在沙漠中什麼危險都可能遇到，想找到那些迷路的遇難者遺體可真是太難了，而且這片黑沙漠裡還存在著很多解不開的謎團，我曾經看過一些小報，上面說有三個探險家，也是來這裡探險，然後失蹤了，隔了很久以後，人們在沙漠的邊緣找到了他們的屍體，這三具屍體都是脫水死亡的，奇怪的是他們的水壺裡還裝著半壺多的飲用水。類似的事情數不勝數，我們人類對沙漠的了解太少了，沙漠中的動植物種類很多，有些都是屬於未經發現的物種。咱們盡力找也就是了，就算找不到，也不用太過自責。」

Shirley楊點點頭：「胡先生，你說的很有道理，不過我始終堅信我父親他們找到了精絕古城，因為自從他在沙漠裡失蹤之後，我不止一次的夢到一個黑漆漆的大洞，洞口懸著一具大棺材，棺上刻滿了鬼洞文，還纏了很多大鐵鏈，棺材上面還趴著一個巨大的東西，但是我看不清它是什麼，每次都是極力想看清楚那棺材上的究竟是什麼，可是一到那時候，我的夢就醒了，這半年多以來，我幾乎每一晚都夢到同樣的情景，我相信這是我父親給我託的夢，那棺木一定是精絕女王的。」

我心想怎麼美國人也這麼迷信，還信託夢的事，但是看她神色鄭重，也不敢說出反駁她的話來，只是安慰了她幾句，岔開話題，問她那精絕國究竟是怎麼回事。

Shirley楊說：「我父親和陳教授是多年的好友，他們年輕時是同學，都很痴迷西域古文化，四八年，我父親和家裡人去了美國，文革之後，他才再次回到中國，他在美國的時候，曾經買下了一批文物，都是十九世紀早期，歐洲探險家們在新疆沙漠裡發掘出來的珍貴文物，那些歐洲探險家曾在尼雅綠洲附近發現了一處古城遺跡，據考證，遺跡和文物都是漢代的，由一些線索上推測，那裡很可能就是西域三十六國中最強盛的精絕國的遺跡，而我父親和陳教授經過多年的研究，推斷尼雅遺跡，只不過是精絕國的一個附屬城市，真正的精絕主城應該在尼雅的北面，茲獨暗河的下游，我父親就是希望在有生之年，親自找到精絕古城的遺跡，才冒險組織探險隊進入沙漠的。他一生都被精絕的鬼洞文化所深深吸引，關於這個曾經無比輝煌的古城，現存的記載並不多。精絕國是當時西域各小國聯盟的首領，那些小國家，其實現在看只不過是一些貿易路線上，自然形成的大小不一的若干城市，一個小城也以一國自居，而這些小國中最強大的，就是精絕，精絕人以鬼洞族為主，還混雜了其他少數民族，精絕國最後一任女王死亡之後，這個城市就在沙海中消失了，是毀於自然災難，還是毀於戰爭，都無從得知，就像是這個國家根本不曾存在過一樣，但是直到第二次世界大戰前夕，有一位英國探險家，他帶領探險隊進入塔克拉瑪干探險，最後只有他一個人活著走了出來，他的神智已經徹底喪失了，但是相機裡的幾張照片和日記本，卻證實了精絕古城的存在。

「後來也有人曾經想按這條線索去尋找，可是隨後就爆發了二戰，直到最近這三、四年，各個探險隊才有機會進入沙漠尋找寶藏和遺跡。」

Shirley楊取出一個小包給我看，我接過來打開，裡面是一張發黃的黑白老照片，和一本寫滿英文的古舊日記薄，照片的畫面非常模糊，隱隱約約還可以辨別出來，照片拍攝到的是一座在沙漠中的城市，中間立著一座塔，細節上幾乎都看不清楚。

我問Shirley楊：「這難道就是……。」Shirley楊說道：「是的，這是我父親從英國買回來的，這就是那位曾經親自到過精絕古城的探險家，華特先生的日記和照片，這也給了我們一些線索，不過日記中只寫到他們在茲獨暗河的下游，見到一座龐大的古城，準備早上進去探險，之後就沒有了，不知道他們在古城遺跡中遇到了什麼事情，最後僅剩一個神智失常的人倖存了下來。」

我跟她聊著聊著，無意中發現，在被屋中汽燈照亮的牆角處，那座被挖出來一個大腦袋的巨瞳石人像，它的眼睛好像動了一下，我一天兩夜沒闔眼了，莫非看花了眼不成？

第二二章　西夜古城遺跡

自從中午遭遇到猛烈的黑沙暴，我們追著白駱駝，闖進了這沙海中無名小城的廢墟，我就覺得這座破城從裡到外，都籠罩著一層神祕的面紗，看不清那面紗下是不是隱藏著危險，所以我一直保持著高度的警惕，大家都休息了，我也不敢稍有懈怠。

突然見到石像的眼睛動了一下，雖然離得稍遠，屋內燈光又暗，我還是相信自己的眼睛不會看錯，於是我站起身來，走到牆邊巨瞳石人像旁察看。

掛在房梁上的氣燈，被灌進破屋裡的狂風吹得搖晃不定，光線閃爍，映得破屋中忽明忽暗，漆黑的石人像好似一個被活埋的死人，只露出頭部，下面全埋在黃沙之中。

走到近處一看，原來在石人的眼睛上，趴著一隻大螞蟻，有一個指關節那麼大，身體烏黑，尾巴呈血紅色，被氣燈的光線一晃，就閃出一絲微弱的光芒，從遠處看，就如同石人的眼睛在閃光。

我見只是隻螞蟻，就順手一彈，把牠彈到地上，踏上一腳，耳中只聽「嘎吧」一聲輕響，踩了個稀爛，稍稍覺得古怪的是，這隻大螞蟻的身體比起普通螞蟻可硬得多了。

我看了看四周，破屋裡到處透風，不知道這隻螞蟻是從哪爬進來的，Shirley楊走過來問我怎麼回事，我說沒什麼，就是有隻螞蟻，讓我踩死了。

我把正在熟睡的胖子叫醒，讓他去放哨，隨後往火堆裡添了些固體燃料，讓火燒得旺一些，把汽燈熄了，便鑽進睡袋睡覺。

身體疲倦，很快就睡著了，醒來的時候，已經是第二天的上午九點多，外邊的沙暴刮了整整一夜，兀自未停，只是比起先前的風力小了很多，這場魔鬼般的沙暴終於要結束了。

古城遺跡又有一大截陷入了黃沙，露出地面的部分已經不多了，再有兩次這麼大的風沙，恐怕這座無名的古城，就會消失在沙漠之中，不過即使全被黃沙埋住，也不意味著是永遠被埋住，塔克拉瑪干有一半多是流動性沙漠，隨著狂風移動沙漠，不知道多少年之後它還會重見天日。

郝愛國正在指揮學生們挖掘牆角那尊石人，已經挖到了石人的大腿，大夥都圍著觀看，只有安力滿趁風勢減弱，出去照看躲在城牆下的駱駝。

我從包裡取出些乾糧，邊吃邊去看他們挖土，這次跟隨考古隊進沙漠，除了是想看看有沒有什麼大型古墓，也是想和這些專家學些考古方面的經驗。

他們怕損壞石人身上的雕刻，只用工兵鏟挖開外圍的沙子，然後用平鏟和刷子一點點的清理，挖開一部分，清理一部分，同時還要做各種紀錄。

陳教授見我醒了，就對我點點頭打個招呼，看來他身體已經沒問題了，他告訴我現在這次就是讓學生們練練手，增加一些實習經驗，理論知識的學習雖然重要，但是對於考古這行，現場實習同樣是非常重要的，在現場多看、多接觸、多動手，才能有直觀的感受，結合起理論來就會快很多。

沒過多一會兒，學生就清理到了石像的底座，我是頭一次看見這種巨瞳石人像，這石像身穿胡服，雙臂下垂，身體上雕刻了很多花紋，似是某種密宗經文，據陳教授說，這些文字始終沒有被破解，不過隨著最近幾年考古研究領域的拓展，專家們認為這應該是某種符號或暗號，記載了一些遠古宗教方面的信息。至於為什麼會把這些符號雕刻在石人身上，也許是和祭祀行為有關。

但是相關的文獻、壁畫、歷史紀錄等相關的資料則完全沒有，到現在這些也只不過是推測而已。

薩帝鵬在旁聽了教授的講解，請教道：「教授，這種石人的造型和常人差別很大，我覺得有這種可能，古代有種崇拜外星人的宗教，他們見過外星人之後，就認為他們是天神，於是製造了一些這樣的石人出來膜拜，這些石人身上的符號，是一種外星語言。」

郝愛國立即批評他：「小薩你平時學習起來就很不用功，跟你說了多少次了，你是個很聰明的孩子，不要把腦筋用到歪處，怎麼連外星人都搞出來了？對待歷史、對待考古，要嚴肅。」

陳教授沒有生氣，反而露出慈祥的笑容：「有想像力不是壞事，年輕人，思路活躍，是很好的。團結緊張，嚴肅活潑，這一點都不矛盾嘛，不過，我們考古、研究歷史，就是一定要遵循一個原則：大膽的假設、謹慎的求證。想像力要建立在現實的依據之上，缺乏依據的想像力是不牢靠的。咱們就拿這巨瞳石像來說吧，古代人喜歡通過天文現象來判斷吉凶禍福，每當夜晚他們眺望星空，會不會希望自己的眼睛看得更遠一些呢？在製造石像的時候，會不會把這種願望加入進去？這種可能性是很高的，四川的三星堆也出土過一些造像，眼睛長長的延伸出去，保守的說，這極有可能寄託了一種古人對探索欲望的表達。」

我聽到此處，也不禁嘆服，還是教授有水平，不拿大道理壓人，比起陳教授的境界，郝愛國就差太多了。

陳教授繼續說：「你所說的外星人，也不是沒有可能，並不是一提到外星人，就意味著外國小說中虛構的科學幻想，其實最早對外星人的記載，還是出現在咱們中國古代的筆記和壁畫中，早在七千五百年前，賀蘭山的原始部落壁畫中，就出現了身穿太空服的宇航員形象，他們從一個大圓盤中走出，周圍的動物和居民四散奔逃，這些恐怕不是當初的人類能靠想像力想像出來的，那應該是一幅記錄發生重大災難和事件的記錄性質的壁畫。類似的情況在周時期的鼎器，以及一些古籍中都有記載……」

這時安力滿冒著風沙從屋頂的破洞中跳了回來，告訴眾人沙暴就快過去了，用不了半個小時，天就會放晴，全憑真主保佑，沙子已經快吞沒外邊的城牆了，如果再多刮兩個小時，咱們今天就要被活埋在這了。

本來眾人還有些擔心，雖然見風勢小了，卻不知什麼時候能停，有了安力滿這番話，就徹底把懸著的心放下了，學生們專心的聽陳教授講課，我在火堆上煮了壺茶，準備讓大家喝完了就動身上路。

茶剛剛煮沸，圍著巨瞳石人像的幾個人突然齊聲尖叫，都向後跳了開來，有的人喊：「啊……怎麼這麼多大螞蟻？」有的人喊：「哎呦！這邊也有！」

我急忙去看，只見石人腳下的沙土隆起一個大包，就像噴泉一樣湧出無數的大螞蟻，有人用鏟子去拍，一下就拍死上百隻，但是同時又從沙子裡冒出上千隻。密密麻麻的，瞧得人頭皮發緊。

開始以為是他們挖沙子，挖開了螞蟻窩，馬上就發現不是這麼回事，地面上出現了十幾個大洞，越來越多的螞蟻從中爬了出來，每一隻都是漆黑的身體、紅色的尾巴，紅黑相間，像決堤的潮水一樣不計其數。

安力滿只看了一眼，扭頭就往外跑，胖子等人還想用工兵鏟去拍，就在這一瞬間，螞蟻已經多到無從下手的地步了。

Shirley楊是美國《國家地理雜誌》的攝影師，去過的地方多，見聞也廣，只聽她焦急地對眾人喊道：「大夥快從屋頂爬出去，這是沙漠行軍蟻，走慢一點就要被啃成骨頭架子了。」

數以萬計的沙漠行軍蟻，已經堆滿了半間屋子，地下還源源不斷的爬出更多，不僅是地下、房梁上、牆壁裡，到處都在往外爬。陳教授、葉亦心幾個人被這駭人的情形驚得雙腳軟了，哪裡還走得了半步。

＊　＊　＊

別說那幾個知識分子，就連我和胖子這樣的人，都覺得全身發抖，這些沙漠行軍蟻太可怕了，說不定屋中原來那具人骨，就是牠們的傑作，怪不得一點皮肉都沒剩下。

我努力讓自己冷靜下來，一看周圍的人，發現安力滿這老傢伙又是自己先逃了出去，他娘的，這個老油條，看見危險就跑，昨天還信誓旦旦的要和我們同甘共苦。

來不及去咒罵安力滿這個臭老頭，眼看工兵鏟的拍打已經阻止不住潮水一般的沙漠行軍蟻，我一腳踢翻正在煮茶的火堆，把半鐵罐子固態燃料全倒了出去，在屋中形成一道火牆，碰到火牆的蟻群立即就被燒焦，稍稍阻住了沙漠行軍蟻的前進勢頭。

那些沙漠行軍蟻數目太多，而且毫不遲疑的衝向火牆，想利用數量把火焰壓滅，多虧固體燃料燃燒性很強，不過被蟻群壓滅只是遲早的事。

利用這一點時間，我們拿上能拿的行李裝備，連拉帶拽，都出了破屋，外邊的風沙已很小了，只見數百隻黃羊、野駱駝、沙狼、沙鼠、鬣蜥在古城的廢墟中亂躥，不僅是我們剛才所在的大屋，很多地方都冒出一片片的沙漠行軍蟻，有些動物稍微跑得慢了些，立刻就被沙漠行軍蟻覆蓋。

沙漠行軍蟻的口中含有大量蟻酸，成千上萬隻一齊咬噬，就是大象也承受不住，一些沙狼和黃羊紛紛倒地，沙漠行軍蟻過後，牠們就只剩下一堆白骨了。

這城中的沙漠行軍蟻數量何止千萬，彷彿整個古城就是一個巨大的蟻巢，我們被困在屋頂上，只能揮動工兵鏟把爬上來的行軍蟻掃落。

遠處的城牆下，安力滿正在忙著解開栓住駱駝的繩索，我把步槍扔給胖子：「打他帽子。」胖子舉起步槍，毫不遲疑的對準安力滿扣動扳機，「啪」的一聲，安力滿的皮帽子被子彈擊飛，嚇得他一縮脖子，回過頭來看屋頂上的人。

我對他大喊：「老頭，你要是敢跑，第二槍就打你的屁股，胡大肯定沒意見。」

安力滿連連擺手，示意不跑了。但是屋下已經布滿了沙漠行軍蟻，我們暫時下不去，在屋頂上也不是辦法，正沒理會處，卻見一堵破牆轟然倒塌，一隻小牛犢子般的大螞蟻從裡面爬了出來。

這是隻蟻后，身上長著六對透明的大翅膀，可能是由於沙暴的襲擊，驚動了藏在巢穴深處的蟻后，牠們正準備遷移。

見了蟻后的這等聲勢，考古隊員們人人臉上變色，Shirley楊叫道：「擒賊先擒王，快開槍幹掉牠。」

胖子拍了拍手中的運動氣步槍，急得直跺腳：「這槍口徑太小，他媽的打不動啊。」話雖然這麼說，還是開了槍，把彈倉中剩餘的子彈，全射向了蟻后。

我摘下擋風沙用的圍巾，把剩下的固體燃料全用圍巾包了起來，掏出打火機點燃了圍巾的一角，當作燃燒彈，從屋頂上砸向下面的蟻后。

這招竟然收到了奇效，火借風勢，把那巨大的蟻后身體包圍，蟻后吃痛，掙扎著在沙子上滾動，越滾火燒得越大，這種壓縮燃料，只有一點就能燃燒十幾分鐘，何況這半桶多，足有一公斤左右，火越燒越大，四周的沙漠行軍蟻都炸了營，奮不顧身的衝向蟻后，希望憑藉數量，將火焰撲滅。

我見機會來了，對大夥一招手，拎著工兵鏟當先跳下破屋，把零散的沙漠行軍蟻驅散，大個子楚健背了陳教授，郝愛國、葉亦心等人互相攙扶著，胖子斷後，一行人都從突破口衝了出去。

這時候安力滿已經把受到驚嚇的駱駝群控制住了，大夥都爬上了駱駝，催動駝隊向城外跑，身邊不時有各種野獸躥過，平時碰上都是你死我活的，這時候誰也顧不上誰了，全都拚了命的奔逃。

駝隊奔出數百米，我回頭看去，古城破敗的遺跡已經看不見了，無數的沙漠行軍蟻，翻翻滾滾的跟開了鍋的紅黑色海水一樣，沸騰著從地下蜂擁而出。不過只要沒被這大隊蟻群包圍，就沒有危險了。

安力滿解釋說他是想先出去，解開栓駱駝的繩子，要不讓蟻群把駱駝們啃成骨頭，咱們想跑都跑不掉了，並不是自己先逃命。

胖子不信，用大拇指指著背上的步槍：「你甭跟我說，以後要解釋，跟我這枝槍解釋。」

安力滿的理由似乎很充分，也不能憑這就認定他是拋下眾人獨自逃跑，以後在沙漠裡還有很多地方離不開他，我不願意就此和他鬧翻，於是攔住胖子，不讓他繼續說了。

我對安力滿說：「咱們在沙漠中一同見到了吉祥的白駱駝，又逃脫了沙漠行軍蟻的圍攻，這都是胡大的旨意，他老人家認為咱們是兄弟，都是虔誠的信徒，所以我們都相信你，背叛朋友和兄弟的人，胡大會懲罰他的。」

安力滿連聲稱是：「讚美阿拉，胡大是唯一的真神，咱們嘛，都是頂好頂好的朋友和兄弟嘛，真主是一定會保佑咱們的嘛。」

這場不大不小、有驚無險的插曲就算是結束了，誰知道過了西夜古城的沙海深處，還有什麼麻煩等待著我們，我還是得想辦法勸陳教授他們回去。

我們離西夜古城的遺跡還有不到半天的路程，風已經停了，火球一樣的太陽懸掛在半空，在沙漠裡行路，最重要的是保持自身有足夠的水分，白天趕路原是大忌，但是我們的水還很充足，到了西夜城就可以補充清水，所以就頂著似火的驕陽在沙漠中前進。

白天的沙漠，另有一番景色，在上古時代，喜馬拉雅山的造山運動形成了塔里木盆地，整個新疆的地形，就像是一個大碗，碗中盛著一碗金色的黃沙，而我們這九個人、十九匹駱駝組成的駝隊實在太過渺小，其比例還不如這碗金沙中一粒沙子的萬分之一。

大漠茫茫，沒有邊際，要不是身後長長的足印，甚至都感覺不到自己是在不停的前進，真是佩服那些獨自一個人進入沙漠戈壁灘的探險家，也許只有那樣孤獨的行走在天地之間，他們才會體驗到生命真正的意義，佩服歸佩服，我這輩子是不打算那麼幹，還是集體生活適合我。

薩帝鵬等人好奇心很強，邊走邊讓Shirley楊說沙漠行軍蟻的事情，Shirley楊以前並沒有親眼見過，只是見過沙漠行軍蟻洗劫過的村莊，人畜都被啃得只剩下骨頭，慘不忍睹。

這種蟻群之所以叫行軍蟻，是因為牠們具有高度的組織性、紀律性，以兵蟻為主，如果和人類的軍隊相比，除了機動能力和火力之外，訓練有素的人類軍隊的協調組織能力，根本不能同沙漠行軍蟻相提並論。

他們邊走邊說，腳下的沙丘忽高忽低，起伏的程度前所未有，安力滿說這些密集的沙丘下都是被黃沙吞沒的古代城市，他引領眾人走上最高的一個大沙山，指著南面告訴大家，那裡就是咱們的中間站，西夜古城的遺址了。

我舉起望遠鏡，向南方望去，沙海腹地的一片綠洲，盡收眼底。

* * *

沙漠中的綠洲，就像是妝點在黃金盤子上的綠寶石，遠遠看去，一座黑色的城池遺跡矗立其中。

西夜城的遺址保存得相當完好，這座城的年代也比較晚，一直到唐末才毀於戰火，從那以後，就被遺棄至今，十九世紀初，德國探險家們發現了這裡，把遺跡裡的大部分壁畫和雕像等有藝術價值的文物，都劫掠一空。

沙漠中只剩下這座空城，最古老的孔雀河古河道，到此為止。由於城中從古到今，一年四季都有地下水脈通過，這裡就成了沙漠中旅人的一處重要補給點。

駝隊下了大沙山，緩緩向著綠洲前進，安力滿和我商議，到了西夜城多歇兩天再進黑沙漠，進去了就不容易回頭了，這些天駱駝們受了驚嚇，又馱著大批物資，非得好好養足了腳力才能再次出發。

此言正合我意，我巴不得多停幾天，好找藉口勸考古隊打道回府，也別找什麼精絕古城了，就在附近挖兩坑，轉悠轉悠得了，最近我越來越覺得力不從心，再往沙漠深處走，早晚要出大事，到那時，恐怕就不會像先前幾次那麼幸運了。

我放慢駱駝的腳步，和陳教授並騎而行，我對他說道：「教授，咱們進了西夜城，休息個三、五天，五、六天再出發怎麼樣？」安力滿說：「駱駝們都累壞了，要不讓牠們歇夠了，咱們就得改開11號了。」

陳教授聽得不解，問道：「什麼……11號？怎麼開？」

我說：「教授您怎麼連11號都不知道，就是拿兩條腿走路啊。」說罷我用兩個手指模仿兩條腿走路的樣子：「這不就是11號嗎？」

陳教授大笑：「胡老弟你啊你，哪來的這麼多新鮮詞？真有意思，好吧，咱們就在裡邊好好修整幾天，我也正想好好考察考察這座名城的遺跡。」

在沙山上看離綠洲不遠，卻足足走了三個小時才到，城牆是用黑色的石頭砌成，有些地方已經塌陷風化，損毀得十分嚴重，只有當中的主城造得頗為堅固，還依稀可見當年輝煌的氣象，一些油井工人、探險隊、地質勘探隊路過此處，都是在主城中留宿，用石頭把門擋住，就不用擔心狼群的襲擊。

自從七〇年代中期，內蒙、新疆、西藏都展開了轟轟烈烈的打狼活動，大規模的狼群已經完全絕跡了，只剩下些三五成群，或是獨自行動的孤狼，都不足為患。

何況我們人多，又帶著槍，自然不用擔心有狼，正值風季，這裡除了我們之外，再沒有別的人來，便在主城中找了間寬敞的屋子，點燃營火，吃飯煮茶。

我和安力滿兩人找到城中的古井，據說幾千年來，這口井就沒乾涸過，安力滿說這是胡大的神跡，我對此不置可否，用皮桶打上來一桶井水。井很深，放了幾十米的長繩才聽見落水聲，拎出來之後我先喝了一口，冰涼冰涼的，直沁入心脾，在沙漠中被毒太陽晒的火氣頓時消失，心裡說不出的舒服受用。

把十九峰駱駝都安置在井旁，一一飲得飽了，又取出鹽巴、豆餅給牠們吃，隨後拎起兩大桶井水回到考古隊員們休息的屋子。

這些人都累透了，倒在地上呼呼大睡，有的人嘴裡還咬著半塊餅，吃著半截就睡著了，我沒驚動他們，這幾天也夠他們受的了。

燒開了一大鍋水，這才把陳教授等人挨個叫醒，逼著他們用熱水燙腳，然後把腳上的泡都挑破了。

這一切都忙完了，我才睡覺，昏昏沉沉的睡了整整一天一夜，疲勞的身體終於恢復了過來，晚上大夥圍坐在一起聽胖子吹牛。

胖子口若懸河，給眾人講東北老林子裡物產多麼豐富，山珍野味多麼多麼好吃，哪像沙漠啊，除了沙子就是沙子，風又大，打隻黃羊吃一口，都吃出一嘴沙粒子，特別是大小興安嶺，什麼好吃的都有，自古就有這麼一個說法：棒打麅子瓢舀魚，山雞飛進飯鍋裡。你們能想像得出來獵人們自由自在的生活嗎？

幾個學生閱歷淺，都讓胖子侃傻了，薩帝鵬推了推鼻梁上的眼鏡，好奇的問道：「王大哥，什麼是棒打麅子？用棍子打嗎？」

胖子說：「眼鏡兒啊，看你挺好學，就告訴告訴你，就是說你走在大山裡，拿根棒子，隨手一掄，就砸死隻麅子，在河裡用瓢，瞎撈都能撈到大肥魚，這就是說物產豐富啊。」

Shirley楊哼了一聲，對胖子所言不屑一顧：「沙漠也有沙漠的好處，沙漠中動植物的種類並不比森林中的少，而且塔克拉瑪干沙漠雖然處於盆地的最低處，但是在某種意義上，這裡是古代文明的一個高峰，森林裡除了野鹿、狗熊還有什麼？」

我怕他們倆打起來，趕緊說屋裡有女士，我們哥兒倆出去抽根菸去。邊說邊把胖子拉到外邊。

天上明月如畫、繁星似錦，照得大地一片銀光，我給胖子點上支菸，勸他多讓著點Shirley楊，胖子說：「我當然不能跟她一般見識，她們美國人不懂事，咱不能不懂啊，何況又是個女流之輩，要是個男的，早給他腦袋擰下來當球踢了。」

我笑道：「沒錯沒錯，你是什麼人啊，撒泡尿都能把洋灰地面滋出個大坑來，你可務必得大人有大量，別把Shirley楊的腦袋揪下來，要不咱那工錢找誰要去，兩萬美子，那不是小數目。」

說笑了幾句，我抬起頭吐了個煙圈，只見天空中巨門星、左輔星、右弼星，三星閃耀，排列成一個正三角形，中心太陽星、太陰星並現，好一組乾甲輳熚金吉星。

以前從來沒仔細研究過天星風水，只是為了到考古隊混些錢才硬著頭皮看了若干遍，此時一看，風水祕術中天字卷的內容，馬上就在腦海中浮現了出來。

我連忙跑回屋去，拿了羅盤，又蹬上城樓的頂端，對照天空的星宿，這處吉星籠罩之地，就在城中的古井處，這是我第一次實踐天星風水，心裡沒底，不過多半不會看錯，我家這本《十六字陰陽風水祕術》不是俗物，那麼就是說在地下水脈附近，必定會有古墓？墓葬倒是有抱水這麼一說，不過這是否離得也太近了？

不管怎麼說，這是個重大發現，我得把這件事告訴考古隊，最好他們在這發現點什麼，有所收穫，大概就不會非要進黑沙漠了。

＊　　＊　　＊

陳教授大喜，帶著學生們興沖沖的趕到井邊，張羅著要下去瞧瞧，這口井的井欄和絞索都是後來重新裝的，以前的早就不知在何時毀壞了。

安力滿攔住眾人說：「這個嘛是聖井嘛，胡大是不允許凡人下去的嘛。」

郝愛國把安力滿拉到一旁，給他大談考古的政策，發掘古墓是為了更好的保護，這樣才能把這筆文化財富留給人民，現在新疆盜墓事件屢見不鮮，連外國人都來偷著挖，要是政府不出面保護，這些寶貴的東西都要流失了。

我和Shirley楊商量了一下，井很深，可以做個雙扣安全鎖，把人吊下去看看究竟有什麼東西。

那只能是我下去了，下面雖然有水脈，還是不敢大意，戴上了防毒面具、手電筒、哨子、工兵鏟、匕首，暗中藏了黑驢蹄子和摸金符，伸手試了試繩索的堅固程度，商量好聯絡的辦法，如果用手電筒向上晃三圈，上邊的人看見了就會停住不再放繩，第二次向上晃手電筒，就是讓人往上拉，為了預防發生意外，還帶著哨子，如果看不見手電筒的光線，就用哨聲來聯絡。

這時安力滿已經被郝愛國做通了思想工作，楚健胖子再加上他，三個人給我往下放繩子，我一點點的從井口降了下去。

這時正是晚上，除了手電筒的光線，四周全是一團漆黑，抬頭也看不清楚井口的所在，越降越深，沙漠中的夜晚氣溫很低，再加上井中的溼度大，讓人感覺從骨子裡往外的冷。

井壁溜滑，難以落腳，據說這口古井的年代比西夜城還要久遠得多，是先有這口井，後來才有的西夜城，忽然一股涼風吹來，我急忙用手電筒去照，見那井壁上有一道石門。

我對準頭頂，又吹哨子又晃手電筒，這裡離井口還不算遠，只有十五、六米深，只要大聲說話，上面的人就能聽見，他們接到信號，馬上停止再放繩子，我剛好懸在石門靠下一點的地方。

冷風就是從石門的縫隙中吹出來的，我用手一推，感覺石門很厚，沒有石鎖石栓，縫隙雖然大，卻推不動，需要用撬棍才能打開。

我見進不去，就發出第二次信號，讓他們把我拉了上去，我把井下的情況詳細的說了一遍，陳教授稱奇不已：「奇怪，這也許不是陵墓，是條暗道之類的，天下哪有陵墓修在井邊，還留條這麼詭祕的通道呢？」

胖子自告奮勇：「管他是什麼，亂猜也沒意思，咱們進去一看便知，你們把我弄下去，我去撬開石門。」

我說：「算了吧，要下去還是我拿著撬棍下去，胖子你太沉，萬一把繩子墜斷了，我們還得下井裡撈你去。」

這次我們做了一條繩梯，這樣石門開了之後，誰想下去就可以從繩梯爬下去，最後決定下去的人包括陳教授、Shirley楊、薩帝鵬和我四個人，胖子等人留在上面。

仍然是我先下去，用撬棍撬動石門，看來這道門以前經常開闔，要不然不會有這麼大的縫隙，不過最近幾百年可能沒開啟過，在繩梯上使不上力，為了開這道門著實費了一番力氣。

石門後是磚石結構的甬道，寬敞工整，裡面黑漆漆的深不可測，我招呼上面的Shirley楊他們下來，一個一個把那三人拉進了甬道。

Shirley楊分給眾人一種藥片，說能預防缺氧，然後再戴上防毒面具，往裡面走就萬無一失了。

四人向裡面走了大約五十來米，一連經過兩道石門，最後一道門密封得很緊，石門上浮雕著不知名的異獸，門縫上貼著死獸皮，用平鏟把獸皮一塊塊的切掉，才得以把門打開。

走到盡頭，就進入了一間寬敞乾燥的石室，長寬差不多都是六、七十米，高三米，四個人站在裡面一點都不顯得局促擁擠。

這空間雖然寬敞，氣氛卻絕不輕鬆，地上累累白骨，都找不著能下腳的地方，看那些骨頭都是些動物的，極其鬆散，一踩就碎，四周立著幾十根木頭柱子，上面綁著一具具風乾的人類屍骨，看體型全是壯年男子。

我和陳教授、Shirley楊三人都久經歷練，只是覺得這地方詭祕，沒覺得害怕，只有薩帝鵬見到這麼多乾屍，嚇得連話都說不出來，教授走到哪，他就跟到哪，一步也不敢遠離。

Shirley楊看了看那些乾屍，嘆道：「真慘啊，都是殉葬的奴隸或囚徒之類的人吧，實在太野蠻了。」

陳教授對眾人說道：「看來這裡是間舉行祭祀重要死者的所在，這是古時姑墨的風俗，這些個人都是罪犯，綁在沙漠中活活渴死，被完全風乾之後，才擺到這裡，然後宰殺動物的鮮血，淋到這些乾屍身上，咱們找找看，這裡應該有間墓室。」

我們轉了一圈，四處察看，四面都是石壁，敲擊了幾下，後面顯然是實心的，不會有什麼別的空間。

還是Shirley楊心細，發現石室的地板有問題，我把地上的碎骨頭都撥開，地面上露出一塊也是帶有浮雕的大石板，兩端還有兩個拉環。

我招呼薩帝鵬幫我把石板拉起來，見他全身抖成一團，忍不住好笑，便讓他順原路回去，免得在這裡嚇尿了褲子，順便把郝愛國換下來，他一定對這詭異的墓穴感興趣。

薩帝鵬像得了大赦，匆匆忙忙的跑了回去，陳教授又好氣又好笑：「唉，這個孩子，膽子太小，不是幹考古的材料啊。」

我和Shirley楊合力拉開地上的石板，隨後扔進去一支冷煙花，把下面照得通明，只見地面下是一間和上面差不多大的墓室，中間擺放著一口四方形的棺木，說是棺材但和內地的差別也太大了一點，沒有任何裝飾花紋，也不是長方形，方方正正的，倒像是口大箱子。

這種墓穴和棺木的形式別說我沒見過，以陳教授之淵博，都瞧不出個究竟，這恐怕是一種早已失傳的古代少數民族的墓葬形式，很大程度上受了漢文化的影響，但是弄得似是而非，加入了很多他們自身的東西，實在是罕見已極。

這時郝愛國帶著楚健趕來了，他一見這裡的情景，激動得兩眼冒光，戴上防毒面具，第一個跳了下去，這裡看看，那裡瞧瞧，後腦勺都快樂開花了，我一直以為他是個嚴肅古板的人，想不到此時他就像個孩子，他現在就差手舞足蹈、抓耳撓腮了。

我們也陸續下到底層的墓室，一看周圍，都忍不住「啊」了一聲，墓室的四壁，全是精美絕倫的彩色壁畫。

陳教授看到其中一副，也激動得夠嗆：「這……這畫裡記載的事，和精絕國有關啊。」

我最想看的東西是值錢的陪葬品，這口棺材不小，說不定裡面有什麼好東西，雖然當著教授他們不能拿走，但是也能開開眼，我現在感覺是個貴族的墓，就比那黑風口那座將軍墓奢華。

但是陳教授在看墓室的壁畫，並沒理會中間的棺木，我只好耐著性子等待，只聽陳教授給郝愛國他們講評這些壁畫。

這前面幾副畫說明墓主生前是姑墨的王子，姑墨是精絕的屬國，備受欺壓，每年都獻去了大批的財寶和牛羊、奴隸，他曾經去向精絕女王請求給他的臣民自由，一連去了三次，都沒有見到女王的面。

這副畫大概是說他不甘心，勇敢的王子是太陽戰神的化身，他獨自潛入精絕想刺殺邪惡的女王，卻發現一個大祕密。

我聽著聽著也被教授的話吸引，我很好奇那究竟是什麼祕密？走過去和Shirley楊等人一起傾聽教授的解說。

陳教授走到下一幅壁畫旁，仔細看了良久：「這個意思可就很古怪了，你們看這畫上王子躲在角落裡窺探，精絕女王的臉在所有的壁畫中都是蒙著面紗，這張畫中女王只有背影，她一隻手揭起了面紗，對面的一個人，好像是奴隸之類的，就變成了一團影子……消失了？」

我聽得糊塗，正想細問，卻聽Shirley楊說道：「這女王是個……妖怪。」

*　*　*

「妖怪？」陳教授聞言稍稍楞了一下，隨即對Shirley說道：「有意思，說說妳的想法。」

Shirley楊指著壁畫說道：「畫這壁畫的畫師繪畫技藝很高，構圖華麗而又傳神，敘述的是姑墨國王子生平的重大事跡，雖然沒有文字的注釋，但是特徵非常鮮明，我們可以通過壁畫得到直觀的感受，清楚的了解畫中的事件和人物。」

我一邊聽她對壁畫的解析一邊仔細觀看，確實如她所言，壁畫中的人物、服飾、建築、神態都唯妙唯肖，如果對西域文化有所了解，可以通過畫中的這些信息，大致掌握畫中所記錄的事件背景。

只聽Shirley楊繼續說道：「教授您剛才所說的這幅壁畫，是所有壁畫中最難理解的一幅，畫中女王揭開了始終罩在臉上的面紗，她對面的一個人物，就變成了虛線，這所有壁畫中的人物都是寫實的，唯獨見到精絕女王正臉的人變成了虛線，只畫了一個隱隱約約的輪廓，從這個僅有的輪廓上，我們看不出這個人物的身分……，只能推測這個虛線的人物，是個奴隸或者刺客之類的人，是女王想要除掉的一個敵人。」

我聽到這裡忍不住插口問了一句：「楊大小姐，妳的意思是……畫中這個人見了女王的臉，就此消失了？」

Shirley楊說：「胡先生說的差不多，倘若用我的話來解釋，我會說成是女王的眼睛看了這個人，這個人就消失了。」

我搖頭苦笑：「大活人？看一眼就沒了？消失了？這……這也太……不可思議了，實不相瞞我理解起來有些困難。」

陳教授似乎可以理解Shirley楊的意思，示意讓她接著說下去。

Shirley楊說：「我雖然只是推測，卻並非憑空而談，家父生前喜歡讀一本叫作《大唐西域記》的書，是唐代高僧玄奘所著，我也曾看過數遍，書中記載了很多古西域的傳說，有些是神話傳說，也有不少是真實的事件，其中有一則沙漠女王的傳說，在沙漠的深處，有一個城市，城中居住著一個來自地下的少數民族，他們統治征服了其他的周邊小國，經過數百年後，王位傳至最後一任女王，傳說這位女王的眼睛，是連接冥界的通道，她只要看她的敵人一眼，對方就會憑空消失得無影無蹤，而且永遠也回不來了，消失的人去了哪裡，恐怕只有那些失蹤的人自己才知道。女王採取高壓統治，她要所有鄰國的百姓，都把她當作真神供奉，所有反抗的人一律活活的剝皮處死，也許是她的舉動觸怒了真主，女王沒折騰幾年就身患奇疾，一命嗚呼了。

「那些奴隸們最怕的就是女王，她一死，奴隸們和周邊受女王欺壓的幾個國家，就組成了聯軍，血洗了女王的王城，聯軍準備要毀壞女王的陵墓，就在此時天地變色，可怕的風沙將王城和聯軍一起吞沒，女王的墓穴以及她搜羅來的無數財寶都被掩埋在黃沙之下，經過了幾百年之後，沙漠的流動使得王城再次重見天日，有些旅人經過那裡，他們只要是拿了城中任意一點財物，就會引發沙漠風暴，煙雲驟起，道路迷失，拿了女王財寶的人永遠也無法離開。

「但是這個傳說中神祕的王城、邪惡的女王，以及年代背景等等信息，書中都沒有明確的記載，今日在此見到墓中的壁畫，對照那個遠古的傳說，兩者竟然有很多相似的地方，讓人覺得那不僅是個傳說，也許在塵封的歷史中，真的曾經發生過這樣一些事。」

Shirley楊讓眾人看接下來的幾幅壁畫：「我們之所以敢肯定，畫中的女王就是精絕女王，是由於精絕人特殊的服飾，還有精絕獨特的建築物、裝飾品，這些都是最有力的證據。教授，胡先生，你們再看後邊的幾幅壁畫，更加證明了我推論的可靠，這幾幅壁畫表達的意思很明白，王子行刺沒有成功，他回國後繼續謀劃怎麼樣除掉女王，這時王子遇到了一位遙遠國度來的占卜師，占卜師讓王子將特製的慢性毒藥藏進金羊羔肉中，然後進貢給女王。果然過了不久傳來女王暴斃的消息。而同時，王子也因為操勞過度，過早的去世了，他和他心愛的妻子合葬在一起。占卜師設計了一個陵墓，把他們安葬在聖井的祭壇下邊。」

原來是先有上面的祭壇，然後才修的這間墓室，而這壁畫中記載的事件，與那個書中的傳說絲絲入扣，陳教授見Shirley楊雖然是攝影師，但是畢竟出身考古世家，家學淵源，老同學有女如此，甚覺欣慰，這時想起那位失蹤在沙漠深處的老友，又不由得老淚縱橫。

Shirley楊對教授說：「您多保重身體，別太難過了，這次咱們收穫不小，對精絕遺跡的了解有了突破性、實質性的進展，我相信不久之後，咱們一定能夠找到精絕古城，先父在天有靈，也能瞑目了。」

我心中暗暗叫苦，本想找到個古墓，讓他們就此掉頭回去，沒想到事與願違，看這情形，再勸他們也沒用了，早知道當初我就假裝看不見了。

我忽然想起Shirley楊說精絕國的女王是個妖怪，便問道：「楊大小姐，我記得先前聽你們談論時說起過，女王是西域第一美女，別的女人在她面前，就如同星星見到了太陽般黯然失色，怎麼又說她是個妖怪？她倘若真是妖怪，咱們去找她的墓穴，豈不是送死嗎？」

Shirley楊說道：「這些事都是傳說，加上咱們的推論，並不一定能夠肯定就是事實，考古就是這樣，傳說、記載、出土的古物，再加上學者的推測，這些內容越多，就越接近歷史的真相，但是我們能做到的，只不過是無限的接近真實，任何歷史都不可能被還原。在古代，人類對世界的認知程度很低，一些現在看來很普通的現象，在古代就會被誇大成妖魔鬼怪或者神跡，即使到了科學高度發達的今天，仍然有些現象無法用科學來解釋，我相信這並不是因為真的存在神和惡魔，而是科學的探索領域還不夠廣泛，在以後的歲月中，一定能通過科學的途徑，找出所有不解之謎的答案。」

我又問道：「那麼精絕國女王用眼睛可以把人變沒了，這件事在科學與文明都很發達的今天，咱們應該怎樣去理解呢？」

Shirley楊說：「胡先生，不知道你有沒有聽過美國一個轟動一時的事件，在美國肯薩斯州的特殊現象與病理研究中心，曾經出現了一位奇特的患者，這是一個十二歲的男孩，他從小就有一種特異功能，長時間凝視一個直徑小於五公分的物體，這件物體就會消失，如同蒸發在空氣中一樣。鄰居們把這個男孩視為異類，說他是妖怪。他的父母也深受困擾，所以希望政府有關部門能夠幫助他們把孩子治好。」

這可奇了，我從來沒聽說過，我們中國的事我知道的都不多，更別說美國的異聞了，這種病究竟是怎麼回事？聽上去和那妖怪女王如出一轍，最後這小孩被治好了嗎？

Shirley楊說：「經過科學家們的研究，發現這個小男孩的腦電波異於常人，他的腦神經和視覺神經產生出一種搬運能量，這種能量連接著一個虛數空間（無法探知的空間），這種特異功能在人類中所占的比例是三十億分之一，最後有一位研究人員找出一個辦法，他們製作了一個磁性頭盔套在小男孩的頭上，一年之後，他的特異功能就消失了。當時美國軍方曾經計畫把這個小孩祕密的送到軍事研究所裡，但是這事敗露了，在民眾中引起軒然大波，軍方不得不放棄了這個計畫。」

聽了這件事，我心裡還是有些嘀咕，那傳說中的邪惡女王，只怕不是那個美國小孩那麼簡單，死我倒不怕，倘若我們真的找到女王的古墓，萬一被她變到那個不知道是什麼地方的地方，那便如何是好？反正先走一步看一步吧，真有危險，我就使用強硬手段把他們帶回來，誰敢不服從命令？他娘的，我就不信了，這幾個知識分子的胳膊還擰得過我老胡的大腿不成，還反了他們了。

這一番長談，浪費了不少時間，周圍的壁畫都研究完了，我請示陳教授，棺材裡面的東西，咱還看嗎？

第二三章　黑沙漠

陳教授連連搖手：「開不得，姑墨王子夫妻合葬的這口棺木，是國寶啊，咱們現在沒有條件，環境也不合適，一旦打開就會破壞密封的棺木和裡面的物品。咱們此行的目的是向上級提交評估報告，申請發掘，或者對這些古代文明遺產給予應有的保護。回去讓愛國帶著楚健他們把紀錄做好就行了，報告由我親自來寫。」

看來我是沒機會看看這棺裡有什麼好東西了，明知道教授說得有理，仍然免不了有些失望，當下和他們一起爬回了上一層的祭祀間。

祭祀間的石門上原本封著很多獸皮，都被我用平鏟切碎了，陳教授說這些都是牛羊的皮，為了保持祭祀間的乾燥，隔絕聖井的水氣，古代姑墨人把活的牲口帶進祭祀間宰殺，之後馬上把剛剝下來還帶著熱血的獸皮，貼在石門的縫隙上，而牛羊的肉和內臟則切割乾淨，只留下骨頭，石門直到下一次祭典才會再次開啟。這種宰殺牲畜、剝皮剔骨、木樁綁乾屍的詭異儀式，是為了保持聖井的水源，讓它永不乾涸，古代沙漠中的人們認為生命的靈魂來自神聖的水，這和達爾文的生命起源論，在某種程度上來講已經非常接近了。

我們不可能再用那些獸皮來封住石門，除了駱駝，這周圍沒有大型動物，但是十九峰駱駝對我們而言格外的珍貴，自是不能剝駱駝皮封門，只是用數層膠帶貼住。

考古隊在西夜城休整了三天，便向南出發，終於進入了當地人稱為「黑沙漠」的沙海，這裡再也見不到沙漠中的胡楊，也沒有高低起伏的沙山，四周的沙丘落差都差不多，像一個個扁扁的饅頭，無邊無際，在地面上向任何角度看，都是同樣的景色，沒有半點生命的跡象。

我問安力滿以前有沒有進過這片沙漠？

安力滿老漢苦笑道：「這是黃沙的地獄嘛，連胡大他老人家都不願意來的嘛，我嘛，也只是少少的來過一次，這不就是現在這一次的嘛。要不是你們的幹部老爺，和胡大寵愛的白駱駝嘛，我是死一百次也不會來的嘛。」

抱怨歸抱怨，安力滿被人們稱作沙漠中的活地圖，絕非浪得虛名，他對沙漠的熟悉，就如同女人擺弄鍋碗瓢盆，他雖然也是平生頭一遭進入這片禁忌的黑沙漠，但是用他那兩隻沙狐般的眼睛，硬是能發現那些沙窩中的梭草、沙蒿等植物，他就是跟著這些植物的蹤跡，以及他長年在沙漠中摸爬滾打的經驗，才能帶領考古隊前進。

沙漠中有中國最大的內陸水系，但是塔里木河等水系，很多都滲進了沙中，表面上寸草不生的沙漠，在深深的地下，也許就是奔流洶湧的暗河。

一些專門生長在沙漠中的植物，就憑藉著地下水脈那一點點上升到沙漠表面的水氣，頑強的生存著。其實這裡除了少量的植物，也有許多動物，不過多半都是在陰冷的夜晚才出來覓食。

在漢代包括更早的時候，塔克拉瑪干被稱為「古老的家園」，當時這一地區沙化程度並不嚴重，河流還沒有滲入地下，到處都有綠洲和城鎮、戍堡、佛寺、驛站，無數的商隊攜帶著絲綢、香料、茶葉往來於此，直到元代，那位著名的義大利人馬可波羅，還隨商隊經過這裡前往中原。

中國到了明代的時候，橫跨歐亞的奧斯曼帝國崛起，戰爭阻擋住了歐洲和亞洲大陸的商業貿易，那個時代，是屬於海洋的時代，航海家們開闢了新航線，往來貿易的主要路線由陸地轉向了大海，這個偉大的時代又被稱為「地理大發現」時代。

再加上沙漠侵蝕日益嚴重、生存環境的惡劣，沙漠中大大小小的國家就此澈底衰敗，昔日的繁榮與輝煌都被天神帶走了。

黑沙漠是最早被眾神遺棄之地，這裡的文明到晉代就停止了，傳說中胡大的憤怒，吞沒了異教徒的城池，一直到今天，黑沙漠依然是死氣沉沉。

我們出發的第一天就遇到了輕微的風沙，天空刮得微黃，不過風沙不大，又剛好遮蔽了太陽，可以在白天趕路。

Shirley楊用那本英國探險家留下的筆記本，邊走邊和安力滿商量行進的路線，筆記本上記載離開西夜城，那些探險家們在附近發現了一個地方，有大批石頭墳墓，他們準備回來的時候進行挖掘，所以在筆記中繪製了詳細的路線。

安力滿的經驗加上Shirley楊的筆記本，雖然無法精確的定位，但是從距離和方位上，為我們提供了很大的幫助。

晚上宿營時安力滿找到了一片凸地，眾人在沙丘上砌了一道防沙牆，把駱駝安頓下來，隨後在沙丘背風的一面，點了火取暖。

這一天走得十分辛苦，主要還是因為風沙，雖然風不大，但是刮得人心煩意亂，安力滿嘮嘮叨叨的說現在是風季，在黑沙漠平均兩天就有一次這種天氣，沒有風的時候，惡毒的太陽會吸乾旅人身上最後一滴水分。

胖子說：「熱點好，出汗能減肥，太陽晒晒，倒也痛快，只是這麼不停的颳風，路上連話都說不了，實在氣悶。」

安力滿說：「你懂什麼，這裡才是黑沙漠的邊緣，再走五天才算進入深處，我雖然沒進去過，但是認識一些進去過的朋友，他們都是從黑沙漠走回來的倖存者。

「黑沙漠的可怕之處，不是陷人的流沙子，也不是能把汽車啃個淨光的噬金蟻，也不是黑風暴，傳說在深處有一片夢幻之地，人們進去之後，就會看到湖泊、河流、美女、神獸、雪山、綠洲，那些又渴又累的人自然是奔著那些美景拚命的走啊走，可是直到渴死累死，都走不到。其實那都是魔鬼布置的陷阱，引誘人們去死在裡邊。不過胡大會保佑咱們的，阿拉呼阿嘛。」

Shirley楊說：「他們看到的可能是沙漠中的海市蜃樓，不知究竟的人，的確容易被迷惑。」

正說話間，葉亦心過來把Shirley楊拉到一邊，倆人悄聲嘀咕了幾句，Shirley楊轉過頭來對我說：「我們去那座沙丘後邊有點事。」

我知道可能是葉亦心要去方便，她膽子小不敢自己去，要拽著Shirley楊陪她。便對她倆點點頭，囑咐道：「帶著手電筒和哨子，有事就使勁吹哨子，快去快回。」

Shirley楊答應一聲就和葉亦心手牽手的走向不遠處一座沙丘後邊。

胖子問我：「還有酒嗎？」

我說：「沒了，就算帶上一桶白酒也架不住你這麼喝，喝幾口熱水趕緊睡覺吧，過個五、六天要是找不到水源，到那時候，連每人每天的飲水配給量都要減少了。」

這麼說只是嚇唬嚇唬胖子，就算找不到沙漠中的暗河，我也有辦法保證讓所有人都能有最低限度的飲用水。

不過那是個萬不得已的辦法，很麻煩，但是的確管用，我當兵的時候學到過荒漠求生術。沒有水，在沙漠裡是死路一條，人體的三分之二都是水，失去百分之五的水分就會產生脫水症狀。

安力滿最初死活不肯進黑沙漠，其中最主要的一條原因就是黑沙漠沒有淡水，地下雖然有暗河，但是根本挖不了那麼深，從梭梭這種沙漠荒草的根處往下挖，三、五米之下，只有溼沙和鹹水，越喝越渴。

這種方法安力滿也懂，我跟他反覆研究過這種辦法的可行性，私下裡約定，走到連梭梭都不長的地方，就絕不再往前走半步了，他這才同意。

在軍隊接受過沙漠求生訓練的人都學過，新疆的沙漠中較淺處，多是礦物含量較多的鹹鹽水，在沙漠植物根頸處向下挖，可以挖到溼沙和鹹水，通過簡易的陽光蒸發、過濾處理後，就可以得到少量淡水，雖然少，卻足夠維持人的生命。

這時風沙稍稍大了一些，對面沙丘後一陣尖銳的哨聲傳了過來，眾人都是一驚，隨手抄起工兵鏟、步槍奔向事發地點。好在離得極近，只有不到兩百步的距離，三步併作兩步，頃刻即到。

第二四章 石頭墓

只見葉亦心有一半身子陷在沙中，她不斷的掙扎，Shirley楊正抓住她的手臂，拚命往外拖。忙亂中也不知是誰喊了一嗓子：「流沙！」

我們順著地上的足印衝上前去，不顧一切的拉住葉亦心準備救她，有幾個人來不及找繩索，便把自己的皮帶解了下來，想套住她的胳膊。

沒想到也沒使多大力氣，就把葉亦心從沙中拖了出來，看那樣子倒不是流沙，葉亦心嚇壞了撲在Shirley楊懷中哭泣。

大夥問她們怎麼回事？是不是流沙？

Shirley楊邊安慰葉亦心邊對眾人說道：「我們剛走到沙丘後面，葉亦心就一腳踩空，整個身子陷下去一半，我就趕緊拉住她，隨即吹哨子求援，不過似乎不是流沙，流沙吞人速度快、吸力大，倘若真是流沙，憑我的力氣根本就拖不住她，而且她落下去一半之後，就停住了，好像下邊是實心的，要不然你們聞訊趕來，中間耽擱這十幾秒，要從流沙裡救人已經晚了。」

葉亦心也回過神來，抹著眼淚說：「我好像在沙子下邊踩到了一塊石板，石板下有一段是空的，被我一踩就塌下去了。」

Shirley楊奇道：「難道是那些石頭墳墓？咱們去瞧瞧。」

我們用鏟子挖了幾下適才陷住葉亦心的地方，不算厚的一層黃沙下，與沙丘的坡度平行，赫然露出一面傾斜的石牆，石牆上被人用炸藥炸出一個大洞。

看來炸開的時間不久，也就是最近這幾天的事，風沙將破洞的洞口薄薄的遮住了一層，葉亦心就是踩到這個破洞邊的碎石陷了進去。

眾人望著那石洞，你看看我、我看看你，面面相覷，這分明就是個石頭墓啊，難道已經被盜了？

我仔細察看洞口的碎石，和爆炸衝擊的方位，是精確的小型定向爆破。我做了那麼多年工兵，自認為對炸藥的熟悉程度，和背《毛選》差不多，要讓我來爆破這石頭古墓，頂天也就是這種水平了。

這是充分了解岩體的耐破性，爆炸只是把石壁炸塌，碎石向外擴散，絲毫沒有損壞石墓的內部。

看炸藥的威力，絕不是民用炸藥。離開部隊了好幾年，難道現在連現役解放軍也倒斗了？肯定不是，也許是偷來的炸藥。而且在這種茫茫無邊的大沙漠，倒斗的人是怎麼找到這些古墓的？這附近地形地貌完全一樣，難道這世上除了我這個半吊子水平的，還真有其他會看天星風術的倒斗高手？

對沙丘的清理面積越來越大，這是一面槌形的石牆，除了被爆破的這面，其餘的部分都深埋在黃沙之下。

這是一座魏晉時期典型的石頭墓，巨大厚實的山石砌成拱形，縫隙用麻魚膠黏合，這樣的石墓在西夜遺跡附近十分常見，十九世紀早期，歐洲的一位探險家曾經這樣形容：「沙漠中隨處可見的石墓，有大有小，數不勝數，有一半多埋在黃沙下面，露出外邊的黑色尖頂，如同縮小版的埃及金字塔，在石墓林立的沙漠中穿行，那情景讓人嘆為觀止。」

現在這些石墓已經被沙漠徹底覆蓋，很難尋覓其蹤影了，陳教授估計可能是和前幾天的那次大沙暴有關，大風使這座石墓露出了一部分，沒想到那些盜墓賊來得好快，考古隊還是來晚了一步。

新疆的古墓和遺跡，在歷史上遭到最大的一次洗劫是在二戰之前，十九世紀早期，塔克拉瑪干東部的樓蘭，南面邊緣的尼雅，那些地方的文物幾乎都被搶光了，現在盜墓賊們都把爪子伸向了西南的黑沙漠一帶，這裡自然條件惡劣，人跡罕至，卻是盜墓賊的樂土。

這一路上我們已經見到了若干處被偷盜損壞的古墓，難怪陳教授如此焦急，拚了老命也要進沙漠，如果再不制止這一帶的盜墓活動，恐怕在不久的將來，什麼都剩不下來。

墓穴的破洞裡黑呼呼的，我和陳教授、郝愛國等人打著手電筒進去察看，墓室相當於一間小平房大小，裡面散落著四、五口木棺，棺板都被撬壞，丟在一旁，到處都被翻得一片狼籍。

看那些棺木，有大有小，似乎是一處合葬墓，棺裡的古屍只剩下一具年輕女性的乾屍，長髮多辮，只有頭部保存比較完好，身體都已破碎，其餘的料想都被盜墓賊搬走了。

新疆沙漠中的古墓，與財寶價值相等的，就是墓中的乾屍，我聽陳教授講過，古屍分為帶有水分的溼屍，如馬王堆女屍，還有蠟屍，是一種經過特殊處理過的屍體，凍屍存在於積雪萬年不化的冰川地區，鞣屍則類似於僵屍，其餘的還有像標本一樣的灌屍、髗屍等等。

乾屍中也分為若干種，有用石灰或木炭等乾燥劑放在棺木中形成的乾屍，也有像古埃及用特殊防腐處理技術，人工製造的木乃伊。

而新疆的乾屍則完全是在一個高溫、乾燥、無菌的特殊環境下自然形成的，這種乾屍，年代稍微久遠的，就相當值錢，海外一些博物館、展覽館、收藏家們爭相高價收購。

陳教授見這處石墓中的其餘乾屍都被盜了，而且破壞得一塌糊塗，止不住唉聲嘆氣，只好讓幾個學生把墓中殘破的物品都整理整理，看看還能不能搶救出什麼來。

我擔心教授太激動，身體承受不住，就勸他早點休息，陳教授又囑咐了郝愛國幾句，讓他帶人把石墓的情況詳細記錄下來，就由胖子送他回營地休息了。

第二天風還是沒停，就這麼不緊不慢的刮著，考古隊出發的時候，陳教授找到我，他說昨天夜裡見到的那個石墓，被盜的時間不超過三、五天，也許有一隊盜墓賊已經早於咱們進入了黑沙漠深處，咱們不能耽擱，最好能趕上去抓住他們。」

我隨便應付了幾句，心想可他娘的千萬別碰上，同行是冤家，何況盜這處石頭墓的那幫傢伙有軍用炸藥，說不定還有什麼犀利的器械，跟他們遭遇了，免不了就得大打出手，我倒是不在乎，問題是這些考古隊的知識分子，萬一出現了死傷，這責任可就太大了。

不過這話又說回來了，茫茫沙漠，兩隊人要想碰上，談何容易，要不是我們昨天見這座沙丘是這附近最高的一處，也不會在那宿營，就更加不會誤打誤撞遇到那被盜的石墓，哪還有第二次這麼巧的事，也許那些傢伙偷完乾屍就回去了。

隨後的這十幾天裡，考古隊在黑沙漠中越走越深，最後失去了茲獨暗河的蹤跡，連續幾天都在原地兜開了圈子，茲獨在古維語中的意思是「影子」，這條地下河就像是影子一樣，無法捕捉，安力滿老漢的眼睛都瞪紅了，最後一抖手，澈底沒辦法了，看來胡大只允許咱們走到這裡。

眾人人困馬乏，誰也走不動了，這幾天沙漠裡沒有一絲風，太陽掛在天上的時間格外的長，為了節約飲用水，隊員們白天就在沙地上挖個坑，上面支起防雨帆布，吸著地上的涼氣，藉以保持身體的水分，只有晚上和早晨才行路，一半路騎駱駝，一半路開「11號」。

再往前走，糧食和水都不夠了，如果一兩天之內再不走回頭路，往回走的時候，就得宰駱駝吃了。

我看著這些疲憊已極、嘴唇爆裂的人們，知道差不多到極限了，眼見太陽升了起來，溫度越來越高，便讓大家挖坑休息。

安頓好後，Shirley 楊找到我和安力滿，商量路線的事。

Shirley楊說：「胡隊長，安力滿老先生，在我那本英國探險家筆記中，有這樣的記載，那位英國探險家也是在黑沙漠深處失去了茲獨暗河的蹤跡，在這一片寸草不生的死亡之海中，兩座巨大的黑色磁山迎著夕陽的餘暉相對而立，如同兩位身披黑甲的遠古武士，沉默地守護著古老的祕密，穿過像大門一樣的山谷，一座傳說中的城市出現在眼前。」

第二五章　扎格拉瑪山谷

「磁山？」這兩天我的機械手錶不是停，就是走得時快時慢，我還以為是廉價手錶質量不行，在沙漠裡壞掉了，莫非咱們就在那兩座磁山附近？

安力滿也想起聽人說過，黑沙漠腹地，有一紅一白兩座扎格拉瑪神山，傳說是埋葬著先聖的兩座神山。

Shirley楊又說：「如果沙漠中真的有這樣兩座山，那麼茲獨暗河有可能在地下，被磁山截流，離地面的距離太深，所以咱們就找不到了，我想，我們不應該把注意力都用在尋找暗河的蹤跡上，如果傳說和英國探險家說的沒錯，磁山應該就在附近了，胡先生，今天晚上就要再次用到你天星風水術的本事了，別忘了，咱們先前說過的，找到精絕古城，酬金多付一倍。」

我從一開始就沒有找到精絕城的信心，聽她如此說，只好晚上一試，倘若能找到那扎格拉瑪山，我的酬勞就會增加到兩萬美子，找不到我們就必須要打道回府了。

說實話，我也說不清是不是盼著找到精絕古城，聽過那精絕女王的故事之後，一個神祕而又妖豔的形象在我腦中揮之不去，沙漠的深處，像是有一道無形的魔力吸引著我，不知道陳教授、Shirley楊以及那些一去不回的探險隊，他們是不是都和我有同樣的感覺。

這天白天格外的漫長，我恨不得用槍把天上的太陽打掉，把沙坑挖了很深很深，卻一絲涼氣都感覺不到。

雖然坑上支著厚厚的帆布，人躲在陰影裡，身體躺在沙窩中，仍然感覺像是被放在烤爐裡，身體單薄的葉亦心可能被晒糊塗了，睡著睡著說起了胡話。

大夥擔心她是在發高燒，用手摸了摸她的額頭，跟沙子一樣熱，根本無法分清是不是在發高燒，怎麼推她，她也不醒。

我們的水還有一些，夠用五天左右，另外還剩下兩袋子酸奶湯，那是留在最後時刻用的，此時也沒什麼捨不得了，我取出一袋，讓Shirley楊餵她喝了幾口，又給她服了一些藥。

葉亦心喝過藥後，漸漸安靜了下來，卻仍然昏迷不醒，大概是患上急性脫水症了，這可麻煩了，我對陳教授等人說了現在考古隊面臨的情況。

也無非就是兩條路，一條路是今天晚上就動身往回走，回去的路上，最後幾天要吃駱駝肉，喝鹹沙窩子水，開「11號」，即使這樣做，也不能保證葉亦心的生命安全。

另一條路是硬著頭皮繼續找精絕城，如果城裡有水源，她這條小命就算是撿回來了。

陳教授說：「咱們面臨的困難很大，考古事業雖然需要獻身精神，但是葉亦心這麼年輕，咱們要對她的生命負責，第一條路雖然穩妥，但是沒補給到足夠的清水，回去的路將十分艱難。第二條路比較冒險，但是咱們已經來到扎格拉瑪附近了，有六成的把握找到精絕，這些古城都應該有地下水脈，不過兩千年過去了，水脈有沒有乾涸改道，都未可知。現在何去何從，咱們大家都說說自己的觀點吧。」

胖子首先說道：「我這腰圍都瘦了整整兩圈了，咱們要是再向沙漠深處走，以後你們乾脆叫我瘦子算了，我提議，一刻也不多停，太陽一落下去，咱們就往回走，說不定回去還能剩下半條小命。」

郝愛國、薩帝鵬二人比較穩重，也贊成往回走。

相比之下，認為找到精絕城這辦法雖然冒險，卻值得一試的人更多一些，畢竟大家付出這麼大的艱辛和代價，好不容易走到現在，實在是不想前功盡棄，也希望能在古城的遺跡中找到清水，救葉亦心的命，回去的路上喝鹹沙窩子水，身體健康的人也勉為其難，何況她病得這麼嚴重，向回走，就等於宣判了她的死刑。

我和Shirley楊、楚健、教授都是這種觀點，除了葉亦心昏迷不醒之外，只剩下安力滿老漢沒表態了，眾人的目光都集中到他的臉上。

如果他的觀點是往回走，那麼我們就剛好是四對四，不過安力滿是嚮導，在這件事上他的決定是很有分量的。

我對安力滿老漢說道：「老爺子你可得想好了再說，你的話關係到葉亦心的性命，你覺得咱們現在該怎麼辦？」

安力滿老漢叼著煙袋，眯起眼睛望了望天上的太陽，開口說道：「我嘛，當然是聽胡大的旨意嘛，天上只有一個太陽，世界上也只有一位全能的真神，胡大會指引咱們的嘛。」

我指了指天空：「那您倒是趕緊問問啊，胡大他老人家怎麼說的？」

安力滿把老煙袋敲了敲，插回到腰間，取去那塊破毯子，一臉虔誠的開始祈禱，把雙手掌心向內，對著自己的臉，念誦《古蘭經》的經文，臉上的表情虔誠而莊嚴，渾不似平日裡那副市儈狡猾的樣子。

他口中念念有詞，我們聽不懂他念的什麼意思，越等他越念不完，胖子等得焦躁，便問道：「我說老爺子，還有完沒完啊？」

安力滿睜開眼睛，笑道：「胡大嘛，已經給了咱們啟示了嘛。」說罷取出一枚五分錢硬幣，給大夥看了看，「字的一面就是繼續前進，畫的一面則按原路返回，請這裡年紀最長的陳教授拋到天上去，落下來的結果，便是胡大的旨意。」

眾人哭笑不得，敢情胡大就這麼傳達旨意？陳教授接過硬幣高高的拋到半空，所有的人都抬頭看那枚硬幣，陽光耀眼奪目，但見硬幣從空中落下，立著插進了沙中。

便是拋十萬次也未必有這麼湊巧，安力滿連連搖頭，滿臉盡是沮喪的神色，忘記了這裡是被胡大拋棄的黑沙漠了，胡大怎麼可能給咱們指點路途呢？

我們正撓頭稱奇，卻聽Shirley楊指著遠處叫道：「上帝啊，那裡就是扎格拉瑪山？」

沙漠中空曠無比，千里在目，只見她手指的方向，正對著陳教授拋硬幣落下的方向，天地盡頭處，隱隱約約有一條黑線，只是離得遠了，不仔細看根本瞧不清楚。

我們急忙取出望遠鏡，調整焦距觀看，一道黑色的山脈，在萬里黃沙中猶如一條靜止的黑龍，山脈從中截斷，中間有個山口，這一些特徵都和英國探險家筆記中記載的一致。

去年Shirley楊的父親，帶著一支探險隊，就是憑著這些線索去尋找精絕古城的，不知道他們是否曾見到過這座神山，如果他們曾經到過這裡，那麼遇到了什麼呢？是什麼使他們一去不回？

想到這裡，我在烈日下竟然感到了一絲寒意，不過這種感覺，很快就被歡欣鼓舞的氣氛沖淡了，我們長途跋涉、九死一生，終於在最後時刻找到了進入精絕古國的大門。

不過安力滿曾經說過，黑沙漠中有一片夢幻之地，在那裡經常出現海市蜃樓，那些奇景都是把人引向死亡深淵的幻象，我們見到的那兩座神山，是真實的嗎？

隨即一想，應該不會，首先沙漠中的幻象都是光線的折射而產生的，那些景觀千奇百怪，大多是並不存在於沙漠中的景色，而那黑色的山脈，不止一次有人提到過，應該是絕對真實的。

既然離精絕古城不遠了，等到天黑下來，就可以出發前往，不過我們掌握的信息十分有限，多半都是推論和搜集的一些相關傳說，唯一可靠一點的證據，是一張模模糊糊的黑白照片，究竟能否找到精絕古城，甚至說世界上有沒有這麼一座古城都很難說，也許一切都是一些人以訛傳訛，傳說往往都是這麼來的。

在朝鮮戰場上，麥克阿瑟曾經說過這麼一句話：「開始的時候，我們以為我們什麼都知道，但後來發現，事實是我們什麼都不知道。」現在我好像就有這種感覺。

那王城的遺跡是否沒有再次被黃沙埋沒？城中能不能找到水源？埋葬精絕女王的古墓是在城中？還是另在它處？城中真的有堆積如山的財寶嗎？那個妖怪女王究竟是什麼？她死了之後還會對外人構成威脅嗎？Shirley楊的父親等人是不是真的死在精絕的古城之中？能找到他們的遺體嗎？那些外國探險家們在城中遇到了什麼？對我們來說，這一切都還是未知數。

* * *

傍晚時分，考古隊向著扎格拉瑪出發了。

俗話說「望山跑死馬」，瞅準了方向，直走到後半夜才來到山口，其時月光如水，沙漠好似一片寂靜的大海，就在這沙的海洋之中，扎格拉瑪山山勢起伏，通體都是黑色的石頭，越近瞧得越是醒目。

說是山，不如說是兩塊超大的黑色石頭更為恰當，這兩塊巨石直徑都在幾十公里左右，只在沙海中露出淺淺的一條脊背，更大的部分都埋在地下，也許在下邊，兩塊巨石本身就是連為一體，而山口可能只不過是巨石上的一個裂縫而已。

這種黑色的石頭中含有磁鐵，平均含量雖然不高，卻足可以影響到測定方位的精密儀器，我們也感覺到身上帶的金屬物品，逐漸變得沉重起來。

月光照在黑色的石頭上一點反光都沒有，山口裡面黑咕隆東的，除了昏迷不醒的葉亦心之外，所有的人都從駱駝背上下來步行，我提醒大家把招子都放亮點，在這魔鬼的嘴中行路，萬萬大意不得。

我和安力滿在前，胖子、楚健斷後，Shirley楊等人在中間照顧葉亦心，隊伍排成一列縱隊，緩緩進入了山谷。

這山被古代人視為神山，傳說埋葬著兩位先聖，這多半是神話傳說，但是從風水方面來看，這裡也真算得上是占盡形勢，氣吞萬象，黑色的山體，便是兩條把關的黑龍，山上能埋先聖是虛，倘若山後果真有那精絕女王的陵寢，卻是一點都不出人意料。

塔克拉瑪干是世界第二大流動沙漠，澈底沙化後，沙漠的整體正在逐漸南移，這才把原本埋在黃沙深處的神山重新露出。

月過中天，南北走向的山谷中更是黑得伸手不見五指，我們深一腳、淺一腳的前進，越是往前走，心中越是忐忑不安，出了山谷，真的能找到精絕古城嗎？找到了古城，那城中的水源還有沒有？最擔心的就是葉亦心的病情，她的急性脫水症，必須要用大量乾淨的冷鹽水治療，假如三天之內還找不到水源，她這條命算是要扔在沙漠中了。

我們的錶早就停了，不知究竟走了多少時間，憑直覺估計，再過一會兒天應該快要亮了，而這時駱駝們的呼吸突然變得粗重，情緒明顯的焦躁不安。

安力滿老漢連忙又吹口哨、又吆喝，使出渾身解術讓群駝鎮靜下來，他的這十九峰駱駝，都是身強體壯、百裡挑一的公駝，在沙漠中走了這麼多天，也沒出現過這種情況。

四周本來就黑，加上這些駱駝一鬧，更是增加了隊員們心中的恐懼，Shirley楊擔心葉亦心被駱駝甩下來，忙和郝愛國一起把她從駝背上抱了下來。

我招呼胖子過來，讓他辛苦一些，先背著葉亦心，這山谷詭異得緊，不是久留之地，咱們不可耽擱，盡快出去才是。

胖子倒挺樂意，一是葉亦心本就沒多少分量，自打進了沙漠，日晒缺水，更是瘦得皮包骨頭，另外背個大美妞兒，也不是什麼壞事，他像背小孩似的把葉亦心負在背上，連連催促前邊的安力滿快走。

然而任憑安力滿怎麼驅趕，那些駱駝死活不肯向前走上半步，安力滿老漢也開始疑神疑鬼，又開始念叨，怕是胡大不肯讓咱們再向前走了，趕緊退回去才是。

眼看就要出谷了，其餘的人如何肯原路退回，一時隊伍亂成一團，Shirley楊對我說：「莫不是前邊有什麼東西，嚇得駱駝們不肯前行，先扔個冷煙火過去照一照，看清楚了再做道理。」

我在前邊答應一聲，取出一枝照明用的冷煙火，拍亮了扔向前邊，照亮了前面山谷中的一小段，兩側是漆黑的山石，地上是厚厚的黃沙，空山寂寂連棵草都沒有，哪有什麼不同尋常的東西。

當下我向前走上幾步，投出第二枚照明煙火，眼前一亮，遠處的地上坐著一個人，我們走過去看，只見那人身穿白袍，頭上紮著防沙的頭巾，背上背有背囊，一動不動，原來是個死人。

眾人盡皆吃了一驚，在沙漠中遇到死人或者乾屍，一點都不奇怪，但是這具屍體卻是與眾不同。死者是個男子，嘴上遮著頭巾，只露出兩隻眼睛瞪視著天空，死不瞑目，也許是死得太快，還來不及閉眼。

死亡的時間不會太久，可能就在幾天之內，他露在外邊的皮膚只是稍稍乾枯，最古怪的地方是他的皮肉發青，在煙火的照射下，泛出絲絲藍光。

有幾個人想圍過來看，被我擋住，這人的死法太過怪異，千萬不要接近，楚健忽然叫道：「胡大哥，你瞧，這還有另一個死屍。」

我頭皮稍稍有點發麻，接連兩具死屍，會不會還有更多？隨手又扔出幾個冷煙火，照得周圍一片通明，果然不止兩具屍體，旁邊的地上橫倒豎臥著四具男屍。

這些死者裝束相同，死法也是一樣，都是驚恐的瞪著雙眼，死得怪模怪樣。地上還散落著幾支蘇式ＡＫ四七和一些背包。

我抽出工兵鏟當作武器防身，走過去撿起其中一支一看，子彈是上了膛的，他娘的奇了怪了，這些是什麼人？在新疆有些偷獵者都是使用國外的雷明頓，或者是從部隊裡搞出來的五六式，怎麼會有蘇製的ＡＫ？難道他們就是盜石墓的那批盜墓賊？

我又打開其中一個背包，裡面有不少標有俄文的軍用黃色炸藥，估計這些軍火都是從阿富汗流進新疆境內的，被這些盜墓賊收購了來炸沙漠中的古墓也不奇怪，只是這些武裝到了牙齒的傢伙怎麼不明不白的死在這山谷裡了？

我用槍管挑起坐在地上那具男屍臉上的頭巾，只見他張著大嘴，似乎死前正在拚命的呼喊，我不想多看，不管怎麼樣，趕快離開這條墳山的山谷才是上策。那些炸藥也許以後用得上，我把裝炸藥的背囊拎了起來，準備要讓大夥離開。

這時郝愛國卻從隊伍中走了出來：「這些人是不是盜墓賊無關緊要，咱們不能讓他們曝屍於此，把他們抬到谷外埋了吧。我一看見曝屍荒野的人，就想起跟我一起發配到土窯勞改的那些人了，那些同志死的可憐啊，連個捲屍的破草席子都沒有，唉，我最見不得這些……」他一邊嘮叨著一邊去搬那坐在地上的男屍。

我這時真的急了，大罵著過去阻止他：「你這臭書呆子，真他媽不知好歹，千萬別動這些死人！」

但是為時已晚，從那具男屍的口中，突然竄出一條怪蛇，那蛇身上的鱗片閃閃發光，頭頂上有個黑色肉冠，約有三十厘米長短，蛇身一彈，便直撲向郝愛國面門。

郝愛國眼神不好，就算眼神好，以他的反應也躲閃不及，就在這電光石火的一瞬間，我救人心切，來不及多想，把手中的工兵鏟掄起來一剁，把蛇斬成兩截。

郝愛國嚇得一屁股坐在地上，全身顫抖，勉強衝我笑了笑：「太……太危險了，多虧了……」話剛說了一半，地上被切斷的半截蛇頭猛地彈了起來，其速度恰似離弦的快箭，一口死死咬住了郝愛國的脖子，我本來見蛇已經被斬為兩截，便放鬆了下來，哪想到這一來猝不及防，根本不及出手救他。

郝愛國的臉僵住了，喉嚨裡咕咕響了幾聲，想要說話又說不出來，皮膚瞬間變成了暗青色，坐在原地一動不動，就此死去。

這下眾人全驚呆了，陳教授眼前一黑暈倒在地，我尚未來得及替郝愛國難過，忽然覺得脖子後邊一涼，側頭一看，一隻同樣的怪蛇不知何時遊上了我的肩頭，嘶嘶的吐著信子，全身肌肉微微向後收縮，張開蛇口弓起前身正準備動口咬我，這怪蛇的動作太快，這麼近的距離躲是躲不掉的。

隊伍裡只有胖子會打槍，可是他正背著葉亦心，手中沒有拿槍，這一番變故實在突然，其餘的人也都毫無準備，我心中如被潑了一盆冰水，他娘的，想不到我老胡今日就死在這裡，再也看不到早上的太陽了。

第二六章　最後一站

我知道毒蛇準備攻擊的姿態，就是蛇身上仰，隨後蛇頭向前一彈，用毒牙咬中獵物，我的脖子和臉全暴露在牠的攻擊範圍之內，避無可避，想擋也來不及。

正準備閉目等死，忽然「嚓嚓」一道白光，漆黑的山谷中被照得雪亮，那條怪蛇本已經撲向我的脖頸，半路被那道耀眼的白光一閃，嚇了一跳，竟然從我肩頭滑落。

這一切也就發生在一秒鐘之內，我不等那蛇落地，揮起手中的工兵鏟下砸，把蛇頭拍了個稀扁，碎爛的蛇頭中流出不少墨色的黑汁，我連忙向後退了幾步，暗叫一聲僥倖，這蛇的毒性好生了得，倘若被牠咬中，蛇毒頃刻就會傳遍全身血液，必是有死無生。

舉目一看，原來那道救命的白光，來自於Shirley楊那部照相機的閃光燈，她一向是與相機形影不離，隨走隨拍，想不到我這條性命，竟是憑她手中相機的閃光燈救下的，多虧了她反應快，否則俺老胡現在已經去見胡大了。

不過現在不是道謝的時候，誰知道這谷中還有沒有那兩條怪蛇的同類，有什麼事還是出了山口再說，於是一揮手，招呼眾人趕快前進。

這時駱駝們可能感覺到前面沒有毒蛇了，都從躁亂不安的情緒中平靜下來，楚健、薩帝鵬等人把昏倒的葉亦心、陳教授，以及郝愛國的屍體都搬上了駝背。

安力滿吹著口哨引導駝隊前進，一行人借著冷煙火和手電筒的亮光，急匆匆出了扎格拉瑪漆黑的山谷。

一直走到山口外的空曠處，這才停下，把郝愛國的屍身放到地上，天還沒亮，星月無光，黎明前的一刻就是這麼黑暗，郝愛國還保持著死亡時驚恐的表情，眼鏡後面那雙無神的眼睛還沒有閉上，全身發青，在手電光柱的照射下，更增添了幾分淒慘與詭異。

陳教授被山口中吹出的冷風一激，清醒了過來，掙扎著撲到郝愛國的屍體上泣不成聲，我把教授扶了起來，人死不能復生，想勸他節哀，可話到嘴邊卻又說不出來。

我和郝愛國相處了快一個月，平時喜歡開玩笑管他叫「老古董」，很喜歡他那直來直去，快言快語的性格，今日卻……，想到這裡忍不住心中發酸，哪還勸得了旁人。

其餘的人也各自黯然落淚，這時候，遠方的天邊裂開了一條暗紅色的縫隙，太陽終於要出來了，我們不由自主的都向東方望去。

那光芒慢慢又轉為玫瑰色、血紅色，最後化作萬道金光，太陽的弧頂露了出來，這一刻，無邊的沙海像是變成了上帝熔爐中所融化的黃金。

就在這如黃金熔漿般的沙漠中，一座龐大的城市展現在眾人面前，無數斷壁殘垣、磚木土石的各種房屋建築，城中塔樓、敵樓無數，最突出的，是一座已經傾斜了的黑色石塔，靜靜的聳立在城中。

與Shirley楊手中那張黑白照片的場景完全一樣，時隔兩千年，精絕古城的遺跡，果真還存在於沙漠的最深處。

這座精絕城的規模，足可以居住五、六萬人，當年如樓蘭等名城，鼎盛時期也不過是一兩萬人的居民，三千餘人的軍隊。

城市大體已經毀壞，埋在沙漠中不下千年，有些部分很難分清是沙丘還是堡壘，大多數塔樓都已經坍塌風化，饒是如此，也能夠想像出當年的壯觀雄偉。

這裡有巨大的磁場，飛機之類的工具很難飛臨上空，又地處沙漠腹地，估計很少有人能找到這裡，不知道在我們之前，有多少探險者和迷路的人們，曾經來到過這傳說中的古城，唯一可以確認的一點就是，他們當中百分之九十九的人，都永遠不可能再回到自己的故鄉了。

陳教授把郝愛國躺在地上的屍體扶了起來，顫抖地指著精絕古城，用嘶啞的嗓音說道：「你看看啊……你不是一直想看看這座神祕的古城嗎……你快睜眼看看，咱們終於找到了。」

我心道不好，老頭子傷心過度，是不是神智不清了？忙過去把陳教授從郝愛國身邊拉開：「教授，郝老師已經走了，讓他安息吧。可惜他最後都沒看到這座奇跡般保存下來的古城，他的心願還要靠您來完成，您可千萬要振作一些。」

Shirley楊和幾個學生也過來勸慰，我便把教授交給他們，心中覺得對郝愛國的死過意不去，又對Shirley楊心存感激，便對Shirley楊說：「剛才救命之恩，我就不言謝了，算我欠妳一條命……不過一碼是一碼，咱們已經到了精絕，按先前合同上的約定，兩萬美子。」

胖子一聽說到了錢，趕緊湊過來補充道：「一人兩萬，一共四萬美子，現金結算。」

Shirley楊白了我們倆一眼，咬了咬嘴唇說：「你們放心，錢一分都少不了，回去之後馬上給你們。」

我心想剛才提錢的事確實不太合適，當時心裡猶如打翻了五味瓶，口不擇言說錯了話，還是趕緊把話岔開為好，但是又不知該說些什麼，張口結舌的顧左右而言他：「那個……城市……規模不小……」

Shirley楊盯著我的臉說：「經過這些時日的接觸，我看你們兩個都是身手非俗，經歷也是不凡，想不到你們就認識錢，看來我對你們的第一印象沒有錯。我勸你們一句，生活中除了金錢還有很多寶貴的東西。」

我無話可說，胖子接口道：「楊大小姐，妳是居住在美利堅合眾國的星條旗下，妳爹又是華爾街的巨頭，我想妳吃飯肯定沒用過糧票，小時候肯定也沒經歷過節糧度荒，所以妳不了解我們生存的環境，沒有資格評論我們的價值觀。還有妳也別一口一個生活生活的教育我們，窮人沒有生活，窮人活著只是生存。反正這些道理，跟你們有錢人說了，你們也理解不了。今天我是實在忍不住了，妳要是不愛聽，就算我沒說，咱們現在找到精絕城了，接下來怎麼辦，您儘管吩咐。」

胖子剛開始說得理直氣壯，說到後邊想起來Shirley楊是掌櫃的幹活，擔心把她說急了不給錢，話鋒一轉，又變成了苦力的幹活。

我對她說道：「郝老師的事……我已經盡力了，對不起。」

Shirley楊衝我點點頭，不再理睬胖子，拿出水壺餵陳教授和葉亦心喝水，陳教授被郝愛國的死刺激得不輕，喝了些清水方才漸漸好轉，眾人商量了幾句，決定把郝愛國埋在山口的沙漠中，他畢生的追求就是研究西域文化，葬在這裡，永遠陪伴著這座神祕的古城，想必他也一定希望我們這樣做。

我們在黃沙中深深的挖了個坑，用毯子捲起他的屍體，就地掩埋了，最後我把一支工兵鏟倒插在他的墳前，算是給郝愛國留下個墓碑吧。

剩下的八個人，肅立在郝愛國的墳前默哀良久，這才離去。

逝者已去，我們還要救活著的人，必須馬上進城尋找水源，否則第二個被埋在沙漠裡的人，就是患有嚴重脫水症的葉亦心了。

當下眾人收拾裝備，便準備出發進城，終於抵達目的地了，希望別再出什麼岔子，要是再有人出現意外，就算這筆錢我賺到手了，又如何花得出去。

見大家都準備得差不多了，我問Shirley楊：「是否可以動身了？」

出發在即，Shirley楊有些激動，身體微微抖動，不過看不出來她是害怕，是緊張，還是興奮，只見她取出一個十字架低聲禱告：

耶和華是我的牧者，我必不至缺乏，祂讓我躺在青青草地之上，引領我走在靜靜的河邊，祂使我的靈魂甦醒。以祂的名義引導我正義的道路，儘管我漫步在死亡峽谷的陰影之中，卻不會懼怕任何魔鬼，因為祢與我同在，祢的杖，祢的桿，都在安慰著我，在我的敵人面前，祢為我設下宴席，祢用油膏塗了我的頭，使我福滿杯溢，一生一世，必有慈惠恩愛追隨於我，我必將住在耶和華的聖殿之中，直到永遠，阿門。

隨後平靜地對我們說道：「咱們走吧。」

第二七章　黑塔

誰知安力滿老漢卻忽然變了卦，把頭搖得跟搏浪鼓似的，說什麼也不肯進精絕古城的遺跡，他說在沙漠裡死了同伴，是不祥的徵兆，更何況郝愛國是被魔鬼的使者毒蛇咬死的，出現頭上長著黑色肉瘤的毒蛇，說明胡大把這片沙漠遺棄給魔鬼的傳說，是真實的。

安力滿宗教意識很強，沒有胡大庇護的場所，就是宰了他，他也不會去的，我們無奈，只好重新安排了一下，讓他在山口紮下營地，看管駱駝和資重。

我本想讓胖子也留下來盯著他，萬一這老頭臨陣脫逃，把我們晾在這……，他跑了不要緊，沒有駱駝，我們就要一路開著「11號」回去，這「11號」能在沙漠中開多遠，實在難說。又轉念一想，安力滿應該不會獨自逃跑，畢竟一路走到現在，何況他做嚮導的那份工錢還沒拿到手，那不是小數目，足夠他後半生衣食無憂。

不過我因為太大意，吃過不少次虧了，這時必須多長個心眼兒，於是我一把拉住安力滿老漢的手問道：「老爺子，胡大怎麼懲罰說謊和背信棄義的人？」

安力滿道：「這個嘛，會讓他家的錢嘛變成沙子，連他的鹽巴嘛，也一起變成沙子的嘛，最後活活餓死的嘛，像死在黑沙漠裡一個樣的嘛，死後也要下到熱沙地獄，遭受一千八百種折磨的嘛。」

我見他說得鄭重，便把心放下了，宗教信仰牢固的人有個優點，怕死後受罪，所以不敢做太對不起天理良心的事。

這下進入古城的只有七個人了，其中還有一個昏迷不醒的葉亦心，由楚健背著她，剩下五個人要攜帶一些器材和武器，再加上食物和水壺，每個人身上的負重都不小。

在部隊裡有一句名言：是兵不是兵，身上四十斤。就是說軍隊裡的軍官和士兵，行軍的時候，身上最少是四十斤的裝備，還有些人要攜帶機槍、火焰噴射器或者反坦克裝備之類的步兵重武器，那就更沉了。

我在野戰軍混了十年，背上大量裝備，我倒不覺得什麼，陳教授他們可吃不消了，最後不得不盡量輕裝，進入了我們的最後目的地「精絕古城」。

從山口到古城距離很近，一頓飯的功夫就到了城門前，那城門早就坍塌得不成樣子，城前的壕溝內也被黃沙填平了，我們從城牆殘破處進入城內，四周的廢墟中一片死寂。

這和我先前想像的差距可太大了，不由得大失所望，城中的街道和房屋不是坍塌，就是破敗，在遠處看覺得還行，頗有些規模氣勢，到跟前進裡面一看，什麼都沒有，全是沙子和爛木頭、碎石頭，哪有什麼金銀財寶。

只有若干殘破不堪，上面朱漆早已剝落的巨大木柱、房梁，還能窺得幾分昔日城中豪華的氣象。

我們想進城門口的幾間破屋裡瞧瞧，卻發現破房子雖然大半露在沙漠外邊，而屋中的黃沙卻是堆到房頂。

傳說這座城曾經毀於戰火，聯軍攻進了王宮，就在戰鬥接近尾聲的時候，黑沙暴把精絕國連同城中的居民軍隊，無差別的一起埋在了黃沙深處。直到十九世紀，沙漠的移動才使它重見天日。

在現場看來，基本上和那傳說吻合，只是並沒有見到乾屍，想必都埋在沙子裡了。

我瞧得索然無味，然而陳教授他們，卻好像對古城中的所有事物都感興趣，就連一堵破牆都能看半天。

我只得提醒他們，葉亦心這小姑娘還病著呢，救人是最要緊的事，看來這城中居民區都被黃沙填滿了，連口水井都找不到，咱們不如到王宮裡看看，那裡說不定有水源。

陳教授一拍自己的腦袋：「哎，老糊塗了，救小葉要緊，咱們快去王宮，這沙漠中的王國，都是修在地下河接近地面的地方，有的地宮裡就有河流經過，王宮一般都在城市的正中。」

眾人在廢墟中尋著方向，前往古城的中部，胖子對我說：「老胡，你知道我現在最想吃什麼嗎?我最想吃哈蜜瓜和馬奶子葡萄，有塊西瓜也行啊，唉……不說了，越說越渴，嗓子都他媽冒煙兒了，找到地下河我得先跳下去洗個澡。」

我對胖子說道：「這精絕女王生前的生活很奢侈，肯定經常享用冰涼的地下河水中，浸泡出來的冰鎮西瓜，不過那西瓜就算保存到現在，多半變成西瓜石了，葡萄可能也變葡萄乾了。」

胖子抱怨道：「這他媽鳥不拉屎的地方，真想像不出以前還有人居住，下回別說給兩萬美子了，金山銀山堆到我眼前，老子也不進沙漠了，這世界上的死法，最難受的肯定就是活活渴死。」

一提到死，我就想起了郝愛國，被那怪蛇咬死，雖然死得快，卻不知臨死時有多痛苦，那蛇的模樣也怪，頭上有個黑色肉瘤，裡面全是黑水，砍成兩段還能飛起傷人，這種蛇連Shirley楊也沒見過，不知這城中有沒有。

我們七個人在廢墟中覓路前行，遇到崩塌陷落的地方就繞道而行，走了很久才來到古城的中部，這裡的街道相當寬闊，雖然黃沙遍布，街道的格局脈絡仍然可以瞧得出來。

然而這附近除了那座傾斜的黑塔，卻並沒有其他的大型建築，別說王宮了，連間像樣的民房都不存在，一道道盡是風化了的土牆。

陳教授說：「這裡的王宮可能建在地下，城中沙子太多，咱們到黑塔上，從高處觀看，看能不能發現地宮的入口。」

那塔下的基座和大半的拱形石門都被埋在沙中，這黑塔全是用扎格拉瑪山的大石頭雕成，共有六層之高，稍微有些傾斜，依然十分堅固。除了建築材料十分罕見，塔頂的最高處有一個黑色橄欖形石球。

陳教授戴上老花鏡，仰起頭來看了半天，又用望遠鏡看，邊看邊自言自語：「對呀，以前我怎麼就沒想到。」

我想問他沒想到什麼，陳教授卻一矮身，鑽進了塔門，他似乎是急於想去證實什麼，我們連忙在後邊跟上。

塔中的牆壁上密密麻麻的刻著奇特的鬼洞文，每一層都有一個黑色石像，第一層是一頭石羊，那倒並無特別之處。

第二層，是個石人像，於常人大小一般，高鼻深目，半跪在塔中。第三層竟然是我們躲避沙暴時，在無名小城中所見到的「巨瞳石人像」。

陳教授在黑塔的第三層停下腳步對我們說：「看來我推測的沒錯，各地出土的那些巨瞳石人像的源頭，就是精絕國，材料就是那扎格拉瑪的黑色石頭。」

薩帝鵬問道：「教授，那這塔是用來做什麼的?怎麼每一層都有個雕像？」

陳教授說：「我推測這黑塔是用來顯示鬼洞族地位的，每層的石像代表了不同的等級，第一層是牲畜，如果沒猜錯，地下應該還有一層，擺放著地獄中的餓鬼。第二層是普通人，包括西域的所有胡人，他們的地位僅高於牛羊，相當於奴隸。第三層就是這巨瞳的人像，剛才我看了，塔頂的石球，是個眼睛的造型，巨瞳石人和眼睛造型的圖騰，代表著這個民族對眼睛的崇拜，咱們快上去瞧瞧，在精絕國地位更高的是什麼。」

胖子說：「這連我這水平的都能猜出來，我敢打賭，上面肯定是女王的雕像。」說著搶先上了第四層。

我緊跟在後，上去一看，卻出乎意料之外，這層中的石像，蛇身人頭，長有粗壯的四肢，後肢是獸形，前肢呈人形，手持利劍盾牌，頭是個男性的面孔，面目猙獰，瞪著雙眼，好像是內地寺廟中的怒目金剛，石像後腦也有個黑球，與扎格拉瑪山中的怪蛇一樣。

這功夫陳教授等人也陸續上來，見了這怪異造型的石像，嘖嘖稱奇：「這似乎是王國的守護神啊，頭上也有個眼睛形狀的黑球，看來鬼洞人真的相信眼睛是一切力量的來源，守護神的地位還在女王之下，看來精絕女王確實被神化了，走，咱們再去第五層看看是不是那女王的雕像。」

第二八章　眼睛

正要上行，葉亦心被塔樓上的晨風一吹，忽然清醒了過來，Shirley楊取出水壺餵她喝了些清水，她仍然十分虛弱，可比起昏迷不醒的時候，現在是讓人放心多了，她的脫水症還是十分明顯，不過暫時不用擔心她的性命了，既然醒過來了，那麼一兩天之內用大量冷鹽水治療妥當，便無大礙了。

我們都急於知道塔上有什麼稀奇古怪的東西，順便尋找古城地宮的入口，便扶著她一起前往黑塔的第五層。

我在走上黑塔第五層的短暫過程中，想過各種可能，唯獨沒想到第五層空無一物，就連石像的底座也沒有，只是牆壁上的密文更加多了。

我問陳教授：「這層是不是被破壞了？或者被盜了？」

陳教授略一遲疑，說道：「這不好說，看看上邊一層才知道這裡究竟有什麼名堂。」

這黑塔裡的石像勾起了眾人的好奇心，迫不及待地沿塔中臺階上到頂層，這最高層的塔中矗立著一個黑色的王座，座上端坐著一個女子雕像，服飾華美，臉部刻成帶著面紗的樣子，看不到她的容貌，不過一眼就能看出來，這石像與姑墨王子古墓壁畫上描繪的精絕女王完全一樣，這是女王的全身石像。

眾人議論紛紛，都在猜測那女王究竟長的什麼模樣。

我想不出個所以然，便問他們：「這女王葫蘆裡賣的什麼藥？為何連雕像也不以真面目示人？」

胖子答道：「依我看就是故弄玄虛，什麼西域第一美人，多半是個見不得人的醜八怪，否則至於這麼藏著、掖著怕人看嗎？不過這身段還真說的過去，盤子不成，條子倒還順溜。」

我說：「你嘴裡積點德，這都死了兩千年的人了，你還看人家身條好壞，你看這城中的事物，與那些傳說是何等相似，萬一這女王真是個妖怪，保不準就從哪蹦出來咬你一口，咱都別瞎猜了，還是聽聽教授怎麼說吧。」

陳教授自從上了黑塔的第六層，就始終沒開口說話，一直在將這些線索在腦中串聯，這時思索的差不多了，聽我們出言相詢，便講道：「先前我說過，這石塔很有可能是一種精神上的象徵，有明顯的等級特徵，由高到低，便是由貴而賤。精絕國的國民主要由鬼洞族組成，這個民族早已滅絕，目前沒有出土過他們中的任何一具遺骨，所以無法推斷這個種族的起源與背景，咱們到目前為止，最大的發現就是這個種族以眼睛為圖騰，這絕對是對古西域文明研究的一個重大突破，有了這個依據，很多困擾學者們多年的謎題，都將迎刃而解。」

胖子又問道：「那這第五層為什麼是空的？」

我忽然想到我們在姑墨王子的古墓中，聽 Shirley 楊所說的那番話來，忍不住脫口道：「虛數空間。」

陳教授微微點了點頭，說道：「正是，在守護神之上，是一個無法形容的虛數空間，而女王又凌駕於其上，好像她完全控制著這個未知的空間，塔頂上還有一個眼睛形狀的圖騰，這說明女王的力量也來自於她的眼睛。」

聽到此處，眾人心中難免有些發毛，難道這世界上當真存在這麼一種超出人類常識的空間？

而那女王又能通過眼睛控制那個異界，她豈不真就是個妖怪，還好她已經死了。

陳教授看出眾人都有些擔心，便繼續說道：「你們用不著緊張，古代統治者多是用這些神話來愚弄百姓，這才能鞏固自己的統治地位，就像中原的那些皇帝，個個都說自己是真龍天子，受命於天，可實際上呢？只不過是一種愚民的手段而已。這女王從不露出面目，裝神弄鬼，倒也並不奇怪。但這些古跡對研究古代歷史文化，都有極高的價值，這座石塔的意義非常重大。」

我們見黑塔中除了石像再無他物，便從塔上俯瞰全城，只見整座精絕城都和沙漠中的黃沙混為一色，古城廢墟的輪廓，也是一個巨大眼睛的形狀。

陳教授看罷，問我道：「胡老弟，你對風水的見解頗為高明，你看這城的風水如何？」

我心想現在的第一要務是尋找王宮中的水源，這老頭子怎麼又考我，難道教授認為那女王的古墓就在王宮的下面不成，便仔細觀看周遭的地理形勢。

我指著北面的扎格拉瑪雙山說道：「教授您看，那黑色山脈，多像是一條沙漠中的黑龍，只可惜中間斷開了，一條龍變作兩條蛇，以我的愚見，這中間的山谷是人工開鑿而成，山中開出來的石料，可能都被用做了城中黑塔和石人的原料。古時帝王，都是從一登基，便立即開始為自己百年之後準備陵墓，這座古城如果真有地下水脈，和這扎格拉瑪遙相呼應，形成一靜一動之勢，想必那精絕女王也是位才智卓絕的奇人，知道黑龍不吉，便發動人力，把這條黑龍斬斷釘住，讓它永遠守護著自己的陵墓，這座城就形成了一個絕佳的寶穴，如果女王的陵墓真在城中，那規模一定不小，所以有一點我想不明白，教授您說她的王宮在地下，我覺得古墓也在地下，那未免有些局促了。」

陳教授讚道：「果然高見，我想王宮和古墓確實都在城中地下，不過不是擠在一起，有可能是分為三層，地上這層是城堡，地下一層是王宮，最深處便是精絕女王的陵寢，精絕國力強大，驅使著周邊小國的十萬奴隸，連那扎格拉瑪山都能硬生生的開出一條山谷，這地下王宮和陵墓的工程雖大，卻也做得出來。」

傳說曾經不止一次的有探險家到過這座古城，但是黃沙不斷被風移動，完全找不到他們的蹤跡，他們中也可能有人進入過地宮，不過完全無法證實，自然也瞧不出來那些人是從哪裡進入地宮的。

置身精絕國古城之中，明知王城就在腳下，卻找不到入口，端的是讓人心急如焚，我們在塔上一條街、一條街，一座破屋、一座破屋的看，終於在城中發現了一所高出普通房屋的石頭建築，上面也是遮著一層黃沙，不仔細瞧，還真不容易發現。

看來這是唯一的線索了，我們匆匆趕到近前，這建築似乎是間神廟，也是由扎格拉瑪黑石築成，石門造成一張巨獸張著的大嘴，門口堆積了大量黃沙，我和胖子挖開一條通道，眾人帶上防毒面具，用冷煙火照明前進。

石殿十分宏大，有二八一十六根巨形石柱，只是門前被黃沙堵住，裡面沒有沙子。殿內最深處的地板上，供奉著一隻玉製眼球，玉石中還有天然形成的紅絲、藍色的瞳孔，層次分明，幾可亂真。

我看得咋舌不已，乖乖，這個東西一定價值連城，便是只看上一看、摸上一摸，也不枉出生入死進了一趟沙漠，真是個神器，若不親眼得見，哪想得到世上有這等寶物。

胖子按捺不住，想把玉石眼球搬下來裝進背包，拿知連使了幾次力，那眼球就如在地板上生了根，紋絲不動。

陳教授怕胖子力蠻，毀了這古代神物，連忙把他拉開，讓他不可亂動，Shirley楊發現玉石眼球上有個凹槽，形狀奇特，倒與胖子的玉珮十分相似，便對胖子說：「把你那塊家傳玉珮裝在上面試試，這好像是個機關。」

胖子大喜，從懷中摸出自己的玉珮，把旁人都推在一邊，自己動手把玉珮插在玉石眼球的凹槽上：「這要是對得上，那這大眼球就是老子的了，誰搶跟誰急，別怪老子不客氣了，他奶奶的，這真是個好東西，老胡，這回咱他媽真發了。」

第二九章　柱之神殿

除了我之外，其餘的人聽了胖子的話都覺得奇怪，這人怎麼回事？這玉石眼球怎麼就成你的了？想什麼呢？

我心裡嘀咕：「要是被這些考古人員知道了我們是幹摸金發丘這行當的，那可大事不妙。」忙伸手給胖子來了個脖溜兒：「哪他娘的那麼多廢話，少說兩句也沒人拿你當啞巴。」

胖子自知失言，也就閉了口不再說話，好在臉上都戴著雙過濾盒式防毒面具，神殿裡又黑，誰也瞧不見誰的表情，也免去了一些不必要的尷尬。

陳教授和他的三個學生都是書呆子，我最擔心的就是被Shirley楊識破，她腦子比我好上不知道多少倍，反應也快，稍稍露出些馬腳就瞞不過她，也許她早就看出來我和胖子是倒斗的手藝人，只是沒說出來而已，事已至此，我也用不著給自己增添負擔了，於是不再多想，幫胖子把玉珮裝在玉石眼球上。

玉石眼球瞳仁朝上，正對著天花板，正上方的凹槽似乎與胖子那塊玉吻合，將玉石變換了幾次方向，終於對正，「喀」的一聲卡了進去，玉眼球一晃，滾離了先前固定住的位置，地上光禿禿的，也不知剛剛是什麼機關的力量把玉眼固定在那裡。

我抱起玉眼球，把它交在陳教授手中，請他觀看。

Shirley楊折亮一根螢光管為陳教授照明，讓他瞧得更清楚些，陳教授取出放大鏡，翻過來、倒過去揣摩了兩三分鐘，不斷搖頭：「這個……我瞧不出來是做什麼的，不過這玉眼有人頭這麼大，渾然天成，完全看不出人工的痕跡，甚至可以說在兩千年前，人工技術也不可能造出來。」精絕國的鬼洞文明太過神祕，陳教授等人窮盡過去幾十年的心血，也沒掌握到多少資料，只是對一些鬼洞文字符號和歷史，有一個初步的認識，推測出這是個以眼睛為圖騰進行精神崇拜的民族，還是到了黑塔之後才做的判斷，這一時三刻，自然無法解釋這神祕的玉眼是何物。

目前可以認定的，這有十六根巨型石柱的大殿，是一間神廟，既然精絕國視眼睛為最高的能量來源，在神殿中供奉一個眼球，也是理所當然。

不過為什麼這玉眼上有個凹槽，把胖子的玉珮裝上去完全吻合，而且一裝上，原本固定在地板上的玉眼就自然脫落，這些事就無法理解了。

陳教授讓胖子把他那塊玉珮的來由，原原本本的說出來，不得有絲毫隱瞞，也不可誇大其詞，務必實事求是。

胖子當了幾年個體戶，平時吹牛侃大山（注），基本都不走腦子了，趕上什麼吹什麼，來新疆之前，他還曾經對教授等人說，這塊玉是他以前去新疆打土匪時得到的。當時眾人一笑置之，誰也沒有當真，只是看這玉上有神祕莫測的鬼洞文，這才同意讓他加入考古隊，一同去新疆。

現在被追問起來，胖子見眾人鄭重其事，也就不敢瞎吹，他對這塊玉的來歷所知也是十分有限，於是一五一十的說了出來：

原來胖子的父親早在十五歲，黃麻暴動時期就參加了革命，有一位戰友。解放戰爭後期，兩個最初原本在一個班的戰友，已經天各一方，一個在一野，一個在三野，都做到了縱隊司令員級

注　北京土話，指「胡謅瞎掰」。

別的高級指揮員，胖子他爹的這位戰友，在解放軍一野一兵團進新疆的時候，曾帶部隊經過塔克拉瑪干沙漠西南邊緣的尼雅，途中遭遇了一股百餘人的土匪。

當時新疆的局勢很複雜，各種武裝勢力的散兵游勇，及大批土匪、盜馬賊等等多如牛毛，所以解放軍和土匪發生遭遇戰，實屬平常，一場短暫而激烈的戰鬥，首長警衛團就把這夥土匪打得死的死、逃的逃，最後在一個黑鬍子匪首的死屍上，搜到了這塊玉珮。

對於這塊玉珮的來歷和用途，都無從得知，除了覺得顏色與質地都不同尋常，上面刻了些奇形怪狀的符號之外，也無甚特異之處，就沒當回事。

後來這位首長聽說老戰友得了個大胖小子，就託人把這塊無意中得來的玉當作禮物，送了過去。

後來二月逆流之後，胖子的父母受到衝擊，先後去世，在新疆的那位首長也因病辭世，當時胖子才十五、六歲，正是四六不懂的年齡，最後家裡的遺物只剩下這塊古玉，就當寶貝似的保留了下來，對於這塊玉石的由來，他所知道的全部內容，也就是這些了。

陳教授聽了之後嘆息道：「可惜這些人都不在了，這塊精絕玉又幾經易手，來源已經不可考證了……」言畢唏噓不已，對於無法了解這玉眼球的奧祕感到不勝惋惜。

Shirley楊把玉眼從教授手中接過來觀看，她全神貫注看得極細緻，我見她自從進了精絕古城後，都沒怎麼說過話，心想她可能是因為見到這座古城後，始終沒發現她父親的蹤影，所以才憂心忡忡，她父親那幾位探險家失蹤了一年有餘，他們是否抵達了這裡都極難說，而且這裡地處山口，風大沙暴也多，整座城一年到頭，不知道有多少次被風沙埋進沙漠，埋了又被下一次風吹得露出來，我們這次能找到，可以說是極幸運了，這茫茫大漠，要找小小的一隻探險隊，如同海底撈針，談何容易，她始終抱有一線希望，總要見到屍體才會安心，在精絕古城中探索得越深入，她心中的失落感可能就越強烈。

在山谷中，我曾被她救過一命，我希望有機會能為她做些什麼，此時見她對這只玉眼球感興趣，心想只可惜那塊古玉是胖子的東西，要是我的就送給她也不妨。

這時還沒等Shirley楊看完，胖子便有些捨不得了，伸手去要，Shirley楊捧著玉眼的手向後一縮，對胖子說：「你急什麼，我看完自然還你。」

胖子說：「別廢話，這玉是我們家的，讓妳一洋人看起來沒完算是怎麼回事？我怕妳瞧眼裡拔不出來了。」說著把手抓到玉眼上就往回奪。

我見狀急忙勸阻：「你們倆別搶、別搶，給我這當隊長的點面子行不行？我做主，先讓楊小姐……看五分鐘。」

我怕胖子和Shirley楊爭執起來摔壞了這玉眼球，就邊說邊伸手去按他們倆手中的玉眼球，沒成想，他們兩個見我插手，都不想爭搶了，一齊放了手。

我只伸出一隻手，還是從上邊按住的，那玉眼又圓又大，滑不留手，一個拿捏不住，玉石眼球重重的掉在地上，「啪嚓」一聲，摔成了八瓣。

眾人大眼瞪小眼，陳教授全身哆嗦著指著我：「你……你你你……」你了半天，楞是氣得一句話也沒說出來。

我百口莫辯，連連搖手：「我不是……我是……我這不也是一番好心嗎？沒想到……他娘的怎麼這麼不結實？」邊說邊伸手去撿那地上的玉石碎片，心中暗暗禱告，最好能黏起來還原，否則他們讓我賠償，這是無價之寶，就是把我拆零散賣了，也賠不起。

當時真是有點急糊塗了，腦子也懵了，忘了具體是向胡大、上帝、毛主席，還是向佛祖祈禱了，可能是由於沒有固定的信仰，導致祈禱的效果不太顯著，玉眼自重不輕，加上地面的石磚堅硬，有些地方摔成了碎沫，我在地上劃拉了半天，也沒把碎片找全。

胖子說：「行了老胡，摔了就他媽的摔了，別撿了。」說著就去拽我胳膊，想拉著我站起來。

我蹲的時間稍微長了點，加上心中著急，背後地質包裡的裝備又沉，被胖子一拉，立足不穩，一屁股坐到了地上，我掙扎著想要爬起來，無意間一抬頭，見微弱的光線中，神殿的房頂上有一隻臉盆大小的眼睛，閃動著奇異的光芒，正盯著我們看。

進來的時候我們曾粗略的看了一下四周的環境，上邊黑乎乎的也沒細瞧，誰也沒注意什麼時候出來這麼大一隻活動的眼球。

我急忙用手電筒往上照，這神殿雖高，頂上的範圍也應該在我手電筒的照射範圍之內，誰知手電筒一照到上面，光柱就像是被黑暗吞沒了一般，除了那隻巨大滿布紅絲的眼球，屋頂其餘的地方一團漆黑，什麼也瞧不見。

* * *

其餘的六個人也都見到了頭頂那隻巨大的怪眼，眾人心道不妙，怕那怪眼掉下來傷到自己，都紛紛向後退開。

只見那隻巨眼在半空中轉了一轉，便順勢落在地上，這一來我們都瞧清楚了，這東西雖然像是隻眼球，實際上卻是個半透明的肉球，外邊全是青白色的物質，中間裹著一大團黑漆漆的事物，冷不丁一看，不把它看成眼球才怪。

胖子見了這古怪異常的肉球，心中一慌，便把背上的突擊步槍端在手上，準備開槍射擊，我連忙按住他的胳膊：「別輕舉妄動……」

還未等我們想明白這究竟是個什麼東西，那巨眼般的肉球突然「噗」的裂開，裡面流出數百條糾纏在一起的黑色怪蛇，這些怪蛇同我們在扎格拉瑪山見到的一樣，都是全身黑鱗，身長不過數十釐米，頭頂長著一個黑色肉瘤。

一堆堆的怪蛇蠕動在一起，身上滿是黏呼呼的透明液體，好像剛從卵中孵出來一樣，說不出的令人噁心，眾人瞧得頭皮發麻，情不自禁地又退後了幾步。

我們曾在黑塔中見到一座蛇身人首的守護神雕像，頭頂也是有個這樣的黑色圓球，當時陳教授推測這黑球是個眼睛，難怪在山谷中Shirley楊在緊急關頭，才能用閃光燈救了我的性命，看來這種蛇頭上的肉瘤，即便不是眼睛，也對光源極為敏感。

山谷中的一幕給我們留下了很深的印象，這種不知名的怪蛇，憑藉強健的身體，可以彈在半空中飛行數米，而且毒性奇猛，一旦被咬到，根本來不及搶救，馬上就會送命。

這時哪敢耽擱，我和胖子擋在眾人前邊，趁這些黑蛇還糾纏在一起沒有散開的時機進行射殺，牠們的生命力極強，只剩下一個腦袋仍可傷人，我邊開槍邊招呼楚健，把固體燃料倒上去，點火澈底燒死他們。

火光把全是大石柱的神殿照得通明，數百條黑蛇還沒來得及展示牠們的毒牙，就被燒成了焦炭，我長出了一口氣，幸好先下手為強，這些黑色怪蛇的出現，難道是和我打碎了玉石眼球有關？或者那玉眼是個祭器，把那塊古玉裝在玉眼上，就完成了某種儀式，把這些怪蛇從那個所謂的虛數空間引導了出來？不管是什麼，以後再看見這種玉石眼球，萬萬不可掉以輕心了。

我讓眾人檢視四周，惟恐有漏網之魚，又仔細打量屋頂，到處都是平整的石磚，實在揣摩不出那大眼球一樣的蛇卵從何而來。

這一仔細檢查不要緊，果然是發現了一些不尋常的地方，神殿中的十六根巨形石柱，每一根石柱的柱身上都有六個眼睛的圖案，石柱的底座都是正六邊形，其中五邊，每一邊都雕刻有一個小小的符號，各不相同，分別是餓鬼、羊首、胡人、巨瞳人、守護獸，還有一邊是空著的。

這些石柱引起了我們的關注，陳教授把這些符號的方位種類，一一用筆記錄下來，讓我們轉動石柱下的六邊形石座，一試之下，原來下面是個石槽，和柱身分離，只要用力，就可以旋轉。

教授說看來這間都是大石柱的建築，是間用於祭禮的神殿沒錯了，而且是一處多功能的祭祀場所，柱底六邊形的符號，表明了它的作用。

這些石柱每四根一組，現在的排列是守護神的符號交叉相對，剛才那個玉石眼球就是個祭祀的神器，而胖子的那塊古玉就是啟動儀式的法器，不排除還另有其他法器的可能性。至於這件法器怎麼流落到外邊去的，恐怕永遠也不會有答案了，也許是曾經有盜墓賊、探險隊進入過這精絕古國的神殿，也許是兩千年前，那些為了反抗精絕女王統治的奴隸偷竊了出去，都無從得知了。

可以推斷，一旦法器連接，就可以召喚被視為守護神的怪蛇出來享用祭品。而且說這是一間多功能的神殿，是因為這石柱上不僅有地位高的守護神，也有處於最下端的奴隸、牲畜、惡鬼，神殿可能也會用來做一些鎮壓惡靈、懲罰奴隸之類的儀式。通過石柱下符號的排列變化，來確定不同的儀式對象。

Shirley楊問道：「教授，這座神殿應該是與王宮同樣重要的場所，這裡會不會有暗道，連著地下王宮?咱們到處找找看好嗎?現在小葉身體不好，必須盡快找到地宮裡的水脈才行。」

陳教授說：「老朽可以打包票，肯定有這樣一條暗道，不過既然是暗道，這神殿規模又如此之大，咱們一時三刻哪裡找得到呢？」

胖子插口道：「二位掌櫃的，俗話說得好啊，拿人錢財、與人解難，你們大概還不知道我和老胡有多大本事，咱這不是有這麼多蘇聯的黃色炸藥嗎？您幾位出去歇會，我炸條通道出來，讓你們也見識見識咱的手段。」

陳教授急忙擺手：「不可胡來，這些都是古代文明的遺跡，破壞一塊磚頭都是犯罪。」

我心想剛才我摔碎了那玉石眼球，現在正是我將功贖罪的機會，天下山川地理五行風水，盡數都在胸中，找條暗道何難之有，於是對他們說道：「我看這神殿的十六根石柱的布置，與透地十六龍排列相同，這布局倒暗合巨門之數，漢代古墓曾有用到過這種機關布置的，先前在黑塔上觀看這古城周遭形勢，果然是占盡地利，可見那精絕女王也是個通曉玄學的高人，不妨由我來試試，用分金定穴之術找一找神殿中的通道，也許能夠找到暗道，不過這方法我也是初學乍練，到時候萬一找不著，咱們再想別的辦法。」

眾人聽罷，都表示贊同，靜候在旁觀看，我邁步走至神殿中央，觀看四周的石柱，其實這種透地十六龍柱的排列不算太難，也無非是安五行二十四方的變化，只是地點場合不同，略加變化而已，在石柱之間反覆走了幾個來回，心中暗暗計算。

這透地十六龍，其實就是蛇，《十六字陰陽風水祕術》有云：逶蛇飄忽，突然南北。這十六條中，只有一條透過地脈的才是真正的龍。說著簡單，實際用起來著實費了一番頭腦，最後把目標鎖定在神殿深處的四塊地磚之上。

用小型地質錘敲了敲，其中三個是實的，只有一塊發出空空的回聲，這塊兩米見方的大石磚，邊緣上沒有任何經常開動造成的磨損，看來這通道很少有人用到過，除非用炸藥，想撬肯定是撬不開的，最近的一根石柱就是機關，不知道現在這機關還靈不靈。

我招呼胖子過來幫忙，我手放在石柱下的六邊形石槽，萬一轉錯了反向，觸發了什麼機關，可就大勢休矣，便又讓另外的陳教授等人退到神殿外邊，抹了抹頭上的汗珠告訴胖子：「先把空的那一邊，對準有可能是暗道的那塊石磚，然後準備使勁順時針轉動五格，反向轉一格，再順時針轉動十一格，然後反方向轉動兩格，一下不能多，一下不能少，否則會發生什麼可就不好說了。」

胖子說：「老胡你當我不識數啊，當初上學時我成績可比你好多了。別廢話了，轉吧。」

我心中默念祕術中的口訣：「千里尋龍，求之左右，順陽五步，陰從其一，開轉。」

二人使出力氣，轉動六方石槽，轉一格便一齊數一下，轉動完最後一格，只聽噶蹦蹦一通響聲，地面上的石磚陷了下去，露出一條深不見底的地道。

第三〇章　天磚祕道

我見那暗道已經開啟，鬆了一口氣，用手電筒向暗道中照了照，有一條黑石修築的石階斜斜的通向下面，手電筒的照射距離有限，再深處便看不到了。

胖子揮手把在神殿門口等候的五個人招呼了進來，眾人見打開了暗道都對我的分金定穴法讚不絕口。

這時天已過午，我謙虛了幾句，就讓大夥收拾收拾，盡量輕裝，先到神殿外喝點水、吃幾口乾糧，這條暗道還不知要走多遠，準備充分了再進去。

吃乾糧的時候，薩帝鵬好奇的問我，是怎麼找到暗道的，也太準了。

我對他說：「一看那十六根大石柱的排列便知，這暗道的布置是古時傳下來的巨門陣法，為什麼叫巨門呢，就是說這種機關，多半是用在通道門戶上的，這些數術都是由洛數以及天上的星斗排列演變而來。這裡面的奧祕可深了去了，跟你說你也聽不懂。」

眾人稍事休息，便由我帶領著下了神殿中的暗道，在入口的下面，發現了一個石頭拉桿，可以用來從下面打開這塊地磚，這些機關設計精巧，隔了將近兩千年，機括依然可以使用，而且構造原理都迥異尋常，雖然用到了不少易數的理念，卻又自成體系，如果這些都是那位精絕女王發明的，那她肯定是一個不世出的天才。

初時我們擔心暗道裡有機關，下行的時候小心翼翼，格外的謹慎，各自拉開了距離緩緩而行，待下到石階的盡頭，眼前豁然開朗，出現了一條寬五米、高三米左右的甬道。

甬道四周不再是漆黑的石頭，都由西域天磚（古西域建城牆用的長方形淡黃色土磚，由夯土、牛糞、涼沙等混合在一起，乾燥堅固，歷久而不裂）堆砌，頭頂砌成圓拱形，壁上盡是古怪鮮豔的壁畫。

那畫上出現最多的就是眼睛，大的小的都有，睜著的、闔著的，有的只畫了眼球，有的還有眼皮和眼睫毛，精絕人視眼睛為圖騰，這條甬道通著神殿，又繪有如此眾多的眼睛，想必只有神職人員和女王那樣的統治者才有資格進入，可能從建成之後也沒用過多少次。

這條甬道的環境非常封閉，空氣不流通，壁畫的色彩如新，沒有絲毫剝落，使陳教授等人看得激動不已。

陳教授說遠在十九世紀前期，被外國探險家發現的那些新疆古城遺跡中，也有大量壁畫，幾乎全部是宗教題材為主的，可惜那時候政府沒有加以保護，都遭到了澈底的洗劫，流失到了國外，想不到這裡竟然還能看到保存如此完整的，而且又是西域三十六國中最古老最神祕的精絕壁畫，這足以震驚整個世界。

我聽教授如此說，就想到那女王是妖怪的傳說，這座古城詭異無比，倘若真有妖怪，也許可以從這壁畫中找出一些線索，萬一真碰上了也好知己知彼、百戰不殆，於是打著手電一幅幅的觀看那些壁畫。

然而所有的甬道壁畫中，完全沒有精絕女王的身影，畫中的內容都是表現一些儀式，有的畫著一隻玉石眼球放出光芒，上空便出現了一個黑洞，洞中落下來一隻巨眼般的肉卵。

有的畫著無數黑色怪蛇從肉卵中爬出，噬咬著幾個被綁住的奴隸，奴隸們痛苦的掙扎。

還有的畫著黑色的山峰，山上爬滿了黑蛇，周圍群獸都跪倒在地，向山上的怪蛇磕頭。

這些場景中有些我們曾經見到過，在此對照壁畫上描繪的情形，更加證實了陳教授的判斷，這種頭上長個黑色眼球的怪蛇，一直被精絕人視為守護神獸般的存在，他們懂得如何召喚驅使這些蛇獸，還經常用活人對蛇獸獻祭，想不到精絕古國埋在沙海下千年之久，這些怪蛇竟然還存在於世間。

我們邊走邊看，在最後一幅畫前停住了腳步，這幅壁畫上是一個巨大的洞窟，一道細長的階梯，繞著洞壁盤旋向下。

Shirley楊對陳教授說：「您看這個洞窟和鬼洞族名稱的由來，會不會有什麼關係？」

陳教授說：「很有可能，看這洞壁上螺旋一般的樓梯，小得像條細線，和這個大洞完全不成比例，這麼個直上直下的大地洞，絕不是人力能挖掘出來的，難道這便是鬼洞？」

我記得曾經聽他們講過，傳說鬼洞一族來自地下，當時聽了也沒多想，認為純粹是古代人扯蛋，現在看了壁畫，心中起疑，這些壁畫中的事物，我們有些曾經親眼目睹，看來並不是故弄玄虛畫出來唬人的，說不定在精絕古城的深處，就真有這麼個大洞。

胖子笑道：「世界上要真有這麼個大洞，豈不是通到地球的另一端了，以後要想出國省事了，甭坐飛機，直接從這個大地洞裡跳下去，不一會兒就到美國了。」

Shirley楊對胖子的胡言亂語聽而不聞，又問陳教授：「鬼洞族的巨瞳石人像，很可能就是他們的本來面目，他們如果真來自於地下的黑暗世界，那就可以解釋他們對眼睛的推崇了。」

陳教授說道：「妳說的有一定的道理，還有另外一種可能，這個巨大的洞窟，就是鬼洞文明中一再出現的異界，也就是妳所說的虛數空間，這很可能是一個實體，古時候，鬼洞人發現了這個巨大的洞窟，他們無法解釋世界上為什麼有這麼大的地下洞穴，竭盡所能，又無法下到洞窟的底部一窺究竟。古人崇尚自然界的力量，他們也許就將這個巨大的洞窟當作神跡，進行膜拜祭奠，他們希望自己的眼睛更加發達，能夠看清洞底的情況，有少數人自稱自己的眼睛能看到洞底的世界，他們就備受尊崇，成為了部族的統治者或者神職人員，由於他們的權力來源於眼睛，所以就把眼睛視為力量的來源。」

胖子聽了教授的話，大為心折，豎起大拇指讚道：「行啊，老爺子，就憑一幅畫您就瞧出這麼多名堂來，還侃得頭頭是道，說的跟真有那麼回事兒似的，您要是去練攤兒，準能侃暈一大片，賣什麼火什麼。」

陳教授沒心情跟他說笑，隨便應付道：「我也只是主觀上的推測，做不得準的，咱們出了暗道去看看到底有沒有這麼一個大洞穴，還是要眼見為實。」

不知為什麼，我一聽他們講地下洞穴，就想起在崑崙山地底，見到九層妖樓的往事，那次我失去了好幾個戰友，從那以後我對深處地下的洞穴，多了幾分畏懼的心理，我很擔心考古隊中的人再出現什麼意外，若不是必須進入地宮尋找水源，我真想就此拉著他們回去，既然這次沙漠考古已經取得了重大成果，也不差那個地洞了。

我對教授說：「千金之軀，不坐危堂。你們都是在社會上有地位的人，沒必要去冒險，等咱們找到地宮裡的水源，補充之後，就該回去了。既然已經尋到了精絕古城，咱們的任務也算完成了，您寫份評估報告交給上級有關部分，剩下的事以後讓政府來解決就好了。」

陳教授搖了搖頭，卻沒說話，他畢生都想一探鬼洞文明的奧祕，已經到了這裡，心癢難耐，如何肯答應，況且Shirley楊也一直認為她父親的那支探險隊，曾經到過精絕古城，不找到最後她不會甘休，他們是說什麼也不會回去的。

我無奈之餘，只得跟著他們繼續向前走，心想反正我已做到仁至義盡，該說的都說了，萬一真出了什麼事，我也問心無愧了。

甬道並不算長，盡頭處也沒有臺階，只有一根石柱，沒有任何門戶，難道這神殿下的甬道是條死路，只是為了繪上那些祭祀儀式的壁畫而已？

胖子四下瞧了瞧，轉身對我說道：「老胡，這回你還有招嗎？沒招就上炸藥吧。」

我說：「你除了暴力手段還有點別的嗎？動動腦子，先看看再說，我估計這暗門多半還要著落在這根單獨的石柱上。」

這根孤零零立在天磚甬道裡的石柱，比起神殿中的那十六根大石柱小了數倍，但是造型完全一樣，柱底也盤著六邊雕像，空著的一邊，正對著盡頭處那堵窄牆。

這就好辦了，原來這透地十六龍的龍尾在此，我仍然讓胖子幫手，按照《十六字陰陽風水祕術》中與「尋龍令」相反的「撼龍訣」，轉動石柱下的六邊形石盤。

第三一章　地宮

「龍氣入穴，陽只一經方斂，陰非五分不展」，以「撼龍訣」推算，其實只不過是將先前在神殿中，轉動石盤的順序顛倒了做一遍。

我們把那石盤最後一格轉完，面前的天磚牆應聲而開，胖子抄起突擊步槍，一馬當先出了天磚甬道，其餘的人等魚貫而出。

眾人來到外邊，用手電筒四下打量，雖然是在地下的建築，四周空間宏大，雕梁畫柱雖已剝落，卻仍可見當年的華美氣象，果真是到了地宮之中了。

我們身處的似乎是地宮的正殿，出來的那堵磚牆出口，是在一個玉石雕成的王座之後，這道暗牆修得極精巧，在殿中完全看不出玉座後是個暗門。

終於是來到了這曾經只存在於傳說中的精絕王宮，我們為了仔細看看這裡，使用了帶在身上的一切照明設備，只見大殿的王座和地板都是玉石，天花頂上的燈盞鍊子也朽爛斷裂了掉在地上，各處角落中還有幾隻沙鼠在爬動，看來這裡空氣流通，除了一些玉石製品外，陶器、木器、鐵器、銅器、絲織品等物都被空氣侵蝕損壞得極其嚴重。

對我們來講，這種情況是喜憂參半，喜的是既然地宮中有流動的空氣，那就說明和地下水脈相通，葉亦心這條小命算是撿回來了。

憂的是地宮中的古物毀壞得比較嚴重，有些陶罐已經爛得不成樣子了，一碰之下便成為齏粉，四周散落著無數鏽跡斑駁的盔甲兵刃，諸如觸角式弧形劍、鶴嘴巨斧、弧背凹刃刀，盔甲上有各種富有民族特色的古怪牌飾和帶扣，而這些圓盾彎刀的主人連骨頭都沒了，仔細找也許還可以找到幾個殘缺的骷髏頭。

年代太過久遠，空氣侵蝕腐爛的原因是一個，還有不知這裡幾時開始，鑽進來很多沙鼠，沙鼠平時以沙漠植物的根鬚和沙漠地下的昆蟲為食，很喜歡用硬物磨牙，這地宮裡的不少東西，都被牠們給啃沒了。

正殿中保存最好的就屬這個玉石王座了，玉座最上方刻著一隻紅色玉眼，座身通體鑲金嵌銀，鏤刻著仙山雲霧、花鳥魚獸等物，基座是一大塊如羊奶般潔白的玉石，在以黑色調為主的大殿中，顯得格外引人注目。

胖子見此破敗不堪的情形，大失所望，一屁股坐在玉座之上，拍著扶手說：「也就這個還值點錢了，剩下的直接聯絡收破爛的往廢品回收站送吧。」

我心想這孫子在哪都改不了這散漫的脾氣，無組織、無紀律，我得嚇唬嚇唬他，免得讓Shirley楊他們笑話，便對胖子說道：「我說王凱旋同志，這座可是封建王朝的剝削階級坐的位置，你別忘了你也是革命幹部家庭出身，你坐在那裡，你的原則和立場還要不要了。」

胖子大笑：「得了吧老胡，還裝政委呢？這都什麼年月了還要立場，你說這玉石寶座能值一百萬美金嗎？……哎，這個頭忒大了點，不拆散了還真不好往回搬。」

我接著對胖子說：「你先別想它怎麼往回搬了，我告訴你你還別不信，這玉座是精絕女王生前坐的，說不定她的亡靈正游蕩在這地宮裡，幾千年來，又寂寞又孤獨，正好你在這一坐，說不定就讓那女王瞅見了，她肯定覺得，嘿，這大胖子真不錯啊，渾身上下這麼多胖肉，得了，留下當精絕國倒插門的女婿算了，沒事啃兩口磨磨牙。」

這番話倒沒把胖子嚇著，葉亦心本來已經不再昏迷，勉強能走，Shirley楊一直扶著她，聽我一說精絕女王的幽靈還在這地宮裡，葉亦心雙眼一翻又被嚇暈了過去。

Shirley楊急得直跺腳：「你們倆能不能不胡鬧？也不看看是什麼時候，還不快來幫忙。」

我跟胖子見又惹了禍，也不敢再鬥嘴了，過去把葉亦心抬起來，放在胖子背上，讓他背著，胖子剛才少說了一句，覺得不太上算，口中還接著嘟囔：「倒插門的女婿？我就沒見過你這麼沒文化的人，你當女王是鄉下的寡婦啊，女王的丈夫，那應該叫……叫什麼來著？好像不應該叫駙馬吧？」

Shirley楊見胖子還嘮叨，氣得忍不住說：「叫太監。」

要不是考古隊中死了個郝愛國，氣氛很壓抑，這時候笑實在是不合時宜，我強行忍住，和眾人一起在寬廣的地宮中搜索，尋找有水源的地方。

精絕古國地下的王宮，沒有我先前想像的那麼大，只有正殿頗具規模，兩側的配殿都比較簡陋，前殿的大門和石階都被沙子封得死死的，靠近前殿大門的地方，一塊黑色的石頂被炸藥破壞，這說明以前也曾經有人進到過這地宮之中，看那石門的損壞程度和痕跡，都不是近期所為，少說有幾十年以上的歷史了，很可能是那張黑白照片的主人所為，現在這個缺口早被黃沙埋沒。

看過兩側的配殿，又轉到後殿，這裡是王室成員休息起居之所，這裡有幾處玉石圍欄的噴泉，不過早已乾涸了，一行人邊走邊看，Shirley忽道：「你們聽，是不是有流水聲？」

我支起耳朵傾聽，果然在不遠處水聲潺潺，看那方位是在寢殿後邊，當下眾人加快腳步，循著水聲來到殿後的一個山洞之中。

山洞地勢極低，向下走了很深，來到一座球場般大小的天然石洞之中，這裡雖是天然，但是顯然是經過人工的修整，地面十分平整，在洞中有一片小小的地下湖，湖中隆起一塊凸地，如同一個湖心小島，只有十平方米大小，平湖如鏡，環繞在四周。

我們這夥人連續一個星期，都只喝最低標準配給的水量，別說是在沙漠中了，尋常時一天只喝這麼點水也夠受的，這時見到清涼的地下水，都急著把頭扎進去狂飲一通。

Shirley楊攔住眾人：「這水源已經廢棄多年，也不知是死水活水，何況地下河流不斷改道，現在的地下水，未必就和兩千年前的一樣，西域地下的硝磺最多，水中萬一有毒怎麼辦？先看看再說。」

我就近處一看，見那湖水中有數尾五彩小魚游動，便笑道：「多慮了，這湖中有魚，深處肯定有泉眼，是活水，不會有毒的。」

此言一出，其餘的幾個人再也顧不上什麼，搶至湖邊大口大口地喝水，都把自己的肚子灌了個溜圓，還是覺得沒喝夠，直到一動就從嘴裡往外流水，方才罷休。

葉亦心有脫水症，不能直接喝大量清水，Shirley楊用食鹽和了一壺水，一點點的給她服用。我們水喝得太多，都動彈不得，只能就地休息。

我從來沒覺得水像現在這麼好喝，四仰八叉的挺著肚子躺在地上閉目養神，這時四周都安靜了下來，我好像聽到遠處還有水流的聲音，看來這地宮中的水脈還不止這一處。我們喝水的這個小小湖泊，非常安靜，在後殿中聽到的水流聲，是來自更遠處的那個水源，那應該是條流量很大的地下河，說不定就是繞過扎格拉瑪山的茲獨暗河。

正在我胡思亂想之際，忽聽Shirley楊「咦」了一聲，聲音中充滿驚奇，我急忙雙手撐地坐起來，問她怎麼回事，Shirley楊用手指著湖心的凸地，示意讓我看那邊。

陳教授等人也紛紛從地上坐了起來，眾人順著Shirley楊所指的方向看去，見到了一副不可思議的情景。

湖中凸地上，不知何時，已爬滿了密密麻麻的一層青色蝣磷蟲，足有上萬隻之多，牠們的身體逐漸變成灰白色，一隻隻的從外殼中蠕動著爬出，蛻殼後的蟲體上似乎有很多螢光，閃閃發光，如同漫天星光一樣燦爛，蟲子們舒展著剛剛得到的翅膀，再過一會兒就可以飛到天上。

便在此時，無數的大老鼠從四面八方躥進山洞，這些老鼠一點也不懼怕人類，對我們這些人視而不見，毫不猶豫的跳進湖中，赴水而去，爭相爬上湖心的凸地，貪婪的抓住剛褪殼的蟲子，不斷送進口中吃掉，風捲殘雲，片刻就吃了個精光。

我們見了這許多大老鼠在湖中游泳，看來這些老鼠一定經常在此聚餐，否則怎會如此熟練，想到這裡說不出的噁心，張開嘴哇哇大吐，把那一肚子的湖水，又原封不動的吐了出來。

第三二章　暗河

群鼠吃得飽飽的，便紛紛游回岸上，四散去了。

楚健撿起地上的碎石頭，想拋出去驅趕那些走得慢的大老鼠，我把他攔住。我們家從我祖父那輩傳下來的規矩，老胡家的人不許傷害老鼠，反正這些老鼠也與人無爭，隨牠們去也就是了。

胖子罵道：「老胡你他媽的這就叫姑息養奸，原來這水是老鼠們洗澡吃飯的所在，可他媽噁心死我了，剛才那一通猛喝，也不知道喝下去多少老鼠屎尿老鼠毛。」

我說：「別提了行不行，越想越他娘的噁心，咱別在這呆著了，換個地方。」

這裡的水我們是沒人想喝了，只好繼續向山洞的深處尋找地下暗河，這裡別無他路，只有一條通道，流水聲就是從通道的另一端傳過來的。

我們順路前行，越走水氣越大，四壁也越來越潮溼，這條通道的兩邊有不少人工開鑿的石室，都裝著鐵柵欄，上著大鎖，裡面有不少刑具，看樣子是用來關押囚犯的，現在都成了老鼠窩了，地上黑呼呼的盡是老鼠糞。

往山洞中的通道裡邊，行出數百米遠，終於見到一條水流湍急的暗河橫在洞口，這就是在沙海下流淌了幾千年，從來都未乾涸過的茲獨暗河了，河水不僅流量大，而且很深，在它的盡頭會同塔里木河合流。

不過新疆沙漠中的內陸河都有一個特點，就是不管河水流量多大，都無法流出沙漠，進入大海，這些沙漠的內陸河以及地下暗河，最終都會慢慢的被沙漠所吞噬。

河對岸還有另一個大山洞，中間有一座黑色石橋相連，橋身也同樣是用扎格拉瑪山的黑石頭築成，飛架在茲獨河洶湧的水流之上。

黑橋另一端的山洞前，有一道千斤閘，用人臂粗細的大鐵鏈子吊起來一半，下面還墊了塊巨大的石頭，從閘下看那洞內，深不可測，不知是個什麼所在。

陳教授吃了一驚：「先前發現地宮的石門被人炸開，想必是有人曾經進來過，這閘門如此厚重，又在這地宮的第三層最深之處，極有可能這裡面便是精絕女王的長眠之所。」

古代西域諸國，經常把王室成員的墓葬設在城中，而不是像中原漢人那樣，開山為陵，依嶺修墓，這一點我們先前在西夜古城已經領教過了，那姑墨王子的古墓，就建在舊城聖井之中，所以教授認為精絕女王的古墓在地宮之下，這並不奇怪。

只是眾人覺得有些太過順利，以前也曾有探險隊到過這地宮，這洞窟又不隱蔽，肯定被前人發現過，莫非是進入女王陵寢的人，都死在了裡面？那裡面究竟有什麼東西？難道壁畫中的巨型洞窟也在裡面？

我請示陳教授的意思，進去還是不進去？

陳教授毫不猶豫的說：「進！我必須要去看一看精絕女王的古墓有沒有遭到盜竊和破壞，如果不看上一眼，我死不瞑目，這把老骨頭如果被埋在裡邊，也算是死得其所，我這麼大歲數了，什麼都不在乎，但是你們這些孩子還都年輕啊，你們都不要去了，我自己一個人去就行。」

Shirley楊正在給她的照相機裝新膠捲，頭都沒抬，說道：「我自然也去。」她說得輕描淡寫，似乎她完全沒想過是否要進入精絕女王的古墓，而只是第一個還是第二個進去的問題。

我一看既然如此，我是不能不進去了，他們兩個若有個閃失，我於心何安，便讓胖子留下來照顧三個學生。

胖子一聽不願意了：「這托兒所阿姨的活怎麼都歸我了？你們仨進去，我不放心，要去我跟你們一起去，要不咱誰都別進去。你們放心，那裡面有什麼金銀財寶，我一概不拿就是。」

楚健、薩帝鵬等人一聽不帶他們進去，急忙懇求，無論如何也想進去看看，這機會太難得了，千里迢迢穿過黑沙漠，吃了多少苦才來到精絕古城，怎麼能不看看這最重要的女王陵墓呢？而且萬一有什麼事，也可以給大夥幫幫忙。

這一來人人都要去，那剩下個身體虛弱、一會兒清醒一會兒迷糊的葉亦心怎麼辦？葉亦心補充了一些冷鹽水，此刻已經有了些力氣，對眾人說：「你們千萬別留下我一個人在這裡，我身體沒問題，我和大家一起進去。」

我一看這可麻煩了，我和胖子本事再大，也照顧不過來五個人啊，何況還盡是些老弱婦孺，也就大個子楚健還能幫我們點忙。

我對眾人說：「要不這麼著吧，我先一個人進去看看，如果裡面沒什麼危險，咱們再一起進去。要是我進去超過四、五個小時還不出來，你們就別等我了，千萬不要再進這古墓，趕快離開這裡。」

胖子說：「不成，要去咱倆一塊去，也好有個照應。」

我拍拍胖子的肩膀：「我一個人就行了，我命大沒問題，萬一我有個三長兩短，你還得把大夥安全的帶出去呢。」

Shirley楊說：「行了，別說得這麼悲壯了，我跟你一起去。」

我以為我聽錯了：「妳和我一起去？別開玩笑了，要是有什麼危險，我自己一個人容易脫身，妳跟著去，我怕照顧不了妳。」

Shirley楊說：「還說不準誰照顧誰呢，反正不能讓你自己一個人進女王的古墓冒險。」說著她把楚健手中的運動步槍拿了過來，嘩啦一聲拉開槍栓，看到子彈是裝滿的，就一推槍栓把子彈頂上了膛，她這兩下子看得我暗地裡吐了吐舌頭，敢情也是位使槍的行家，以前還真沒看出來。

我們倆各自忙著收拾應用的裝備，胖子悄悄對我說：「哎老胡，我覺得她最近看你的眼神不太對勁兒啊，是不是對你有點意思？這才到哪就開始黏上了？」

我笑罵：「我看你他娘的才是眼神不好，我都沒看出來，你就看出來了？我對她不感興趣，太強勢的女人咱可不敢要，再說了，我們家老爺子要看我領回去一美國妞兒，還不得把我大卸八塊了。」

胖子說：「你有這覺悟就好，我真怕你找個這樣的媳婦兒，她這種人仗著有兩臭錢就牛逼哄哄的誰也瞧不起，他媽的，以前那句話怎麼說的來著？『小皮鞋噶噶響，資產階級臭思想。』你可千萬要頂住糖衣炮彈的攻勢啊。」

我把在山谷中撿盜墓賊洋落撿來的突擊步槍裝滿子彈，把炸藥和工兵鏟都背在身上，又給手電筒更換了新的備用電池，把穿山甲爪子做的摸金符放在手中握了一會兒：「懇請祖師爺保佑吧。」

這時Shirley楊也收拾完了，她問我能否瞧出這墓的內部結構來，我說：「這種城下墓我聞所未聞，如果讓我從外部看一個墓穴裡面的結構，我必須通過：尋地脈、察形勢、覓星峰、辨水源、測方位、定穴場、究深淺等等步驟，用這些風水術確定古墓的年代和內部構造，但是這墓在城下，這樣的古墓，我還是頭一次見到，墓門前有橋有水，不和風水理論，墓中有什麼名堂，我還真是看不出來。咱們進去之後一切小心，特別是要小心不要觸發什麼機關，另外最需要提防的是那種頭上長個黑眼的怪蛇，牠們動作奇快，難以閃躲。」

Shirley楊點了點頭，當先走過石橋，我緊緊跟在後邊，在另外五個人的目送下，我們倆一前一後，過了黑色石橋，從千斤閘下鑽了進去。

第三三章 寶藏

閘門後是條向下的狹長坡道，坡度極陡，Shirley楊扔下去一支冷煙火，滾了許久方才到頭，在冷煙火停住的地方，它的光線已經小得瞧不清楚了。

我倒吸了一口涼氣，如果這真是墓道，未免也太長了，附近沒有屍體，如果這條坡道有機關埋伏，那麼以前曾經進來過的那些人，一定會留下些什麼痕跡。

縱然如此，我們也不敢稍有大意，走錯一步都有可能粉身碎骨，我邊走邊仔細觀看周圍的環境，似乎有點不太對勁，但是究竟哪裡不對勁，卻想不起來。

Shirley楊對我說：「你有沒有看出來，這裡沒有老鼠的蹤影。」

我點點頭，說道：「正是，我剛才就覺得不對勁，妳這麼一說我才發現，這裡閘門半開，又有石橋相連，那地宮裡的老鼠如此眾多，怎麼這裡半隻也看不到？……不單是看不到老鼠，地上連老鼠屎和老鼠毛都沒有。難道那些老鼠憑著牠們動物的本能，感覺到這裡是一處充滿危險的禁地？」

Shirley楊卻沒有答話，又向下走了幾步，忽然回頭對我說：「你可不可以講實話，你是不是做過盜墓的事？」

我萬沒想到她會有此一問，一時語塞，不知道該怎樣回答，由於這次同行的這些人，都是從事考古工作，考古和盜墓雖然在某種意義上來講差不太多，但畢竟有著本質上的區別，可以說是水火不相容，我這事極是機密，她是如何得知？

Shirley楊見我不說話，便說道：「我也只是猜的，突然想到了便問你一句，我想你懂這麼多早已失傳的風水祕術，對各種古墓一點都不陌生，似乎比對自己家的後院還要了解，倒真有些像是做盜墓行當的。」

我心中暗罵：「臭女人，原來是亂猜，差點把我心臟病嚇出來。」

表面上我卻故作平靜，對Shirley楊說：「我這是家傳的本領，我祖父在解放前，是十里八鄉有名的風水先生，專門給人指點陰宅。我爹當了一輩子兵，沒學會這套東西，我也只是有點業餘愛好，我這人你還不知道嗎，就是喜歡鑽研，雷鋒同志的釘子精神，歸根結底就是一個鑽研……」說到後來，我就把話題岔開，避免再和她談風水盜墓一類的事情。

我們走了很久，終於來到了坡道的盡頭，這裡卻無路可行，四周空間異常廣大，唯獨腳下無路，坡道下是個平臺，平臺上立著數百尊巨瞳石人像，平臺邊緣都是陡峭的山壁，向上看，看不到頭頂，全是一片漆黑。

前面是個巨大無比的地下空洞，看不出究竟有多大，能照二十米的聚光電筒根本照射不到盡頭，莫非是走到頭了？不過細看這平臺四周，又完全不像是天磚甬道壁畫中描繪的那個地下洞窟。

Shirley楊說：「可能女王的棺槨還在下面，在她被安葬之後，精絕人就把與這裡連接的部分毀掉了，這樣就沒有人可以去打攪女王的安寧了。」

我笑道：「那正好，咱們就此回去……」話未說完，就見Shirley楊取出三枚冷煙火，分別扔下平臺，她是想看看下面有多深。

我們兩人趴到平臺邊向下張望，只見冷煙火就掉在下邊不遠的地方，原來這平臺的落差不大，只有三十來米。

借著煙火的光亮，看到下面是一大片平地，地上堆著小山一樣的各種金銀器皿、珍珠寶石、金骨玉髓，我驚道：「他娘的，原來這些好東西都在這裡了，看來盛斂精絕女王的棺槨一定也在下邊。只是無路下去。」

這時Shirley楊在平臺的一端找到了一條繩梯，繩梯掛在和平臺長在一起的一塊大石上，從平臺的側面垂了下去，兩端都扣著老式安全鎖。

Shirley楊說：「這可能是以前來過的探險家們留下的，繩梯雖然堅固，畢竟年頭多了，咱們先回去石橋那邊取咱們自己帶的繩梯。」

我說：「這樣做當然是簡單，可是妳有沒有想過，這下邊有這麼多玉器珠寶，為什麼先前到過這裡的那些探險家沒有把它們帶走，那些外國人可不是什麼好東西，說好聽點是探險家，說不好聽了就是來咱們中國偷東西的賊，要知道，賊不走空。」

Shirley楊說：「我懂你的意思，你是說，他們絕不會入寶山空手而歸，之所以這些財寶原封不動的放在這裡，是因為下邊有什麼機關猛獸之類的陷阱。」

我說：「沒錯，就是這意思，天上沒有掉餡餅的好事，看上去越簡單的事，往往做起來越複雜。你還記得安力滿說過黑沙漠中有個古老的詛咒嗎？無論是誰，拿了黑沙漠中的財寶，他就會同這些財寶一起，永遠的被埋在黑沙漠裡。」

Shirley楊說：「這個傳說在《大唐西域記》裡面也有記載，那座被埋在黑沙漠中的城叫作竭羅迦來，我覺得這個詛咒不是問題，陳教授他們都是考古人員，不會隨便動這些東西的，我最擔心的就是你那位胖搭檔，你可得看好了他。」

我怒道：「妳這話怎麼說的，和著我們倆長得就像賊？我告訴妳我們人窮志不短，我可以用我的腦袋擔保，只要我說這裡的東西不能動，我那哥兒們就絕對不會拿。妳還是先管好妳自己吧，想當初庚子年，八國聯軍來中國殺人放火，搶走了我們多少好東西。這八國裡有你們美國吧？你們有什麼資格覺得我們像賊？」

Shirley楊氣得臉都白了：「這麼說你看我倒像賊了？」

我一想她怎麼說也救過我，我剛才的話確實有些過火了，只好忍著性子陪了個不是，二人便又順著原路返回，這次誰都不再說話，氣氛沉悶得嚇人。

陳教授等人早就等得不耐煩了，見我們終於返回，忙問詳情，我在暗河中打了一壺水，邊喝邊把下面的情況描述了一遍，Shirley楊又補充了一部分。

陳教授和他的學生聽說下邊果然別有洞天，胖子聞聽下邊有大批的陪葬品，都喜不自勝，哪裡還等得了，立刻就動身進了古墓的閘門。

我走在最後，在進去的時候，我摸了摸那道千斤閘，這他娘的要是掉下來，可誰也出不來了，不過有這麼多炸藥，也不用擔心了，想到此處，便覺安心不少，一低頭，走進了墓道。

眾人在平臺上忙碌著準備繩梯，我估計到了這種時候，我勸他們也沒用，只好囑咐胖子千萬別拿下邊的東西，什麼狗屁詛咒我倒不相信，但是不能讓Shirley楊抓住把柄，咱得給國人爭光啊。

胖子說：「老胡你就放心吧，咱好賴也是條漢子，不能跌這份，這回不管是有什麼，我一個老鼠毛都不拿。」他想了又補上一句：「要拿就等下回來了再拿。」

繩梯放好之後，我仍是做為尖兵，頭一個下去，我見這附近沒有老鼠的蹤影，初時認為下面可能會有那種黑色怪蛇，所以老鼠們不敢下來。

但是我下去之後，發現這裡死一般的寂靜，別說老鼠、毒蛇，連隻小小的蟲蟻也沒有，附近岩壁上釘有不少青銅的燈檯，都製成燈奴的形狀，燈奴雙膝跪倒手托寶盞，盞內的燈油早已燒乾，這些銅燈一盞挨一盞，根本數不清有多少，隨便拿出去一盞到市面上，憑這工藝、這年代、這出處、這歷史，絕對值大錢。

站在大堆的財寶之上，心旌神搖，要硬生生的忍住，沒點定力還真不行，唯一的辦法就是不去看那些好東西，盡量分散自己的注意力，我吹響哨子，上面等候信號的人陸續從繩梯上攀爬而下。

每一個下來的人都被這堆積如山的珍寶驚呆了，如此之多的奇珍異寶，都是當年精絕從西域各國搜刮而來的，就連陳教授都無法一一叫出這些珍寶的名稱，但是有一點可以肯定，哪一件都是價值不菲。

胖子看得兩隻眼睛發直，早把在平臺上對我的保證忘到了腦後，伸手就去抓最近處的一隻玉酒壺。

第三四章　神樹

我趕緊把胖子拉住，小聲對他說：「你他娘的說話怎麼跟放屁似的，不是說好了不動這裡的東西嗎？」

胖子楞了一下才回過神來：「真他媽怪了，剛剛我這隻手不聽使喚了，我心裡說別動、別動，卻偏偏控制不住自己的手。」

我說：「別找藉口了，我看你就是主觀上見財起意，別在這站著，趕緊往前走。」說完我轉頭看了看Shirley楊，她正和楚健忙著攙扶從繩梯上爬下來的教授，沒有注意到胖子的舉動。

我問楚健：「你小子怎麼也下來了，不是讓你在平臺上照看葉亦心嗎？」

楚健說：「大哥，我想看看這下邊的古墓，就看一眼我就回去。」

不僅是他，在場的人有一個算一個，都迫不及待想要看看精絕女王的棺槨，傳說得神乎其神，雖然可能有危險，但是到了這裡，誰都無法抑制自己的好奇心，特別是這些專門做考古的人。

陳教授剛從繩梯上爬下來，累得氣喘吁吁，對我說：「讓他們看看吧，這是個難得的學習機會，長長見識也是好的，不管那女王曾經有多厲害，現在她已經死去兩千年了，她統治的國家也在她死後被奴隸們攻陷，應該不會有什麼危險的，咱們大家只要牢牢記住考古工作者的原則就行了，千萬不要損壞這裡的任何物品。」

我一想也是，反正那女王死了，就算她有什麼妖法也施展不得了，以前那些在這古墓中遇到危險的人，大概都是被這些珍寶迷了心智，所以永遠都走不出去了，看來這些陪葬品就是最大的陷阱，只有盡量不去看，才能克制住自己的貪欲。

精絕女王一生有這麼多的傳說，權傾西域，到頭來還不免一死，可見世事如棋局局新，從來興廢由天定，任她多大本領，也難以逃脫大自然的規律。

這時葉亦心也在薩帝鵬的協助下，順著繩梯下來，眾人摸索著向前走，四周全是漆黑的山岩，看這樣子難道是到了扎格拉瑪山的山腹之中了？

這處大山洞的空間太大，無法看清楚周圍的地形地貌，這種場合下，我們一直沒捨得用的強力照明裝備就可以派上用場了。

這是一種總重量達八公斤的手提式探照燈，採用超高壓球型氙燈，純鉑鎳反光鏡，照射範圍在無介質干擾空間可達二・五公里，這東西耗電量很大，不能長時間使用，所以我們一直沒捨得用，現在該它登場了。

我把探照燈組裝起來，胖子把腰帶電池卸下來裝進燈後的電池倉，深度近視眼薩帝鵬好奇的去看燈口，Shirley 楊把他拉開：「小心點，這燈光線太強，一百米之內，能導致人眼暴盲，別在前面看。」

我三下兩下裝好了強光探照燈，讓大夥都站到探照燈後邊，打開開關，一道凝固般的光柱照了出去，四下裡一掃，就周圍的情況看得清清楚楚。

這確實是扎格拉瑪山的底部，頭頂和四周都是黑色的山石，堆滿陪葬珠寶的地方是一處斷崖，斷崖上除了這些殉葬品之外，還有無數高大的巨瞳石人像，斷崖下是個圓形大洞。

和神殿通道中壁畫所繪完全一樣，直徑在一千米左右，絕不是人工能挖出來的，環繞著這處深不可測的地洞，被人修築了一條螺旋向下的臺階。

用強光探照燈照下去，這臺階在洞壁上轉了數匝，便就此斷絕，看來人工已至極限，最深也只能下到那裡，再用探照燈往下照，則深不見底，洞下呼呼的冒著陰風，一股巨大而且黑暗的壓迫感，使人不敢再往下看，如果再看下去，說不定心神一亂，就會身不由己的跳下去。

Shirley楊說：「這一定就是精絕國的聖地，鬼洞族這個名稱，可能就從此而來，鬼洞……鬼洞……下面連著哪裡呢？」

我見了這麼大的一個洞穴，心裡也冒出一絲寒意：「鬼洞說不定是連著地獄，他娘的，看著真讓人眼暈啊。」

陳教授說：「哎，胡老弟你也是當過兵的人，怎麼還信鬼神之說，我看這個大洞一定是大自然的造化，正所謂鬼斧神工啊，兩千年前的古人一定把它當作神跡了。」

我正要跟教授說這世界上有些事，不能以絕對唯物主義論看待，至少我曾經有過一些無法用科學理論解釋的遭遇。還沒等我說出來，就被胖子打斷了。

胖子用探照燈照到一處，大呼小叫地讓我們快看，只見探照燈光柱停在大地洞洞口的中間，那裡有一處懸在半空的石梁，那道石梁又細又長，從山崖上探出，剛好延伸懸掛到地洞上方的位置。

最關鍵的是石梁的盡頭，擺放著一段巨大的木頭，這木頭直徑有兩米多，像是一段大樹的樹身，被直接截下來這一截，沒有經過任何加工，樹幹上的枝叉還在，甚至還長著不少綠葉。

圓木樹幹上捆了十幾道大鐵鏈，連接著石梁，把巨木固定在地上。更奇特的是這段木頭上生長著一朵綠色的巨大的花草，那花的大小如同一個大水桶，口小肚粗，花瓣捲在一起，通體翠緣，四周各有一大片血紅色的葉子，在木頭上生了根，它的枝蔓同大鐵鏈一起緊緊的包住那段木頭。

我大吃一驚：「這木頭……是崑崙神樹啊，曾聽我祖父說過棺木的材料，最好的便是陰沉木的樹窨，還有一種極品中的神品木料，極少有人見過，那便是只在古書中有記載的崑崙神樹，傳說崑崙神樹即使只有一段，離開了泥土水源和陽光，它仍然不會乾枯，雖然不再生長了，卻始終保持著原貌，如果把屍體存放在崑崙神樹中，可以萬年不朽。難道那精絕女王的屍體，就在這崑崙神樹中？」

Shirley楊的聲音也有點發顫：「不會錯，這就是崑崙神樹製成的棺槨，古籍中說這樹和崑崙山的年代一樣久遠，當年秦始皇都想找崑崙神樹做棺槨，想不到這精絕女王好生了得，恐怕歷史上再沒有人比她的棺槨更貴重了。」

眾人難以抑制心中激動的情緒，便要動身過去仔細觀看，陳教授想攔住眾人，他似乎有要緊的話說，結果情急之下，腳底踩到一塊碎石，扭傷了腳脖子。

我們只得又回去把教授扶起來，他這一下傷得不輕，再也無法行走，只能坐在地上說話：「千萬不可輕易過去破壞了那些東西，你們難道沒看見棺木上那朵奇花嗎？」

胖子說道：「陳老爺子你說那是朵花嗎？長得這麼怪，我還以為是個超大的芋頭，這棺上怎麼會長植物？莫非把那女王當種子埋進神木，她就發芽開花了不成？」

陳教授揉著受傷的腳踝說：「沒錯，確實像，你可知這花的學名叫作什麼？叫作屍香魔芋，是極珍貴的植物，世上恐怕僅剩下這一株了，而且這種植物十分危險。」

「屍香魔芋？」我們聞聽此言，心裡打了個突，包括Shirley楊在內，也是第一次聽說這種奇花異卉，這名頭倒是不俗，就請陳教授解說詳情。

陳教授說：「我當年研究古西域文明，曾經在一些殘存的古壁畫和史料中看到過，屍香魔芋本生長於後月田國，曾經過絲綢之路流入中土，只因水土環境不適，就此絕跡，這屍香魔芋可以生長在古墓中，據說能保持屍體不腐不爛，還能讓屍體散發芳香，極是珍貴。古西域文明具有強烈的神祕色彩，宗教繁雜，神話傳說和史實混為一體，非常不好區分，我本以為這是上古傳說，不足為信。」

Shirley楊看了看遠處石梁上的奇花，又問教授：「既然是如此神奇的花卉，您為何又說它很危險呢？」

陳教授說：「我適才所說，只是它的一部分特性，傳說屍香魔芋中附有惡鬼，它一旦長成之後，活人就不可以再接近了。難得有崑崙神木製成的棺槨，上古魔花屍香魔芋才能生長在這裡。」

我一生經歷過不少稀奇古怪的事情，但是從來沒有遇到現在這麼神奇詭異的棺木和惡鬼之花，便對陳教授說：「這可奇了，在這扎格拉瑪山的山腹中，也沒有光合作用，還能生長植物，這些神祕的東西同那女王的身分果真十分吻合，都是些不符合自然界法則的怪物。」

第三五章　屍香魔芋

遠遠聞到一股清香撲鼻，這魔花是否有毒？一般有毒的植物和動物，都是色彩鮮豔，看這屍香魔芋紅葉綠花，顏色都像是滴下水來一樣鮮豔，說不定真的有毒，我想到這，趕緊讓眾人把防毒面具戴上。

胖子說：「我看這花不像有毒，有毒的東西個頭都小，這麼大只，跟個大桶一樣，我覺得是只食人花。」

Shirley楊道：「不會是食人花，這附近連隻螞蟻都沒有，如果這花靠吞吃動物為生，早就枯死了，那崑崙神樹製成的棺木一定給它提供了足夠的養分。」

胖子哼了一聲說道：「管它是什麼鬼鳥，我給它來幾槍，打爛了它，那就什麼危險都沒有了。然後咱們過去瞧瞧那西域第一美人兒的粽子，究竟長什麼樣。」

陳教授說：「萬萬不可，咱們寧可不過去，也不能毀壞這株珍貴的屍香魔芋。」

我轉動探照燈，照射棺槨四周，好讓教授等人瞧得清楚一些，卻在燈光下發現石梁的邊緣上刻著很多文字，密密匝匝的都是鬼洞文，字符足有數百個之多，這一發現非同小可，整座古城，包括神殿和地宮，很少有文字，多是以壁畫來記事，只有神殿中的玉眼上有一些鬼洞文，可惜還沒來得及細看，就讓我給摔碎了，沒想到這石梁上有如此之多的鬼洞文。

文字是人類傳遞信息的一種最基礎符號，古代壁畫帶給人們的信息，是一種直觀的感受，而文字中含有的信息則更加精確，如果破解了這些鬼洞文，在解讀這精絕文明上會少走很多彎路。

陳教授忙讓學生們記錄，一部分一部分的把石梁上的鬼洞文都記下來，好在那些字體刻得很大，不用離近了也可以用探照燈照明後記錄，Shirley楊也在用相機拍照。

只有我和胖子沒什麼事可做，陳教授又不讓我們在這裡抽菸，我們倆只好坐在地上乾等著，等他們幹完了收工。

看來這次的考古工作也就到此為止了，收穫不能說不小，單是那一條天磚甬道中保存完好的壁畫，就夠全世界考古界震驚兩年了，何況還有這個無底大洞，再加上崑崙神樹的棺槨、上古奇花屍香魔芋，哪一個都夠這些知識分子研究好長時間，我們現在不具備任何保護手段，想開棺槨看看那西域第一美人是不可能了，前些天在聖井中見到姑墨王子的棺材，陳教授就明確的禁止我們開棺，這些行動大概要上報領導審批，然後才能做，我是沒機會看到了。

可惜郝愛國死在山谷裡了，否則他看到這些，不知道會有多激動，想到這不禁為他惋惜，心中多少也有些自責，如果我當時能出手快一點……，算了，這世界上哪那麼多如果啊，他娘的，如果當初我不讓手下把那幾個越南特工幹掉，說不定我現在都當營長了，往事歷歷在目，越想心情越是難以平靜。

胖子見我發呆，拍了拍我的肩膀：「老胡你看那兩小子這是幹什麼去？」

我從亂麻般的思緒中回過神來，放眼一看，只見楚健和薩帝鵬二人已經走上了石梁，教授不是說不讓上石梁去動女王的棺槨嗎？我忙問是怎麼回事。

陳教授說：「沒事，他們不是去看棺木，石梁中見積了很多灰，把字體都遮蔽了，他們過去把灰掃開就回來，都戴了防毒面具，不會有事的。」

我想把那兩個年輕的學生叫回來，由我替他們去，陳教授說：「不用了，這石梁上的鬼洞文意義重大，你們不是專業做這個的，萬一碰壞了就麻煩了，楚健他們會用毛刷一點點的清理掉灰塵和碎土，他們手腳利索，一兩分鐘就能做完。」

我還是覺得不太放心，坐立不安，我的直覺一向很準，肯定會出事，以前曾到過這裡的那批英國探險家，為什麼沒有把這麼貴重的神棺帶走？除了一個神經錯亂的倖存者，其餘的人都到哪去了？這山腹的地洞中看起來安安靜靜沒什麼危險，但是接近女王的棺木會發生什麼事？我不能再等了，必須趕緊把楚健他們倆叫回來。

我剛要開口喊他們二人，卻為時已晚，只見一前一後走在石梁中間的兩個學生，後邊的薩帝鵬忽然一彎腰，撿起一塊山石，趕上兩步惡狠狠的砸在前邊的楚健頭上，楚健哼都沒哼一聲，身子一歪，落入了石梁下的無底深洞。

這一切發生得非常突然，誰也來不及阻止，還沒等我們反應過來究竟發生了什麼，卻見薩帝鵬扭過頭扯掉自己頭上的防毒面具，衝著眾人一笑，這笑容說不出的邪惡詭異，然後一轉身，快步走向石梁盡頭的棺槨，用手中的山石猛砸自己的太陽穴，頭上的鮮血像決堤的潮水般流了下來，他晃了兩晃，一下撲倒在精絕女王的棺木之上，生死不明。

其餘的人都被這血腥詭異的一幕驚得呆了，薩帝鵬怎麼了？一向斯文木訥的他，怎麼突然變成了一個殺人鬼，殺死了自己最要好的同學，然後自殺在棺木旁邊？

我叫道：「糟了，這小眼鏡一定是被惡鬼附體了，胖子快抄黑驢蹄子，他好像還沒死，要救人還來得及。」

陳教授見一瞬間自己的兩個學生，一死一傷，死的跌進了深淵，連屍骨都不見了，傷的那個頭破血流，倒在石梁的盡頭一動不動，也不知是否還活著，這些事實在難以接受，急火攻心，一頭暈倒在地，葉亦心趕緊扶住教授，她也嚇壞了，除了哭之外，什麼都不會做。

我心想救人要緊，就算石梁上真有鬼也得硬著頭皮鬥上一鬥了，一邊讓胖子和Shirley楊兩人救助教授，一邊抄起武器，把防毒面具扣在自己頭上，心想管它多厲害的惡鬼，也得懼怕辟邪的黑驢蹄子和糯米三分，如果那屍香魔芋有毒，我戴上防毒面具，也不懼它。

我來不及多想，邁步便上了石梁，這石梁寬有三米，懸在那無底深洞的上空，往下一望，便覺渾身寒毛倒豎。

我剛走出一半，忽聽背後有腳步聲，我回頭看過去，卻是胖子和Shirley楊二人跟了上來，我問他們：「你們不去照顧教授，跟著我做什麼？」

胖子說：「這石梁上也不知有什麼鬼東西，你一個人來我不放心，再說你一個人背薩帝鵬吃力，咱們一起抬了他速速退回去，免得再出意外。」

我心想時間緊急，倘若再多說兩句，薩帝鵬失血過多便沒救了，於是一招手讓他們跟上，三人直奔石梁盡頭的棺槨處。

這回離得近了，才覺得那奇花屍香魔芋妖豔異常，那花那葉的顏色之鮮豔，瞧得人心驚動魄，我想起陳教授說這魔花中藏著惡鬼的靈魂，事已至此，哪還管它什麼世間稀有，便破口罵道：「操他娘的，說不定就是這妖花搗鬼。」揮動手中的工兵鏟，對準屍香魔芋一通亂砍，砍得那巨花一團稀爛，流出不少黑色液體，方才住手。

Shirley楊見我手快，已經把魔花斬爛，也來不及阻止，無可奈何的嘆了一口氣：「算了，砍也砍了，快救人要緊。」

我說：「正是，快給薩帝鵬止血。」邊說邊去掏急救繃帶，準備先給他胡亂包兩下，然後趕快抬回去救治。

胖子伸手一摸薩帝鵬的頸動脈，嘆道：「別忙活了，完了，沒脈了，咱們還是晚了一步。」

我氣急敗壞的一掌拍在棺木上：「他娘的，這回去怎麼跟他們的父母交代，還不得把家裡人活活疼死。」

沒想到我這一巴掌拍在棺木上，薩帝鵬倒在地上的屍體，忽然像觸電一樣突然坐了起來，兩眼瞪得通紅，指著精絕女王的棺槨說：「她……她活……了……」

我和Shirley楊及胖子三人都嚇了一跳，剛才明明摸薩帝鵬已經沒脈了，怎麼突然坐了起來，詐屍不成？

我下意識的在兜中抓了一隻黑驢蹄子想去砸他，卻見薩帝鵬說完話，雙腿一蹬，又直挺挺的倒在地上，這回像是真的死了。

第三六章 死亡

剛剛薩帝鵬突然活過來說了一句話，他指著棺槨說什麼她還活著，這棺裡的「她」，不就是指精絕國的女王嗎？那妖怪女王又復活了不成？

我不由得抬頭一看，崑崙神樹的棺蓋不知在什麼時候打開了一條縫，我的心都提到了嗓子眼，胖子和Shirley楊也不知所措，三個人手心裡都捏了一把冷汗。

是禍便躲不過，既然精絕女王的棺槨打開了，這擺明了是衝著我們來的，胖子端起槍瞄準女王的棺槨，我緊緊握著工兵鏟和黑驢蹄子，就看裡邊究竟有什麼東西出來。

這一瞬間我腦子裡轉了七八圈，女王是鬼還是粽子？是鬼便如何如何對付，是粽子便如何如何對付，石梁狹窄，施展不開，如何如何退回去，這些情況我都想了一遍。

但是除了蓋子挪開了一條縫之外，那棺木卻再無任何動靜，這麼耗下去不是辦法，現在我們有兩個選擇，一是不管女王的棺木有什麼動靜，先從石梁上退回去再做計較。

其二是以進為退，直接上去把棺板打開，無論裡面是什麼怪物，就用工兵鏟、黑驢蹄子、突擊步槍去招呼她。

我的頭腦中馬上做出了判斷，第一條路看似穩妥，卻不可行，這石梁上肯定潛伏著某種邪惡的力量，薩帝鵬和楚健離奇的死亡，就是最好的證明。

而這種魔鬼般的神祕力量，正在伺機而動，它要找一個合適的機會幹掉我們這些打擾女王安息的人。

如果我們立刻返回的過程中，走在這狹窄的石梁上遭到突然襲擊，根本無處可避，這時候只有硬著頭皮上了，希望這無底洞上的石梁，不會變成我們的絕路。

我看了看胖子和Shirley楊，三人心意相同，互相點了點頭，都明白目前的處境，雖然暫時什麼都沒發生，卻已經形成了背水一戰的局面，只有開棺一看，先找出敵人，才能想辦法應對。

胖子把突擊步槍遞給Shirley楊，讓她準備隨時開槍射擊，隨後往自己手心裡吐了兩口唾沫，示意讓我和他一起把棺蓋推開。

由於棺上纏著幾道人臂粗細的鐵鏈，不能橫向移開棺蓋，只能順著從前端推動，棺材自己露出的那條縫隙，也是在前端。

我壓制住內心不安的情緒，和胖子一起數著一二三，用力推動棺板，這崑崙神樹的樹幹製成的棺材，沒有過多人為加工的痕跡，很大程度上保留了原樣，樹皮還像新的一樣，如果不是它自己移開一條細縫，還真不容易看出來哪裡是棺蓋。

棺蓋並沒有多重，用了七分力，便被我們倆推開一大塊，我們都戴了防毒面具，聞不出棺中是什麼氣味，只見一具身穿玉衣的女屍，平臥在棺中，除此之外，棺中空空如也，什麼陪葬品也沒有。

女屍應該就是精絕女王了，她臉上戴著一張黑色的面具，瞧不出她的面目，身體也沒有露在外邊，看不清屍骨保留的程度如何。

這就是那個被傳說成妖怪，殘暴成性的精絕女王？我心中暗罵：「她娘的，死了還要裝神弄鬼蒙著臉。」

胖子問我道：「老胡，你說楚健他們的死，是這女王在棺中搞的鬼嗎？他媽的，把她的面具揭掉，看看她究竟是西域第一美人，還是妖怪。」

我說：「好，我也正想看看，你來揭開她的面具，我準備著，用黑驢蹄子塞進她嘴裡去，她便真是妖怪，也教她先吃咱一記辟邪驅魔的黑驢蹄子。」說罷握了黑驢蹄子在手，做勢準備要塞進女屍口中。

胖子挽了挽袖子，探出一隻手，「噌」地扯掉了精絕女王屍體上的面具。

精絕女王的臉露了出來，黑髮如雲，秀眉入鬢，面容清秀，雙目緊閉，臉色白得嚇人，除此而外，都跟活人一般不二。

在此之前，我曾經無數次的想像過這位女王究竟長什麼樣，或胖或瘦？或金髮碧眼？或高鼻深目？但是讓我想一百萬次，我也不會想到女王原來長得是這樣……

我和胖子同時「啊」了一聲，誰也沒想到，這女王竟然長的同Shirley楊一樣，簡直就是一個模子裡摳出來的。

我不知該如何是好，腦袋裡亂成了一鍋粥，轉頭想看看站在身後的Shirley楊是什麼反應，誰知轉頭一看，先前端著槍站在後邊掩護我們的Shirley楊蹤跡全無。

難道這棺裡的屍體不是女王，而就是Shirley楊本人？我覺得身上起了一層雞皮疙瘩，一陣陣絕望刺激著大腦的皮層，傷心、害怕、緊張、無助、不解，多種複雜的情緒，同時衝進了我的大腦，一時間腦海裡一片空白，我們的對手太難以捉摸了，我們簡直就像是案板上的肉，是煮是燉、是炒是炸，全由不得自己了，完全的被玩弄於股掌之間，我們甚至不知道對手是什麼。

就在我不知所措之時，忽然覺得身旁刮起一股陰風，好像有一個陰氣森森的物體正在快速的接近，我心道：「來得好。」舉起工兵鏟回手猛劈，感覺砍中了一個人，定睛一看，胖子的半個

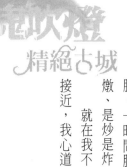

腦袋被我劈掉了，鮮血噴濺，咕咚一下倒在地上，眼見是不活了。

我呆在當場，我究竟做了什麼？怎麼這麼冒失，難道我真被那妖怪女王嚇破了膽？竟然把我最好的兄弟砍死了，這一瞬間心如死灰，這回可倒好，考古隊九個人，不到一天的功夫，接連死了五個，就連跟我一起出生入死的胖子，幾十年的交情，被我一鏟子削掉了腦袋。

只剩下我一個人，活著還有什麼意思，也許我這條命早在崑崙山和雲南前線的時候，就該送掉了，也免得我誤殺了自己最重要的同伴，就算我死了，到得那九泉之下，有何面目去見胖子。

我萬念俱廢，頭疼得像是要裂開一樣，只覺得從頭到腳如墜冰窟，只有一死了之，從腰間拔出匕首，對準自己的心窩，一咬牙就刺了下去。

刀尖碰到皮肉的一瞬間，耳中突然聽見兩聲槍響，一發步槍子彈擊在匕首的刀刃上，把我手中的匕首打落在地。

四周忽然間變得霧濛濛的，什麼也瞧不清楚，是誰開的槍？我心神恍惚，越琢磨越不對勁，所有的邏輯都顛倒了，隱隱約約聽見有人喊我的名字：「老胡，快回來，快往回跑。」

這聲音像是在黑夜中出現的一道閃電，我雖然還沒明白是怎麼一回事，卻本能的感覺自己落入了一個陷阱，他娘的莫不是中了妖法？

想到這我用牙咬破了自己的舌尖，全身一震，發現自己正身處石梁的中間，並沒有站在女王的棺槨前，石梁盡頭的棺木完好無損，棺上的屍香魔芋正在綻放，原本捲在一起的花瓣都打了開來，露出中間的花蕊，象個雷達一樣的對著我。

而石梁的另一端，站著兩個人，是胖子和Shirley楊，他們急得蹦起多高，正拚命喊我，他們沒死嗎？

胖子拎著槍大叫：「老胡，你他媽的神經了，快回來啊。」

我無暇細想，甩開腳步奔了回來，一把扯掉頭上的防毒面具，把口中的鮮血吐了出來，這時候我頭腦才恢復正常。

我問胖子他們我剛才究竟怎麼了？胖子說：「我操，你他媽的差點把我嚇死啊，你不是想過去搶救薩帝鵬嗎？你剛走到石梁的中間，忽然回頭，也不知道你怎麼了，跟夢遊似的，掄著工兵鏟一通亂砸，然後又比比劃劃的折騰了半天，我們怎麼喊你你也聽不見，然後你拿著匕首要自殺，我想過去阻止你，又不趕趟了，只好開了兩槍把你手中的匕首打落。你小子是不是失心瘋了？還是被鬼附體了？」

我回頭望了望那道狹長的石梁，這時把前因後果一揣摩，才明白是怎麼回事，我剛才經歷的一切都是那妖花屍香魔芋製造出來的幻覺，他娘的，它是想引我自殺。

第三十七章　爆炸

屍香魔芋，我想它不僅是通過它所散發的香氣，對人的心智進行干擾，更厲害的是它的顏色，只要離近了看一眼便會產生幻覺。

難怪精絕女王的棺槨附近沒有任何防衛的機關，原來這株魔花便是最厲害的守墓者，任何企圖接近女王棺槨的人，都會被屍香魔芋奪去五感，自己被自己頭腦中的記憶殺死。

看來我們面前這條懸在無底巨洞上的石梁，便是屍香魔芋所控制的範圍，一但踏上石梁，就會產生幻覺。

想必以前曾到過這裡的探險家、盜墓賊們，都和楚健、薩帝鵬一樣死的不明不白，恐怕他們到死都沒有搞明白是怎麼回事。

還好Shirley楊多長了個心眼，沒有讓胖子過去拉我，否則我現在已經死在石梁上多時了，我越想越怒，惡狠狠的大罵精絕女王的老母，抄起槍來對著遠處棺槨上的屍香魔芋打了幾槍，子彈射在魔花的枝葉上，就如同打進了糟木頭，連大洞都沒打出一個，更沒有任何反應，無可奈何之下，也只得作罷。

薩帝鵬倒在石梁盡頭的棺木旁，鮮血流得滿地都是，看來已經沒救了，但是總不能把他的屍體就這麼扔下不管，還是得想個辦法過去把他搶回來。

我同Shirley楊、胖子商量了幾句，苦無良策，陳教授雖然沒有性命之憂，卻兀自昏迷不醒，葉亦心在他身旁哭得上氣不接下氣，目前我們所面臨的局面，當真是亂麻一般，讓人無從著手。

胖子說：「老胡，我倒有一條妙計，可以幹掉這魔花。」

我問他：「那屍香魔芋恁地厲害，你能有什麼辦法？」

胖子說：「雖然厲害，卻不算難對付，它不過是干擾視聽，把接近它的人誘向死亡，你們過去的時候都帶了防毒面具，仍然著了它的道兒，這說明它並不是只通過散發出來的氣味置人死地，用眼睛看它一看，就會被它迷惑，分不清真假，故此無從下手。我的妙計是，咱們不去看，把眼睛蒙上，趴在地上摸索著爬過去，把那花連根拔了如何？」

我說：「也好，你快快蒙了眼爬過去，我們在後邊替你觀敵掠陣、吶喊助威。」

Shirley楊道：「不行，除了陳教授知道一點屍香魔芋的資料之外，咱們大家都對它一無所知，你們又怎麼能肯定屍香魔芋是通過五感來催眠的呢？這魔鬼之花實在太過邪門，萬一判斷失誤，很可能就要死在石梁之上。」

胖子說：「要依你這麼說，就把薩帝鵬的屍體丟下不管，咱們腳底抹油，立馬開溜？」

我說：「就算是走了，也不能便宜那屍香魔芋，咱們這不是有這麼多黃色炸藥嗎？我去把石梁炸短，讓那魔花摔到地洞深處去。」

三人你一言我一語，正自爭執不下，忽見遠處薩帝鵬的身體，好像劇烈的動了一下，我們連忙停止爭論，全神貫注的觀看石梁那邊的情況。

強光探照燈一直保持著比較低的角度，是為了讓人從石梁上走回來的時候，不被燈光刺到眼睛，這時我把探照燈的角度稍稍提高，以光柱照準遠處的薩帝鵬。

薩帝鵬的身體滾了一下，似乎被什麼東西拖拽，正不斷的被拉向石梁下的黑洞，正待細看，那強光探照燈卻閃了兩閃，就此熄滅，也不知是接觸不良還是熄滅了，整個山洞中立刻陷入一團漆黑之中。

現在正是緊關要節之時，我使勁拍了拍探照燈，仍然沒有亮起來，我急忙讓胖子把備用電池拿來。

胖子說：「沒備用電池了，探照燈的兩套備用電池都在駱駝隊那裡，咱們進城時候裝備太沉，你不是讓大夥輕裝嗎？多餘的東西都沒帶。」

Shirley楊打亮了一隻冷煙火，四周亮了起來，黑暗中的光明，哪怕只有一點，也會讓人感到心安，但是遠處仍然看不到。究竟是什麼東西把薩帝鵬拖走的？這個大洞裡還有其他的生物？

黑暗中只聽那個無底深淵的石壁上，窸窸窣窣響成一片，這聲音不大，像是什麼動物在蠕動著爬行，而且數量之多，無法估量。

我想起那些令人不寒而慄的怪蛇，急忙讓胖子快去背起陳教授，不管那洞裡出來的是什麼，毫無疑問那東西絕對是不友好的，咱們三十六計走為上策。

冷煙火的照明時間有限，我們都取出了「狼眼」手電照明，胖子背起陳教授，Shirley楊拉著雙腿發軟的葉亦心，眾人尋準了方向，便向來路退了回去。

這時四周傳來的聲音越來越大，Shirley楊舉起照相機，連續按動快門，閃光燈喀嚓喀嚓連連閃爍，一瞬間四周被照得雪亮，借著閃電般雪白的光芒，只見四周爬出無數黑鱗怪蛇，有大有小，最小的只有十幾釐米長，最大的將近一米，頭上都頂著個黑色肉瘤，有的顯然已經發育成熟，那大肉瘤已長成了一隻巨大的黑色眼球。

群蛇頭頂的黑眼，對光線異常敏感，被閃光燈一照，都紛紛後退，但是數量太多，成千成萬，又從地洞中不斷的湧出，堆積糾纏在一起，來時的道路已經被堵得死死的，無法逼牠們閃出一條道路。

相機的閃光燈和手電筒的光線雖然可以暫時抵擋蛇群，卻是個飲鴆止渴的法子，一旦相機能源耗盡，都不免被蛇咬死。

黑蛇越來越多，我們進城時攜帶的一桶凝固燃料，在神殿中就用光了，現在無計可施，只有一步步的後退。

四處都爬滿了黑蛇，此刻火燒眉毛萬分危急，胖子忽然指著身後數米遠的山體叫道：「這邊有個小山洞，先進去避避再說。」

我回頭一看，原來不是洞，只是山腹中年深日舊裂開的一條山隙，僅有一人多高，不知裡面的深淺，但是情急之下，也只得退到裡面支撐一時，然後再另圖良策。

當下拖拽著不能行走的陳教授和葉亦心，快速退進了山體的縫隙之中，這裡上邊窄下邊寬，裡面還很深，腳下也是裂開的縫隙，不過地下僅有一釐米左右的寬度，人踩在上面，不會擔心掉到地縫中去。

Shirley楊的心理素質極好，身處絕境也並不慌亂，一看這山隙中的形勢，身後數米遠有個橫向的大裂縫，心中便有了計較，對我說：「能不能先把入口炸塌，擋住蛇群的衝擊。」

這時有幾條黑蛇已經爬了進來，正準備飛起來咬人，Shirley楊按動相機快門，黑蛇被相機的光芒一閃，都急忙回頭閃躲光線，胖子出手如電，工兵鏟專照著蛇頭去砸，隨後用鏟子一掃把死蛇掃出洞外。

我想起郝愛國死亡時的樣子，心想就算被炸死活埋也好過被毒蛇咬死，急忙取出幾包黃色炸藥，這時候根本來不及計算炸藥用量，只能憑著當過幾年工兵的經驗，隨手插上雷管，讓胖子等人快向前面那條橫向的山體縫隙深處跑，我啟動了炸藥，邊退邊用槍射擊爬進洞口的黑蛇，退了幾步，與Shirley楊等人擠在一個轉彎處。

我剛要讓他們把嘴張大了，堵住耳朵，小心被震聾了。話還沒說完，一聲劇烈的爆炸聲響起，悶雷般的在山洞中迴盪，碎石和爆炸的氣浪一起衝了進來，我們雖然躲在轉彎的地方，避開了直接的衝擊，仍然被爆炸的衝擊氣流撞了一下，感覺胸口像是被人用重拳擊了一下，雙耳鳴動，滿腦子都是嗡嗡聲，什麼也聽不見了。

胖子對我張著嘴說了些什麼，我根本聽不著，我一字一字的對他大喊：「炸—藥—好—像—放—的—多—了—點！你—們—沒—事—吧？」這話也不知道有沒有發出聲來，距離爆破點太近，山隙中又十分的攏音，我的耳膜都被衝倒了，自己扯著脖子喊出來的話，連我自己都聽不見。

第三八章　裂縫

煙霧灰塵瀰漫，地上全是爆破產生的黑色碎石，我探出身去，用手電筒照了照爆破過後的山縫，已經徹底的被堵死了，外邊的黑蛇進不來，我們想從原路出去也不太簡單。

周圍的四個人，胖子的情況還算好，只是手上被碎石擦破了幾條血痕，陳教授一直處於昏迷狀態，葉亦心被氣浪一衝，胸前憋了口氣，也暈了過去。

我伸手一探葉亦心的鼻息，糟糕，沒有呼吸了，我暗道不妙，她本就身體單薄，被爆炸衝擊波一衝一嗆，閉住了氣息，需要趕緊搶救。

這時我和胖子、Shirley楊三個清醒的人，耳朵都暫時震聾了，短時間內無法恢復，所以不能用語言交流。

我打著手勢讓Shirley楊快給葉亦心做人工呼吸，忽見Shirley楊鼻子裡流出血來，趕緊提醒她止血。

Shirley 楊隨手扯了塊衣服塞住流血的鼻子，用血在自己手心寫了幾個字，又指了指葉亦心，我用手電筒一照Shirley楊的手心，見她手中寫著「CPR」。

什麼意思？我看不明白，是說葉亦心沒救了？便衝她搖了搖頭。

Shirley楊見我搞不懂，只能不顧自己還在流血不止的鼻子，低下頭，雙手按住葉亦心胸口，用力往下壓。

我這才明白，她的意思是讓我給葉亦心做人工心臟起搏按摩，我剛要接手，葉亦心輕哼一聲，一口氣倒了上來，不斷的乾咳，我趕緊讓胖子拿水壺給她喝幾口水。

Shirley楊見葉亦心好轉過來，邊抬起頭，按住自己的耳骨，把自己鼻子的血止住。

形勢剛剛穩定下來，還沒容我為目前的狀況發愁，又出現了新的危機，那個所謂的鬼洞就在扎格拉瑪山的山腹之中，黑色的扎格拉瑪山就如同一個黑色的空殼，我們現在所處的位置，可能就在這外殼的某處。

由於山腹內的空洞，幾千年來形成巨大的內部張力，導致山體裂開了很多大大小小的縫隙，剛才黃色炸藥的爆炸力衝擊到山體，對著些原本微小的裂縫產生了擠壓，壓力越變越大，形成了一種多米諾骨牌效應。

我雖然暫時聽不見聲音，但是能感覺到山體的震動，頭頂原本窄小的裂縫漸漸擴大，無數碎岩落了下來，而且大有越演越烈之勢。

我一邊遮擋著紛紛落在頭上的細小碎石塊，一邊招呼其餘的幾個人趕快離開，山體內的縫隙越來越大，山裂中落下的石塊也越來越多，我們只能暫時順著裂縫往斜上方爬，每爬出一段，身後就被碎石填滿，如果稍作停留不被砸死，也得被活埋，只得咬著牙豁出命互相拉扯著，繼續往相對安全的地方爬去。

深一腳、淺一腳，連自己都不知道爬出去多遠，手上被鋒銳的碎石扎得血肉模糊，一個個呼吸急促，感覺一顆心臟都快從口中跳出來了，又渴又累，還背著昏迷不醒的陳教授和體力不支的葉亦心，最後實在是沒有力氣了，再也挪不動腿腳，乾脆把眼一閉，活埋就活埋吧，不跑了。

沒想到這時山體內裂縫的擴散停止住了，身後一米多遠的距離全被埋住，我們倒在原地喘著氣，想喝水又有點捨不得。

隔了半晌，胖子開口說道：「老胡，咱他媽的現在是死了還是活著？」

我看著周圍黑漆漆的山石說：「我看也都差不多，就算暫時還活著，可能也就快死了。」

胖子可能累脫了力，神智有點不清醒，又對旁邊的Shirley楊說：「楊大小姐，我提前跟妳告別了，一會兒我們倆去閻王爺那點卯（注），妳就得去見妳的上帝了，妳道遠，一路保重啊。」

Shirley楊說：「看在上帝的分上，這都什麼時候了，你們倆能不能不胡言亂語，哎……我能聽見了。」

我張了張嘴，上下活動活動頷骨，雖然還有點耳鳴，但是已經不是什麼都聽不見了，眾人清點了一下水壺及裝備，我的水壺混亂中不知道掉哪去了，葉亦心進城時昏迷不醒，身上沒帶水壺，其餘的加起來，還有不到兩壺水。

我說：「雖然現實可能不大容易接受，但是我還是得跟你們說說，咱們現在是在扎格拉瑪山的山體中，四周已經沒有任何出路，這裡的空氣不知道是否流通，否則支持不了半個小時咱們就得憋死，剩下的炸藥也弄丟了，憑咱們自己的力量恐怕出不去了，咱們這一隊死的死、傷的傷，外邊僅剩下一個安力滿老頭，那老傢伙太滑頭，說不定見形勢不妙，自己就先溜了，趁早也別指望外邊有人救援了。」

胖子說：「既然如此，多想也沒用，現在嗓子冒煙，還剩下兩壺水，分分喝了再說別的。」

我把水一分為二，其中一半給葉亦心和陳教授，另一半我們三人分開喝了。

Shirley楊只喝了兩口，便嚥不下去，沉吟片刻說：「如果咱們真的會死在這裡，我想這都是

注　點名報到。

我的過錯，如果不是我執意要找什麼精絕古城，也不會惹出這麼多事，更不會連累了這許多人，我實在是……」

我一擺說打斷她的話：「話不能這麼說，我們中國有句古話，『人為財死，鳥為食亡』。我跟胖子倆人是自作自受，要不是貪圖妳那四萬美子，也不至於落到如此絕境。而且陳教授他們幹的就是這個行當，就算妳不出資贊助，他們也會想方設法來尋找這精絕的遺跡。」

說到這，我忽然想起曾聽Shirley楊說過一件事，她以前曾經不斷夢到過那個鬼洞，甚至連女王棺槨上的鐵鏈都夢到了，而且她還說在夢中曾隱約見到棺木上趴著一個巨大的東西，但始終看不清是什麼，那不正是棺上生長著的地獄之花屍香魔芋嗎？

她當時說的時候，說她認為這是她那位失蹤的探險家父親給她托的夢，現在回想起來，這事十分的蹊蹺，難道Shirley楊有未卜先知的本領嗎？於是我便出言相詢。

Shirley楊搖了搖頭說：「以前好像是有個聲音不停的呼喚著我，讓我來這扎格拉瑪山中的鬼洞，可是當我親眼見到了深不見底的鬼洞之後，我才知道，我父親所在的探險隊，從來都沒有到過鬼洞，他們可能是死在沙漠中的某個地方了。但是為什麼會在夢中見到從未來過的地方，我就想不明白了。」

胖子奇道：「還有這等事？說不定妳上輩子是精絕國的女王，此刻故地重遊……」

他話音未落，山體中又傳來一陣陣開裂傳導的聲音，看來剛才頭一番餘勢未消，又要來上一次，這時我們歇了一段時間，死到臨頭，自然是不甘心等死，只見前方裂開一條大縫，手電的光柱往裡一掃，似是看見那裡面竟然坐著個人。

此時山裂產生的大小碎石，雨點也似滾落下來，不及細看，見有路就先撞進去再說，Shirley

楊打著手電照亮開路，胖子背起陳教授，我倒拖著葉亦心，都閃身進了前面剛剛裂開的石縫。

尚未瞧清楚是處什麼地方，先覺得呼吸不暢，裡面灰塵極多，而且長年封閉，沒有流通的空氣，我們急忙取出防毒面具罩在頭上，只聽身後轟隆一聲，數十塊巨大的黑色山岩滾落下來，擋住了入口。

我見來路斷了，便回過頭來觀看周圍的情況，原來我們身處的地方是一間僅有十幾平米面積的正方型石屋，地面上擺著一隻古老的大石頭匣子，這石頭匣子和精絕城中隨處可見的黑石截然不同，灰撲撲的十分古樸，外形獨特，我們聞所未聞、見所未見。

石匣有半米多高，一米多長，工藝造得極精密，上面雕刻了數幅石畫，不知道是做什麼用的。

我們光顧著看那奇特的石匣，沒注意到石匣兩邊還盤腿坐著兩個人，走到近處的時候突然用手電照到，三人吃了一驚，手中的電筒落在地上，石室中頓時漆黑一團，只聽胖子大叫：「兩隻粽子！」

第三九章　暗語

黑暗中Shirley楊取出了備用電筒，一照之下，見盤腿坐在石匣邊的兩個人，原來是兩具乾癟的屍骸。

一老一少，遺骸都已經化為了深褐色，老者下頜上的鬍鬚還依稀可辨，身上裹著羊皮，另一具看上去是個幼童，他們都是盤膝而坐，似乎是在看守著這只古怪的石頭匣子。

我看清楚之後，吁了一口氣，對胖子說：「以後別動不動就提粽子，嚇死人不償命啊，這兩個分明已經快成化石了，少說死了有幾千年了，他娘的這裡原來是個墓室。」

Shirley楊瞪了我一眼，怒道：「好你個老胡，還想瞞我？你們兩個傢伙分明就是盜墓賊。」

我心中咯噔一聲，暗道不好，我們沒說走嘴啊？難道她一個美國人連「粽子」都聽得懂？還好陳教授昏迷不醒，沒有聽到，另外的葉亦心好像也處於半昏迷狀態，都不可能聽到我們的對話。

我急忙辯解：「不是跟妳說了麼，我就是業餘愛好研究風水星相，不是盜墓賊，妳以後不要憑空汙人清白，我和胖子的名聲都好得很，早在老家便是十里八鄉出了名的好厚生。我是一老兵，胖子當年在他們單位，也是年年被評為勞動模範三八紅旗手什麼的。」

胖子聽我一著急把最後一句說錯了，急忙糾正，順便想把話題引開：「別聽來胡說的，他他媽的才是三八紅旗手呢，我是青年突擊隊，慚愧慚愧，都是黨和人民培養得好啊，你們看這石頭匣子倒也古怪，這是裝什麼東西的？」

Shirley楊並不接我們的話，突然說道：「定盤子掛千金，海子卦響。勾抓踢桿子倒斗灌大頂元良，月招子遠彩包不上。」

她的話旁人聽不懂，我卻聽得明明白白，這是倒斗的「唇典」，因為我們這行，都是不能見光的勾當，就像黑道上有黑道上的暗語一樣，黑道上拐賣女人叫「開條子」，走私貨叫作「背青」，販小孩叫「搬石頭」，小偷叫「佛爺」等等，我們盜墓就稱為「倒斗」，都各有各的行規隱語，便於同行之間互相交流，民國那時候我祖父專門給人尋陰宅找寶穴，是當時全國屈指可數的幾位風水大家之一，也結識過一位相熟的摸金校尉，對這裡面的門道簡直是熟門熟路，說起倒斗的唇典比說我們老家話都熟。

Shirley楊剛對我所說的幾句唇典，大概的意思是：「你心眼壞了，嘴上不說實話，看你就是個手腳利索的盜墓大行家，這種事瞞不過我的雙眼。」

我被她突然一問，沒有細想，一般被同行稱為高手，都要自我謙虛一下，於是脫口就答道：「無有元良，山上搬柴山下燒火，敢問這位頂上元良，在何方分過山甲，拆解得幾道丘門？」

Shirley楊接道：「一江水有兩岸景，同是山上搬柴山下燒火，鷓鴣分山甲，鷂子解丘門，多曾登寶殿，無處覓龍樓。」

套口一對，我自己又驚又悔，他娘的，這回算著了這美國妞兒的道了，這不等於承認自己就是倒斗的盜墓賊了嗎？不過倒也奇了怪了，這些倒斗唇典的大段套口，在解放前都沒多少人懂，解放後基本上算是失傳了，像大金牙他爹那種幹過多年倒斗的半職業盜墓賊，所知所聞也只不過是幾個名詞而已，我實在不能想像這些切口，竟然出自一個年紀輕輕的美國女人之口，如果不是面對面親耳所聞，又如何能信，難道竟然遇到同行了？

而且聽她脣典所說，她也是祖傳的本事，只是空有手藝，卻不懂看風水認穴辨脈之術，不行，這事絕不能承認，我還是接著裝傻算了，於是我說道：「這幾句詩是我們小學時學的課文，想不到美國小學的教材也……也有異曲同工之妙啊。」

Shirley楊見我胡攪蠻纏抵死不認，只得說：「算了，此地不是講話之所，如果咱們還能活著回去，我希望能和你認真談一次。」

我如遇大赦，忙站起身來在四周尋找出路，暗地裡盤算：「要是能回去，定讓妳找不到我，哼哼，大不了我回老家去，不在北京混了。」可是隨即又一想：「不成，她還沒給我們錢呢，這事實在是棘手了……她究竟有什麼企圖呢?不會是真像胖子所說，看上俺老胡了吧，再不然她是打算檢舉揭發，不能夠吧，難道她祖上，當真也是摸金校尉不成?那倒跟我算得上是門當戶對了……」

我正胡思亂想之際，胖子和Shirley楊已經在這間小小的墓室中轉了數圈，頭上腳小，身前身後，盡是漆黑的山石，有的地方有幾條裂縫，都是太小，找不到出路。

這時陳教授大叫一聲醒了過來，他神智不清，一會兒哭、一會兒笑，誰也不認識，我們無醫無藥，對他無可奈何，只能任憑他瘋瘋顛顛的折騰。

最後我們的目光落到了兩具乾屍中間的大石箱子上，不過這裡面就算是有什麼陪葬的寶貝，對我們這些將死之人來說，也是毫無用處了。

胖子拍了拍石匣說：「這個小墓室不知埋得是哪兩個窮鬼，除了身上的羊皮，連件像樣的陪葬品都沒有，這裡面估計也沒什麼好東西。」

Shirley楊仔細看著石匣上刻畫著的圖形，忽然抬頭對我說：「你還記得我曾說過的《大唐西域記》嗎，裡面曾經提到過扎格拉瑪山。」

我說：「記得，好像還說是座神山，埋著兩位先聖，不過不可能是這一老一少兩位吧，這墓室如此簡陋，也不符合先聖的身分。」我本想接著說我看過很多古代大墓，這石頭山山腹中的墓穴，根本不合風水學的理論，山下有個凶穴，上邊怎麼能再葬人。不過這話要是說出去難免暴露了我的身分，於是只說了一半，後邊的話硬生生嚥了回去。

Shirley楊說：「這墓室裡埋葬的不是先聖，這個小孩是先聖的徒弟或者兒子一類的人，被稱為先知，這位老者是他的僕人。」

我奇道：「妳是如何知道的？難道這石匣子雕的圖形是這麼說的嗎？那上面還有什麼內容嗎？」

Shirley楊招呼我和胖子一起看那石匣：「這石頭匣子上雕刻的幾十幅圖案，是一個古老的預言，構圖很簡單，符號的特徵非常明顯，我想我能看懂一部分。」

我越聽越奇：「預言了什麼？有沒有說這石室的暗道在哪裡？」

Shirley楊搖頭道：「沒有，這預言好像也不是很準，先知說他死後，一直沒有任何人來到這間墓室，直到某一天，有四個人無意中打開了這只石匣……」

胖子數了數：「一、二、三、四、五，咱們一共五個人啊，難道陳教授瘋了就不算是人了嗎？可見這先知料事不準，多半也是個欺世盜名的神棍之流。」

我盯著其餘的四個人說道：「倘若先知不是騙子，這個預言，可能不是在說咱們這些人。不過除此之外，還有另外一種可能性……咱們這裡有一個不是人。」

第四〇章　古老的預言

胖子沒聽明白，問道：「什麼不是人？什麼不是人？不是人，難道還是妖怪不成？」

我說：「不是那意思，我這不就是這麼一說嗎？咱們這些人在一起快一個月了，朝夕相處，誰是什麼人還不了解嗎？這小孩先知淨扯淡，古代人愚昧落後，咱們什麼沒見過，這些鬼畫符般的圖形還能當真事看？」

我嘴上這麼說，心裡可沒這麼想，這時候我得多長個心眼兒，這世界上的很多事根本無法預料，這位先知古老的預言究竟是不是應對在我們幾個人身上，他娘的，那只有老天爺知道。想到此處，摸了一隻黑驢蹄子在手，預防萬一。

我又問Shirley楊：「妳有沒有瞧錯？上面原本畫了五個人形，這年代久了也許剝落了一部分，只剩下四個人，有沒有這種可能？」

Shirley楊指著石匣上的雕刻讓我們看：「這石匣保存得還算完好，沒有剝落的痕跡，這明明是四個人，你們看，這代表人的符號十分簡單，上邊一個圓圈就是腦袋，幾條細線便是身體四肢，這不剛好是四個人嗎？」

我仔細看了看，確實如Shirley楊所說，她又讓我看石匣上刻著的前幾副圖形，這些圖案十分簡單，連我都能一目了然，第一副圖是一個小孩用手指著天空，地上有不少人在四處躲避，那些躲避的人大概是些普通老百姓之類的。

第二副、第三副圖分別刻著一股龍捲風，把房屋吹倒了不少，先前躲避起來的人們，都安全的躲過了天災，他們圍在小孩身前膜拜，看來這小孩可以預言天災人禍。

石匣上的第四副圖，刻畫著小孩站在兩個成年人身邊，地上跪著一個老者，這些人物的線條都簡單到了極點，表現老者只不過是在代表頭部的圓圈下面，寥寥數筆畫了一把鬍子，構圖雖然簡單，卻更容易讓人理解。

圖中的兩個成年人明顯高出普通人一大截，而且在雕刻工藝上也十分細膩，不像刻畫普通人那麼草，這兩個人可能就是古代傳說中的先聖了，跪在地上的老者明顯是他們的僕從，石室中這名老者的遺骸應該就是他了。

看來Shirley楊說的完全正確，這石匣的主人是個有預言能力的幼童，我一路看將下去，一幅幅石畫，都是些顯示這個小孩子預言家功績的。

看到最後一幅的時候，脖子上真有點冒涼氣了，這幅石畫中，那一老一少坐在石匣子旁邊，墓室內站立著四個人，這四個人的圖形普通得不能再普通，簡單得不能再簡單，是高矮胖瘦，還是男女老幼，一概看不出來，這四個人中的一個正在動手把石匣打開。

這是石匣上的最後一幅石畫了，後邊再也沒有，這石匣子裡究竟藏有什麼祕密？最重要的是石匣沒有任何開啟過的痕跡，上面還封著牛皮漆。

我又回頭看了看其餘的四個人，Shirley楊正攙扶著痴痴傻笑的陳教授，葉亦心昏迷了過去，胸口一起一伏的節奏很快，沒有醫藥給她救治，胖子坐在地上無奈的看著她搖頭。

沒錯啊，絕對是五個人，如果這預言真的準確，那為什麼我們明明有五個人，石畫上卻畫著四個人，我腦子裡在飛速的旋轉，把可能出現的情況想了一遍，卻半點頭緒也沒有。

難道五人當中真有一個不是人，而是被鬼怪惡魔所控制了，甚至像胖子所說，Shirley楊是精絕女王轉世，我覺得這些都是無稽之談，很可笑，什麼投胎轉世之說，我根本不信。

那麼這誤差是否出在這古老的預言上呢？我問Shirley楊這先知先聖是什麼朝代的人？

Shirley楊說：「按《大唐西域記》中所說，古西域的先聖，應該是公元前十六世紀，在中原正是夏商時期，那是古西域的第一次文明時期，比起西域三十六國的年代，早了大約一千年。」

我算了一下，暗自吃驚，想不到這麼久遠啊，那就更不能把這些刻在石頭匣子上的預言當真了，這上面也沒有其餘的預言石畫了，也許先知當時糊塗了，少畫了一個人，再精確的計算都難免出現誤差，何況這種穿越了幾千年的預言呢？

我又問Shirley楊，能不能從石匣外的石畫預言中，看出來咱們打開石匣之後會發生什麼事？會不會有什麼危險？

Shirley楊搖頭道：「沒有多餘的提示了，不過咱們被困在這巴掌大小的地方中，上天無路，入地無門，也只有打開石匣子看上一看，先知既然預知到咱們會無意中來到這裡，說不定會指點咱們如何出去。」

胖子等得焦躁，大咧咧的走過來，把我和Shirley楊推到一旁，說道：「你們兩個研究了半天，什麼結果也沒研究出來，這麼大點的一個小屁孩，能他媽預言個頭啊，你們瞧我的，不就是一破匣子嗎？也沒上鎖……對了，他不是預言說四個人中的一個伸手打開石匣嗎？咱就跟他叫上這板了，老胡，過來伸把手，咱倆一起動手。」說著就要動手拉開石匣的蓋子。

幾乎與此同時，昏迷不醒的葉亦心，忽然抽搐了一下，雙腿一蹬，一動不動了。

我們再也顧不上那石頭匣子，急忙過去看她，一試脈搏，已經完全沒有生命跡象了，她本來就患有急性脫水症，一路奔波，又在扎格拉瑪山的鬼洞中折騰得不輕，隨時都有生命危險，能堅持著活到現在已經十分不易，只是我們沒想到她偏在此時油盡燈枯，死得這麼突然。

三人一時相對無言，Shirley楊摟著葉亦心的屍體落下淚來，我嘆了口氣，剛想安慰她兩句，卻見一直瘋瘋顛顛，咧著嘴傻笑的陳教授從地上站了起來，走到石匣跟前，一伸手就拉開了蓋子。

我們三人目瞪口呆，這一切竟然和那先知在石匣上的預言完全相同，進來的時候是五個人，有一個人突然死了，隨後一個人動手打開了石匣，經常有人形容諸葛亮料事如神、神機妙算，我想孔明老先生也沒這麼準啊，這種預言的準確程度簡直可怕。

Shirley楊怕神智不清的陳教授再惹出什麼亂子，忙把他的衣袖拉住，讓他坐在地上休息，他們之間的關係，就如同親叔叔和親姪女，這時Shirley楊見陳教授又瘋又傻，心中一酸，忍不住又哭了出來。

我知道Shirley楊是個極爭強好勝的人，從不在任何人面前示弱，今天當著我和胖子的面，接連兩次落淚，實在是傷心到了極點，今天她承受的壓力確實太大了，我也不知該如何勸她，只好任憑她坐在陳教授旁邊抽泣。

我和胖子兩人走到被教授打開的石匣前，看那裡面究竟有什麼東西，這石匣的兩扇櫃門在正面，已經被拉開了，封口的牛皮漆也隨之脫落。

只見裡面又是兩道小小的石門，石門上同樣也貼著牛皮漆，上面還刻劃著三副石畫，這三副畫看得我直冒冷汗，好半天也說不出話來。

胖子看了兩眼，沒看明白，便問我：「這畫上畫的是什麼?老胡你不會是被石頭畫嚇著了吧?」

我深吸一口氣，盡量讓自己保持鎮定，對胖子說道：「這畫上也是先知的預言……」

胖子忙問：「預言是什麼內容？有沒有說咱們怎麼才能離開這鬼地方？」

我強行壓制住內心的狂跳，低聲對胖子說：「預言中說，開啟第二層石匣的四個人，其中有一個是惡鬼……」

第四一章　盤問

石匣第二層中的三幅石畫是這樣的，第一幅畫著四個人站在打開的石匣前，這四個人中的三個人，都仍然是沒有任何特徵，還是先前那種普普通通的人形。

然而其中一個，頭上長了一隻眼睛，代表腦袋的圓中畫了兩顆蛇牙，再加上四肢，分明便是黑塔第四層中的精絕守護神，與其說是神，不如說是惡鬼更恰當。

這個人形只不過多刻了幾劃，硬是看得我頭皮發麻，我、胖子、陳教授、Shirley楊，現在只有這四個倖存者，這四個人誰是惡鬼？

第二、第三幅石畫並列在一起，表現的是兩種不同的結果，一種結果是三個人加上一個頭上長眼的惡鬼，一同打開了石匣，這時惡鬼會突然襲擊，掏出其餘三個人的內臟。

第二種情況是，惡鬼倒在地上，身首分離，已經被殺掉了，三個人打開了第二層石匣，墓室中出現了一條通道，可以逃出生天了。

這麼說先知給了我們提示，讓我們自己選擇自己的命運？這道題目未免也太難了，我和胖子是一個人的兩條腿，缺了誰也不行，陳教授為人和善，更是待我不薄，Shirley楊救過我的命，不論他們三個中的哪一個是惡鬼，我都下不了手。

如果之前不知道先知預言的真假，我可能還不會害怕，但是這位已經死去幾千年的先知，他的預言精確得讓人無話可說，那麼我們當中就真的有一個人是惡鬼了？

不管他是被惡靈附體也好，還是一直偽裝成普通人的魔鬼，這已經是現成的事實了，而我現在又不得不面對這個事實，第二層石匣必定會開啟，不除掉隱藏著的惡鬼，我們都得死在這裡陪葬。

誰是……惡鬼呢?不可能是我，我看了看胖子，眼睛是觀察一個人最直接的渠道，眼神是很難偽裝的，他的眼神我再熟悉不過了，還和以前一樣，對什麼都滿不在乎，那眼神就好像是在說：老子天下第一，誰不服就揍誰，當然也不可能是胖子了，那麼既然不是我們兩個，難道……

我偷眼看了看身後的Shirley楊和陳教授，Shirley楊也正注視著我，我不敢和她目光相對，連忙假裝看別處。

Shirley楊見我和胖子看了打開的石匣後一直在嘀嘀咕咕，便問道：「老胡，石匣裡面有什麼東西?」

我衝胖子擠了擠眼睛，胖子會意，連忙假裝坐在地上歇息，剛好把打開的石匣擋住，不讓Shirley楊看到。

我得先想辦法穩住他們，想出對策之後再動手，我對Shirley楊說：「石匣裡面什麼都沒有，空的。」

Shirley楊問了一句就不再說話，坐在一旁取出水壺，想讓陳教授喝兩口，陳教授已經徹底瘋了，誰都不認識，一揮手把水壺打翻在地上，跺著腳哈哈大笑。這是我們僅存的小半壺清水，Shirley楊急忙去把水壺撿起來，這回小半壺水又撒了大半。

胖子在我耳邊問我：「怎麼辦?要不要把他們兩個都……」

我止住他的話頭：「別，還沒弄清楚之前，千萬不可以輕舉妄動，要不然後悔都來不及，對了，咱倆的嫌疑可以排除了吧?」

胖子說：「那當然了，咱倆怎麼回事咱自己還不清楚嗎？我看那美國妞兒的嫌疑最大。」

我說：「我覺得咱還是得走個過場，要不然一會兒動起手來，免得讓楊小姐和陳教授挑咱們的理。」

胖子說：「他媽的，槍桿子裡出政權，什麼理不理的，直接放翻了他們倆，挨個審查審查，審不出來就大刑伺候，再審不出來就……」單掌向下一揮，做了個砍人的手勢。

我一聽胖子說槍桿子裡出政權，忽然想起一條計策，那惡鬼定然是從精絕國跑出來的，不管它怎麼偽裝，它都沒經歷過文革吧，這些妖魔鬼怪也不搞政治學習，不看報紙新聞，他們偽裝成人的模樣，對外邊的事物不一定了解。

於是我對胖子說：「你剛才能說出槍桿子裡面出政權，這就足能證明你不是惡鬼了，現在你考考我，我也證明一下我自己，然後再問他們倆。」

胖子撓撓頭：「那你就念句主席詩詞吧。」

我想都沒想就念道：「國際悲歌歌一曲，狂飆為我從天落。（注）」

胖子道：「沒錯，你絕不是惡鬼。」

Shirley楊何等聰明，見我和胖子不停的小聲商議，就明白可能有什麼問題，當下站起身朝我們走了過來：「你們兩個究竟在說什麼？還要背地裡說？」

我和胖子從地上跳將起來，喝道：「站住，再走過來我們不客氣了。」

Shirley楊一怔，問道：「你們怎麼了？發什麼神經？」

注　毛詞〈蝶戀花〉。

胖子道：「沒什麼，就想聽妳唱首歌，妳唱個〈林總命令往下傳〉來聽聽。」

Shirley楊更是茫然不解，這是什麼場合，剛死了那麼多同伴，又身陷絕境，哪有心思唱歌，更何況唱什麼〈林總命令往下傳〉，簡直是不知所云。

我心中也覺得胖子讓她唱的這首歌有點偏了，讓一美國妞兒唱解放戰爭時期的歌，她肯定不知道，但是能考她什麼呢？現在美國總統是誰？那他娘的連我都不敢確定。

我掏出黑驢蹄子連哄帶騙的對Shirley楊說：「妳先別問這麼多了，妳啃一口這個，然後拿去給陳教授啃一口，就只管照我說的做，對妳只有好處沒有壞處。」

Shirley楊有些生氣了：「連你也神經了？這黑驢蹄子是用來辟邪驅魔的，我不吃，你拿開。」

她越是不吃越是顯得可疑，我對胖子使個眼色，胖子不由分說，過去就把Shirley楊按倒在地，解下皮帶把她捆了個四馬倒全蹄，Shirley楊氣得臉上青一陣、白一陣，咬牙切齒的說：「胡八一，你是不是看我揭穿了你倒斗的勾當，就想殺我滅口……你們倆快把我放了。」

陳教授在一旁看得興高采烈、哈哈大笑，口水順著嘴角往下流，我看了陳教授一眼，心中極是難過，多有學問的一位長者，落得這種下場，不過也不能排除他的嫌疑，等先弄清楚Shirley楊的事再做理會。

我硬起心腸，對Shirley楊說：「妳究竟是不是精絕女王？」

Shirley楊怒道：「死老胡，你胡說什麼！」

我冷冷的說：「我看妳就像是被那妖怪女王附體，再不然就是她轉世投胎，否則妳怎麼能在夢中見到鬼洞中的情形，還有妳一個美國妞兒，怎麼知道我們倒斗的脣典？」

胖子早就看Shirley楊有點不順眼，這時候終於逮著機會了，拔出匕首，猛插在地上：「老胡你把她交給我了，她知道咱倆是倒斗的，這事並不奇怪，這妖怪肯定會讀心術，問她也沒有用，給她臉蛋兒上劃兩刀再問，看她招是不招。」說罷就要動手。

我看Shirley楊竭力忍著在眼眶中打轉的淚水，不看胖子的匕首，卻盯著我看，我心中一軟，想起在扎格拉瑪山谷中被她所救之後，曾對她說我欠她一條命，這時候如何能對她下毒手。

我連忙阻止胖子：「且慢，還是先跟她交代一下咱們對待俘虜的政策，她若還是頑抗到底，再給她上手段也不遲。」

胖子說：「其實我也不忍心劃花了這麼個漂亮妞兒的臉蛋兒，不過這妖怪詭計多端，咱要小心被她的美色所誘惑。」

Shirley楊越聽越氣，險些背過氣去，再也撐不住，流出淚來，只聽她哽咽著說：「我為何夢到鬼洞中的情形，我自己也不清楚，我懂你們倒斗的脣典，是因為我外公在出國前也是幹這行當的，我都是聽他給我講的，這事我本來想以後找機會和你談的……我該說的都說了，你們兩個傢伙要殺要剮，儘管動手，我……我算是看錯人了。」

胖子冷哼了一聲道：「花言巧語，裝得夠無辜的啊，妳就編吧妳，老胡你表個態，怎麼處理？」

我拿出黑驢蹄子放在Shirley楊嘴邊：「妳咬一口，只要妳咬一口，我馬上放了妳。」

Shirley楊說：「你……你快殺了我，否則我今後饒不了你，我做鬼也不放過你。」

我見她不肯黑驢蹄子，便從胖子手中把匕首拿過來，這時我心中有個聲音在問自己，倘若她真是惡鬼，我下得了手嗎？答案很明顯是否定的，可是不動手殺死我們四人中的那個惡鬼，大夥都得死在這小小的墓室中，他娘的，乾脆大夥一起死了算了。

正在我進行激烈的思想鬥爭之時，陳教授呵呵傻笑著站起來，手舞足蹈的又發起瘋來了，我怕他去打開第二層石匣，便伸手拉住他。

陳教授大笑著喊：「花啊，真美，紅的綠的，我找著的……呵呵呵……」

我看著他瘋瘋顛顛的樣子，聽他說什麼花，這種瘋子，我在哪見過？不對，不是見過，是聽說過，那個倖存的英國探險家……我腦中一團團亂麻般的思緒，猛然被無形的手扯出了一個線頭，這個線頭很細小，但還是被我捕捉住了。

「屍香魔芋」……難道我們還沒有擺脫它製造出的幻覺陷阱嗎？「屍香魔芋」這朵來自地獄中的魔鬼之花，我們還在它的控制範圍之內，它正在引誘著我們自相殘殺……

第四二章 真與假

真實與幻覺如何去區分？倘若這間石室與先知石匣中的預言，都是屍香魔芋製造出來的幻象，這幻象究竟是從什麼時候開始的？

我覺得我的大腦有點應付不了這種複雜的問題，要是Shirley楊可以幫忙分析一下就好了，我和胖子的腦袋加在一起，也頂不上她半個。

不過我認為「屍香魔芋」製造幻覺讓我們幾個自相殘殺，也只不過是推測，那魔花實在厲害，在鬼洞石梁上的一幕，讓我至今觸目驚心，但是我並沒有百分之百的把握，認定先知的預言是陷阱。

胖子見我又走神了，就推了推我：「怎麼了老胡，最近你怎麼總兩眼發直？這美國妞子咱還收拾不收拾了？」

我讓胖子看住陳教授，俯下身來問Shirley楊：「妳說妳外公在去美國之前，也是做倒斗的，空口無憑，讓我如何信妳？」

Shirley楊盯著我恨恨的說：「臭賊，你愛信不信……我脖子上掛著我外公的遺物，你一看便知。」

「遺物？」難不成是一枚摸金符不成？我果然見她脖頸上掛著兩條項鏈，伸手拉出來一看，一條是個十字架，另一條果然是穿山甲爪子製成的「摸金符」。

這東西在世上極是隱祕，盜墓者也不是人人都有，甚至大部分盜墓者都不曾見過此物，物件因人而分貴賤，這摸金符本身的價值並不算貴重，掉在地上，可能撿破爛的都懶得撿，但是對於代代相傳的盜墓者來說，這是無價之寶，它象徵著一種資歷。

我把Shirley楊的摸金符拿起來仔細端詳，人比人得死，貨比貨得扔，跟她的這枚摸金符一比，大金牙送給我和胖子的那兩枚簡直就不能要了。

Shirley楊的摸金符一看便知是後漢時期的古物，符上的「摸金」兩個篆字，筆劃蒼勁雄樸，古意昂然，是用穿山甲最鋒銳的爪子製成，像黑水晶一樣微微透明，年代雖久，半點磨損的痕跡也無，爪根鎖著一圈金線，通身刻著辟邪的飛虎紋。

而我和胖子的那兩枚，跟這個一比較，真假立辨，明顯是人工做舊的，選料工藝也不能相提並論。他娘的，大金牙這孫子，拿假貨蒙我們啊，我說怎麼從來就沒管過用呢。

我把Shirley楊的摸金符拿在手中看了良久，有點愛不釋手，捨不得放下，真不想還她了。

Shirley楊叫道：「快還我，想害命也就罷了，還想一併謀財不成？」

我把摸金符又掛回Shirley楊的脖子：「既然妳外公也是倒斗的，妳又何必一口一個管我們叫作臭賊，妳這不是連妳外公也一併罵了，這麼對付妳，也是事出有因。」便把在第二層石匣上的石畫預言，原原本本的告訴了Shirley楊，最後對她說：「這一切也許是屍香魔芋製造出的死亡幻覺，但是在沒確定之前暫時還不能放了妳。」

Shirley楊聽了之後，面色稍稍緩和：「那你就快想些辦法，你以為被你們綁著很舒服嗎？回頭讓你也嘗嘗這滋味。」

我站起身在房中來回走了幾步，盯著第二層石匣上的石畫，實在是不敢輕舉妄動，如果這預言不是幻覺而是真的，那麼如果不殺掉一個人就打開第二層石匣，惡鬼馬上就會現身殺死其他所有人，我感覺現在比踩著地雷還難受，踩上地雷大不了把自己炸死，這個預言是真是假，關係到四條人命，委實難以抉擇。

陳教授瘋了，Shirley楊又有點讓人懷疑，我只好和胖子商量，我把我的推斷都告訴了他，明知道他不可能幫上什麼忙，但還是希望找個人分擔一下肩頭的壓力。

胖子聽後點了點頭：「噢，是他媽這麼回事，我明白了，你是擔心咱們還處在那狗尾巴花造出的假象當中，你早跟我說啊，這麼屁大點事，我立馬給你解決了。」

我奇道：「你能分辨出來？此事非同兒戲，可不能鬧著玩啊，一著棋錯，咱們就滿盤皆輸。」

胖子沒說話，抬手就給了我一個耳光，他出手很快，我沒有防備，被打了個正著，臉上火辣辣的疼。

我正要發作，卻聽胖子問道：「怎麼樣？疼是不疼？」

我揉了揉臉：「他娘的，兒子打老子，反了你了，還疼不疼，我打你一巴掌你試試就知道疼不疼了。」話一說完，馬上想到，對了，要是能感覺到疼痛，那就不是身處幻覺之中，看來我們並沒有被那屍香魔芋所控制。

我轉回身想再去逼問Shirley楊，一瞥眼只見石匣第二層上的石畫產生了變化，我連忙過去細看，卻見那三副石畫慢慢模糊，消失不見了，只剩下空白的一道小石匣，石匣上有蓋子，封著牛皮漆，是為了長期保存裡面的貴重品。

再看第一層石匣，完全沒有變化，一幅幅都是先知的預言，最後仍然是畫有四個人打開第一層石匣的石畫。

這是怎麼回事？難道是有真有假？我把胖子拉過來，讓他看第二層石匣上有什麼，胖子說不就還是那三幅石畫嗎？

我抬手給了他一個耳光：「你再看看，還有石畫嗎？」

胖子捂著臉說：「哎……這……現在沒有了，他媽的，真是他媽的活見鬼了，我看看這裡邊是他媽什麼東西。」說完伸手就把第二層石匣拉開。

我驚道：「你手也太快了，讓你看一眼，沒讓你幹別的。」然而第二層石匣打開後，並沒有發生任何事情，四個人都好端端的，並沒有發生什麼惡鬼殺人的事情。

憑我的經驗來推測，我們剛才確實是被「屍香魔芋」控制住了視覺，這株魔花的力量遠遠超出我們的估計，它並不是只能在鬼洞的石梁上製造幻覺。

當時我想衝過石梁營救薩帝鵬，就落入了它的幻覺陷阱，隨後胖子和Shirley楊把我救了回來，那時我回頭看了一眼，屍香魔芋原本閉合在一起的花瓣，全部張開，正對著我們。

從那時候起屍香魔芋的幻覺範圍就擴大了，我們的探照燈熄滅之後，就出現了很多黑蛇，按當時的狀況判斷，我們五個人，兩個走動不得，在群蛇的圍攻下，竟然沒有人被蛇咬到，這實在是奇跡，現在看來，那些蛇應該都是虛假的幻象。

屍香魔芋製造出這麼多黑蛇攻擊的假象，是想把我們逼進山體的裂縫中，自己把自己活埋在裡面，沒想到我們在裂縫中越逃越遠，無意中逃進了先知的墓穴。

這石魔花雖然厲害，它控制的範圍畢竟有其極限，離我們太遠，已經無法製造太強大的幻相，於是它就改變了結構最簡單的石畫，誘惑我們自相殘殺。

而且屍香魔芋的可怕之處在於它絕不是通過人的五感來製造幻覺，只要你看過它一眼，記住了它那妖豔的顏色，在一定的距離內，都會被它迷惑，只是距離越遠，這種幻覺的力量就越小。

即使最後活下來一兩個人，也會因為親手殺了自己的同伴而精神崩潰，那麼精絕女王的祕密就永遠都不會有人知道了，真他娘的歹毒啊。

這時胖子已經把第二隻石匣中的東西取了出來，是一本羊皮製成的古書，我估計先知的啟示，還有失落的精絕古國，以及鬼洞的祕密，都在這本書裡了。

第四三章　沉默的啓示

我正欲瞧瞧羊皮冊中有些什麼，卻想起來Shirley楊還被綁著撂在地上，便把羊皮冊先放下，準備給她解開，雖然她夢中反覆夢見鬼洞這件事蹊蹺異常，但是她應該不會是被惡靈附體，或者妖怪女王轉世，這麼對待她實在是有點太過分了。

Shirley楊被綁翻在地，臉上蹭了不少灰土，再加上她的眼淚，跟唱京劇的大花臉差不多了，她見我靠近便生氣的說：「死老胡，快把我解開。」

我把事情的經過對她說了一遍，一咬牙，打了Shirley楊一個耳光，然後把捆住她雙手的皮帶解開。

我說：「我也是沒辦法才出此下策，妳打還我就是了，打幾個隨便。」說完側過頭去，等著Shirley楊動手抽我耳光，我已經做好了準備，估計她不打掉我兩顆門牙是不會善罷甘休的。

沒想到Shirley楊擦了擦臉上的灰塵，卻沒動手打我，只說：「現在我不想與你計較，這筆帳以後再算，先想辦法脫身要緊。」

Shirley楊取出隨身便攜袋裡的一個小盒，裡面是個小小藥丸，打開後在自己鼻子前吸了一下，又遞給我兩片，讓我和胖子也分別聞一聞。

Shirley楊說：「這是一種高濃度提煉的酒精臭者，氣味強烈，能夠通過鼻黏膜刺激大腦神經前葉，使人頭腦保持清醒，可以用來輔助戒毒、抵消毒癮，國外探險家去野外都會帶上幾粒，以防萬一，在飢餓疲勞的極限，可以刺激腦神經，不至於昏迷，但是短時間內不宜多用，否則會產生強烈的副作用，至於對魔花的幻覺管不管用，就不得而知了。」

我想屍香魔芋是通過五感來使人產生幻覺，而這些幻象都來自於大腦中樞，Shirley楊的這種刺激性藥物，應該多少能起到一些克制幻覺的作用。

我給了胖子一粒，自己也打開，馬上對準鼻孔一吸，一股奇臭難聞的氣息衝進了鼻腔，嗆得我連聲咳嗽，不過隨即覺得原本發沉的頭腦輕鬆了許多，十分舒服。

我說：「有這種好東西，為何不早些拿出來用，在石梁上給我們幾粒，早就把那株妖花連根拔了，也不至於現在被埋在這裡，進退兩難。」

Shirley楊道：「當時你從石梁上跑回來說出原由，我們才知道屍香魔芋會使上了石梁的人產生幻覺，隨後就遭到了無數黑蛇的襲擊，只不過那麼短短的幾分鐘，更不知道那些蛇也是魔花製造出的幻象，另外我看那屍香魔芋不會這麼簡單，它有一種直指人心的魔力，若是離得太近，我想這種藥物也不會起太大作用。」

進入先聖墓穴的五個人，只有陳葉二人神智不清，一個是受了刺激，另一個是昏迷不醒，現在葉亦心已經死了，陳教授瘋瘋顛顛的，他不會被屍香魔芋所迷惑了，他的樣子讓我們聯想到之前曾進入過精絕古城遺跡的英國探險隊，那支探險隊唯一的倖存者是個瘋子，他肯定也是見到了同伴們自相殘殺的慘狀，受到了過度的刺激導致。

而陳教授則是由於在一天之內，心情大起大落，先是傷心助手郝愛國之死，又在精絕遺跡中找到一個又一個驚喜的重大發現，突然又見到他自己的兩個學生慘死，這麼大喜大悲對人的神經打擊是非常大的，更何況他年事已高，最後終於神經崩潰，澈底瘋了。

想到這些，我表情沉重的點點頭，對Shirley楊說道：「那死人花當真了得，還好咱們之間親密團結，才不致中了它的離間之計，沒有出現自相殘殺的慘劇，現在想想，也真可怕，不過總算胡大和先聖保佑，沒有釀成大錯。」

Shirley楊忽然把臉一沉，道：「胡八一，你也太奸滑了，把自己的過錯推得一乾二淨，你知道我有多信任你，你不僅騙我，不同我講實話，還懷疑我是……是什麼妖怪，你有沒有想過我是什麼感受？你知道被你們兩個壞蛋像綁牲口一樣綁住，等著你們審問宰殺是什麼感受嗎？」

我捂著腦袋說：「唉呦，不好，我頭又疼了，我得先坐下休息一會兒，胖子你快拿那本先聖的羊皮冊子給楊大小姐看看，有沒有什麼脫困的良策。」說完藉機溜到陳教授旁邊，不敢再和Shirley楊說話。

還好Shirley楊畢竟不是那種得理不饒人的女人，見我溜開，也就不再追究，端起先聖的羊皮古冊一頁頁的觀看。

我暗暗叫苦，以她的個性，以後須饒我不過，今天的事做絕了，又死了那麼多人，我和胖子那筆辛苦錢算是又泡湯了，他奶奶的，俺老胡怎麼如此命苦，喝口涼水都塞牙。

我又好奇那本古冊中有什麼內容，見Shirley楊的神色一臉鄭重，瞧不出是喜是憂，先聖既然能預見到我們回來他的墓穴，並且打開石匣，那麼他一定給我們留下了一些東西，那究竟是什麼呢？我再也按捺不住，出聲相詢：「小孩子先聖的書中是什麼內容？」

Shirley楊手捧羊皮古冊，邊看邊說：「都是先聖畫的圖畫，似乎有很多關於鬼洞的內容。」

我這輩子都不想再回什麼鬼洞，最重要的是有沒有出路，但是又不好催促Shirley楊，只能耐著性子聽她說話。

Shirley楊說：「從頭看才能搞清楚來龍去脈，否則最後的圖畫未必能夠解讀出來，這開頭的部分是講古西域有座神山，也就是咱們現在所處的扎格拉瑪山，這座山四周河道密布，動植物繁多，這裡居住著四個部落……」

我跟胖子對望了一眼，心想這美國妞子還要從頭開始講，真夠急人的，我們倆心急如焚，想趕緊知道如何才能離開這窄小壓抑的墓室，卻都不敢開口，你看看我、我看看你，急得坐立不安。

只聽Shirley楊繼續說：「好景不常，人們在扎格拉瑪山中發現了一個深不見底的洞穴，沒有人能下到洞底，所有的人都想搞清楚洞中是個什麼世界，四個部落中有一位大祭司，他命人造了一隻玉石眼球，希望能通過真神的力量，來看清這個無底洞是吉祥的還是邪惡的，隨著一次大型的祭典，不但沒有看清楚無底洞下有什麼東西，反而招惹得災難開始降臨，首先是大祭司雙眼暴盲，死於非命，隨後附近出現了一種威脅人畜安全的怪蛇，這種蛇的數量很多，牠們的頭上長著一隻怪眼，毒性猛烈，害死了無數人畜。四個部落推舉出兩位被真神眷顧的聖者，帶著部族中的勇士，殺死了母蛇，這是一隻長著人首蛇身，並有四肢的怪物，牠會孵出眼球一樣的卵，每只卵可以產生數百條怪蛇，如果任其繁衍下去，後果不堪設想。」

我和胖子聽到這裡，都驚奇不已：「乖乖，古代還真有這麼種長人頭的怪蛇啊，還好咱們沒遇到，不然還真不好對付。」

Shirley楊說：「想必先聖除蛇是確有其事，不過人首蛇身的蛇獸卻未必便真有，古代人通常都會對重要事件進行過度的神化渲染，就像中國的炎帝、黃帝與蚩尤之間的戰爭，也許只不過是部族之間數百人的械鬥，但是在古代的記載中，就被描畫成了波瀾壯闊，甚至連眾神百獸都加入進去的超級大戰。」

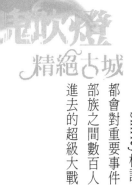

我豎起大拇指讚道：「果然是高見，不知後事如何？可否盡快分解？」

Shirley楊白了我一眼，接著說道：「蛇獸被掃蕩乾淨，先聖把群蛇的屍體扔進扎格拉瑪山下的無底洞，聖者通過神諭得知，這個洞窟是一個災禍之洞，而玉石眼球已經開啟了災禍的大門。在這之後，其中一個部落裡誕生了先知，也就是這位擁有預言能力的小孩。嗯……再接下來就是先知對扎格拉瑪山以後的預言了，部族中的先聖死後，就被埋葬在了扎格拉瑪山，先知通過儀式能預言幾千年之後的重大事件，但是其範圍僅限於扎格拉瑪山附近，這可能是由於部族中被視為神一樣的先聖埋葬在這裡，先知的能力都是被兩位先聖和真神賜與的。」

總算是到正題了，我仔細聽著Shirley楊的話，能不能從這鬼地方出去，就看先知是怎樣預言的了，生存與死亡的答案即將揭曉，我的心跳稍微有些加快了。

Shirley楊道：「別這麼緊張，剛才我翻了一遍，後邊好像有啟示可以讓咱們離開扎格拉瑪山，不過需要結合前面的內容參詳，你們別急，咱們一步一步的來。」

就在全神貫注之時，忽見陳教授瞪起雙眼指著Shirley楊手中的羊皮古冊說：「千萬不要看後邊的內容。」

第四四章　撞邪

陳教授的聲音變得非常尖銳刺耳，墓室內本就狹窄，更顯得他的聲音淒厲異常，我和胖子三人心下都是疑惑不解，教授瘋了倒也罷了，怎麼突然之間連聲音都改變了？

我連連晃動陳教授的肩膀，想讓他清醒一點，誰知他的喊聲越來越大，揮舞著雙臂：「不要出去，不要出去。」邊喊邊拚命的拉扯我的胳膊。

我擔心陳教授瘋瘋顛顛的做出什麼威脅到大夥安全的舉動，便讓胖子過來幫忙，和我一起把陳教授按倒在地。

Shirley楊怕我們倆弄傷了教授，急忙過來阻止，哪知陳教授見她過來，忽然伸出手臂，奪過Shirley楊手中的羊皮古冊，扯掉最後一頁，張口便咬。

那幾千年前的羊皮何等古舊，自然是咬不動，陳教授卻不管不顧，只是一個勁的把羊皮塞進嘴裡狂嚼不止。

陳教授自從在石梁上受了刺激之後，就是又痴又傻，怎麼突然變得如此歇斯底里，神經崩潰的人是不可能再受魔芋花幻覺控制的，難道是被惡靈附體了？他是不想讓我們離開這裡逃生？

胖子把教授嘴中的古羊皮扯了出來，羊皮倒沒事，陳教授的口中已滿是鮮血，為了預防萬一，我們只好把他暫時捆起來。

我最關心羊皮冊的最後一頁有沒有損壞，倘若有逃出生天的方法，應該就在這最後一頁，要是被陳教授嚼壞了，那倒也難辦。

最後一頁羊皮冊上沾了不少陳教授的口水，還有他牙床上的血跡，卻沒有任何圖案符號之類的內容，一片空白。

我對Shirley楊說：「糟了，先知的預言讓陳老爺子舔沒了。」

Shirley楊道：「你別擔心，先知的羊皮冊最後一頁，本就什麼內容也沒有。」

我對自己剛才的驚慌失措有些後悔，今天也不知是怎麼回事，處處不順，搞得我心浮氣躁，說什麼也冷靜不下來，總覺得這墓室裡有什麼地方不對。

不過先知的預言精確無比，他自然也會料到瘋了的陳教授會做出什麼舉動，所以羊皮冊的最後一頁是空白的，看來我們在這石室中的一舉一動，都早已是注定會發生的事，多想也是沒用，乾脆就橫下心來，順其自然好了。

我和胖子夾著陳教授坐下，讓Shirley楊接著剛才的內容講下去，陳教授被我們倆夾在中間動彈不得，只是不停的掙扎，卻不再喊叫了。

Shirley楊繼續講解羊皮冊中的預言：「先知預言在他死後八百年，他的部族早已為了躲避災難，遷徙到了遙遠的東方，而扎格拉瑪山又迎來了一個新的部落，這個部落來自西邊的沙漠，他們在山中發現了鬼洞，部族中的巫師宣稱這裡是魔神居住的場所，這個部族便是精絕國的前身，精絕女王長了一雙能看到陰間的鬼眼，她掌握了用玉眼祭器召喚黑蛇惡靈的儀式，用此征服了周邊的十餘個鄰國，他們這些異教徒的暴行激怒了真神，真神把這座山連同附近的地域都交給了魔鬼，沙漠吞沒了他們的城市，這個國家所有的人畜以及鬼洞中黑蛇的惡靈，都將被深深的埋入地下。」

胖子焦躁起來，再也忍耐不住，催促Shirley楊快說後邊的內容，早一刻離開這壓抑的墓穴也是好的。

Shirley楊說：「最後就是對咱們這些進入先知墓室的四個人的啟示了……啟示中預示，會有四個倖存者因為山體崩裂而進入墓室，其中的一個人是先聖部族中的後裔……」

我奇道：「後裔？是不是就是指擁有以前那個遠古部族的血統，既然沒有具體說是誰，我想還是妳的可能性最大，否則我和胖子怎麼沒有夢到過鬼洞呢？而且妳可能還繼承了一些你們那個部族的預感能力，提前見到了將來妳注定會去的地方。」

胖子也贊同的說：「沒錯，那絕對就是楊大小姐了，老胡咱倆以前沒注意，她的鼻子有點鷹勾，眼睛也稍微有點發藍，咱還當她在美國待時間長了就那樣，現在看起來，她還是繼承了她祖先的血統，打根兒上就不是中國人。」

我怕胖子說話太衝，又把Shirley楊惹急了，忙道：「這身世還真夠離奇的，不過妳怎麼又姓楊呢？」

Shirley楊有點無法接受這件事，搖頭道：「不知道，我家中歷代都是華人，也許是我母親那邊的血緣，我外公的鷹勾鼻子就比較明顯……不管先知啟示錄中所說的後裔是誰，現在都不重要了，當務之急是必須盡快離開這裡，後邊的啟示中顯示，先聖會為本族的後代，指點出一條逃生的道路，但是千萬不要將羊皮冊子掉落在地上，羊皮冊掉在地上之時，便是沙暴開始之時，屆時黃沙將再次吞沒精絕古城和扎格拉瑪神山，而神山這一次被沙海掩埋，將直到時間的盡頭。」

我趕緊提醒Shirley楊：「那可千萬別讓這羊皮冊子落到地上，否則會立刻刮起大沙暴，咱們還沒等離開，便連同這神山一起埋入地下了。再後邊還有什麼內容？」

Shirley楊道：「這就是最後一部分，後邊沒有了，先聖會指點一條逃生的道路？你看看先聖遺骸上有沒有什麼線索。」

Shirley楊知道這本羊皮冊就像個定時炸彈，在沒離開扎格拉瑪山之前，無論如何不能和地面接觸，否則先知預言中的大沙暴就會發生，於是把身上的便攜包打開，準備把羊皮冊裝進去，以策萬一。

我們剛剛把話說完，原本被我和胖子二人夾在中間的陳教授，突然生出一股怪力，怪叫著掙脫開來衝向Shirley楊，只聽他高聲尖叫著：「永遠也別想離開！」

我們三個人被陳教授的叫聲震住了，並不是因為他喊叫的聲音刺耳，這時候聽得分明，陳教授淒厲的叫聲，與剛剛死去的葉亦心好像。

趁著我們還沒反應過來的這一兩秒鐘，陳教授已經把Shirley楊手中的羊皮冊打落，可以把整座城市和神山都吞沒的大沙暴立刻就要來了……

第四五章　脫出

陳教授突然出手，把先知的羊皮古冊奪過來，往地上便摔，我們想要伸手阻止，卻為時已晚，根本來不及了。

事出突然，只能以奇招應變，是生是死往往就在一念之間，我抬腳便踢向即將垂直落在地上的羊皮冊，把它像個皮球一樣橫向踢了出去。

羊皮冊被我踢出去的方向剛好是胖子站的位置，胖子也不敢怠慢，奈何羊皮冊的飛行軌跡太低，也來不及彎下腰去接，只得也用腳踢開，不敢讓它落地。

那墓室內本就狹窄低矮，這兩下好似耍雜技一般，所有人的心都提到了嗓子眼，可能是由於腎上腺素的原因，這幾秒鐘的時間彷彿都靜止了。

胖子這一腳把羊皮古冊踢了起來，斜斜的向上，直奔Shirley楊面門飛來，眼看Shirley楊就要伸手接住，陳教授突然一伸手，趕在她前面抓住了羊皮冊子，順勢就要再次往地上摔落。

此時只見一個寬大的人影揉身直上，把陳教授撲倒在地，原來是胖子見形勢不妙，使出被視為禁忌的終極絕技「重型肉盾」，一下撲倒了陳教授。

我也連忙趕到近前，劈手奪過了陳教授手中的「定時炸彈」，這本能決定眾人命運的羊皮冊終於沒有落在地上。

Shirley楊一把推開胖子：「教授都多大歲數了，你想把他砸死啊，他要有個三長兩短，我就讓你償命。」說著便給被胖子壓得嘴歪眼斜的陳教授推宮過血，胖子這一身肥肉，好險沒要了老頭子的命。

我把羊皮冊小心翼翼的裝進自己腰間掛的便攜袋中，隨後對Shirley楊和胖子說：「你們有沒有發覺這陳老爺子十分古怪？我聽他說話，怎麼有幾分像是葉亦心？」

胖子說：「是啊，莫不是被那小妞的亡魂纏上了？這妮子死得委屈，怕咱們都走了沒人給她作伴，就想留下咱們，說起來倒也可憐。」

我罵道：「去你奶奶的，人鬼殊途，她生前是咱們的同伴，現在已經死了又想拉咱們作伴，這是一種小女人自私自利的想法，不值得同情，這種時候千萬不能有婦人之仁。」

Shirley楊道：「你們別胡說，這世界上哪有鬼，一定是教授受了太大的刺激，神智不清，所以導致行為失常，倘若有鬼怎麼不上咱們三個的身？偏偏要找陳教授？」

我說：「這妳有所不知，現在情況緊急，咱們也不便細講，日後我給你說說我過去的一些經歷，以前我也是澈底的唯物主義者，後來發現有很多事是說不清的，咱們三個不容易見到鬼，是因為身上都帶著驅鬼辟邪的東西，我這有個黑驢蹄子，胖子身上也有，妳脖子上掛著正宗的摸金符，陳教授卻沒這些東西，再加上他神智不清，身上三昧真火不旺，所以容易被侵犯。不信你把我這只黑驢蹄子塞進陳教授的嘴裡，究竟是不是冤魂附體，一試便知。」

Shirley楊說什麼也不肯：「這是人吃的東西嗎？要吃黑驢蹄子你自己吃。」

我心想反正我們的工錢也不指望要了，現在關鍵是能活著出去，任何一個疏忽，都是隱患，必須得用黑驢蹄子試試陳教授究竟是怎麼回事，剛才他的表現，絕不是失心瘋了那麼簡單。

我不顧Shirley楊的阻攔，硬是把黑驢蹄子塞進陳教授口中，陳教授這時已經不再是先前那種惡狠狠的表情，又恢復了痴傻的狀態，見那黑驢蹄子送到嘴邊，張口便咬，一邊咬著一邊傻笑。

Shirley楊怒道：「你是不是把教授折騰死才肯罷休？快把黑驢蹄子拿開。」我趕緊把黑驢蹄子取了出來，看來是我多心了。

四個人好不容易從剛才那一番慌亂中平靜下來，想起先知的啟示，說是會給我們指點一條逃生的道路，便圍在先知的遺骸前仔仔細細的察看，唯恐遺漏下一絲一毫的線索。

看了數遍，卻毫無發現，先知的屍體上沒有任何提示性的符號、圖畫、文字，胖子急不可耐，動手在先知的遺骨中摸了個遍，仍然是什麼也沒有。

先知的遺骸呈坐姿，盤腿而坐，一隻手搭在石匣旁，另一隻手平放在膝前，甚至連個指示的手勢都沒有，身上除了腐朽成粉末的衣服，裹了一張羊皮之外，更無一物。

我又遍尋四周，看看有沒有什麼機關暗道之類的東西，然而這墓室是在石山中掏出來的，四壁都是頑石，個別地方有些細小的裂縫，伸手一試，能感覺到一絲絲涼風，看來這墓室離山頂也不遠了，剛才山體內部張力傳導產生的壓力，使得墓室裂開了不少細小的縫隙，但是沒有炸藥和工具，想在山石中開出一條逃生的道路，簡直是比登天還難。

這間墓室唯一的入口，就是我們進來的那個裂縫，那裡曾經有道石門，我們進來的時候正在躲避落下的無數碎石，外邊的墓道根本沒有仔細看，山體內的破裂，使我們逃生的山隙和墓道連在了一起，然而這條路又已經被碎石堵死，想回去找墓道出去是絕不可能的。

三人急得團團亂轉，忽然腳下一陣晃動，耳中只聽一陣細微的破裂聲從山體中傳出，那聲音越來越響，地面的震動也隨之加劇，看來爆炸導致的山體內部張力傳導，經過前兩次一次比一次大的開裂之後，壓力繼續累加，馬上就會發生第三次山裂，難道先知的啟示就對應在此處？

一陣強烈的晃動，墓室中喀喇喀喇，裂出三條大縫，一條在地面上，另外兩條一左一右，剛好在墓室的兩側，高矮寬窄都可以容得下人通過。

胖子罵道：「他媽的，三選一啊，這小孩先知玩咱們，咱們一人走一邊吧，出去一個也好過都被埋在這山裡。」

Shirley楊指著先知的屍骨說：「先知已經給咱們指明道路了！」她聲音顫抖，按捺不住心中的激動。

我和胖子低頭一看，地上裂開的大縫使石匣陷了進去一半，先知的屍骨也歪在一旁，右手的手指剛好指著墓室左側裂開的大裂縫。

我們連忙跪下磕頭，感謝先知先聖的保佑，這時從墓室上邊落下的碎石塊越來越大，轟隆之聲不絕於耳，墓室中已經無法立足了。

我讓胖子扛起陳教授，我和Shirley楊抬上葉亦心，從墓室牆壁左側的裂縫中鑽了進去，沒行出幾步，一陣白光耀眼生花，頭上出現了久違的天空。

這裡距離山頂不過數米的落差，但是山體震動得非常猛烈，山石出現了一道道的裂痕，腳下盡是碎石，一步一滑，落足十分艱難。

胖子蹲下身去，Shirley楊踩著他的肩膀先爬了上去，又照葫蘆畫瓢把陳教授也弄了上去。

我讓胖子先上去，然後扔下根繩子，好把葉亦心的屍體拉上去，不能就這麼把她永遠埋在山中，胖子爬起來比較吃力，我在底下托，Shirley楊在上邊拽，費了好大力氣才爬了上去。

這時我身後的石壁哐的一聲巨響，嚇了我一跳，回頭向後邊一看，只見身後的山體，正在向後塌陷，整個扎格拉瑪山裂成了兩半，鬼洞上巨大的圓弧頂壁承受不住如此多的裂痕，正不斷的塌落，把安放女王棺木的石梁，連同屍香魔芋，以及無數的財寶、巨瞳石人像，都砸落進了無底的鬼洞，鬼洞中正流出一股股的黑水，掉進去的東西立刻便被黑水淹沒，黑色的山體，漆黑的洞穴，身後的大地像是魔鬼張開了黑洞洞的大嘴，正在吞噬著山腹中的一切。

山崩地陷的威力使人目為之眩，我一隻手緊緊抓住石壁，另一隻手抱住葉亦心的屍體，不敢稍動，唯恐也隨著身後崩塌的山體落下鬼洞之中。

胖子在上邊焦急的大喊：「老胡快爬上來，別管那小妞兒的屍體了，現在顧不上死人了！」

我本想怎麼著也得把葉亦心的屍體帶出去，這時抱著這死屍的左手已經又疫又麻，看來要是不放手，我也得跟著葉亦心掉下去，只好鬆開了手臂，沒想屍體的胳膊掛在了我的便攜袋上，被葉亦心幾十斤的分量往下一墜，便攜袋被掛開了一個口子，先知的羊皮啟示錄打著滾，同葉亦心的屍體一起掉落到了山下。

第四六章　末日

我眼睜睜的看著羊皮冊落到山下，心中懊惱不已，先知的預言很明確，羊皮冊落地之時，就會發生一場吞沒扎格拉瑪山的沙暴，真是怕什麼來什麼。

事已至此只好聽天由命，我手足並用往山頂上爬，忽聽背後一個淒厲的女子哭泣聲，在我耳畔響起，這聲音似有似無，在山石的崩塌聲中幾不可聞，卻又直指人心。

聽聲音似乎就是葉亦心那小姑娘的，我的身體忽然發沉，有個力量在把我向下拉扯，企圖要把我拉到山下去。

我寒毛倒豎，果然是有鬼啊，這時沙漠中的太陽已經有一半沉入了西方的地平線，我身處的地方正在山體的陰影中，四周又盡是黑石，這一刻真像是摸到了地獄的大門。

我掙扎著想爬上山頂，但是腳下立足的山石已經崩塌，只能憑雙手的力量死死扒住山體，無法回頭去看，不過即使能回頭，我也不想看，說不定一害怕手上抓不牢，就得掉進下面的鬼洞了。

我想要竭力抑制著不去聽那哭聲，耳邊的哭泣聲卻越來越淒楚，一聲聲的刺中人心，聽得我心中發酸，身體越發沉重，忍不住就想鬆手。

胖子和Shirley楊在山頂見我昏昏沉沉的不太對頭，想伸手把我拽上來，又距離稍遠搆不到，眼見山體的裂痕擴張，整座山轉眼就會塌陷，手邊沒有繩索，只好解下腰帶垂了下來。

我被上邊的兩個人一招呼，猶如三伏天被潑了一桶涼水，全身一振，清醒了過來，耳邊的哭聲消失，身後拉扯的力量也隨即不見了，當下不敢多耽，拉住胖子的皮帶，爬上了山頂。

大漠中的落日已經變得模糊，一陣陣夾帶著細沙的微風刮過，天地間籠罩著一層不祥的陰影，安力滿老漢以前曾經說過，這種風是黑沙暴即將到來的信號，先知預言中扎格拉瑪末日終於來臨了。

我和胖子架起陳教授，老頭子這時候已經沒反應了，像個木偶一樣任人擺布，你拉著他，他就跟你走，也不知道累，但是不能停步，一停下，他就坐地上怎麼拽也不站起來了。

只能這麼拖著、拽著往山下跑，靠近精絕古城的那一面山體已經完全崩塌，那半截中空的巨大山體剛好蓋在鬼洞上邊，把洞口永遠的封堵住了，我們下山的這一邊是扎格拉瑪山谷的入口，我們本想下來之後，就穿過山谷去會合安力滿的駝隊，雖然沙暴已經開始了，但是沒有駱駝的話，僅憑著「11號」也跑不出去。

沒想到剛一下到山下，便聽山谷中蹄聲攢動，安力滿老漢神色慌張，正大聲吆喝著，驅趕駱駝往外跑。

胖子大罵：「老頭兒，你他媽的跟胡大發的誓都是放屁啊。」

安力滿也沒想到我們會出現在山谷的入口，連忙說道：「讚美真主，看來咱們能在這裡相遇，一定是胡大的安排嘛。」

我們也顧不上跟他多說，把陳教授抬上駱駝，也各自找了一匹爬上去，安力滿還追著問其餘的人到哪去了。

我說：「別提了，都沒了，現在不是說這些的時候，哪能躲避大沙暴？你就快帶大夥往那邊跑。」

天空已經完全陷入了黑暗，這次刮的是風柱，風眼好像就是山中的鬼洞，風力正在逐漸加強，臉上被沙子刮得生疼，安力滿老漢也沒想到這場大沙暴竟然來得如此快，先前半點徵兆也沒有，這裡除了扎格拉瑪和精絕古城的遺跡之外，茫茫大漠，哪裡有躲避的地方，不過既然是風柱，離風眼越遠便越安全，認準了方向一直跑就對了，能不能逃出去，那就要看胡大他老人家的心情了。

安力滿老漢打了聲長長的胡哨，把一盞氣燈挑起來做信號，騎著頭駝當先引路，帶著駝隊向西奔逃。

剛開始聽見身後傳來一陣陣奇異的聲響，似是鬼哭狼嚎，又似是大海揚波，瞬間狂風大作，裹夾著沙塵的強風鋪天蓋地，加之天黑，能見度低到了極點，雖然用頭巾遮住了嘴，仍然覺得有無數沙石灌進耳鼻。

跑出很大一段距離之後，駱駝們漸漸不聽指揮了，安力滿讓駝隊停了下來，這時候誰說什麼已經全聽不到了，他打了幾個手勢，就把受驚的駱駝聚攏成一圈。

我看他的意思可能是說再跑下去，駝隊就要跑散了，隊伍一旦散開，那麼任何人都沒有生存下去的可能，現在只好原地築起防沙牆，人躲在駱駝中間，剩下要做的就只有向胡大禱告了。

我對他點點頭表示了解了，隊伍集結在地勢比較高的地方，讓Shirley楊把陳教授裹在毯子裡，就地躲避沙暴。

我和胖子拚了命的鏟沙子，安力滿老漢安置完駱駝也過來幫忙，在駱駝周圍築起了一道簡易的防沙牆，然後用毯子把駱駝的眼睛蒙上，防止牠們受驚逃竄，眾人也各自裹上毯子圍在一起。

好在已經離開了風眼，沙暴邊緣地帶的風沙已經如此厲害，在風眼附近說不定會把人撕成碎片。

安力滿的駱駝都是比較有經驗的，這時候圍在一起便不再驚慌，牠們被沙子掩埋住一部分，就抖動身體，向上挪動一點，不至於被沙子澈底埋住。

一直到第二天上午，風沙才漸漸平息，我們這一夜不停的挖防沙牆，早已筋疲力盡，見沙暴已過，這才敢站起來抬頭向外看，周圍都是波浪一樣起伏的沙丘，黃沙被風吹出一條條凝固住的波紋，周圍全部都是一樣的景色。

精絕古城、黑色的扎格拉瑪神山、女王的棺槨、屍香魔芋、先知與先聖的墓穴，連同古代那些不為人知的無數祕密，還有郝愛國、葉亦心、楚健、薩帝鵬，都永遠埋在了黃沙的深處。

陳教授也從毯子中探出腦袋，看著天空傻笑，Shirley楊過去把陳教授頭上的沙子撫去，安力滿跪在地上祈禱，感謝胡大的仁慈，胖子把所有的行囊翻開找水，最後一無所獲，衝我一攤手，做了個無可奈何的表情。

太陽在半空中緩緩上升，逐漸散發出毒辣的熱量，肆意掠奪著人體的水分。

我也無奈的搖了搖頭，光顧著逃命，根本沒想起來水的事，而且早在七天前，就越過了安全返回點，現在想回去談何容易，去往茲獨暗河的通道也被澈底埋住了，憑我們這麼幾個人不可能挖開，一滴水也沒有，在沙漠中恐怕堅持不了一天，喝鹹沙窩子水和駱駝血也不是辦法，一想到活活渴死在沙漠中的慘狀，便覺得還不如在鬼洞中死了來得痛快。

第四七章 回家

在沙漠中沒有水，就像活人被抽乾了血，眾人都是一籌莫展，坐在原地發呆。

忽聽安力滿「嗷」的一聲大叫：「胡大的使者。」只見離我們不遠的沙坡上，出現了一個白色的影子，我以為是又渴又餓，眼睛花了，趕緊揉了揉眼睛仔細去看。

原來是我們先前到西夜城之前見到過的那峰白駱駝，牠正悠閒的在沙丘上散步，慢慢朝西方走去。

安力滿老漢激動無比，話都說不利索了，白駱駝出現在受詛咒的黑沙漠，這說明古老的詛咒已經消失了，胡大又收回了這片沙漠，跟著胡大的使者，一定可以找到水。

我也不知道他說的是真是假，上次還說進沙漠的旅人見到白駱駝，便會一路平安吉祥，現在又說什麼沙漠中的詛咒消失了，不過此時寧可信其有、不可信其無，跟著白駱駝也許真能找到水。

當下趕緊把群駝整隊，跟在白駱駝的後邊，那峰高大的白駱駝，在烈日下走得不緊不慢，直走了三、四個小時，轉過一道長長的沙梁，果然出現了一處極小的水窪。

水窪四周長著一些沙蒿，水不算清澈，可能含有少量礦物質，動物可以直接喝，但是人不能直接飲用。

駱駝都迫不及待的去喝水，Shirley楊找了些消毒片，先把水裝進過濾器中過濾，再加入消毒片，這才分給眾人飲用。

這處水窪可能是茲獨暗河的支流，由於夜間沙漠的移動，使得這比較接近地面的河水滲出來一部分。

安力滿卻說這就是詛咒消失最好的證明，在以前，這片沙漠根本沒有露在地表的水，這個水窪子絕對是胡大的神跡。

在水窪邊生了堆火，烤了幾個饢吃，我沒把最後爬上山頂時，後背好像讓鬼拉住的事告訴他們，這件事似真似幻，讓他娘的屍香魔芋折騰得我都分不清真假了，別說最後這件事，包括整個在精絕古城以及鬼洞中的經歷，真實虛幻已經沒有明顯的界限了。

我和胖子談論起來在扎格拉瑪山的遭遇，簡直就像是一場讓人喘不過氣來的噩夢，胖子說：「這狗尾巴花真他媽厲害，說不定咱們根本就沒進過精絕古城，這一切都是那鬼花造出的幻象。」

始終沒怎麼說話的Shirley楊插口說道：「不是，現在脫離了險境再回過頭去仔細想想，屍香魔芋幻象的特點還是很明顯的，它只能利用已經存在於咱們腦海中的記憶，卻不能夠造出咱們從沒見過的東西，女王的棺槨、鬼洞、先知的墓室、預言，這些都是真實存在的，黑蛇咱們先前也見到過，引誘咱們自相殘殺的預言石畫，第一層石匣上的是真實的，因為咱們看過了第一層的預言，所以屍香魔芋才能在第二層石匣上造出幻象。」

我對Shirley楊說：「真是英雄所見略同，我也是這麼想的，只是不敢肯定，所以一直都沒說出來，咱們現在是不是商量一下怎麼走出沙漠？」

Shirley楊說：「這就要勞煩安力滿老爺爺了，他是沙漠中的活地圖，咱們不妨先聽聽他的意見。」

安力滿見老闆發了話，便用手在沙子上畫了幾下，這一片是咱們現在大致的位置，往南走是尼雅遺跡，距離很遠，全是沙漠，咱們補充了足夠的水也不一定能走到尼雅，向東是羅布泊，中間是沙漠，另一邊是無邊的戈壁灘，向北是咱們來的方向，也就是西夜城的方向，但是咱們深入沙漠腹地，要走回去也不容易。

現在看來向東南北三個方向都不好走，唯一剩下西面，一直向西是塔里木河，那是一條沙漠中最大的內陸河，從咱們現在的位置出發，走得快的話，大約用十天就可以到塔里木河、葉爾羌河、和田河的三河交匯處。到了那裡就好辦了，再補充一次清水，繼續向西再走上六七天，就離阿克蘇不遠了，那附近有部隊，還有油田，可以請求他們的幫助。

我們現在最缺乏的水補充足了，差不多可以維持十天，食品還有一些，在沙漠裡水比吃的重要，實在沒東西吃了還可以吃駱駝。

把沙窩裡的水一點點過濾儲備起來，就足足用了一天的時間，然後才按計畫動身出發，一路上免不了饑餐渴飲，少不了風吹日晒、曉宿夜行，終於在第十二天走到了塔里木河，隨後繼續西行，在第三天遇到了進沙漠打黃羊的油田工人，當時陳教授僅剩一口氣了。

從沙漠深處死裡逃生一步步走出來的心情，不是生活在正常環境中的人，所能輕易理解的，從那以後我養成了一個習慣，在家喝水，不管多大的杯，總是一口氣喝得一滴不剩。

後來回到北京之後，我有一段時間沒見到Shirley楊，她也許是忙著找醫生為陳教授治病，也許是在料理那些遇難者的後事，這次考古隊又死了不少人，有關部門當然是要調查的，我怕被人查出來是摸金校尉，就盡量避重就輕，說的不盡不實，進入沙漠去考古，本身就有很大的危險係數，但是一下子死了四個人，一個老師三個學生，還瘋了一個教授，在當時也算是一次重大事件了。

說話休繁，且說有一天胖子找了兩甜妞兒去跳舞，讓我也一起去，我前些天整晚整晚的做噩夢，頭很疼，就沒跟他們一起去，獨自躺在床上，忽然一陣敲門聲，我答應一聲從床上起來，心中暗罵，姥姥的，大概又有人來調查情況。

開門一看，卻原來是多日不見的Shirley楊，我趕緊把她請進屋裡，問她怎麼找來這的，Shirley楊說是大金牙給的地址。

我奇道：「妳認識大金牙？」

Shirley楊說：「就算是認識吧，不是很熟，以前我父親很喜歡收藏古董，和他做過一些生意，陳教授和他也是熟人，今天來找你是為了把你和胖子的錢給你們，過兩天我準備接陳教授出國治病，這期間我還要查一些事，咱們暫時應該不會再見面了。」

我原本都不指望了，現在一聽她說要給錢，實是意外之喜，表面上還得假裝客氣：「要回國了？陳老爺子病好些了嗎？我正想去瞧瞧他。您看您還提錢的事，這多不合適，我們也沒幫上什麼忙，淨給您添亂來著，你們美國人也不富裕啊，真是的，是給現金嗎？」

Shirley楊把錢放在桌上：「錢是要付的，事先已經說好了，不過……我希望你能答應我一件事。」

我心想不好，這妮子怕是要報復我吧，也許又要老掏我的老底，心中尋思對策，順口敷衍：「您能有什麼事求我？看來有錢人也有煩惱啊，總不會是想讓我幫著妳花錢吧？」

Shirley楊說：「你我家中的長輩，算得上是同行了，當初我外公金盆洗手，不再做倒斗的營生，是因為摸金校尉這一行極損陰德，命再硬的人也難免會出意外，我希望你今後也就此停手，不要再做倒斗的事了，將來有機會你們可以來美國，我安排你們……」

我聽到此處，就覺得心氣兒不太順，美國妞兒想讓我投到她門下，以後跟她混。好歹俺老胡也是當過連長的，寄人籬下能有什麼出息，更何況是求著女人，那往後豈不更是要處處順著她，那樣做人還有什麼意思，於是打斷了她的話：「好意，心領了，但是妳只知其一，不知其二，摸金校尉這行當是不太好，但是毛主席教導我們說，任何事物都有它的兩面性，好事可以變壞事，壞事也可以變好事，這就叫辯證唯物主義。既然妳知道了我是做倒斗的，有些事我也就不瞞妳了，我是有原則、有立場的，被保護起來以及被發現了的古墓，我絕不碰，深山老林中有得是無人發現的大墓和遺跡，裡面埋著數不盡的珍寶，這些東西只有懂風水祕術的人才能找到，倘若不去倒這些斗，它們可能就會一直沉睡在地下，永遠也不會有重見天日的機會了，另外自然環境的變化侵蝕，也對那些無人發現的古墓構成了極大威脅，我看在眼裡，疼在心裡……」

Shirley楊見我振振有詞，無奈的說：「好了，我一番好意勸你回頭是岸，想不到你還挺有理，倒斗倒得理直氣壯，天下恐怕再沒第二個你這麼能狡辯的人了，你既然如此有骨氣，我倒真不免對你刮目相看，剛才的話算我沒說，這筆錢想必你是不肯要了……」

我連忙把手按到裝錢的紙袋上：「且慢，這筆錢算是妳借給我的……就按中國人民銀行的利率計算利息。」

第四八章　香鞋

晚上，胖子在燈下一張張的數錢，數了一遍又一遍，可就是數不清楚，這也怪不得他，我第一次見這麼多錢也發懵。

胖子乾脆不數了，點上根菸邊抽邊對我說：「老胡你讓我說你什麼好呢，你聰明一世，糊塗一時啊，你怎麼能說這錢是借的，可倒好，還得還那美國妮子利息，我看不如咱倆撤吧，撤回南方老家，讓她永遠找不著，急死她。」

我說：「你太沒出息，這點小錢算什麼，將來我帶你倒出幾件行貨，隨便換換，也夠還她的錢了，咱們現在缺的就是這點本錢，有了錢咱們才能不擔心明天吃什麼，有經費了，才可以買一些好的裝備，現在開始咱就重打補丁另開張，好好準備準備，我一定要倒個大斗。」

我們倆一合計，深山老林裡隱藏著的古墓也不是那麼好找的，還不定什麼時候能找著呢，這些錢雖然多，但也怕坐吃山空。

胖子是個比較有生意頭腦的人，他覺得大金牙那買賣不錯，倒騰古玩絕對是一個暴利行業，尤其是賣給老外，不過現在常來中國的老外們也學精了，不太好騙，但是只要真有好東西，也不愁他們捨不得花錢。

胖子說：「老胡你說咱倆投點資開個店鋪怎麼樣？收點古玩明器去賣，說不定幹好了就省得倒斗了，倒斗雖然來錢快，但是真他媽不容易做。」

我點頭道：「這主意真不錯，胖子你這個腦袋還是很靈光的嘛，現在咱們資金也有了，可以從小處做起，順便學些個古董鑑定的知識。」

於是就到處找鋪面，始終沒有合適的地方，後來一想也甭找鋪子了，先弄點東西在潘家園擺地攤吧，潘家園的特點就是雜，古今中外大大小小，什麼玩意兒都有，但是非常貴重的明器比較少見，那都是私下裡去交易，很少擺在市面上賣。

我們一開始經大金牙指點，就在郊區收點前清的盆碗罈罐、老錢兒、鼻煙壺、老懷錶之類的小件兒，拿回來在古玩市場上買。

可能我這輩子不是做買賣的命，眼光不準，收東西的時候把不值錢的東西當寶貝收來了，收來了值錢點的東西，自己又瞧不準，當普通的物件給賣了，一直也沒怎麼賺著錢，反而還賠了不少。

不過我們這些小玩意兒收來的時候，都沒花太多的錢，虧了些錢也不算什麼，主要是練練眼力，長些學問，在潘家園混的時間長了，才知道這行當裡的東西實在太多太深了，甚至比風水還要複雜，不是一朝一夕就能學會的。

話說這一日，快到晌午了，古玩市場顯得有點冷清，沒有太多的人，我跟胖子、大金牙圍在一起打「跑得快」（注1）。

正打得來勁，忽然前邊來了個人，站在我們攤位前邊轉悠來轉悠去的不走，胖子以為是要看玩意兒的，就問：「怎麼著，這位爺，您瞧點什麼？」

那人吞吞吐吐的說道：「甚也不瞧，你這收不收古董？」

我舉頭打量了一番，見那來人三十六、七歲的樣子，紫紅色的皮膚，一看就是經常在太陽底下幹農活，穿得土裡土氣，拎著一個破皮包，一嘴的黃土高坡口音。

我心想這人能有什麼古董，跟大金牙對望了一眼，大金牙是行家，雖然這個老鄉其貌不揚，土得掉渣，卻沒敢小瞧他，於是對我使了個眼色，示意我穩住他，問明白了再說。

我掏出菸來遞給這位老鄉一枝，給他點上菸，請他坐下說話。

老鄉顯然是沒見過什麼世面，也不太懂應酬，坐在我遞給他的馬札（注2）上，緊緊捂著破皮包，什麼也不說。

我看了看他的破皮包，心想這哥兒們不會是倒斗的吧，跟做了什麼虧心事似的，或者他這包裡有什麼值錢的東西，我盡量把語氣放平緩，問道：「老哥，來來，別客氣，抽菸啊，這可是雲菸，您怎麼稱呼？」

老鄉說：「叫個李春來。」他可能是坐不習慣馬札，把馬札推開，蹲在地上，他一蹲著就顯得放鬆多了，抽菸的動作也利索了一些。

大金牙和胖子倆人假裝繼續打牌，這行就是這樣，談的時候不能人多，一來這是規矩，二來怕把主顧嚇走，一般想出手古董的人，都比較緊張，怕被人盯上搶了。

我一邊抽菸一邊微笑著問道：「原來您是貴姓李啊，看您年紀比我大，我稱您一聲哥，春來哥，您剛問我們收不收古董，怎麼著，您有明器想出手？」

李春來不解：「甚明器？」

我一看原來是一菜頭啊，於是直接問他：「是不是有什麼古董之類的東西想出手？能不能讓

注1　一種牌戲。
注2　可以折疊攜帶的坐具。

我瞧瞧。」

李春來左右看了看，小聲說：「餓有隻鞋，你們能給多少錢？」

我一聽氣得夠嗆，你那破鞋還想賣錢，他娘的倒貼錢恐怕都沒人願意要，不說隨即一想，這裡邊可能不是這麼簡單的，便耐著性子問：「什麼鞋？誰的鞋？」

李春來見我為人比較和善，膽子也大了一點，便把皮包拉開一條細縫，讓我往裡邊看，我抻著脖子一瞧，李春來的破皮包裡有隻古代三寸金蓮穿的繡花鞋。

李春來沒等我細看，就趕緊把破皮包拉上了，就好像我多看一眼，那隻鞋就飛了似的。

我說：「您至於嗎？您拿出來讓我看看，我還沒看清楚呢，這鞋您從哪弄來的？」

李春來說：「老闆，你想要就說個價錢，別的就甚也別管勒。」

我說：「春來哥，您得讓我拿到手裡瞧瞧啊，不瞧清楚了怎麼開價？」我又壓低聲音說：「您是不是怕這人多眼雜？要不我請您去前邊館子裡，吃整個肉丸的羊肉餡兒餃子，我經常去那個餃子館裡談生意，清靜得很，到時候我看要真是個好玩意兒，價錢咱們好商量，您看行不行？」

李春來一聽說吃羊肉餡兒的餃子，饞得嚥了口唾沫：「好得很，咱們就不要在這日頭底下晒暖暖了，有甚事，等吃過了酸湯水餃再談。」

第四九章　旱屍

我對大金牙和胖子使個眼色，便帶著李春來去了鄰街的一間餃子館，這間羊肉餃子館在附近小有名氣，店主夫婦都是忠厚本分的生意人，包的餃子餡兒大飽滿，風味別具一格，不僅實惠，環境也非常整潔。

此時將近晌午，馬上就快到飯口了，吃飯的人越來越多，我常來這吃飯，跟店主兩口子很熟，打個招呼，餃子館的老闆娘把我們帶進了廂房後的庫房，給我們支了張桌子，擺上椅子和碗筷，就去外邊忙活生意。

這地方是我專門談生意的單間，倉庫裡除了一包包的麵粉就沒別的東西了，每次吃完飯，我都不讓店主找零錢，算是單間費了。

我對李春來說：「春來老哥，您瞧這地方夠不夠清靜，該給我看看那隻小花鞋了吧？」

李春來早被外邊飄進來的水餃香味把魂勾走了，對我的話充耳不聞，迫不及待的等著開吃。

我見狀也無可奈何，惟有苦笑，我推了推他的胳膊說：「別著急，一會兒煮熟了老闆娘就給咱們端進來，您這隻鞋要是能賣個好價錢，天天吃整個肉丸兒的羊肉水餃也沒問題了。」

李春來被我一推才回過神來，聽了我的話，連連搖頭：「不行不行，等換了錢，還要娶個婆姨生娃。」

我笑道：「您還沒娶媳婦兒呢？我也沒娶，娶媳婦兒著什麼急啊，等你有錢了可以娶個米脂的婆姨，你們那邊不是說米脂的婆姨綏德的漢嗎，您跟我說說這米脂的婆姨好在哪呢？」

李春來對我已經不像先前那麼拘束，聽我問起，便回答說：「哎，那米脂的婆姨，就似是那紅格盈盈的窗花花，要是能娶上個米脂的婆姨，就甚個都妥勒。」

說話間，老闆娘就把熱氣騰騰的水餃端了上來，又拿進來兩瓶啤酒，李春來顧不上再說話，把水餃一個接一個，流水價的送進口中。

我一看衝他這架式，這二斤水餃不見得夠，趕緊又讓老闆娘再煮二斤，隨後給李春來面前的小碟裡倒了些醋，對他說：「春來老哥，這附近沒有你們那邊人喜歡吃的酸湯水餃，你就湊和吃點這個，這有醋，再喝點啤酒。」

李春來嘴裡塞了好幾個餃子，只顧著埋頭吃喝，不再說話了，我等他吃得差不多了，這才和他談那隻繡鞋的事。

李春來這時候對我已經非常信任了，從破皮包裡取出那隻繡鞋讓我看。

這一段時間，我沒少接觸古董明器，已經算是半個行家了，我把繡鞋拿在手中觀看，這隻鞋前邊不足一握，前端尖得像是筍尖，綠緞子打底兒，上邊用藍金紅三色絲線繡著牡丹花，檀香木的鞋底，中間有夾層，裡邊可以裝香料。

從外觀及繡花圖案上看是明代的東西，陝西女人裹小腳的不多，如果有也多半是大戶人家，所以這鞋的工藝相當講究。

要是大金牙在這，他用鼻子一聞，就可以知道這鞋的來歷，我卻沒有那麼高明的手段，吃不太準，看這成色和做工倒不像是仿造的，這種三寸金蓮的繡花香底鞋是熱門貨，很有收藏價值。

我問李春來這鞋從何而來，李春來也不隱瞞，一五一十的說了一遍：

他們那個地方，十年九旱，而且今年趕上了大旱，天上一個雨星子也沒有，村民們逼的沒招了就想了就偷著點歪歪道兒。

「打旱骨樁」民間又稱為「打旱魃」，解放前中原地區多有人用，河南、山東、陝西幾省的偏遠地區，都有這種習俗。

李春來他們村裡為了求雨，什麼招都用遍了，村裡有個會算卦的瞎子，瞎子說這就是旱魃鬧的，必須打了旱魃才會下雨。

大夥就問他哪有旱魃，瞎子算了半天，也沒算出來，這時候有個放羊的娃子說他放羊的時候，在村東頭早就荒廢的墳地裡，看見一個全身綠色的小孩，跑進了一口無主的棺材，那棺材也不知道是哪家的，村裡早就沒人往那片墳地葬人了，而且這口破棺材不知為什麼，至今還沒入土。

會算卦的瞎子一聽，就一口咬定旱魃就躲在這口棺材裡，村民們一商議，就準備動手把棺材打開，看看究竟有沒有什麼旱魃。

村長一聽不同意，說這瞎子是胡說八道，瞎子也來脾氣了，跟村長打了賭，要是在那口無主破棺中找不到旱魃，以後就讓瞎子的兒子給村長家放一年的羊。

結果村民們就一齊到了東邊的荒墳，沒有一個人說的出這口棺材是哪來的，這片墳地也很少有人來，既然是無名無主的，那就免去了許多周折，大夥說幹就幹，動手把棺材蓋子就給揭開了。

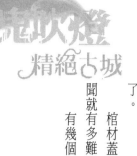

棺材蓋一打開，只聞見一股腥臭，如同大堆的臭魚在太陽底下暴晒之後產生的氣味，要多難聞就有多難聞。

有幾個膽大的和那不怕死的，捏著鼻子，湊到跟前，再一看裡邊都嚇了一跳，棺中躺著一具女屍，身上的衣服首飾保存得非常完好，都跟新的一樣，但是看那穿戴，都絕非近代所有，這是具古屍。

服飾雖然完好如新，但是屍體已經乾癟，肌肉皮膚像枯樹皮一樣。

就在女屍的頭頂，蹲著一隻全身長滿綠毛的小怪物，赤身裸體，只有七寸多長，而且這綠毛小猴還活著，正蜷縮成一團睡覺。

瞎子聽了村民們說的情形之後，一口咬定，這綠毛的小妖怪就是旱魃，必須馬上打死它，然後拿鞭子抽，而且一定要快，否則一到晚上它就跑得沒影了，再想找可就難了。

有幾個膽子大的村民，把那隻遍體綠毛的小怪物捉到棺外，用錘子砸死，然後再用鞭子抽打，奇怪的是這隻怪物也不流血，一挨鞭子，它身上冒出許多黑氣，最後抽打得爛了，再也沒有黑氣冒出，這才一把火把它燒成了灰燼。

這時天色已暮，村民們問瞎子那棺中的女屍如何處置？瞎子說要是留著早晚必為禍患，趁早讓人一起燒了才好，裡面的東西誰都不要拿。

開始眾人還有些猶豫，畢竟這棺中的屍體不是近代的，又有許多金銀飾品，燒了豈不可惜。正在村民們還在猶豫不決之時，天上烏雲漸濃，隱隱有雷聲傳出，看來很快就要下大雨了，大夥歡呼雀躍，對瞎子說的話也從將信將疑，變成了奉若神明。

瞎子既然說必須把棺材燒掉，那就必須燒掉，最後村長決定讓李春來留下點火燒棺，李春來是個窩囊人，平時村長讓幹什麼就幹什麼，這時候雖然害怕，但只好硬著頭皮留下來。

為了趕在下雨之前把棺材燒掉，他匆匆忙忙的抱來幾捆乾柴，胡亂堆在棺材下邊，點上一把火，燒了起來。

李春來蹲在旁邊盯著，他是條窮光棍，都快四十了還沒錢娶婆姨，這時候想著棺木裡的金銀，忍不住有些心動，可惜剛才沒敢拿，現在火已經燒起來了，想拿也拿不到了，燒糊了不知道還值不值錢。

李春來正在感到無比的惋惜，忽然白光閃動，天空中接連打了三四個炸雷，大雨傾盆而下，立時把燒了一半的火焰澆滅了。

第五〇章　子母凶

李春來全身上下被雨水淋了個透，他盯著那口燒了一半的破棺材，心裡七上八下，這是老天爺給的機會啊，這火還沒燒壞棺材裡的東西，要想拿出來就得趁現在了。

不過村裡其餘的人都已經走了，好不容易盼來場大雨，有很多事要準備，現在這荒郊野地，就剩下李春來自己一個人，一想起棺中那具古怪的女屍，還真有幾分發怵。

但是又想到拿金銀首飾換了錢，就可以娶個大屁股的婆姨，光棍漢李春來就不再猶豫不決了，雙手舉起鋤頭，用鋤頭去頂破棺材的蓋子，那破棺材本已被火燒過，此時推開棺板並不費力，沒頂幾下，就把破棺板推在一旁。

剛才村民們開棺的時候，李春來只是擠在人堆裡往裡瞧了兩眼，沒敢細看，這時候為了把女屍身上值錢的首飾擼下來幾件，不得不壯著膽子去看。

棺裡的惡臭已經散得差不多了，但是被火燒過，再加上雨淋，屍臭、潮溼、焦糊等氣味混合在一起，說不出的怪異難聞，雖然天上下著雨，也壓不住這棺中的怪味。

李春來被薰得腦仁兒發疼，捏著鼻子強忍著，往那已經被燒糊了的棺材中看了一眼，這不看還好，這一看再也忍不住了，張開嘴哇哇哇吐了一通。

眼瞅著雨越下越大，天色已晚，再不動手就來不及了，李春來抹了抹嘴上的穢物，看準了女屍手腕上的一隻金絲鐲子，剛要伸手去摘，忽然背後讓人拍了一巴掌。

這一巴掌把李春來嚇得好險沒尿了褲子，以為是打雷打得附近墳地的死人詐了屍，他們這一帶經常有傳聞鬧僵屍，沒想到這回真碰上了。

結果回頭一看，來的不是僵屍，原來是村裡的鄰居馬順，這馬順是全村出了名的馬大膽，膀大腰圓，長了一副好架子，天底下沒有他不敢幹的事，再加上他脾氣不好，打起人來手上沒輕沒重，所以平時村裡很少有人敢惹他。

馬大膽先前看到棺中女屍有幾件首飾，便動了賊心，想據為己有，當時人多，未得其便，又見村長命李春來把棺材燒了，也就斷了這個念頭，回家之後沒多久，就下起了大雨，馬大膽一看，這真乃是天助我也，說不定那棺材暫時還沒燒毀，當下趁著沒人注意，便溜了回來。

馬大膽不願意跟李春來這窩囊廢多說，自行把女屍身上的首飾衣服一件件的剝下，打了個小包，哼著酸曲正準備離開，卻見李春來正蹲在旁邊眼巴巴的盯著他。

馬大膽警告李春來：「不要對任何人說，否則把你扔進溝裡餵狼。」然後在包裡翻了翻，拿出一隻從女屍腳上扒下來的鞋，算是給李春來的封口費。

李春來拿著這一隻鞋，心裡別提多窩火了，可是又不敢得罪馬大膽，只好忍氣吞聲的應了，這時棺材已經被雨淋溼了，想燒也燒不掉，兩個人就一起動手，在附近挖了個坑，把棺材埋了進去。

回到村裡，告訴村長和瞎子，已經按他們的吩咐，把棺材連同屍體一併燒了，瞎子點點頭，滿意的說：「那就好啊，我以前聽師傅說起過打旱骨樁的事情，新入土下葬的屍體，若是埋的位置不善，就會變成僵屍，僵屍又容易變作旱魃，這旱災都是旱魃鬧的，我瞎子雖然看不見，心裡卻明白得很，聽你們一說那棺材和裡面的屍首，便知不同尋常，說不定這古屍死的時候懷著孩子，埋到地下才生出來，那孩子被活埋了，如何能活，自然也是死了，小孩子變的旱魃更是猛惡，這一對母子都變作了僵屍，便叫做子母凶，極是厲害，現在燒成了灰，他們就不能害人了。」

李春來越聽心裡越是嘀咕，但是又擔心說出實情被村長責罰，只好支吾應付了幾句，便自行回家睡覺。

晚上躺在自家炕上，翻來覆去也睡不好，一閉眼就夢見那女屍和她的兒子來掐自己脖子，嚇得出了一身冷汗。

雨一夜未停，快到早上的時候，就聽外邊亂成了一團，李春來急忙披上衣服出去看是怎麼回事。

原來馬大膽在他家裡，連同他的婆姨和兩個娃，一家四口，都讓人給開了膛，肚腸子流的滿地都是，四顆人心都不翼而飛。

李春來心道不妙，馬大膽全家的心肝，八成都讓那女屍給嚼了，說不定今天晚上那女屍就來找掏我了，這可如何是好，他本就膽小，越想越怕，後背發涼，再也兜不住，一泡尿全尿在了自己的褲襠之中。

這時村民們發現在馬大膽家旁邊的一堆乾草裡，有一具全身赤裸的女屍，這女屍面色紅潤如生，雙手指甲極長，跟那鋼鉤一樣，最奇特的是女屍的雙腳，不是尋常農家女子的大腳板，而是古代裹足婦女的三寸小腳，這雙小腳還長滿了絨毛，十分堅硬，要光看下邊，會以為是什麼動物的蹄子。

李春來馬大膽二人昨夜挖坑埋掉的棺中女屍，是全身乾癟發紫，而這具女屍卻像是剛死的，她嘴邊還掛著血跡，難道是吃了活人的心肝才變成這般模樣？

村裡發生了滅門慘禍這等大事，驚動了公安機關，把村裡的人過篩子似的盤問了數遍，但是這件事太邪性，再加上村長和瞎子組織眾人打旱骨樁，是屬於大搞迷信活動，村民們誰都說不清楚是怎麼回事，就算知道也沒法說，說了也沒人信，說不好還得把自己搭進去，最後警察也沒辦法，把那具小腳女屍運回去檢驗，封存現場，這事暫時成了懸案。

村長私下裡罵過幾次李春來，讓他切記不要聲張，就把這事爛到肚子裡頭，李春來別看平時挺孬，心裡還是比較有主意的，他也沒把自己藏了隻繡鞋的事告訴任何人，反正那女屍就算是僵屍也讓警察抬走解剖去了，馬大膽也死了，就把責任都推給馬大膽，說是他強迫自己做的，他平時就窩窩囊囊，村裡人就都信了他的話，沒再追究，反正馬家四口的死，都是馬大膽貪財自找的。

李春來不敢把那隻繡花鞋拿出來給別人看，他雖然沒文化，卻知道這隻鞋是前朝的東西，娶婆姨的錢全指望著這隻鞋了，陝西盜墓成風，文物交易極為火爆，村裡經常來一些外地人收老東西，李春來膽子小，又為了掩人耳目，一直沒敢出手。

直到有一天，李春來在鄰縣的一個遠房親戚，到北京跑運輸，他就說了一筐好話，搭了順風車跟著到了北京，打聽到潘家園一帶有收古董的，就問著道路找來，說起來也算是有緣，頭一次開口就找到了我。

李春來外表樸實懦弱，身上卻隱藏著一絲極難察覺的狡獪，他喝了不少啤酒，喝得臉紅脖子粗，借著酒勁兒，把這隻繡鞋的來歷說了一遍，有些地方一帶而過，言語匱乏，有些地方說的詞不達意，我倒是聽明白了八九成。

我對李春來說：「您這鞋的來歷還真可以說有些曲折，剛才我瞧了瞧，這隻檀木底兒香繡鞋還算不錯，要說幾百年前的繡鞋保存到現在這麼完好，很不多見，我以前經手過幾雙，那緞子面兒都成樹皮了，不過……」

李春來擔心我說這隻鞋不值錢，顯得非常緊張，忙問：「老闆，這鞋究竟值幾個錢？」

我做無奈狀，嘬著牙花子說：「老哥呀，這隻鞋要是有一雙，倒也值些錢，可這只有一隻……」